AFGESCHREVEN

ROOD LICHT

Milou van der Will

Rood licht

2010

DE BEZIGE BIJ

AMSTERDAM

Cargo is een imprint van uitgeverij De Bezige Bij, Amsterdam

Copyright © 2010 Milou van der Will
Omslagontwerp Marry van Baar
Omslagillustratie Terra Kate
Foto auteur Jeppe van Pruissen
Vormgeving binnenwerk Peter Verwey, Heemstede
Druk Koninklijke Wöhrmann, Zutphen
ISBN 978 90 234 5743 5
NUR 305

www.uitgeverijcargo.nl

PROLOOG

In totaal heb ik 239 mannen gehad. Dan tel ik de mannen die ik alleen heb gepijpt niet mee. De eerste telt ook niet mee, dat was Dok, toen ik nog jong was. Of onschuldig eigenlijk. Nu ben ik nog steeds jong, maar niet meer onschuldig. Ik ben 18, maar vanbinnen voel ik me een stuk ouder. Als een mooi glanzend rode Ferrari met een motor van een Nissan uit '82, zo voel ik me ongeveer.

Ik weet het aantal zo precies, omdat ik een boekje bijhield waarin ik hun namen schreef. Als ik hun naam niet wist, verzon ik er een. Ik voegde er vaak één of twee zinnetjes aan toe, over wat hij zei of wat hij deed. Of hij getrouwd was, of niet.

Het was een manier om toch iets voor mezelf te hebben.

Aan de ring zag ik het. Wist ik het zeker. Die ring, waarvan de groene, glinsterende steen haar mooie, slanke vingers al die tijd had versierd. Zo een die je erft.

Wie zou hem nu krijgen?

1

We hadden gedanst. Mijn armen om zijn sterke schouders, zijn handen op mijn heupen. Vuurwerk, passie, intimiteit. Een gevoel dat ik in tijden niet had gekend. De muziek verdoofde mijn realiteit, maakte dat ik me weer achttien voelde. Ik voelde me weer vrouw door hem, hij zág me. Bekeek me.

De sangria die we hadden gedronken, maakte me lichtvoetig, ik zweefde over de dansvloer, alsof ik nooit anders had gedaan. Hij was een goede leider. Anders dan pukkelige Peter, mijn buurjongen en danspartner met wie ik op mijn elfde naar stijldansles had gemoeten. Die struikelde nog eerder over zijn eigen, veel te grote voeten dan dat hij een pas in de maat danste.

Met Boris had ik nooit veel gedanst. Ons huwelijk kende andere intimiteiten.

Ik ontmoette hem in Utrecht, aan de bar in een café – hoe dat gaat. Hij bood me wat te drinken aan terwijl ik wachtte op de vriendin met wie ik had afgesproken. De vriendin, Vanessa, kwam als altijd weer te laat. Je kon er het best een uur later dan de afgesproken tijd zijn, want dan kwam ook zij pas op haar dooie gemak aanslenteren. Totdat je dat eens deed en ze geërgerd aan haar derde espresso op je zat te wachten – terwijl ze er normaal maar één drinkt. Dat ze vervolgens trillerig en hyper werd, was dan jouw schuld.

'Je hebt mooie handen,' zei hij.

Mooie handen. Origineel. Ik deed nooit wat aan mijn handen, lakte mijn nagels niet en had een hekel aan handcrème, omdat het plakte.

Mijn antwoord was een glimlach.

'Wat wil je drinken?'

'Wijn.'

'Wijn?'

'Ja.'

Hij lachte. Zijn witte tanden vormden een mooi contrast met zijn lichtbruine huid en pikzwarte stoppelbaard. Hij had iets ruigs, maar zijn lieflijke ogen verklapten dat hij niets dan goeds in de zin had.

'Wat?' vroeg ik.

'Rood, wit, zoet, droog?'

'O,' bracht ik onnozel uit.

Alsof ik weer een puber was en met pukkelige Peter aan de bar stond.

'Wit graag, droog.'

De week erna spraken we af. Hij bracht me naar een tapasrestaurant in Amsterdam waar je ook kon dansen. Ik kreeg geen hap door mijn keel, dankzij mijn meisjesachtige onwennigheid en de zenuwen die de zware klanken van zijn stem in mijn onderbuik losmaakten. Ik dronk alleen maar, omdat ik wilde dat die spanning mijn lichaam zou verlaten en ik vrij kon zijn. Al met al was ik vrijgezel, toch? Het treuren om Boris moest na vier maanden maar eens afgelopen zijn.

Het werd *zijn* huis, omdat hij in de buurt woonde. Het was drie straten lopen van het restaurant, dus lang had ik niet om me te bedenken en terug te keren naar mijn twee dochters. Tessa was alleen thuis gebleven met een stapel dvd's, Evie sliep bij haar vriendin Florien. Bij zijn voordeur aangekomen bedacht ik me toch. Het was onverstandig, ik kende hem nog maar pas.

'Ik geloof dat ik naar huis ga.'

Hij draaide zich om, maar wist enige vorm van verbazing te verbergen.

'Goed,' antwoordde hij.

'Goed,' zei ik.

'Zal ik je naar het station brengen?'

Zijn hand zakte van mijn schouder via mijn bovenrug naar net boven mijn billen, waar hij stilhield. Hij had grote handen, voelde ik. Hij zette wat kracht bij, waardoor ik dichter bij hem kwam te staan. Hij had een moedervlekje naast zijn oog, zag ik nu. Of was het een sproetje? Ik wist het verschil niet. Zijn ademhaling voelde ik op mijn huid, waardoor er twee keer zo veel lucht door mijn longen werd opgezogen en zenuwen me overmeesterden. Ik verlangde naar hem. Was dat een zonde?

Ik ontweek zijn blik, maar zag dat hij mij wel bleef aankijken. Wat wilde hij van me? Seks. Liefde? Zonder dat ik er zelf controle over had, begon ik sneller te ademen. Mijn hart bonsde niet alleen in mijn borst, maar was ook voelbaar in mijn buik en verder naar onderen. Hij nam mijn lichaam over.

Het moment dat ik hem aankeek, greep hij aan om me te kussen. Zijn dikke, warme lippen omsloten mijn dunne streepjes en brachten me naar de zevenentwintigste hemel. Wat een zoen!

Mijn instinct nam het over. Ik zag de sleutel omdraaien en de deur opengaan. Zijn interieur gunde ik geen blik en mijn zenuwen verdwenen met de klap die de voordeur maakte. We lieten ons vallen op zijn bed, dat we vonden terwijl we zoenend door de gang liepen. Dansten.

Of de seks beter was dan de spanning die eraan voorafging, geen idee, maar ik had me in tijden niet zo heerlijk gevoeld als die avond met Eduardo. Hij wond me op, liet me klaarkomen en prees mijn vrouwelijke ronde vormen de hemel in met zijn stem, maar ook met zijn handen. Hij maakte een explosie in me los waarvan ik niet eens meer wist dat ik die in me had. Hij kuste mijn borsten, mijn navel, mijn nek, maar niet daar waar ik wilde dat hij me zou kussen. Die ene plek bleef hij ontwijken alsof ik hem daartoe de opdracht gaf. Maar mijn lichaam gaf juist het tegenovergestelde signaal, waarom kwam dat niet over? Steeds als hij net voorbij mijn navel was, kwam hij weer naar boven. En weer, en nóg een keer. Hij maakte me gek. Totdat hij wel verderging. En toen, toen kwamen al die kleine prikkels ineens samen en zorgden voor een geweldige uitbarsting, een grandioos gevoel dat mijn adem voor misschien wel een halve minuut deed stokken.

'Ik wil dat je altijd bij me blijft,' fluisterde hij.

Hij zoende me nog eens in mijn nek en maakte een kreunend geluid in mijn oor. Een geluid waardoor ik niet hoorde dat hij iets uit het kastje naast het bed haalde.

Mijn pols raakte iets kouds, waar ik van opschrok. Toen een klik. En snel daarna nog één. Was dat... Ik opende mijn ogen, maar zag alleen duister.

'Lieve Roos,' zei hij. 'We gaan een leuk spelletje spelen. Ik kom zo terug.'

Mijn vermoeden klopte, mijn pols was gevangen in een metalen cirkel en vastgeketend aan een van de spijlen van het bed. Handboeien.

'Wat doe je?' vroeg ik, terug in de realiteit.

Een nare realiteit.

'Ik zit vast. Maak me eens los.'

Ik hoorde hem opstaan en de kamer uit lopen.

'Eduardo... Eduardo!'

Geen antwoord.

'Doe normaal, maak me eens los. Hé!'

Ik rukte een paar keer met mijn arm in een poging me los te krijgen. Ik bezeerde mijn pols erdoor. Intuïtief zocht ik naar iets om mijn naakte lichaam mee te verbergen. Ik voelde me kwetsbaar. Ik was kwetsbaar.

'Eduardo!' riep ik nog eens.

Waarom deed hij dit?

Nog steeds geen reactie. Ik hoorde hem niet meer. Waar was hij naartoe? Wat wilde hij met me?

Het dekbed lag buiten mijn bereik, ik kon mijn naaktheid niet verbergen. In mijn herinnering hadden we de meeste kleding in de gang al uitgetrokken. Misschien lag mijn slipje nog ergens in de kamer. Maar waar?

Mijn hand zocht de muur af naar een lichtknop. Maar er was geen knop, geen licht. De muur was ruw gestuukt en schaafde mijn vrije arm. Het leek erop dat het bloedde, want het voelde vochtig. Pijn voelde ik niet, alleen maar die paniek. Waarom was ik niet gewoon omgedraaid toen ik dat wilde? Hoe kon ik me zo laten gaan? Hoe kon ik me zo in iemand vergissen? Blind had ik deze man vertrouwd. Ik wist niets van hem, helemaal niets.

Ja, hij is half Surinaams, half Nederlands. Hij heet Eduardo en woont in Amsterdam. Verder niets. Ik deed dit soort dingen toch niet? Niks voor mij. Wat leerde ik mijn dochters nou altijd? Naïef. Stom!

Straks was hij van plan om me te vermoorden, hier op dit bed. Mijn dochters zouden niet eens weten waar ik ben. Dat wist niemand, zelfs Vanessa niet.

Tranen prikten achter mijn ogen, maar ik liet ze niet toe. Ik zou niet opgeven, hij wist niet wie hij voor zich had. Ik zou zo veel verzet bieden, dat hij zich wel zou bedenken. Wat zijn plan ook mocht zijn.

Mijn hand zocht naar iets op het kastje naast het bed. Een lichtknopje, een telefoon, geen idee wat ik eigenlijk zocht. Iets om me mee te wapenen.

Ik raakte iets. Een schuivend geluid en daarna een doffe pets op het tapijt. Wat was dat? Het klonk op het houten nachtkastje als metaal, net als de handboei die zich om mijn pols had gesloten. Een driftige vrijheidsdrang zorgde ervoor dat ik me in één beweging had omgedraaid en met mijn benen naast het bed stond. Ik moest uitkijken dat ik mijn pols niet verdraaide, of erger nog, zou breken. Ik liet me op mijn knieën zakken en rook de muffe geur van de vloerbedekking. Mijn hand ging over het tapijt, op zoek naar het metalen ding dat ik net van het kastje had geschoven.

Was dat een voetstap? Ik dacht iets te horen vanuit de gang. Was dat Eduardo?

Ik hield mijn adem in om in volledige stilte te kunnen bepalen wat ik had gehoord. Geen geluiden meer. Eduardo verscheen niet in de kamer. Waar was hij dan? Ik merkte dat mijn hand hevig begon te trillen. Snel zocht ik verder op de grond en ik kwam daar iets tegen wat op mijn slip leek. Gelukkig, die kon ik straks in elk geval aantrekken. Ik legde het stuk ondergoed op de rand van het bed, waar ik het gemakkelijk zou terugvinden. Mijn hand streek verder over de vloerbedekking. Eindelijk, iets kouds, metaalachtigs. Dat was het. Al snel identificeerden mijn vingers het als een kleine sleutel. Het zal toch niet…?

Een gevoel van euforie. Door het trillen van mijn hand liet ik het sleuteltje bijna direct weer vallen. Rustig nou, deze kans niet laten glippen. Straks kreeg hij door dat ik het had gevonden. Voordat hij zou komen kijken wat er aan de hand was, moest ik mezelf hebben bevrijd.

'Fuckerdefucktyfus,' fluisterde ik.

Nieuw woord. Nooit eerder uitgesproken.

Ik kon het sleutelgat van mijn handboei niet vinden. Nog steeds gaf Eduardo geen kik. Misschien was hij wel weggegaan, naar buiten. Op zoek naar een nieuwe vrouw die zo dom was om met hem mee naar huis te gaan. Die zou vallen voor zijn valse charmes.

Raak. Het sleuteltje zat in het gat. Omdraaien en openen ging makkelijker dan ik had verwacht en ik wrong mijn pols los door de halfgeopende cirkel. Yes. Eén-één, klootzak.

Ik greep het slipje van de rand van het bed en snelde in de richting van de deuropening, waar ik Eduardo voor het laatst had gehoord. Even voor de opening hield ik stil. Wat nou als hij om de hoek stond? Met een mes of zo. Ik moest even goed nadenken nu. Hij was me al één keer slimmer af geweest, dat moest ik me geen tweede keer laten gebeuren.

Weer zocht ik naar licht, want dat was zijn kracht. Hij kende het huis, had geen licht nodig om zijn weg te vinden. Ik daarentegen had geen moment aandacht geschonken aan waar ik naar binnen was gestapt, met mijn domme geile kop. Nooit meer zou ik dit doen. Nooit meer. Als ik ooit nog de kans zou krijgen dan.

Ik vond de lichtschakelaar, die klassiek rechts naast de deuropening aan de muur zat. Het felle licht verblindde me eerst, maar was daarna mijn beste vriend. Mijn ogen schoten door de kamer. Daar lag mijn bh, verderop mijn jurkje en een stukje de gang in, vlak naast de trap naar boven, zag ik mijn pumps netjes liggen. Nu moest ik alleen mijn tas nog zien te vinden.

Hoeveel haast ik in mijn leven ook heb gehad, nooit eerder kleedde ik me zo vlug aan. Met elk kledingstuk voelde ik meer kracht door mijn lijf stromen. Hoewel ik nog steeds geen benul had van wat ik aan zou treffen wanneer ik de kamer uit zou stappen. Zou hij gewapend zijn? Ik doorzocht de kamer op iets waarmee ik me kon verweren. Opende een paar lades van de kledingkast die tegenover het bed stond, maar vond behalve een paar oude dagboeken, niets anders dan sokken, ondergoed en hemden, netjes opgestapeld. De kastdeur maakte een piepend geluid toen ik die opende en onthulde nog meer keurige stapels en op kleur gehangen kleding. In de hoek onder in de kast lag een houten mal voor laarzen. Pas op het moment dat ik ernaar reikte, realiseerde ik het me.

Dit is geen mannenkast.

Direct daarna zag ik de pumps, jurken en gekleurde sjaals die om de hals van een vrouw gedrapeerd behoorden te worden. Van wie was deze kleding? Had hij een vrouw? Vriendin misschien?

Mijn hoofd werd warm en begon te bonken. Dit was te veel. Ik moest hier zo snel mogelijk weg, dit huis uit en om hulp roepen. Ik zou de eerste de beste taxi aanhouden en hem opdragen het gaspedaal zo diep mogelijk in te drukken. Naar huis, ik wilde naar mijn dochters. God, ik had al lang thuis moeten zijn. Deze keer was het niet mijn oudste dochter, maar ikzelf die me niet aan de afgesproken tijd hield. Wat was ik voor voorbeeld? Wat was ik voor moeder?

Vastbesloten draaide ik me om en stapte met de houten mal de gang in. Er gebeurde niets, dus ik bukte om met mijn andere hand mijn schoenen op te pakken. Die zou ik straks pas aantrekken, want als ik moest rennen, kon ik die hoge hakken niet gebruiken. Mijn tas, waar had ik die toch gelaten?

Ik keek om me heen en schrok van een rood oplichtend puntje, verderop in de woonkamer, dacht ik. Toen rook ik het, de indringende geur van sigaretten. Hij zat daar te roken en mij te bekijken. Doordat ik in het licht van de slaapkamer stond, kon ik zijn gezicht niet zien.

Hij zei niets.

Ik kon de deur uit vluchten, ik stond er dichter bij dan hij. Makkelijk zou ik het halen tot buiten, zonder dat hij me te pakken kon krijgen. Als de deur niet op slot was dan. Wat als hij de deur op slot had gedraaid?

Zonder mijn tas kon ik geen taxi nemen. Kon ik mijn huis niet eens in. Waar had ik hem neergezet? Hier in de gang, of toch niet? Ik dacht van wel. Nu stond hij daar niet meer, sterker nog, op een houten opbergkist na stond er niets in de hal. Eduardo had hem natuurlijk mee de woonkamer in kunnen nemen. Het kon een lokkertje zijn. Misschien wilde hij juist wel dat ik de woonkamer in kwam, misschien had hij daar een nieuwe val voor me uitgestippeld.

'Wat ben jij een psychopaat,' zei ik. 'Wat zit je daar nou te kijken, man.'

Ik schrok van mijn eigen woorden. Hoe durfde ik dat te zeggen?

Nu hoorde ik hem de rook uitblazen.

'Hier heb ik je tas,' zei hij. 'Blijkbaar heb je geen zin om hier te blijven.'

De opmerking prikkelde mijn neiging met hem in discussie te gaan. Wat dacht hij nou? Dat we nog een gezellig bordspelletje met elkaar gingen doen?

'Waar slaat dit op? Jij, je bent niet goed snik.'

Ik liep op mijn blote voeten de woonkamer in en had daar binnen twee seconden de lichtknop gevonden. Daar zat hij dan, in zijn nakie op de bank, met een glas whisky en een sigaret. De sigaret bungelde tussen zijn lippen en zonder dat hij hem met zijn vingers aanraakte, nam hij nog een hijs. Aan de asbak op tafel te zien was dit niet zijn eerste.

Naast zijn blote voeten stond mijn tas. Ongeopend, zo leek het. Echt een lokkertje dus. Mijn ogen schoten door de kamer, maar ik zag niets wat erop wees dat hij me weer ergens mee vast zou kunnen zetten.

Ik zag een grijns op zijn gezicht verschijnen.

'Lieve Roos,' zei hij. 'Ik dacht echt dat je het leuk zou vinden.'

Ik keek hem verongelijkt aan. Er zat een flinke steek los bij deze vent. Op het eerste gezicht leek hij geweldig, perfect. Te perfect.

'Ik heb je verkeerd ingeschat, ik dacht dat je ook wel van kinky hield.'

Ik slaakte een spottende kreet.

'Kinky? Wat was daar kinky aan?'

Hij lachte.

'Ik vond het wel kinky. Je maakt je druk om niets, ik wilde net weer naar je toe komen.'

Meende hij dit nou?

'Je dacht, ik ga er nog een keer overheen nu ze toch aan mijn bed vastzit?'

'Nee!'

Hij stond op. Het zag er lullig uit, zijn naakte lichaam met alleen een glas drank in zijn hand.

'O nee, wat dan?'

'Sorry, Roos, echt. Meestal kan ik wel inschatten of een vrouw dit ziet zitten.'

'Je bedoelt dat je dit vaker doet? Ook dat nog!'

Hij haalde zijn schouders op. Ik was dus een van de velen. Wat had ik me ook in mijn hoofd gehaald? Te oud. Ik was hier te oud voor.

'Ik heb hier geen zin in, ik ga naar huis en wil je niet meer zien.'

'Goed,' zei hij, net als eerder op de avond toen ik ongeveer hetzelfde zei.

'Geef mijn tas.'

'Kom maar halen.'

Hij ging weer op de bank zitten.

'Eduardo, doe niet zo kinderachtig.'

'Ha, net was ik nog iets heel anders. Ik wist niet dat je zulke lange tenen had, zeg. Preutse vrouw.'

Preuts?

Even twijfelde ik, maar mijn boosheid overwon. Ik stapte op hem af en boog me om mijn tas te pakken. Hij bewoog niet en liet me het zwarte ding bij zijn voeten weghalen. Precies op het moment dat ik weer rechtop stond, greep hij mijn pols. Mijn zere pols.

'Au!' riep ik. 'Laat me los.'

Hij was sterker dan ik. Zelfs vanuit zijn zittende positie kon hij met me doen wat hij wilde. Weer zat ik vast, maar nu in zijn greep.

'Ik wil dat je weet dat ik je niets wilde doen. Ik vind je leuk, Roos. Ik wil het niet verpesten met je. Kunnen we het nog een keer overdoen?'

'Nee, bedankt,' zei ik spottend.

'Ik ben oké, echt.'

'Het zal wel.'

Ik had hem niets meer te zeggen. Keek hem niet aan. Vanaf het moment dat ik zijn greep voelde verslappen, rukte ik me los en trok ik een sprint naar de deur, die niet op slot zat. De frisse buitenlucht, zoals gebruikelijk in februari, bracht kippenvel op mijn blote benen. Mijn panty lag nog binnen. Nog steeds zonder schoenen rende ik de straat uit, op zoek naar leven. Op zoek naar normale mensen.

Pas toen ik in de taxi naar Bussum zat, durfde ik te ontspannen.

'Lekker uit geweest?' vroeg de taxichauffeur. 'Weet je, mijn broer heeft ook een tijdje in Bussum gewoond.'

Hij moest het doen met een chagrijnige hum, die hem gelijk duidelijk maakte dat ik geen zin had in een praatje. Ik wilde niet praten, alleen maar denken. Vanavond had ik een fout gemaakt, die grote gevolgen had kunnen hebben.

Ik staarde naar buiten, volgde de lichtjes in de verte langs de snelweg. De rit kon me niet snel genoeg gaan. De taxichauffeur had inmiddels zachtjes de radio aangezet. De schoenen, die ik nog steeds in mijn hand geklemd had, schoof ik langzaam om mijn voeten. Ik zette mijn tas op mijn schoot en ritste hem open om te zien of alles er nog in zat. Mijn portemonnee vond ik gelukkig als eerste. Het briefje van vijftig euro dat ik had gepind, symbolisch, om te laten zien dat ik heus mijn eigen eten wel kon betalen, zat er nog in. Een routineuze check maakte ook duidelijk dat mijn pinpassen, creditcard en rijbewijs nog in het lederen etui zaten.

De rest maakte me eigenlijk niet zoveel meer uit, maar toen ik verder grabbelde, hoorde ik ook mijn sleutelbos onder in mijn tas zitten en voelde ik mijn mobiele telefoon. Die haalde ik eruit, de tas ritste ik weer dicht en ik zette hem naast me neer, dicht bij me.

Het lichtje van mijn Nokia knipperde. Een gemiste oproep of een sms-bericht. Ik haalde de telefoon van de toetsblokkering af en bekeek vluchtig wie me had gebeld.

Dat dacht ik al.

Ik had acht gemiste oproepen van Eduardo en drie sms-berichten. Ik opende het eerste bericht. Ook van Eduardo.

'Lieve Roos, denk niet verkeerd over me. Ik vond het geweldig met je vanavond. x'

Ondanks die afschuwelijke handboeien zag ik even de beelden van de seks die we hadden weer voor me. Hoe kon zoiets fantastisch zo gruwelijk verpest worden? Dat verwacht je toch niet?

Ik wiste het bericht en opende het tweede. Van Vanessa, of het gezellig was en of we seks hadden gehad. Ik kon een lichte glimlach niet onderdrukken. Hoe oud waren we ook alweer? Bovendien, ze moest eens weten.

Het derde bericht was een voicemail.

Ik toetste het nummer in en luisterde met nieuwsgierigheid, maar ook met de nodige angst om de zware klanken van die stem te horen. De klanken die eerder die avond mijn hoofd op hol brachten, en nu weer – maar wel om een heel andere reden.

Eerst haalde hij adem.

'Dag, Roos, met mij. Ik geloof dat je vanavond niet meer op gaat nemen... Dat snap ik ook wel. Toch wil ik graag nog met je praten, over wat er is gebeurd vanavond, weet je. Ik bedoelde er niets kwaads mee. Sterker nog, ik dacht dat je ook wel wilde, maar niet dus. Hoe dan ook, ik wens je een fijne nachtrust toe. Morgen praten we erover, ik kom wel even bij je langs.'

Hij wilde langskomen.

Het idee alleen al maakte me misselijk. Om weer de confrontatie met hem aan te gaan, misschien wel onder het oog van een van mijn dochters, leek me een nachtmerrie. De creep. Maar gelukkig had hij geen flauw idee waar ik woonde en ik piekerde er niet over om mijn telefoon ooit nog op te nemen als hij belde. Hij had dan niet zoveel van zichzelf prijsgegeven, ik had ook weinig over mijn leven losgelaten. Ik was niet helemaal achterlijk.

Even voelde ik me opgelucht dat ik verlost was van deze psychopaat. Ik was door het oog van de naald gekropen, het had ook anders kunnen aflopen. Voortaan zette ik een dikke streep door de weekenden in mijn agenda: geen dates meer voor Roos. En al helemaal niet met onbekende mannen die te veel interesse toonden. Wat had ik me in godsnaam in mijn hoofd gehaald? Alsof ik nog mee kon doen met dit stomme spel, als moeder van twee pubers. Nee, geen dates meer, maar een dikke vette streep. Ik visualiseerde de streep en sloot mijn ogen.

Met een schok opende ik ze weer. De spanning kwam terug en ik rechtte mijn rug. Dit kon niet waar zijn. Met trillende hand reikte ik weer naar mijn tas, mijn vingers ritsten hem open en voelden waar ik al bang voor was. Dit was nog lang niet over, vanavond was het pas begonnen. Een tweede keer is hij me slimmer af. Gespannen bleef ik zoeken, maar tevergeefs, mijn agenda was verdwenen. Mijn bruinleren agenda. Met op de eerste bladzijde mijn keurig ingevulde adresgegevens.

2

Lichtflitsen, bewegende benen, gelach. Mijn perspectief van de club op het Rembrandtplein waar ik een paar uur eerder binnenliep, veranderde met elk drankje. Vervaagde met elk drankje. Ik moest stoppen, anders werd ik straalbezopen. Ho, bijna viel ik om. Ik hield me vast aan een vrouw in een leren broek. Ze keek geërgerd op.

'Blijf van me af trut. Ga ergens anders dronken zijn.'

Ze duwde me weg.

Ik was niet dronken. Alles draaide gewoon een beetje. Door de duw kwam ik bij de bar terecht. Fijn, daar kon ik tegenaan leunen. Een kruk? Daar. Ik hopte de kruk op en liet mijn hoofd zakken op de bar. Iemand knoeide bier over mijn arm. Ik bewoog niet, ze deden maar. Mijn lijf was log, ik voelde me net een alcoholist. Als ik al wist hoe je je dan voelde.

Ik mocht hier niet zijn. Florien en ik zijn naar binnen gesneakt toen de beveiliger even niet oplette. Vette mazzel, want je komt hier normaal nooit binnen als je onder de achttien bent. Florien stond met een of andere gozer te dansen. Ik vond het een bal, hij zag eruit als een student scheikunde en hij had een kakkerig accent, maar zij zag hem wel zitten. Zoals gewoonlijk had ik niemand. Mij zagen ze niet staan, waarschijnlijk omdat ik altijd met Florien was: zij was het lekkere wijf van ons tweeën. Weer een glas bier over me heen. Nu sijpelde het langs mijn rug, zo mijn rokje in. Ik ging rechtop zitten en draaide me om.

'Hé joh,' zei ik tegen niemand in het bijzonder.

Met mijn hand depte ik mijn rug een beetje droog. Het lukte niet.

'Doekje,' riep ik tegen de barman.

Hij hoorde me niet en trok een wenkbrauw op.

'Mag doekje?'

Jezus, ik kon niet eens meer praten.

Hij gooide een halfnatte theedoek mijn kant op. Wat had ik daar nou aan? Toch veegde ik hem voor de vorm even langs mijn rug. Lekker koel.

Met de theedoek nog in mijn hand liet ik mijn gezicht zakken op de bar. Ik gebruikte mijn onderarm als kussen. Heerlijk, ik sloot mijn ogen. Ondanks het gedreun van de bas, viel ik in slaap.

Ik schrok weer wakker door een enorm fluitconcert van de dansende menigte toen de diskjockey de muziek per ongeluk uit liet gaan.

'Prutserrr!' schreeuwde iemand.

Mensen om hem heen lachten om zijn opmerking.

Kort daarna hervatte de dj zijn set. Het klonk lekker, ik kreeg zelfs weer een beetje zin om te dansen. Door het korte slaapje voelde ik me een stuk beter. Ik was net op tijd gestopt met drinken. Ik zocht naar Florien, ze was niet meer op de dansvloer. Er waren minder mensen in de club, het begon laat te worden. Of vroeg. Daar, in de hoek op een loungebank zat Florien, ordinair te zoenen.

Ik zuchtte.

'Het zal eens niet,' mompelde ik terwijl ik erheen liep.

Met een por tegen haar bovenarm verstoorde ik de zoenpartij van mijn vriendin. Ze keek op.

'Hé,' zei ze. 'Daar ben je. Dit is Hendrik-Jan.'

Ik knikte bij wijze van groet zijn kant op. Zie je wel, bal.

'Ik ga buiten even een luchtje scheppen. Heb het een beetje warm.'

'Oké.'

'Kom je zo ook? Volgens mij is het bijna afgelopen. Kunnen we de trein pakken.'

'Ja, heel even nog.'

Ze knipoogde.

Ik liep naar buiten en werd overweldigd door de frisse lucht. Ik haalde een paar keer diep adem. Nuchter worden. Nuchter worden. Het lukte aardig. Direct zat mijn klamme huid onder het kippenvel, dus ik trok toch maar mijn jas aan.

Ik ging op een muurtje zitten en besloot daar op Florien te wachten. We moesten zo nog terug naar Bussum, we namen de eerste trein. De ouders van Florien waren een weekend weg, dus we konden zo laat thuiskomen als we maar wilden. Mijn moeder en haar ouders dachten dat we bij haar thuis een py-jamaparty hielden, zoals het 'hoorde' bij meisjes van onze leef-tijd. Gelukkig zouden ze er nooit achter komen waar we echt waren. Dan kregen we zonder twijfel een uitgaansverbod voor tien jaar.

Ik hoopte dat Florien snel zou komen, want ik moest mor-genochtend onmenselijk vroeg op om met mijn moeder en Tessa, mijn zusje, op bezoek te gaan bij mijn opa in het bejaar-dentehuis. Vreselijk. Ik was gek op mijn opa, vroeger, maar ik had er zo'n hekel aan om hem te bezoeken in dat stinkhuis. Mijn moeder ging elke zondag en meestal ging mijn zusje ook wel, maar ik, nee, ik ging echt nooit. Ik kon het niet meer, had wel betere dingen te doen op zondag. Mijn roes uitslapen bij-voorbeeld, iets wat ik nu ook met alle liefde zou willen doen.

'Hé, lekker ding.'

Lekker ding? Dat zeg je toch niet.

Ik keek op en zag een jongen die doorkon voor een nerd, maar toch iets heel bijzonders had. Als een filmster die veran-derde van lelijk eendje in een extreme knapperd. Hij leek een paar jaar ouder dan ik.

'Gaat alles goed?' vroeg hij.

Ik glimlachte.

Gewoon negeren, dacht ik bij mezelf. Nooit praten met gasten die je op straat aanspreken, dat was onze regel. Kon nooit een leuke jongen zijn, zei Florien altijd. Hoewel, ik keek nog eens, hij zag er toch zeker niet slecht uit.

'Op wie wacht je?'

'Waarom denk je dat ik op iemand wacht?'

'Zo, bijdehand. Sorry, dat dacht ik.'

'Op mijn vriendin, die is nog binnen.'

Ik wees met mijn hoofd naar de ingang van de club. Het werd kouder. Ik kroop diep in mijn warme jas.

'Mag ik even bij je komen zitten, brutaaltje?'

Ik knikte.

'Jesper,' zei hij.

Zijn ogen waren prachtig. Lichtblauw, sprankelend. Ik was op slag verliefd.

'Evie.'

We gaven elkaar een hand.

Ik merkte dat ik zenuwachtig van hem werd. Ik was aandacht van jongens niet zo gewend, wist niet goed hoe ik ermee om moest gaan. Mijn wangen kleurden rood, ik vond het vreselijk dat ik dat niet onder controle had. Het viel hem ook op.

'Nou niet verlegen worden, hè?'

Ik lachte. Wat kon ik anders doen, die kleur kreeg ik niet zo snel van mijn gezicht.

'Dus je hebt geen vriendje?'

'Nee.'

'Hoe kan dat nou?'

Ik haalde mijn schouders op. Wist ik veel.

'Al plannen voor morgen?'

Ik keek hem aan. Waarom wilde hij dat nou weer weten?

'Of voor vandaag, eigenlijk,' zei hij toen hij op zijn horloge keek.

'Hmm…' zei ik. 'Op bezoek bij mijn opa in het bejaardentehuis. Spannend hè?'

'Dat meen je niet.'

'Jawel.'

'Nou, dat is toevallig. Ik moet ook op familiebezoek, mijn opa en oma vieren hun zoveeljarig huwelijk. Hoeveel jaar was het ook alweer… Nou ja, geen idee meer. Ze zijn al zo lang bij elkaar.'

Een grote glimlach.

Toevallig, vond ik ook. Maar zondag was natuurlijk de uitgerekende dag voor dat soort dingen. Je kwam er bijna niet onderuit, zelfs niet als je een kater had. Bij mijn moeder júíst niet als je een kater had.

Het ging niet goed tussen mij en mijn moeder. We groeiden de laatste tijd uit elkaar. Er ging geen dag voorbij zonder schreeuwende ruzie. Het leek wel of we elkaar steeds minder begrepen. Ik wist wel dat ze een moeilijke tijd doormaakte. Mijn vader was een paar maanden geleden vertrokken en heeft haar laten zitten met een hoop schulden en ellende. Ik wist dat hij een keer was vreemdgegaan met iemand van zijn werk, maar verder had ik geen idee wat er was gebeurd.

Ik was haar oudste kind en ze verwachtte misschien meer 'verantwoordelijk gedrag' van me, dat zou kunnen. Maar ze begreep niet dat ik ook mijn eigen leven had, ik wilde leuke dingen doen, genieten. En niet alleen maar met school en studeren bezig zijn. Ik was fucking zeventien, kom op.

Eén keer in de week zat ik op de bank bij Pien, de schoolpsycholoog. Zij vertelde me dat het onthechtingsproces heel moeilijk is voor een ouder, vooral voor een moeder. Mijn moeder wilde me, vanuit haar natuurlijke moedergevoelens, nog zo lang mogelijk bij zich houden. Claimen noemde ik het zelf. En ik kreeg daar inmiddels de kriebels van en probeerde dat proces op een nogal harde manier te versnellen. Het zou allemaal wel beter gaan wanneer ik over een halfjaar het huis uit zou gaan en op kamers woonde. Stukken beter.

'Waar kom je vandaan?' vroeg Jesper.

'Bussum.'

'Ah, het Gooiiiii,' zei hij overdreven bekakt.

'Yep,' knikte ik. 'Maar zo praat ik niet hoor.'

Hij glimlachte uitdagend. Probeerde hij me nou te versieren? Het leek er wel op.

'Ik hoor het. Mijn opa en oma wonen in Almere, dat is daar vlakbij toch?'

Ik knikte.

'Het is wel redelijk in de buurt, ja.'

Doordat hij zich naar voren bewoog om zijn veter opnieuw te strikken, rook ik hem. Zijn geur was heel bijzonder, het maakte hem nog aantrekkelijker. Nog lekkerder.

'Zal ik je anders thuisbrengen? Ik heb niet gedronken, mijn auto staat hier vlakbij.'

Mijn moeder zou me wat doen als ik op zijn voorstel in zou gaan. In gedachten zag ik haar ogen al vuur spuwen en hoorde ik haar stem: wat heb ik je nou altijd geleerd over vreemde mannen? Aan de andere kant dacht ik aan de tijd, het werd steeds later, of vroeger dan, en ik wilde echt op tijd zijn, om een nieuwe ruzie te voorkomen. Als ik met een uurtje thuis kon zijn, kon ik nog even slapen en daarna lekker douchen voordat we naar Rotterdam gingen.

'Het is geen probleem hoor,' zei hij. 'Ik zou er toch vroeg zijn, zodat ik daar nog even kon pitten. En als ik toch die kant op ga…'

Ik twijfelde. Ik keek hem nog eens diep in zijn blauwe ogen. Kon ik hem vertrouwen? Hij was niet bepaald het type 'vreemde man' waar mijn moeder dus altijd voor waarschuwde. Maar ja, was het niet onverstandig om zomaar bij hem in de auto te stappen?

'Kom op joh, anders zit ik ook maar alleen in de auto,' zei hij.

'Goed dan,' gaf ik toe. 'Maar dan gaat Florien, mijn vriendin, mee. Ik sms haar even.'

Hij gebaarde dat het oké was.

Binnen een minuut kreeg ik een bericht terug.

'Je hebt een lift gefixt! Je bent de beste. Ik kom eraan. K*S'

Ik liet de sms aan Jesper lezen. Hij moest lachen.

Wauw, die lach.

Ik vond hem stiekem toen al geweldig. Florien kwam aange-huppeld, we stapten in zijn auto en reden naar Bussum. Later heb ik me wel een miljoen keer afgevraagd hoe mijn leven was gelopen als ik niet bij hem in de auto was gestapt. En ja, nu zou ik willen dat ik het nooit had gedaan.

We stopten even bij het huis van Florien, om haar af te zet-ten en om mijn tas op te pikken. Florien liet zich meteen op de bank vallen en was binnen een paar seconden vertrokken met haar dronken kop. Vliegensvlug kleedde ik me om en haalde alvast de meeste make-up van mijn gezicht. Mijn moeder zou vast al wakker zijn en mocht niets doorhebben.

Ik gaf Florien een kus op haar voorhoofd en glipte naar bui-ten, waar Jesper op me stond te wachten. Ik legde hem uit hoe hij moest rijden.

'Mag ik je een keer bellen?' vroeg hij toen we even later bij mij voor de deur stonden.

Weer voelde ik een kleur opkomen. Dat hij dat wilde, mij bellen. Ik stond nog steeds versteld van zijn aandacht voor mij. Hij zag er niet verkeerd uit en kon vast genoeg andere meisjes vinden die hij mocht bellen. Ik daarentegen was een niet-bij-zonder meisje van bijna achttien, dat prima tevreden kon zijn met haar uiterlijk, maar geen standaard lekker wijf was. Ik zag er simpel uit, droeg altijd basic kleding en had de ook al niet unieke combinatie van blond haar en blauwe ogen. Daar zijn er wel meer van. Florien vond het belachelijk als ik zo over mezelf sprak, maar ja, zij had makkelijk praten. Zij zag eruit alsof ze rechtstreeks van de cover van *Elle* kwam gehuppeld.

'Ja hoor, van mij wel.'

Hij gaf me zijn telefoon en ik zette mijn nummer erin. Met een grote grijns op zijn gezicht sloeg hij het nummer op.

'E, v, i, e, toch?'

'Ja.'

'Oké Evie, ik bel je.'

Voordat ik uitstapte gaf hij me een kus op mijn wang. Mijn hart ging als een gek tekeer.

'Dag,' zei ik.

Zonder nog naar me te kijken reed hij weg en verdween hij uit het zicht. Goe-de-morgen. Dat was dus Jesper.

De voordeur ging open en mijn moeder stond al helemaal aangekleed in de deuropening op me te wachten. Ze keek me vragend aan. Ik had geen zin om uitleg te geven.

'Wat is er met je fiets gebeurd?'

Shit, die stond dus nog bij Florien. Ik gaf haar een envelop die de postbode waarschijnlijk op het tuinpad had laten vallen.

'Ja klote, had weer een lekke band.'

'We gaan over een uur weg.'

'Oké.'

Dat slapen kon ik dus op mijn buik schrijven.

We zaten in de auto onderweg naar Rotterdam, waar opa al een paar jaar in het tehuis zat. In al die tijd was ik er nog maar drie keer geweest en daar voelde ik me best een beetje schuldig over. Vroeger kon ik echt goed opschieten met opa, hij was mijn maatje, een soort tweede vader. We gingen samen naar de dierentuin en deden allerlei spelletjes. Hij kon het zelfs opbrengen om mijn poppenhuis iedere keer weer op te bouwen als het was ingestort. Maar toen mijn oma ziek werd en overleed, ging het slechter met hem. Hij moest verhuizen, naar dit bejaardentehuis, en ik kwam er niet graag. Ik vond het een stinkhuis. Sinds die tijd zag ik mijn opa veel minder, best jammer eigenlijk.

'Wie was die jongen die je thuisbracht?'

Ik had de vraag al verwacht en me grondig voorbereid op een wenselijk antwoord voor mijn moeder. Ik moest me in mijn moeder verplaatsen, zei Pien altijd. Dus dan kon ik dat maar beter zo efficiënt mogelijk toepassen.

'De buurjongen van Florien,' loog ik. 'Hij heeft eerst geprobeerd mijn band te plakken, maar toen dat niet lukte, bood hij aan me even naar huis te brengen.'

'Je had mij toch ook kunnen bellen,' zei mijn moeder argwanend.

'Dat had gekund, ja.' Gelijk geven helpt altijd om een ruzie te voorkomen dacht ik, gelijk geven helpt. 'Maar ik vond het zo aardig van hem, dat ik het lullig vond om nee te zeggen en vervolgens door mijn moeder opgehaald te worden.'

Mijn moeder knikte.

Ze leek afwezig, moe. Alsof ze zich ergens zorgen om maakte. Ik vond het allang best, als ze maar niet verder zou doorzeuren over Jesper. Daar had ik echt geen energie voor.

Ik zat aan een punt appeltaart en een kop lauwe koffie met te weinig suiker toen ik mijn tas hoorde trillen. Mijn mobiel. Ik pakte mijn telefoon en voelde een schok in mijn buik. Het was een sms van Jesper.

'Lekker ding! Was je nog op tijd? Was geweldig om je te ontmoeten, you made my day. xje'

Even verdween iedereen in de bejaardenhuiskamer, ik hoorde de gesprekken niet meer en voelde mijn hele lichaam warm worden. Tegelijkertijd werd ik er zenuwachtig van. Wat betekende dit, vond hij me echt leuk? Hij vond het geweldig om me te ontmoeten, zei hij. Zou hij hetzelfde gevoel gehad hebben als ik?

Mijn zusje keek me vragend aan.

'Van wie?' vroeg ze zachtjes grinnikend met haar mond vol taart.

Ik negeerde haar vraag en stak mijn tong uit.

'Net op tijd. Ook leuk om jou te ontmoeten. Thanks voor de lift! xxx'

Snel stopte ik mijn telefoon weer in mijn tas, want ik wist dat mijn tante een hekel aan mobieltjes had. Haar kinderen moesten hun telefoon uitzetten zodra ze thuis waren, want ze hadden hem alleen gekregen voor 'uiterste noodgevallen'. Hoe suf en naïef kon je zijn. Mijn nichtje en neefjes waren maar wat blij met de technische uitvinding 'stil' op je telefoon, waardoor ze hun mobiel gewoon aan konden laten staan zonder dat hun moeder dat doorhad. Ja, ze was zo slim, mijn tante, maar de tijd begon haar in te halen...

Ik hoorde weer een trilgeluid vanuit mijn tas, maar vanwege de blik van mijn tante besloot ik om te wachten totdat we weer in de auto zaten. Ik kreeg geen hap van die taart meer naar binnen.

Wat zou hij teruggestuurd hebben?

In gedachten ging ik terug naar een paar uur geleden en ik voelde mijn hart bonzen toen ik zijn geur probeerde terug te halen. Hoe hij zijn naam zei, leuk, hij was gewoon echt leuk. En zo anders ook dan al die andere jongens die bij me in de klas zaten of die ik tegenkwam met uitgaan. Veel volwassener. Spannend, hij had iets interessants.

Ik probeerde mijn moeder af en toe een seintje te geven dat ik het meer dan zat was, in de hoop dat ze zou zeggen dat we er maar weer eens vandoor moesten gaan. Na een uur werkte het.

'We moeten weer terug naar Bussum. Eef en Tessa moeten nog wat dingetjes voor school doen vanmiddag en we hebben nog een band te plakken, hè Evie Langenstein?'

'Ja, spannend zo'n examenjaar, of niet?' zei mijn tante. 'Hoe sta je ervoor, lieverd?'

Alsof haar dat wat interesseerde. Ze wilde alleen maar aardig voor mijn moeder zijn.

'Hartstikke goed, tante Elly.'

Ik glimlachte naar mijn opa, die me een knipoog gaf. Hij wenkte me en ik liep naar hem toe.

'Ik weet dat je goed je best doet meis, ik ben trots op je, hoe dan ook.'

'Bedankt opa,' zei ik.

'Kom, geef me een dikke kus.' Mijn opa trok me naar zich toe en omhelsde me lang. 'Lief zijn voor je moeder hè?' Hij keek me streng aan. 'Niet zo veel ruzie maken thuis, dat is nergens voor nodig.'

Ik kon niets anders dan glimlachen en hem nog een kus op zijn wang geven. Opa's willen natuurlijk ook alleen maar dat iedereen blij met elkaar is. Heel jammer voor opa, maar het echte leven verloopt niet altijd zo gezellig.

3

Ik had geen oog dichtgedaan. De rest van de nacht had ik non-stop rokend in het donker in de woonkamer gezeten, met het gordijn op een kier, zodat ik het zou zien als er iemand zou verschijnen. Als Eduardo op zou komen dagen.

Er verscheen niemand op het tuinpad. Ik zag zelfs geen auto voorbijrijden.

Wat deed je eigenlijk in dit soort situaties? De politie bellen? Nee toch, wat kon die nou doen?

Toen het licht begon te worden, sleepte ik mezelf naar boven en liet een bad vollopen. Ik waste mezelf grondig en liet het mezelf even toe om te ontspannen. Straks moest ik nog met de meiden naar Rotterdam, op bezoek bij mijn vader in het bejaardencentrum. Of ouderencomplex. Hoe ze het ook noemden. Ik vond het verschrikkelijk om mijn vader daar te zien wegkwijnen, maar we hadden weinig keuze, Elly en ik. Hij wilde per se weer in Rotterdam gaan wonen, terwijl wij allebei nog in Bussum woonden, waar we zijn opgegroeid. Voor ons zou het geen doen zijn om hem iedere dag te verzorgen, naast ons werk. En met thuiszorg alleen zou die arme man het niet redden.

Ik was blij dat ik Evie zover had gekregen weer een keertje mee te gaan naar haar opa. Ik wist dat hij gek op haar was en dat het hem pijn deed dat het niet meer 'cool' was om bij hem op bezoek te gaan. Toegegeven, ik kon het me maar al te goed voorstellen dat er niets aan was, helemaal niet op zondagochtend, maar hij bleef wel haar opa. Kom op, wat had hij in het verleden allemaal wel voor die meid overgehad? Ze beet maar even door de zure appel heen. Zo werd je volwassen, was mijn filosofie. Tessa, de jongste van veertien, ging wat vaker mee, maar ook bij haar dienden de eerste tekenen van de puberteit zich aan. Ik had steeds vaker woorden met een van de twee.

Het laatste water verdween in het putje, ik poetste mijn tanden en schoot een spijkerbroek en een bruin wollen vest aan. Een kam door mijn haren, even snel een vlecht maken en wat rouge op mijn wangen. Echt zondags was het misschien niet, maar zo kon ik wel weer voor de dag komen.

Ik keek op mijn mobiel. Niets meer gehoord van Eduardo.

Voor de zekerheid checkte ik mijn andere tassen en doorzocht ik het huis omdat ik me afvroeg of ik mijn agenda niet toch thuis had gelaten. Tegen beter weten in. Het stond me nog helder voor de geest dat ik hem in mijn tas had gestopt, want dat deed ik altijd als ik de deur uit ging. Zonder die agenda kon ik eigenlijk niet, al mijn afspraken stonden erin.

Shit…

Hij kon dus ook precies zien waar ik zou zijn de komende week. Weken.

Maar zou hij zover gaan? Dat zou echt te bizar zijn.

Ik wekte Tessa – onder luid gekreun, wat ik als protest of weerzin moest beschouwen. Ik schonk er geen aandacht aan, schoof haar gordijnen open en gaf haar een kus. Vreselijk zo'n moeder, dat was ik wel met haar eens.

Waar zou Evie blijven? Ze zou extra vroeg thuis zijn, ondanks haar logeerpartij. Ik zocht haar nummer op in mijn telefoon om haar te herinneren aan de afspraak van vanochtend. Natuurlijk, mobiel uit. Zo irritant vond ik dat.

Ik schrok op van het geluid van een auto voor de deur. Toch Eduardo?

Vastbesloten stapte ik op de deur af en opende hem om aan deze gladiool duidelijk te maken dat ik niets meer met hem te maken wilde hebben. Ik hapte al naar lucht voor mijn tirade toen ik Evie uit zag stappen.

Wat deed zij nou in die auto? Waarom was ze niet op haar fiets? Ik kneep mijn ogen tot spleetjes om te zien wie er achter het stuur zat, maar ik kreeg hem of haar niet herkenbaar op mijn netvlies. Hem, het was een jongen.

Ik zag Evie geërgerd mijn richting op kijken en hoorde haar in gedachten al roepen 'heb ik tegenwoordig helemaal geen privacy meer?!' dus wees ik op mijn horloge om aan te geven dat we zo moesten gaan.

'Hier,' zei ze bij binnenkomst.

Ze gaf me een witte envelop met daarop mijn voornaam. Had ze een cadeautje voor me meegenomen? Mijn moederhart smolt bij de gedachte.

'Waar heb ik dat aan te danken?' vroeg ik met een glimlach.

'Weet ik veel. Lag aan het begin van het tuinpad.'

Mijn blik schoot naar de letters die op de envelop waren geschreven. ROOS, in blokletters, met een streep eronder. Als die niet van Eef kwam, kon ik op dit moment maar één iemand bedenken van wie de envelop wel zou kunnen komen. En dat vond ik geen geruststellende gedachte. De gelaatskleur op mijn wangen verschoot.

'Met een uur gaan we rijden,' zei ik zo neutraal mogelijk tegen Eef.

Ik wilde dat ze naar boven ging en me niet zo zou zien. Ze mompelde iets terug wat ik niet verstond en verdween toen inderdaad naar boven, zoals ik hoopte.

Ik keek naar de witte envelop. Zou die van hem komen? Wat zat erin? Ik durfde niet te kijken en stak met trillende vingers een sigaret op. Ik had een soortgelijke asbak op tafel staan als die ik bij hem had zien staan de afgelopen nacht en liep naar de keuken om hem te legen.

Ik liet me zakken op een krukje en legde de envelop voor me op de keukentafel. Ik had de moed niet om te kijken wat erin zat. Het leek veiliger het nog even niet te weten.

Was Boris er nu maar.

In de achttien jaar dat ik met Boris getrouwd ben geweest, heb ik hem zien veranderen van een leuke, spontane man in een onbetrouwbaar zwijn. Het begon met kleine dingetjes, zoals een vriendin die opeens tegen me zei dat Boris met zijn hand aan haar kont had gezeten. We hadden er samen nog smakelijk om gelachen. Wat een panisch mens. Ik geloofde haar niet en besloot het contact met haar wat af te laten zwakken. Totdat meer vriendinnen, maar later ook vage kennissen en een collega die een keertje was blijven eten met een dergelijk verhaal naar me toe kwamen. Ik lachte het elke keer weg, maar het zat me bepaald niet lekker.

'Boris is gewoon een flirt,' zei ik dan. 'Trek je er alsjeblieft niets van aan.'

Een tijdlang waren we dolgelukkig geweest, ons leven verliep volgens het boekje. We kregen Evie, niet gepland, wel gewenst, en een paar jaar later haar kleine zusje Tessa. Ik hield zielsveel van Boris en hij van mij. Het perfecte plaatje. Op de uitbarstingen van Boris na dan, die af en toe gewoon flipte. Door de drank, of door opgekropte frustratie. Maar goed, dat wist ik. Op wat klappen na gebeurde er verder nooit iets wat een naam mag hebben. Ruzies, of woordenwisselingen, gingen meestal over de kinderen, over naar welke school we hen zouden sturen, of Evie nou wel of nog even niet op jazzballet mocht, dat soort dingen. En zelfs die kwamen amper voor. Het was vooral dolle pret bij ons thuis, we lachten veel en maakten grappen aan de lopende band. Evie en Tessa waren drukke meiden die elkaar meer dan eens in de haren vlogen. Eerlijk is eerlijk, dat kwam vooral door Evie. Tessa is altijd de 'lieve' van de twee geweest. Braaf, zou je kunnen zeggen. Maar ik noemde het verstandig, doordacht. Tessa zou nooit zomaar iets uitkramen. Evie had een veel impulsiever karakter, naïef soms. Ik vroeg me soms af hoe deze meid zich staande zou houden in de grotemensenwereld. Als vanzelf hield ik haar extra goed in de gaten als ze buiten ging spelen, en later tijdens haar eerste schoolfeesten en uitjes naar de kroeg, maakte ik me vrij veel zorgen. Mijn zorgen waren echter makkelijk te verklaren, zo zei ook Boris als ik het hem probeerde uit te leggen. Ze was de eerste die langzaam uit ons nest probeerde te breken. De eerste die uitging, de eerste die misschien wel een vriendje zou krijgen, voor mij was het allemaal een beetje wennen. Mijn kleine spruit werd groot.

Boris en ik voelden elkaar perfect aan, we konden goed praten over alles. Bovendien was hij mijn uitlaatklep na drukke dagen en stresssituaties op mijn werk. Ik werkte op een advocatenkantoor als juridisch assistent, waar de advocaten me als een voetveeg zagen. Ik volgde een opleiding en had bovendien wel degelijk verstand van zaken, maar soms bracht ik mijn dag door met niet meer dan kannen koffie klaarzetten en broodjes bestellen, terwijl er gewoon twee receptionistes (Trien en Truus) werkten die uit hun neus zaten te vreten. Ik werd doodongelukkig van dat soort dagen. Ze gaven me het gevoel dat ik geen snars waard was en dat pikte ik niet. Ik maakte ruzie om niks. Van een verdwenen printje van de printer tot een boodschap die ik voor mijn gevoel te laat doorkreeg van Trien en Truus. Ik veranderde in de bitch van kantoor, die niemand eigenlijk echt aardig vond. Behalve Frits, mijn baas, die mijn frustratie wel begreep maar mijn ellende niet kon verzachten door me meer uitdagingen te bieden. Had je maar rechten moeten studeren, zei hij dan keihard. Zijn directheid vond ik lastig, maar kon ik wel waarderen. Hij zei tenminste waar het op stond, terwijl de rest niets anders deed dan roddelen. Vreselijk stel opgeschoten figuren, bah.

Boris wist altijd het goede te zeggen op zo'n moment en me weer tot rust te brengen. Relativeer nou even, zei hij dan. Zo erg is het toch allemaal niet? Neem lekker een dag vrij of zo, zet het van je af.

Op een avond, na zo'n veel te lange dag op mijn werk, hoorde ik hem bellen. Ik had een stomend heet bad genomen, was mijn tanden aan het poetsen en wilde me nog lekker insmeren met de bodybutter die ik voor mijn verjaardag had gekregen. Hij zat beneden in zijn kantoortje te bellen, het was het kamertje precies onder onze slaapkamer, dat eerst had gediend als rommelhok. Dozen oude foto's, klapstoelen, knipsels van de kinderen en eeuwenoude stripboeken van Boris blokkeerden tot twee jaar daarvoor de deur van het rommelhok. Totdat Boris plotseling het licht zag en het rommelhok als oplossing koos voor zijn gebrek aan een kantoorruimte 'zonder dat gekakel van jullie'. Weken was hij bezig met opruimen, schilderen en het in elkaar zetten van een zogeheten *home office corner*, maar het resultaat mocht er zijn. Helemaal vrij van gekakel en ander geluidsoverlast bleek zijn nieuwe terugtrekkantoor in de praktijk helaas niet te zijn, want ons huis was behoorlijk gehorig. En allebei onze dochters hielden van muziek met een stevige beat, die de papieren af en toe van zijn bureau deed trillen. Bron van irritatie tussen mijn man en dochters, waar ik me maar al te graag van distantieerde. De muziek vond ik zelf veel gezelliger dan de kantoorvriendelijke stilte.

Waarom ik toen al tandenpoetsend naar beneden liep, weet ik niet meer, misschien was het nieuwsgierigheid, maar misschien was het ook een vreemd soort voorgevoel. Ik wist het ergens al, misschien was dat het, maar ik probeerde het al die tijd te verdringen. Krampachtig niet te zien.

De deur van zijn kantoor was dicht, maar beneden in de gang kon ik hem, blijkbaar zonder dat hij daar erg in had, woord voor woord verstaan. Zijn stem had een vreemde toon, hij klonk een beetje schor.

'Doe je stringetje ook eens uit,' hoorde ik hem zeggen.

Ik was verbijsterd en liet per ongeluk mijn tandenborstel op de grond kletteren. Geen reactie vanuit het kantoor, dus hij had het niet gehoord.

'Ja, zo ja, sexy tijgertje van me.'

Bizar. Zou hij me nou in de maling nemen? dacht ik nog. Met in mijn ene hand een stoffige tandenborstel en de deurklink in mijn andere hand stond ik misschien wel vijf minuten lang voor de deur, zonder dat ik hem open durfde te doen. Ik wist niet zo goed wat ik moest verwachten en was als de dood voor wat ik zou aantreffen. Mijn man druk in de weer met een sexy stoot in de *office corner*? Boris, gek geworden en pratend in zichzelf? Beide geen opties waar ik rustig van zou kunnen slapen. Wat doe ik hier? schoot door mijn hoofd. Waarom hoor ik dit en ben ik niet gewoon lekker boven gebleven, in de knusse warme badkamer met mijn smeerseltjes? En waarom ben ik daarna niet mijn heerlijke, net verschoonde bed in gedoken, zodat ik Boris pas weer zou zien wanneer hij naast me in bed was komen liggen en lekker tegen mijn voorverwarmde lichaam zou aankruipen. Geweldige seks hadden we misschien wel kunnen hebben, die onbevangen seks van vroeger.

Ik gaf de deurklink voorzichtig een wip met mijn hand en de deur zwiepte open. Mijn ogen zagen het eerder dan dat het tot me doordrong. Ik zag Boris daar zitten. Mijn man zat daar, op zijn IKEA-bureaustoel, met zijn stijve pik in zijn handen naar het scherm te kijken. Zijn broek was tot zijn enkels gezakt en hij had zijn T-shirt tot iets boven zijn opkomende bierbuik geschoven. Wat zag hij er lullig uit zo, was de eerste gedachte die in me opkwam.

'Shit,' stamelde hij.

Hij schrok zich rot toen hij mij en mijn stoffige tandenborstel in de deuropening zag staan en wist niet hoe gauw hij zijn broek weer omhoog moest hijsen. Wat niet al te soepel ging, want zijn stijve leek op de een of andere manier niet mee te willen werken en bleef half uit zijn boxershort steken. Ik zei niks en keek alleen maar. Naar hem, naar zijn gekke rode wangen en kleine zweetdruppeltjes op zijn voorhoofd, maar ook naar het computerscherm. Op het scherm een soort 'Lola 86', met fout blond haar en te grote tieten – ja, hoe cliché was dat – die zichzelf op een of ander bed lag te bevredigen. Met de daarbij horende geluiden.

'O ja, o ja, Boortje, wat is dit fijn met jou,' zei ze met een apart accent.

Niet waar. Boortje? Zei ze dat echt? Ik wist niet wat ik meemaakte. Het leek wel een scène uit een combinatie van *Jambers* en de pornoversie van *As The World Turns*.

Boris zag me kijken en drukte in een soepele beweging zowel het beeldscherm als het geluid uit, waarop ik gelijk dacht dat hij dat vast vaker had gedaan. Toen pas drong het tot me door. Mijn man had vieze cyberseks. En ging dus cybervreemd.

Een cyberseksende echtgenoot. Dat feit was niet eens de kern van het probleem, hoewel ik er wel moeite mee had dat hij zijn seksuele drift en energie richtte op een trutje achter de webcam, in plaats van op zijn eigen vrouw, met wie hij nog slechts één keer in de twee of drie weken een plichtmatig vrijpartijtje hield. Ik vond er niks meer aan, hij vond er niks meer aan. Maar ik probeerde het nog, ik zag er, zeker voor mijn leeftijd, nog goed uit. Ik verzorgde mezelf goed en kocht eens in de zoveel tijd een nieuw, soms spannend lingeriesetje. Ook dwong ik hem af en toe eens een ander standje te doen om niet eeuwig te eindigen in zijn erop/eraf-routine. Het mocht niet baten.

Al die tijd dacht ik dat hij zijn lust had verloren.

Voor sommige mensen is het heel normaal om af en toe buiten het huwelijksbootje te 'surfen', maar ik zag het als hoogverraad, mijn ego was dieper dan diep gekrenkt, mijn trots was aangetast.

Niet lang na mijn ontdekking kwam ook aan het licht dat hij niet alleen via het web aan zijn trekken kwam. Het hoogverraad was dus nog hoger. Ik kwam erachter dat hij naast mij met nog twee andere vrouwen bed, bureau, vloer of keukenblok deelde. Eén van de twee was een collega, die me haar, zoals ze het zelf omschreef, 'mega schuldgevoel' opbiechtte dat ze al een paar maanden een seksrelatie met Boris had. Ze deden het op kantoor als iedereen al naar huis was en spraken soms af in een hotel langs de snelweg. Verder hoefde ik me echt geen zorgen te maken, het betekende niks voor haar. Ze hield écht niet van hem. Goh, nee dat was een hele geruststelling. Joh, ga je gang, als je toch niet van hem houdt…

De ander kende ik niet, maar ontdekte ik toen ik, volledig tegen mijn natuur in, op een ochtend de sms'jes in zijn telefoon bekeek. Jennifer was haar naam. Ze sms'ten elkaar over geile standjes en natte kutjes.

Gad-ver-dam-me.

Ik werd letterlijk misselijk toen ik het las en haalde nog net het toilet om mijn naar boven gekomen ontbijt van twee croissants met smeerkaas en een gekookt eitje te lozen. Een gekookt ei heeft mijn maag sinds dat moment nooit meer kunnen verdragen.

Ik zou hem de deur wijzen, besloot ik toen ik boven de wc hing. Een beetje pijn voelde ik, maar met zijn ontrouw had Boris bijna al mijn gevoel weten te doden. Het deed me eerlijk gezegd weinig dat ik afscheid van hem nam. Het was alsof ik verdoofd was, alsof de afkeer van zijn smerige seksavonturen mijn liefde voor hem had verdrongen. Langzaam maar zeker was ik er klaar voor, het moment dat ik hem zou confronteren met zijn gedrag en hem bij het grofvuil zou zetten. Ik vond het pijnlijk voor de kinderen, dat wel. Hoe zouden zij omgaan met het vertrek van hun vader? Hoe ging dat, opvoedtechnisch, hoe vertelde je dat je niet meer van hun vader hield, dat je zelfs van hem walgde? Ik kon me er nog weinig bij voorstellen, maar bedacht wel dat ik de details van het verhaal voor me zou houden. Ik wilde het ideale beeld dat ze van hun vader hadden niet verpesten, hij bleef natuurlijk hun papa.

Achteraf denk ik dat ze er in die eerste maanden niet beter op hadden kunnen reageren. Alsof ze het slechte nieuws al een beetje aan voelden komen, hoorden ze me gelaten aan, zonder al te veel lastige vragen te stellen. En in de tijd die volgde hadden we het best leuk, zo met z'n drietjes. We organiseerden meidenavonden voor de tv, met veel chocola, chips en limonade, en gingen samen shoppen.

Pas nu kreeg ik het wat zwaarder met mijn meiden. Tessa werd stiller en nog rustiger dan ze al was. Te rustig, als je het mij vroeg. En Evie werd juist opstandig. Evie wilde alleen maar weg, vond niets meer leuk en ik zag in haar ogen dat ze een hekel aan me begon te krijgen. Als dat het enige zou zijn, vond ik het prima. Maar ze kwam ook nooit meer op de afgesproken tijd thuis, ik vond laatst afslankpillen in haar kamer en merkte dat ze steeds onzekerder werd over haar uiterlijk. Ze deed er alles aan om haar jeugdpuistjes te verbergen achter een dikke laag plamuur. Ik maakte me zorgen.

'Mam, is er iets te eten?'

Tessa stond aangekleed en wel in de keuken en ik hoorde Evie ook naar beneden denderen. Wat een assertiviteit opeens, zonder dat ik naar boven hoefde te schallen waren ze al klaar om te gaan.

'Er liggen broodjes in de kast. Smeer er ook één voor mij, als je wilt.'

Ik gaf Tessa een knipoog en zodra ze zich met haar ogen rollend omdraaide, griste ik de envelop van tafel en schoof hem tussen een stapel tijdschriften.

De inhoud van de envelop bleef mijn nieuwsgierigheid prikkelen, maar ik wilde hem niet lezen met de meiden erbij. Nu kon ik mezelf nog een paar uur voorhouden dat het vast een of andere klusjesman was die zijn diensten aanbood. Een rilling ging over mijn rug. Waarom was ik er zo zeker van dat dit niet het geval was?

4

Zenuwachtig en met mijn telefoon in mijn hand zat ik bij de bushalte op hem te wachten. Hij wilde me zien, toen we allebei klaar waren met die familieshit. Eerst twijfelde ik nog een beetje, omdat mijn moeder eigenlijk had gezegd dat ik moest leren, maar ik vond het lief dat hij me zo graag wilde zien. Schattig, toch? Ik verzon een smoes dat ik samen met Florien wat proefexamens wilde maken in ons stamcafé en dat was oké.

We spraken dus af bij de bushalte vlak bij mijn huis, waar ik van iedere langsrijdende BMW een op paniek lijkende aanval in mijn maag kreeg. Ongeveer tien minuten later dan we hadden afgesproken parkeerde er een rode Golf bij de bushalte. De bestuurdersdeur ging open en daar was hij dan. Hij knipoogde, weer, en liep naar me toe.

'Goedemiddag mevrouw, waar had u heen gewild?'

Ik lachte en keek met een schuin oog naar zijn auto.

'Van een vriend geleend, hij wilde een paar dagen showen met die van mij.'

Ik kon mijn verbazing nauwelijks verbergen.

'Nou, met deze kan hij toch ook best showen?'

De auto leek gloednieuw, er was geen vuiltje op de rode lak te bekennen. Zelfs de velgen zagen er blinkend schoon uit. En vanuit de auto hoorde ik muziek met een geluid waar ze in de plaatselijke danstent nog wat van konden leren.

'Als je hem zo mooi wilt houden, zou ik hem even wegzetten.'

Ik wees naar de bus die verderop de hoek om kwam. Hij pakte mijn hand en gaf me in een flits een kus op mijn wang.

'Kom meid, we gaan een stukje rijden.'

Voordat ik het wist zat ik net als die ochtend naast hem in de auto en reden we bijna een halfuur rond.

'Je hebt me nog steeds niet gezegd waar je heen wilt,' zei hij opeens.

'Waar ik heen wil?'

'Ja, je stond toch niet voor niks bij die bushalte te wachten? Vertel, waar kunnen we even gezellig praten.'

Gezellig praten. Waar deed je dat? In een café misschien. Maar dan kwam ik misschien weer vrienden tegen en moest ik uitleggen wie Jesper was. Als ik ergens geen zin in had...

'Er is verderop wel een klein parkje,' zei ik toen maar.

In het parkje praatten we over van alles. We hadden een kleed dat hij achter in de auto had liggen over een halfnat bankje gespreid en daar zaten we op, uren lang. Hij vertelde dat hij op zijn vijfde vanuit Zweden naar Nederland was gekomen. Zijn vader was Zweeds, zijn moeder half-Nederlands en half-Engels, dus hij was een soort Europese mengelmoes. Ik vertelde dat ik ergens in de familiestamboom iets Spaans als voorvader had en daar moest hij om lachen.

'Dat kun je wel zien aan die blauwe ogen en dat blonde haar,' zei hij.

Ik moest ook lachen. Van schaamte. Het leek net alsof ik hem wilde overtreffen in het feit dat hij een mengelmoes was.

We hadden het ook over vriendjes die ik tot die tijd had gehad. Ik vertelde dat ik eigenlijk nog maar één echte vriend had gehad, Dok. Met hem had ik twee jaar iets gehad. Nu was hij mijn beste vriend.

'Vrienden?' zei Jesper. 'Daar geloof ik niet in. Mannen en vrouwen houden het nooit uit in een vriendschap. Vroeg of laat krijgt de een gevoelens voor de ander en gaat het mis.'

Ik keek verbaasd op.

'Dat is echt niet waar!'

Ik duwde hem plagerig.

'Hell yeah, honderd procent zeker van wel.'

'Nou, ik ben het levende bewijs dat het wel kan,' opperde ik.

'Laat me al helemaal niet beginnen over jullie situatie. Jullie zijn nota bene exen van elkaar. Dat zegt toch genoeg of niet?'

Ik haalde mijn schouders op en besloot om het onderwerp te laten rusten. Ik kreeg wel vaker commentaar over mijn vriendschap met Dok. Maar niks en niemand kon tussen ons komen, dat hebben we meer dan eens bewezen.

'En wat heb jij voor vriendinnetjes gehad dan?'

Hij staarde een beetje voor zich uit en zei heel lang niks. Toen liet hij zijn hoofd hangen en keek me vanuit die positie aan.

'Daar heb ik het eigenlijk nooit met iemand over.'

Vreemd dat hij plotseling zo gesloten was.

'Oké, dat is niet erg, je hoeft niks te zeggen hoor. Soms ben ik ook een beetje te nieuwsgierig.'

Hij glimlachte en legde zijn arm op mijn rug.

'Je bent lief,' zei hij.

Ik voelde weer drie pakken tomatensap via mijn hals naar mijn wangen stromen en kon niks anders dan glimlachen als een stom kind.

Het ging regenen, dus we liepen terug naar de parkeerplaats en stapten in de auto. Tegen de tijd dat we wegreden, was het al helemaal donker. Het was nog harder gaan regenen en het zicht op de weg was slecht. Jesper deed de verwarming aan en haalde een cd uit het dashboardkastje. Per ongeluk, of zogenaamd per ongeluk, raakte zijn arm hierbij mijn linkerbeen. Ik hield mijn adem in, mijn hart begon weer harder te kloppen. Wat was het toch dat me zo aantrok in hem? Iedere aanraking, zijn geur, zijn ogen, het bracht me in de war en dat vond ik vreselijk. Ik haatte het als ik geen controle meer over mezelf had, als ik zo zenuwachtig was dat ik mezelf niet kon zijn. Hoewel ik me aan de andere kant juist weer erg op mijn gemak voelde bij hem. Hij zag iets in mij, dat merkte ik, maar wat? Hij gaf me het gevoel dat ik speciaal was. Een gevoel dat ik in lange tijd niet had gehad.

We hadden geen woord meer tegen elkaar gezegd nadat hij de auto had gestart. Ik wist niet goed wat ik moest zeggen en hij misschien ook niet. Vreemd was het niet, die stilte. Het leek zelfs normaal, alsof we elkaar al jaren kende en je niet per se iets hoefde te zeggen. Bijzonder eigenlijk, als je bedenkt dat we elkaar de dag ervoor om dezelfde tijd nog niet eens kenden.

'Heb je zin om iets te eten?' vroeg Jesper.

Ja. Ja, echt wel. Maar nee, dat kon echt niet.

'Ik denk dat ik beter naar huis kan gaan. Mijn moeder doet een beetje moeilijk de laatste tijd.'

Op mijn telefoon zag ik dat het inmiddels zeven uur was.

'O, maar dan maken we het gewoon niet te laat. Eten moet je toch.'

Ik twijfelde, maar het leek me vooral kinderachtig om nee te zeggen, alleen omdat mijn moeder anders op me zou gaan mopperen.

'Goed dan,' gaf ik toe.

We stopten bij een eetcafé, niet ver van mijn huis. Snel sms'te ik mijn moeder dat ik niet thuis zou eten en zette daarna mijn telefoon uit omdat ik wist dat ze me gelijk zou bellen als ze dit las.

'Eef!' hoorde ik toen we een tafeltje zochten.

Ik keek om en zag Dok aan de bar zitten met twee van zijn vrienden.

'Hé, schat!' riep ik.

We omhelsden elkaar. Ik had hem al een tijd niet gezien, want hij was net een paar weken naar Zuid-Afrika geweest voor zijn studie.

'Wat goed om je te zien, je ziet er geweldig uit,' zei hij.

Ik draaide me om en zocht naar Jesper, maar zag dat hij al aan een tafel was gaan zitten.

'Is dat je nieuwe lover?' zei Dok met een knipoog.

Ik bloosde.

'Nee, gewoon een vriend.'

'Of course…'

'En jij dan, nog chickies gescoord in Zuid-Afrika?'

Hij begon te stralen.

'Nou, misschien wel…'

Een grote glimlach. Die lach kende ik wel.

'O, wat leuk voor je. Ik hoor het snel, goed? Ik ga nu even naar hem toe.'

'Dus je gaat me niet voorstellen aan je nieuwe lover?'

'Dat is hij niet!' fluisterde ik gespeeld boos.

Ik gaf Dok een zoen op zijn wang en ging bij Jesper aan het tafeltje zitten.

'Dat was nou Dok,' zei ik.

'Ja, dat dacht ik al,' antwoordde hij. 'Ik dacht, ik laat jullie even.'

'O, dat was niet nodig geweest hoor. Je zult hem vast aardig vinden.'

Ik schrok van mezelf. Het leek net of ik ervan uitging dat we een relatie hadden en hij mijn vrienden ging leren kennen.

Zou hij dat willen?

Hè, hier moest ik niet over nadenken. Snel zocht ik een ander onderwerp.

'Zo, waar heb je zin in?' vroeg ik zenuwachtig.

Hij glimlachte en ik besefte dat mijn vraag ook op een andere manier geïnterpreteerd kon worden. Stom. We bestelden iets te eten en de rest van de avond brachten we kletsend door. We hadden het over ons lievelingseten, de gekste leraren op mijn school en over zijn plannen voor de toekomst. Hij wilde voor zichzelf beginnen, net als zijn vader, en was eigenlijk al met wat dingen bezig. Wat precies wilde hij niet vertellen, want dat bracht ongeluk volgens hem.

Het was pas een uur of tien toen hij me weer naar huis bracht. Ik vroeg hem om op de hoek te stoppen, zodat mijn moeder zijn auto niet zou zien. Hij parkeerde naast het huis en zette de motor uit. De spanning schoot weer terug in mijn lijf.

'Ik vond het gezellig met je vandaag,' zei hij.

'Ja, ik ook.'

'Evie, je bent bijzonder. Ik weet niet goed hoe ik het moet zeggen, ik...'

'Wat wil je zeggen?'

'Je bent bijzonder.'

'Hmm... moet ik dat positief of negatief opvatten?'

Hij lachte.

'Positief, schat.'

'Nou goed, bedankt dan.'

Ik giechelde onhandig.

'Weet je, normaal praat ik niet zo met mensen. Eigenlijk zou ik niemand kunnen noemen met wie ik zo kan praten als ik met jou heb gedaan vandaag. Maar dat klinkt vast cliché.'

'Een beetje wel ja,' zei ik.

Hij keek een beetje lullig op vanuit zijn staarpositie.

'Nee hoor, grapje.'

Weer die giechel.

Ik gaf hem een duwtje tegen zijn schouder. Hij pakte mijn hand en trok me naar zich toe. We keken elkaar van heel dichtbij aan, ik rook zijn kauwgum, de geur prikte een beetje in mijn ogen. Ik had me nog nooit zo aangetrokken gevoeld tot iemand. Het moment dat hij me kuste zal ik nooit meer vergeten. Zijn lippen voelden zo zacht, hij zoende me zo voorzichtig, maar tegelijkertijd zo intens, ik had het gevoel dat ik werd opgezogen in zijn wereld. Ik wilde dat hij nooit meer zou stoppen.

'Vrijdagavond neem ik je mee uit,' fluisterde hij nog snel in mijn oor voordat ik uitstapte.

Toen ik binnenkwam, waren de lichten in de woonkamer al uit. Ik probeerde zo min mogelijk geluid te maken toen ik de deur op slot draaide en deed mijn schoenen uit voordat ik de kamer in stapte. Het was volledig stil in huis, de kamerdeur van mijn zusje was ook al dicht. Ik liep verder en toen ik mijn kamer in kwam, knipte ik mijn bedlampje aan. Ik kreeg de schok van mijn leven, want daar zat mijn moeder. Ze zat in het donker op mijn bed op me te wachten. Het feest kon weer beginnen.

5

Ik dacht maar aan één ding in dat bejaardentehuis. Die envelop. De gesprekken gingen langs me heen, Elly vertelde een heel verhaal over dat consumenten uiteindelijk de dupe zijn van de prijzenoorlog van supermarkten. Ik keek haar steeds alleen maar aan en knikte een beetje. Zenuwen kropen door mijn lijf, ik was onrustig en wilde zo snel mogelijk weer naar huis, maar vond dat we op z'n minst een uurtje moesten blijven. Ook Evie wilde weg, zag ik. Ze stak haar onvrede niet onder stoelen of banken. Puber.

Na een uur gaf ik toe. In de auto luisterde iedereen stil naar de radio en thuis aangekomen ging Evie studeren met Florien en vertrok Tessa naar haar kamer om op MSN of Facebook, wat het tegenwoordig ook was, te chatten.

Weer zat ik daar op die kruk aan mijn keukentafel. Ik zag een randje van de envelop onder de *Glamour* van deze maand liggen. Ik pakte mijn pakje Marlboro en stak een sigaret op, bij wijze van steun. Toen pulkte ik de envelop tussen de stapel vandaan en opende hem, zonder verder te aarzelen.

Zaterdag is het feest stond er in dikgedrukte letters.

Even gooide ik de kaart zonder verder te lezen op tafel.

'Wat ben ik een idioot,' mompelde ik.

Met mijn vuist bonsde ik zachtjes tegen mijn voorhoofd. Hoe stom kon je zijn? Een uitnodiging van de buurvrouw. Daar had ik een hele dag om lopen zenuwen.

'Jeetje, wat ben ik een trut.'

Een voorzichtig lachje kwam naar boven. Als dit toch eens gefilmd werd. Waarschijnlijk had ze hem gewoon niet goed in de brievenbus gedaan en was de envelop eruit gewaaid. Ik pakte de uitnodiging er weer bij. Ach, de buren vierden samen hun verjaardag. En dat was reden voor een feestje. Joepie! Nou, daar moest ik maar naartoe gaan. Een heel wat veiligere manier om iemand te ontmoeten dan in die enge stad Amsterdam.

Ik bleef me afvragen van wie die vrouwenkleding bij Eduardo was. Had hij een vrouw die veel in het buitenland was of zo?

Ik liep naar de koelkast en schonk mezelf een goed glas wijn in. Ik bakte wat stokbrood af in de oven en ontdeed een stuk brie van het plastic. Wie deze soort verpakkingen had uitgevonden, mocht van mij opgehangen worden. Je kon de kaas niet op een normale manier uit het wurgplastic krijgen zonder dat er een stuk afbrak.

De bel ging. Ook daar had ik geen zin in.

Een moment voelde ik een soort bangheid. Wat nou als hij het was? Ach, niet zo schijterig. En wat dan nog? Ik durfde hem toch zeker wel de waarheid te vertellen?

Wat geforceerd relaxed liep ik naar de deur en ik zag daar al gelijk dat het Vanessa was die voor de deur stond. Een gevoel van opluchting ontspande mijn houding.

Stom, ik had haar niet eens een sms teruggestuurd door al de commotie.

'Ik moet dus nu een glas wijn.'

Ontmoet Vanessa.

'Dag schat,' zei ik.

'Hai.'

Ik kreeg een kus.

'Ik moet echt even met je praten.'

Ze hing haar jas op en liep al kletsend naar de keuken, schonk zichzelf een glas wijn in en stak een sigaret op – uit mijn pakje. Ook niet de eerste keer. Het zou me verbazen als ze zelf ooit sigaretten kocht.

'Dus, dat sollicitatiegesprek morgen. Wat vind je, kan ik me kleden zoals altijd, of zal ik toch voor de zekerheid een mantelpakje aantrekken? Ik bedoel, dat kan ook heel onpersoonlijk overkomen, toch?'

'Onpersoonlijk?'

'Ja, alsof ik geen eigen smaak heb.'

'O, zo. Dus je denkt dat het hoofd van de verpleegafdeling van Tergooiziekenhuizen zich bezighoudt met de fashionfactor van potentiële nieuwe medewerkers?'

Grote, onnozele bruine ogen.

'Nou ja, weet ik veel. Jij hebt verstand van dit soort dingen. Ik solliciteer nooit.'

Ik had ook in tijden niet gesolliciteerd. Vanessa nam een hijs van haar sigaret.

'Ik zou in ieder geval niet vertellen dat je rookt.'

Ik kreeg bijna een mep. Ze deed alsof ze haar glas wijn in mijn gezicht wilde gooien.

'Dat weet ik ook wel, ja. Ik ga stoppen. Ooit.'

'Dan doe ik met je mee. Ooit.'

Ik stond op en schonk ons allebei nog een glas wijn in. Ook de wijnvoorraad ging hard als Vanessa over de vloer kwam.

'Maar Roosje…' Vanessa was nog de enige in mijn omgeving die me Roosje noemde. Mocht noemen. 'Vertel me nou eens over je date van gisteren… Jij bent ook een mooie, denk ik er eens aan om spontaan te zijn, krijg ik geen enkele blijk van dankbaarheid. Dat motiveert niet, kan ik je vertellen. Volgende keer zoek je het maar uit.'

Ik lachte. Vanessa vergat inderdaad altijd te vragen naar dingen, maar het was iets wat je haar vanzelf vergaf door die twee donkerbruine kijkers van haar. Het puppy-effect.

'Nou, vertel nou! Hebben jullie seks gehad?'

'Vanessa! Niet zo hard. Tessa zit gewoon boven, hoor.'

Ze sloeg lachend haar hand voor haar mond.

Ik had in de auto van Rotterdam naar huis vanmiddag nagedacht over wat ik haar zou vertellen. Ik wist natuurlijk dat de vraag zou komen, maar goed, hoe vertel je zo'n beschamende gebeurtenis? Niet, als je het mij zou vragen. Het was beter om het te vergeten en er nooit meer met iemand over te praten.

'Ach, het was wel oké…' zei ik dus.

'Oké?' riep ze oprecht verontwaardigd toen ik stil bleef. 'Dat is alles? Kom op, hier kom je niet mee weg. Details, alles wil ik weten. Hebben jullie op z'n minst gezoend?'

'Nee joh,' riep ik.

Ik voelde dat ik een kleur kreeg, maar ik probeerde de rode vloed met al de kracht die ik in me had te bevechten. Ze mocht niet doorhebben dat ik loog. Dan hield ze er nooit meer over op.

'Ik vond hem veel minder leuk dan ik dacht. Hij had niet zo veel te melden. Saai, dat is het woord.'

Verder van de waarheid kon ik niet zitten. Als ik dan loog, deed ik het ook goed.

'Dus er komt geen tweede date,' besloot ik mijn verslag.

Vanessa trok haar neus op. Teleurgesteld als een klein kind.

'Jammer, dan had ten minste één van ons seks gehad dit weekend. Wat een treurigheid. We eindigen nog als oude vrijsters.'

Ze schoot in de lach door haar eigen sombere toekomstschets.

Vanessa had zolang ik me kon herinneren – en ik kende haar al zo'n dertig jaar – nooit een relatie gehad die langer dan een jaar standhield. Altijd was er wel iets waar ze de kriebels van kreeg: de man spoorde niet, was niet geschikt voor een serieuze relatie, was té serieus. Noem het maar op. Ze had niet door dat zij waarschijnlijk degene was die niet geschikt was voor een echte relatie. En op zich vond ik het ook niet nodig om haar dat te vertellen. Want waarom was dat eigenlijk erg? Wie vertelde ons dat we per se een relatie moesten hebben om gelukkig te zijn? Vanessa rooide het aardig in haar eentje. En ik redde het de laatste maanden ook prima. Liever was ik alleen dan dat ik in een ongelukkig huwelijk vastzat.

Of aan de spijlen van een bed.

'Wil je pizza?' vroeg ik. 'Dan bestellen we wat.'

Ik gaf haar het foldertje van de pizzeria waar wij altijd bestelden en pakte mijn telefoon om Evie te bellen en te vragen waar ze bleef. Ze had een sms gestuurd. *Ik eet niet thuis!* Vervelend puberkind. Ze wist dondersgoed dat ik wilde dat ze gewoon thuis zou komen, gezellig hier zou eten en daarna nog even zou gaan leren, maar ik had zo het vermoeden dat ze juist omdát ze dat wist, het niet deed. Zal ik haar toch bellen? Ik twijfelde. Maar ik liet het gaan. Als ze maar niet te laat thuis was, dan zag ik het door de vingers, voor deze keer. Ik hoefde ook niet altijd de rol van *terror*-moeder te spelen, bedacht ik.

Met z'n drieën aten we pizza's die we met elkaar deelden. Het smaakte me prima en ik dacht zowaar even niet aan de vreemde nacht ervoor. Ik was moe en zo gek was dat helemaal niet. Ik miste een complete nacht slaap.

Tessa en Vanessa kletsten nog wat over een of andere Britse band waar ik nog nooit van had gehoord en toen ik de borden in de vaatwasser stopte, stond Vanessa ineens achter me met haar tas in haar hand.

'Ik ga, liever. Doe jij een beetje rustig aan? Je ziet er niet uit.'

'Zeg, bedankt hoor.'

'Geen dank.'

Ze kuste me en vloog de deur uit. Ik draaide me even om naar de keukentafel en mijn vermoeden klopte: mijn pakje sigaretten was verdwenen. Ze begon voorspelbaar te worden. Toch vond ik het niet erg. Dit was gewoon Vanessa. Daarnaast wist zij ook wel dat ik altijd een voorraadje in huis had.

Ik nestelde mezelf op de bank en viel al zappend midden in een film met Nicolas Cage, mijn favoriete acteur. Als ik toch ooit nog eens met iemand anders het huwelijksbootje in moest stappen, dan maar met hem. De keren dat ik *City of*

Angels had gezien waren ontelbaar, ik vond het zo'n mooie film. En iedere keer kwamen de waterlanders weer, wist het verhaal me weer te raken. Prachtig staaltje werk van regisseur Brad Silberling, die daarna volgens mij weinig interessants meer had gecreëerd. Maar dat kon ook aan mijn gebrek aan filmkennis liggen.

Het irriteerde me dat Evie nog niet thuis was. Waar bleef ze nou? Ik stuurde haar een sms.

Vrijwel direct een sms terug.

'*Ben je thuis?*'

Het was Eduardo.

Meteen ging ik rechtop zitten. Mijn vingers begonnen te trillen. Wat moest ik met deze kerel? Had hij een bord voor zijn kop? Ik twijfelde, iets terugsturen of juist niet?

Nog een sms.

'*Weet je wat, ik kom gewoon nu naar je toe.*'

Wat een freak. Het was bijna lachwekkend. Of misschien juist ook weer helemaal niet.

Nog steeds met trillende vingers tikte ik een sms terug.

'*Nee. Laat me met rust!*'

De bel ging.

Dit meende hij niet? Stond hij nu echt voor de deur?

Niet opendoen. Ik kon altijd nog niet opendoen.

'*Ik ben niet thuis,*' tikte ik snel.

Tien seconden later alweer antwoord.

'*Waarom zie ik je dan op de bank zitten?*'

Fuck.

Ik keek op en zag Eduardo onder het tuinlampje voor het raam staan. Hij was het echt. Wat nu?

Hij lachte vriendelijk en had een bos bloemen in zijn hand. Doe nou open, gebaarde hij met de bos gekleurde takken.

Ik stond op en liep naar de gang. Met wat voor type ben ik in zee gegaan? Wat is dit voor figuur? Een stalker. Of een crimineel. Vrouwenverkrachter. Een foute gast. Was hij gevaarlijk?

Of was hij gewoon een psychopaat met vreemde gewoontes? Gewoon een psychopaat. Zo'n zin klopte al niet.

Ik wierp een vlugge blik in de spiegel naast de deur. Vanessa had gelijk, ik zag er inderdaad niet uit. Heel even baalde ik.

Ik zwaaide de deur open.

'Wat kom je doen, Eduardo? Denk je nou echt dat ik hier zin in…'

'Ook leuk om jou te zien, Roos.'

Hij duwde de bos bloemen in mijn handen en zwaaide triomfantelijk met mijn agenda.

'Je had nog iets laten liggen.'

Laten liggen, mijn reet.

'Die heeft iemand uit mijn tas gestolen, bedoel je?'

Hij keek me vriendelijk aan.

'Kom op, doe niet zo vijandig. Ik kom met je praten.'

'Ik wil helemaal niet praten. Het is laat, ik wil dat je ophoepelt. En bovendien wil ik je nooit meer zien.'

Ik probeerde de bos bloemen terug te geven, maar hij liep al door. Wat moest ik met deze vent? Ik gaf op, voor nu, en sloot de deur.

'Je woont leuk,' riep hij vanuit de woonkamer.

Hoe cliché wil je het hebben. Je woont leuk.

Ik liep regelrecht naar de keuken en pleurde de bloemen in de gootsteen. Die zou ik toch zo weggooien. Of nou ja, ze waren wel mooi. Ik keek even achterom en toen ik hem niet zag, snoof ik vlug die heerlijke bloemengeur op.

'Ik wist dat ik je daar blij mee kon maken.'

Shit.

Ik draaide me om en zag zijn hoofd om het hoekje. Hij was leuk. Erg leuk. Maar hij had het verpest. Gelijk op de eerste avond had hij al laten zien dat hij verknipt was.

'Eduardo, kom even zitten.'

Ik schoof uitnodigend een keukenstoel naar achteren. Hij ging erop zitten. Ik pakte twee glazen uit de kast, schonk appelsap in en zette de glazen op tafel. Zelf ging ik op een kruk tegenover hem zitten.

'Wat kom je nou doen? Ben ik niet duidelijk geweest gisteravond?'

'Jawel. Heel duidelijk zelfs.' Hij leek wat onzekerder dan net. 'Het gebeurt niet elke dag dat een vrouw letterlijk van me wegrent. En sterker nog, zo vaak komt het ook niet voor dat een vrouw bij me op bezoek is.'

'Nee, want je hebt al een vrouw,' gooide ik eruit.

Hij glimlachte.

'Niet helemaal waar.'

'Maar als ik duidelijk ben geweest, waarom sms je dan, waarom sta je op de stoep?'

'Omdat ík niet duidelijk ben geweest. Je hebt een heel verkeerde indruk van me gekregen. Zo ben ik niet. Of nou ja, als jij niet wilt dat ik zo ben, dan ben ik niet zo.'

'Ik volg je niet.'

Hij wreef met duim en wijsvinger in zijn ogen.

'Het is gênant. Ik geef toe, weet je, ik hou wel van een beetje gewaagde dingen, op seksgebied. Dat is een beetje mijn ding. Iedereen heeft een ding, toch, een gebrek? Dit is mijn gebrek.'

Hij pauzeerde even.

'En geloof het of niet, ik dacht dat jij het wel zag zitten, zo'n spelletje.'

Ik wilde al meteen reageren.

'Nee!' Hij hield zijn hand omhoog. 'Stil maar, ik weet nu beter.'

'Mooi.'

'Dus ik wilde je mijn excuses aanbieden. Het spijt me.'

'Oké.'

'Ik ben een gewone man, heb een gewone baan en doe doorgaans heel gewone dingen.'

Ik glimlachte.

Hij wees met zijn hoofd naar de gootsteen.

'Zoals bosjes bloemen langsbrengen bij preutse vrouwen.'

'Sorry?'

'Grapje…'

Gewaagd om nu alweer de lolbroek aan te trekken. Maar ik was toch blij dat hij was langsgekomen. Ik vond hem wel oké. Hoewel ik de gedachte aan gisteravond, dat intens angstige gevoel, die paniek nooit zou kunnen vergeten. Geen dates meer met Eduardo. Eén verknipte vent was genoeg.

Bij de deur gaf hij me een zoen op mijn wang. Mijn lichaam reageerde met een klein schokje. De chemie was er nog.

'Wie was er net?' vroeg Tessa van boven aan de trap.

Nieuwsgierige aap.

'Och, een kennis van me. Hij was toevallig in de buurt.'

'Is dat je nieuwe vriend?'

'Tessa! Hoe kom je daarbij?'

Ze liep naar beneden en keek me achterdochtig aan. Het zou haar hart breken als ik een nieuwe man tegen zou komen. En dat zou mijn hart weer breken.

'Kom eens hier, lieverd. Geef me een knuffel.'

Ze deed het zowaar, ze vergat even puber te zijn.

'Ga je zo slapen, dame? Het is alweer laat.'

'Welterusten, mam.'

'Slaap lekker, schat. Ik ga eerst die zus van je nog maar eens bellen waar ze blijft.'

Direct de voicemail. Haar telefoon stond uit.

'Rotkind,' fluisterde ik.

Ik had die mobieltjes van die meiden nota bene betaald, maar als het echt nodig was, waren ze nooit bereikbaar. Dat kon niet langer zo. Als dit nog één keer gebeurde, leverden ze hun telefoon maar in. Allebei.

Ik liep naar de keuken, dronk nog een glas water en besloot mijn puberkind op haar eigen slaapkamer op te wachten. We hadden nog een hartig woordje te spreken en daar kwam ze niet onderuit.

6

Ik kon niet wachten tot die vrijdagavond. Zou hij zich aan zijn woord houden, zouden we uitgaan? Kriebelende vlinders, zwetende handpalmen. En dan Florien, die raakte er niet over uitgesproken.

'Weet je al wat je aandoet?' vroeg ze steeds.

Nee. Natuurlijk wist ik dat nog niet. Urenlang stonden we voor mijn kledingkast te dubben of het een jurkje, een rokje of 'gewoon' een broek moest worden. En qua make-up… moest ik hetzelfde op doen als altijd, of zou ik me nog een beetje extra mooi maken? Ik kon bijvoorbeeld dezelfde kleur oogschaduw opdoen als de kleur van het truitje dat ik had gekozen, maar ja, dat kon ook *overdone* zijn. Een paar keer wilde ik onze date gewoon afzeggen. Makkelijk, dan was ik van die zenuwen af.

Elke keer als ik een sms van hem kreeg, maakte mijn hart geen sprongetje, maar een diepe duik in een soort bonsbad. Het pompte mijn lichaam vol warmte en maakte me dolgelukkig. Hij bleef me maar sms'en, dat betekende misschien toch echt dat hij interesse had.

Florien vond het leuk voor me, hoewel ze niet echt liet merken dat ze Jesper een heel leuke jongen vond. Jaloers? Dat kon niet. Zij had meestal tegelijkertijd zo'n twee of drie jongens met wie ze sms'te of die haar op Facebook hadden toegevoegd. Ze had ook wel een erg uitdagende foto van zichzelf op haar pagina gezet. Ze zat in haar bed, naakt, met haar dekens opgetrokken tot boven haar borsten. Met haar ene hand hield ze het dekbed vast, en met haar andere hield ze haar haren half omhoog. Net een model. Durfde ik dat ook maar! Op mijn pagina stond gewoon een foto van mijn gezicht, die Florien een keer van me had genomen vlak voordat we naar een verjaardag gingen. Mijn make-up zat toen mooi en ik lachte best leuk, maar de foto haalde het lang niet bij die van Florien.

'Wat is de gekste plek waar jij ooit seks hebt gehad?' vroeg ze me toen ik me net in een jurkje wurmde.

'De gekste plek?'

Een gekke plek. De gekste plek.

'Ja. Die van mij is in de auto van mijn ouders. Of nee, misschien toch in het schuurtje bij ons achter in de tuin.'

Jeetje. Zo'n gekke plek. Had ik die?

'O, bedoel je dat! Met Dok, in het toilet op school, tijdens dat schoolfeest.'

Ik loog. Wat moest ik anders?

Florien was al met twee jongens naar bed geweest en was met nog twee gasten bijna zover gekomen. Zij hadden haar een beetje gevingerd, geloof ik. Ik had alleen nog maar seks gehad met Dok, voor mij was het iets speciaals. Dacht ik.

Florien lachte.

'Echt? Hoe vies is dat?'

Ik lachte mee.

'Ja, eigenlijk heel ranzig.'

Soms was ik een beetje jaloers op haar. Ze wist gewoon veel meer dan ik en soms vond ik dat jammer, want ik had niet zoveel te vertellen. Ik had niet eens een 'gekste plek ooit'. Wist ik veel.

Zouden Jesper en ik na onze eerste date ook seks hebben? Meteen de eerste avond? Vrijdagavond dus. Niet heel stijlvol.

'Ga je vrijdag al met hem seksen?'

Alsof Florien mijn gedachten kon lezen.

'Weet niet.'

'Lastig. Maar ja, het kan best, als het goed voelt. En anders moet je het niet doen.'

Dat snapte ik zelf ook wel.

'Maar misschien raakt hij dan wel meteen op je uitgekeken,' merkte Florien op. 'Dat hij je tuttig vindt.'

'Denk je?'

'Misschien. Geen idee eigenlijk.'

Ze had wel een punt.

Ik moest me in elk geval grondig scheren rondom mijn vagina. Je wist nooit waar het op uit zou draaien. Misschien zou ik Floriens truc wel kopiëren en de autosleutels van mijn moeder jatten om in de auto seks te hebben. Of nou ja, Jesper had natuurlijk zelf een auto. Best tof eigenlijk, dat ik nu soort van bijna een vriendje had met een auto. Bijna niemand van de meiden uit onze klas had dat. Ook Florien niet.

Pas een dag van tevoren liet hij weten wat we gingen doen. Hij nam me mee naar een romantische comedy, waarvan hij dacht dat ik hem leuk zou vinden.

Niet echt origineel.

Maar er was één groot voordeel. Nu kon ik bijna twee uur lang naast hem zitten zonder dat ik iets hoefde te zeggen. Het leek me een topidee, want zo merkte hij niet dat ik zenuwachtig was. En misschien zou hij me wel zoenen tijdens de film. Of aan mijn been zitten.

Ik luisterde steeds weer naar hetzelfde liedje van John Legend op mijn iPod. Van 'Ordinairy People' kreeg ik zo'n heerlijk gevoel, het deed me aan Jesper denken. Zo sensueel als John de toetsen van zijn piano aanraakte, zo zou Jesper mij aanraken. Vrijdag. En nog vele malen daarna.

'Weet je het zeker?' vroeg hij toen hij mijn bh losmaakte.

Het was zover. We lagen op de achterbank in zijn auto. Ik knikte alleen maar. Wilde dat hij zijn mond hield. Dat het klaar was.

'Je bent zo mooi,' fluisterde hij.

Hij kuste me en streelde me. Hij was erg lief. Ik vond het heel spannend en dat merkte hij. Alles deed hij om me op mijn gemak te laten voelen.

Eigenlijk kon ik maar aan één ding denken. Florien zou het uitgillen als ze dit hoorde. Ze zou ieder sappig detail uit me persen, ze zou alles willen weten.

Na de seks vroeg ik of hij wilde blijven slapen.

'Straks betrapt je moeder ons,' merkte hij op. 'Die flikkert me echt gelijk jullie huis uit!'

'Dat denk ik niet. En wat dan nog?'

'Wat jij wilt…'

Hij gebaarde dat ik voor moest gaan. We liepen als muizen de trap op, maar vlak voor mijn kamerdeur kwam er toch een einde aan het feest. Inderdaad, mijn moeder.

Jesper kreeg gelijk.

Ik had verkering. Daar kon niemand meer omheen. We waren vriendje en vriendinnetje en werden onafscheidelijk. We zagen elkaar 's avonds, maar ook overdag. Na die eerste avond waren we allebei tot over onze oren verliefd en konden we geen moment meer zonder elkaar, zo leek het. Hij was superlief voor me, haalde me vaak op van school om daarna de hele middag leuke dingen te gaan doen. Meestal bracht hij me vlak voor het eten weer thuis, zodat ik 's avonds wat voor school kon doen, maar soms gingen we uit eten en daarna gezellig naar de film, zoals bij onze eerste date, of naar een café om wat te drinken.

Op school deden ze moeilijk omdat ik veel aan het sms'en was, of stiekem onder de tafel zat te bellen tijdens een scheikundepracticum. Alsof die les boeiend was. Ze stuurden me er steeds uit, omdat ik niet oplette of de les verstoorde. Volgens hen dan. Ik deed echt niets verkeerd, ze hadden nu eenmaal een hekel aan me. Prima, vond ik. Niemand kon me wat maken, want ik had Jesper. Bij problemen was hij er voor me. En als de docenten weer een aanleiding hadden gevonden om me eruit te sturen, dan had ik een goede reden om met Jesper de stad in te gaan om te winkelen. Voor hem maakte het niet zoveel uit, want hij werkte in de ICT. Dat kon *anytime, anywhere*, aldus meneer zelf.

'Ga je mee shoppen met Jesper?' vroeg ik Florien op een middag.

'Mwa. Denk het niet. Moet nog wat dingen voor wiskunde doen.'

'Voor wiskunde? Wat is nou leuker, shoppen of sommetjes maken?'

'Shoppen natuurlijk, gek!'

'Nou dan?'

'Nee, dat kan echt niet. Heb jij het al af dan?'

'Wat, wiskunde? Nee. Komt wel als we tentamen hebben.'

'Slimmie, dat tentamen is over anderhalve week.'

'Tijd zat dus.'

Florien lachte.

'Weet je wel hoeveel werk het is? Het is een van de laatste tentamens voor het examen. Nee, sorry, ik ga naar huis.'

'Dag,' zei ik chagrijnig. 'Nerd.'

Florien wilde nooit meer mee winkelen of iets leuks doen. Ze ging steeds meer om met andere meiden uit de klas en was wat serieuzer met school bezig – opeens. Ik vond het jammer, misschien was ze toch een beetje jaloers. Ze vroeg wel vaak naar Jesper, maar ik had het gevoel dat ik minder aan haar kwijt kon. Je wist nooit aan wie ze het nog meer zou vertellen.

Een harde toeter. Ik schrok me dood.

Jesper stond voor het schoolplein te wachten. We gingen shoppen. Wij wel.

Die middag kreeg ik supermooie schoenen en een tas, echt heel erg lief van Jesper. Alvast voor mijn verjaardag de volgende dag. Hij was het dus niet vergeten.

'Zou je naar een parenclub willen, voor je verjaardag?'

'Wat?'

We zaten weer in de auto. Jesper bracht me thuis voor het eten.

'Een parenclub. Spannend, toch?'

'Ik weet niet hoor. Wat doen ze daar?'

'Wat denk je?'

'Weet ik veel.'

Ik giebelde ongemakkelijk.

'Seksen, natuurlijk. Met elkaar. Maar het hoeft niet per se. Je kunt ook gewoon kijken.'

Wat vond ik daarvan?

'Oké.'

'Oké, je wilt gaan?'

'Nee. Of nou ja, ik weet niet.'

'Het was maar een idee, hoor. Je bent morgen jarig, dus ik moet iets verzinnen, toch?'

'Hoeft niet hoor.'

'Natuurlijk wel. Je bent toch mijn meisje.'

We stonden voor de deur. Ik lachte naar hem. Ik vond het leuk als hij me zijn meisje noemde.

Ik kuste hem uitgebreid en zei hem gedag.

'Dag, snoetje,' riep hij. 'Denk er nog maar even over.'

Mijn moeder deed de deur voor me open.

'Dag kind,' zei ze.

'Hé mam.'

'Waarom komt Jesper nooit even binnen?'

Krijgen we dat gezeur weer. Na die eerste avond was ze zo achterdochtig als wat.

'Gewoon niet.'

'Hoezo niet? Ik vind dat raar. Is hij bang voor ons of zo?'

'Nee.'

'Wat dan?'

'Weet ik veel. Zeur niet!'

'Evie! Niet zo brutaal. Ik stel je gewoon een vraag en daar mag je best antwoord op geven. Ik wil gewoon weten wie hij is, ik heb hem nog maar twee keer hier binnen gezien, één keer midden in de nacht.'

'Nou en?'

'Hij kan toch gewoon binnenkomen?'

'Of niet. Doe normaal, zeg.'

Ik stormde de trap op. Zo vermoeiend, dit soort discussies. Alsof ze me iedere keer boos wílde krijgen. Terwijl ik best zin had in een gezellig avondje. Vergeet het nu maar.

Ik wilde dat mijn vader weer terug was. Dan had hij ervoor gezorgd dat het nu alweer goed was.

Ik hoorde weinig van hem. Kreeg af en toe een mailtje. 'Gaat alles goed met je, lieve Eef?' schreef hij dan. Ik antwoordde kortaf. Voelde me toch ongemakkelijk tegenover mijn moeder. Wat zou zij ervan vinden als ze erachter kwam dat ik met papa mailde? Kregen we daar zeker weer ruzie over.

De slingers op mijn stoel aan het ontbijt deden me denken aan vroeger. Toch klopte het niet, want mijn vader zat niet aan tafel.

'Gefeliciteerd, lieverd!'

Mijn moeder zei niets meer over onze ruzie gisteren.

'Dank je wel.'

Mijn zusje gaf me een dikke kus op mijn wang. Ze schoof me een paars pakje toe. Zelf ingepakt, zag ik meteen.

Ik opende het en zag twee gekleurde armbandjes, die ze zelf had geregen.

'Wat mooi, zusje.' Dat vond ik helemaal niet. Maar lief was het wel van haar. Creatief wonder. 'Ik doe ze gelijk om.'

Ik stak mijn hand in de lucht en showde met de gekleurde kralen aan mijn pols.

'Heel mooi!' zei mijn moeder.

Ze leek blij. Te blij bijna. Ze deed haar best, maar net iets te overdreven.

'En dit is van mij.'

Ik kreeg een envelop met een kaart. *Shopgeld* stond erop. Ze had zeker geen cadeau kunnen verzinnen.

Ik glimlachte.

'Ik dacht, daar weet je vast raad mee. Kun je lekker met Florien de stad in!'

Of met Jesper? Dat kwam niet eens in haar op.

'Dank je, mam.'

Ik schoof mijn stoel naar achteren en pakte mijn tas. Ik wilde op school nog even wat aan wiskunde gaan doen. Florien had misschien toch wel gelijk gehad. En vanmiddag had Jesper een verrassing voor me, sms'te hij me gisteren.

'Ga je al?'

Ik knikte. Mijn moeder keek teleurgesteld naar de gedekte tafel.

'Wil je niet nog een lekker broodje?'

'Nee, dank je. Ik heb niet zo'n honger.'

De spanning was te voelen. Ik kon wachten op een volgende uitbarsting.

'Kom je een beetje op tijd thuis, liever d. We vieren je verjaardag, ik heb wat mensen uitgenodigd.'

'Papa ook?'

'Wat?'

Mijn moeder schrok.

'Komt papa ook?'

Zag ik nou tranen in haar ogen? Shit, waarom zei ik dat nou.

'Sorry, mam. Zo bedoelde ik het niet.'

Ze stapelde de borden op.

'Je oom en tante komen en ik haal opa op. Verder is Vanessa er. Welke vriendinnen wil je uitnodigen?'

Vriendinnen? Wat dacht je van Jesper?

'Niemand. Florien, misschien.'

'Misschien? Doe niet zo gek, ze komt toch wel op je verjaardag? Hebben jullie ruzie?'

'Nee, niet echt.'

'Nou dan. Je feestje mag ze niet missen, hoor.'

'Goed, ik zal haar vragen. Maar ik ben pas vanavond thuis, hoor.'

'Nee, dat kan niet. Het bezoek is er allemaal al rond halfvijf. Ze blijven ook eten.'

'Ik heb vanmiddag met Jesper afgesproken.'

'Dan zeg je dat maar af, kind. Ik ga niet iedereen weer afbellen.'

Nou ja! Wat dacht ze nou, dat ik Jesper af ging zeggen? *Hell no.*

Ik stond versteld van haar woorden en kon maar één antwoord verzinnen: weglopen. Ze kwam er vanzelf wel achter dat ik niet van plan was om mijn afspraak af te zeggen. Het was mijn verjaardag.

7

'Ik ga uit vanavond,' zei ze toen ze de keuken in liep, terwijl ik een degelijk avondmaal in elkaar probeerde te draaien. Vanachter de stomende pannen keek ik haar veelbetekenend aan. Ik vermoedde al een paar dagen dat ze een vriendje had, of in ieder geval dat er iets speelde. Ik merkte het aan haar. Ze gebruikte stiekem mijn dure parfum en ik zag haar vaker in de spiegel aan haar blonde lokken friemelen, kijken of ze wel een lekker kontje had in haar broeken en haar truitjes gaven steeds meer de mogelijkheid een stuk naar binnen te gluren.

En dat was inmiddels de moeite waard, ze was natuurlijk wel een dochter van haar moeder.

Jammer genoeg was ze daar zelf nog niet zo van overtuigd. Florien was in haar ogen veel mooier, hoe vaak ze het daar niet over had. Belachelijk hoe onzeker ze was. 'Kijk eens in de spiegel meid,' riep ik dan alleen maar.

Ze zat uren op haar kamer te bellen: nog een teken. Bovendien kreeg ze om de haverklap een sms. Als dat niet door een verliefdheid kwam, at ik mijn schoen op. En ik kreeg gelijk, ze bleek smoorverliefd.

'O ja?' zei ik plagerig. 'En met wie ga jij dan wel uit?'

Ze vertelde me over een jongen, zijn naam was Jesper en hij was heel lief, leuk en schattig. Superknap vond ze hem niet, maar omdat hij zo aardig was, leek het haar wel leuk om met hem op stap te gaan.

Een aardige jongen, dat leek me goed voor haar. Dat had ze

nodig, het pittige, maar toch onzekere monster van me.

'Waar ga je naartoe?' vroeg ik.

'Naar de bioscoop, maar waar is nog een verrassing.'

Steek in mijn buik. Het idee dat ik niet zou weten waar ze uit zou hangen bezorgde me een vervelend voorgevoel. Ik had het liefst altijd alles onder controle. Evie wist dat.

'Maak je niet druk, joh,' zei ze meteen, 'hij doet geen vlieg kwaad. Sterker nog, eigenlijk is hij een beetje een nerd.'

We lachten allebei om haar opmerking en zaten daarna gezellig met z'n drieën van mijn voortreffelijke pasta di mama te smullen. Een opmerkelijke aangelegenheid, want het was de laatste tijd niets anders dan doffe ellende als het ging om sfeer en gezelligheid in huis.

Van Eduardo had ik de hele week niets meer gehoord, hoewel ik dat wel had verwacht.

Vond ik dat eigenlijk erg?

Ja. Iets in me had hem nog wel eens willen zien, willen spreken. Zijn bos bloemen was uitgebloeid, maar ik had de hangende takken nog niet weggegooid. Deze man had me zo vreselijk laten schrikken, zo bang gemaakt, maar ook: hij had iets wat me aantrok. Ik vond hem leuk. En dat had ik lang niet gevoeld.

Nadat we de laatste pastaslierten naar binnen hadden geslurpt, trok Evie zich op haar kamer terug om zich klaar te maken voor haar date. Tegen een uur of negen ging de bel en stormde ze als een imbeciel de trap af om maar als eerste bij de deur te zijn. Ze moet hem wel erg leuk vinden, dacht ik nog.

'Jesper,' zei hij toen hij zich voorstelde.

'Roos. Leuk je te ontmoeten.'

Hij glimlachte, keek me vluchtig aan en richtte zijn blik vervolgens op Evie. Hij kwam wat nerveus op me over, maar misschien lag dat aan mijn inspecterende blik. In zulke gevallen leek ik op mijn zus, die van een kritische blik haar normale gezicht had gemaakt.

'Zo, waar gaan jullie heen, jongens?'

Ik glimlachte naar Evie, die me een vernietigende blik toewierp terwijl ze haar jas aantrok.

'We gaan naar de bioscoop en wat drinken ergens,' zei Jesper. 'We kijken wel waar het gezellig is, toch, Eef?'

Ik zag mijn dochter knikken met een grote glimlach op haar gezicht. Ze ritste haar jas dicht en pakte haar spullen bij elkaar. Voordat ze zijn arm vastgreep, kreeg ik nog een laatste kwade blik.

'Nou, veel plezier dan maar, hè! Breng je haar wel voor één uur thuis?' Ik acteerde mijn enthousiasme.

Hij beloofde het. Ik vond het maar niks.

Nog geen kwartier nadat ik zijn auto de straat uit had zien rijden, met mijn dochter erin, klapte ik mijn laptop open. Google kon me vast meer over deze gozer vertellen.

Al snel gaf ik het op, het was een onbegonnen missie. Ik wist alleen zijn voornaam en dat hij 'iets in de ICT' deed. Ik kon me niet herinneren dat Eef zijn achternaam had genoemd, ik kon alleen maar gissen naar zijn leeftijd, laat staan dat ik wist waar hij woonde. Lekker dan. Gaf ik zo mijn dochter weg aan een vreemdeling.

Dan maar in bad. Een schuimend bad, inclusief fijne, veel te dure geurolie. Urenlang kon ik dat, in bad liggen, af en toe wat heet water bijvullen, flesje wijn en een muziekje erbij en dan heerlijk voor je uit staren. Nadenken over het leven, mijmeren over wat je nog allemaal wilde bereiken, waar je nog naartoe wilde op vakantie. Zonder je schuldig te voelen dat je op geen enkele wijze een nuttige bijdrage leverde aan het huishouden, je kinderen, je werk of andere verplichtingen. Een gave, vonden mijn vriendinnen. Zij konden dat niet, ze waren er veel te druk en onrustig voor om te kunnen relaxen. Nou, daar had ik geen last van.

Behalve nu. Het lukte me vanavond ook niet, dat ontspannen. Bij ieder ongewoon geluidje dacht ik dat ik het geluid van de deur of rammelende sleutels hoorde en dat Evie thuiskwam. *Wishful thinking* natuurlijk. Die kwam nog lang niet thuis.

Ik moest mijn moederlijke instinct overboord gooien om mezelf weer enigszins energiek uit het stomende bad te hijsen. Ik moest niet zo moeilijk doen. Het hoort er allemaal bij, dochters krijgen vriendjes, en vriendjes nemen je dochters mee uit en dan… Ja, en daar wil ik dus niet aan denken. Hup, weg, uit mijn hoofd.

Tessa. Eens kijken of ik haar nog moest overhoren.

Na een uitermate saaie geschiedenisoverhoring hoorde ik beneden mijn telefoon gaan. Ik gaf het boek terug aan mijn dochter, die het regelrecht in een hoek smeet – waar het naar mijn idee thuishoorde, en liep naar de keuken om te kijken wie het was.

Ha, Eduardo. Hij was me blijkbaar nog niet vergeten.

Op hetzelfde moment dat ik mijn Nokia weer weg wilde leggen, ontving ik een sms-bericht van hem.

'*Ik denk aan je.*'

Dat was alles.

Hij dacht aan me. Wat ik daar op mijn beurt van moest denken, moest ik zelf maar uitzoeken. Het triggerde me. Hij liet een week lang niets van zich horen, terwijl hij vorig weekend heel wat weg had van een combinatie tussen een seksmaniak en een stalker. Zou hij te druk geweest zijn met zijn werk de rest van de week, of dacht hij echt nu pas weer aan me? Misschien is zijn vrouw wel elk weekend weg, waardoor hij zijn handen vrij had voor andere vrouwen. Ik kende de verhalen van Surinaamse mannen wel, de meeste hebben er nog eentje naast, dat was toch heel normaal? Een buitenvrouw noemden ze dat toch?

Of was ik nu een stom wijf uit het Gooi dat alleen in vooroordelen kon denken?

Ach, het deed er ook niet toe.

'*Waarom?*' tikte ik terug.

Direct een antwoord.

'*Je bent mooi.*'

Goed antwoord. Ik glimlachte. Wat fout was dit. Ik moest ons contact laten voor wat het was, hoe leuk ik hem ook vond, er zat toch wel een steekje aan deze man los.

Even voelde ik de handboei weer om mijn pols klemmen. Ik huiverde.

Zou hij me echt mooi vinden? Ik bekeek mijn kraaienpootjes in de spiegel. Aan mijn huid kon je goed zien hoe oud ik was. Oud. Bijna veertig, verdomme. Veertig met een verpest huwelijk.

'Dat weet ik.'

Brutaal misschien. Maar ik vond het wel leuk om het spelletje mee te spelen.

Het duurde even voordat hij weer reageerde.

'Morgen hapje eten?'

'Geen tijd.'

Ik had een echt excuus. Ik had de buurvrouw beloofd naar hun feestje te gaan.

'Overmorgen dan.'

'Erg druk de komende tijd.'

Dat viel dan wel weer mee.

'Goed, bel me maar als je tijd hebt. x'

Hierna bleef het stil.

Wat irritant dat ik zijn aandacht toch leuk vond. Ik kon het niet uitstaan. Was het omdat ik een man in mijn leven miste? Dat ik het zat was om 's avonds alleen naar bed te gaan? Om de meiden in mijn eentje door hun puberteit te loodsen? Ik was het niet gewend en ook al ging het best, alleen zijn vond ik minder leuk dan samen zijn.

Misschien miste ik Boris wel.

We waren niet meer *on speaking terms*. Hij belde nog wel eens om te vragen of alles goed ging met de kinderen. Dat wist hij best, want hij mailde met hen. Ik vond het doorzichtig, hij probeerde gewoon weer dichterbij te komen. Hij dacht zeker dat ik zijn streken was vergeten.

Onmogelijk. Ik betaalde ze nog iedere maand af.

Hij stond erop om iedere cent terug te betalen, zei hij de laatste keer. Natuurlijk! Nu opeens wel. Hij had een nieuwe baan, bij het ministerie van Financiën nog wel, en zodra hij genoeg bij elkaar had gesprokkeld, zou hij alles terugbetalen. Ach, wat moest ik met die loze beloftes? Ik hing op en nam niet meer op als hij belde.

Nee, hém miste ik niet.

Evie kwam die avond keurig om 1.02 uur binnengeslopen, wat een meevaller was. Uiteraard dacht ze dat ik niets in de gaten had, maar zodra ik haar sleutels in het slot hoorde, had ik snel mijn bedlampje uitgeknipt en mijn boek weggelegd. Eindelijk slapen, dacht ik. Ik legde mijn hoofd op mijn kussen – wat ongeveer te vergelijken was met het betreden van de hemel op dat moment – en sloot mijn prikkende ogen.

Meteen deed ik ze weer open.

Vier voetstappen, ik hoorde vier voeten op de trap, niet twee. Twee mensen ja, maar niet twee voeten. Vier. Geen haar op mijn hoofd, dacht ik gelijk. Ik sloeg de dekens van me af, rukte mijn blouse van de stoelleuning, stootte in de haast pijnlijk mijn kleine teen tegen de bedrand en deed daarna, nog wat navloekend, vastberaden mijn slaapkamerdeur open. Op heterdaad betrapte ik het stel, dat net Eefs slaapkamer binnen wilde glippen. Grote ogen van Eef, een neergebogen hoofd van Jesper Hoejeverderookheet. Ik acteerde slaperig en keek in mijn beste GTST-look verbaasd naar de twee.

'Hé mam,' zei Evie toen maar.

'Hoi,' antwoordde ik.

Mijn dochter verschoot van kleur.

'Ik pak even mijn oplader voor Jesper hoor. Hij is die van hem kwijt en we hebben dezelfde.'

'Oké.'

Ik liep de badkamer in en liet mezelf op het toilet zakken,

waar ik wat probeerde te plassen. Intussen deed ik mijn uiterste best om te luisteren wat de twee tegen elkaar zeiden. Ik hoorde alleen wat gefluister en daarna twee voeten op de trap en een deur die werd dichtgetrokken. Stilte in huis.

Toen ik de badkamer uit kwam, was Eefs slaapkamerdeur al gesloten. Ze zou zich wel schamen voor het feit dat haar moeder haar vriendje had weggejaagd en nu mokkend in haar bed liggen. Ik liep voor de zekerheid nog even naar beneden om te checken of hij echt weg was en draaide toen de deur op het nachtslot. Letterlijk en figuurlijk verboden terrein voor vreemden.

Toen ik even later een tweede en succesvolle poging deed de hemel te betreden, wist ik nog niet dat ik diezelfde deur over een aantal weken van het nachtslot gehaald zou aantreffen. En dat het bed van mijn dochter dan leeg zou zijn.

Twee weken later was ze jarig, Evie. Mijn grote meid werd achttien en was veranderd in de grootste draak van het huis. Onhandelbaar, onmogelijk om mee te communiceren en bovenal: onaardig.

Ze was een bitch geworden. Van het verjaardagsontbijt dat ik had klaargemaakt, at ze geen hap en ze maakte ook nog een sneer over haar vader. Alsof ik er iets aan kon doen dat hij er niet meer was. Ze moest eens weten.

Ik had zelfs een vrije dag opgenomen om haar feestje te organiseren. Het feestje waar ze zelf geen zin in had.

Haar mentor belde aan het einde van de ochtend op.

'Mevrouw Langenstein, uw dochter is zomaar weggegaan vanochtend. Is ze thuis?'

'Nee. Ze is niet hier.'

Waarom was ze zomaar vertrokken? Dat was toch niets voor Evie?

'En dat is niet alles. Ik heb hier haar absentieoverzicht voor me liggen, ze heeft heel wat uit te leggen.'

'Wat dan?'

Ik hoorde de man fluisterend tellen.

'Even kijken, ze zit op zes onverklaarbare absenties. Laat me duidelijk zijn, dat gaat over de afgelopen twee weken.'

'Wat zegt u?'

'Misschien moet u eens met uw dochter praten. Ik krijg niets dan klachten over haar.'

'Mag ik die klachten inzien?'

'Nee, mevrouw, dat gaat helaas niet. Die zijn vertrouwelijk.'

'En hoe weet ik dan of het waar is? Ik bedoel, niet dat ik u niet geloof, maar zegt u zelf, die klachten zijn slechts één kant van het verhaal.'

'Ja, dat is waar. Gaat u daarom eens met uw dochter praten. En misschien is het een goed idee dat jullie samen even langskomen. Volgende week bijvoorbeeld.'

'Oké. Dat lijkt me prima.'

'Mooi. Dan zorg ik dat onze secretaresse een afspraak met u maakt.'

'Tot dan.'

'O, mevrouw?'

Ik had al bijna opgehangen.

'Ja?'

'Proficiat met Evie. Ik begreep dat ze vandaag jarig is.'

'Bedankt.'

Vreemde snuiter.

Misschien moest ik eens met mijn dochter gaan praten? Wie zei dat ik dat al niet deed, dat ik dat al niet probeerde? Bemoeial. Dat ze spijbelde vond ik wel zorgelijk. Wat deed ze in die uren? Dan was ze vast met dat vriendje, die Jesper. Dat kon nog wel eens een lastig project worden.

Tegen het einde van de middag stroomde de visite binnen. Mijn vader zat al tevreden in een stoel met een stuk taart de krant te lezen.

'Pap, dat is de krant van eergisteren,' zei ik. Ik herkende de voorpaginafoto van een paar dagen terug.

'Ach, wat geeft dat?' mompelde hij met zijn mond vol appel-kruimel.

Ach, wat gaf het ook.

Evie liet op zich wachten. Ik belde haar al de hele middag, maar ze nam niet op. Ik sprak haar voicemail in, maar ze belde niet terug. Ik maakte me steeds bozer. Waar had ze de hele dag uitgehangen? Hoe kwam ze erbij dat ze zomaar kon doen en laten wat ze wilde? Zogenaamd prinsesje.

Toen iedereen al met een bord eten op schoot zat, kwam ze binnen gelopen. Rode konen.

'Heb je gedronken?'

Ze schudde haar hoofd, maar ik zag aan haar ogen dat ze loog. Ik nam haar even apart.

'Evie, ik zie het toch aan je. Lieg niet tegen me. Heb je ge-dronken?'

'Eén glaasje champagne mam, waar doe je nou moeilijk over?'

Ik zag de ketting om haar hals. De initialen E en J, verwerkt in één hangertje. Wat een afgezaagd cadeau. Ik werd er bijna misselijk van.

'Laat me eens kijken, heb je dat gekregen van je vriendje?'

Ik deed mijn best om enthousiast te klinken.

'Ja, mooi hè?'

'Prachtig vind ik hem.'

Ze straalde helemaal. Ze was stapelverliefd, zag je van mijlen-ver.

'Kom, we gaan je verjaardag vieren.'

Het goede gesprek stelde ik uit.

8

De eerste keer dat ik seks met iemand had om Jesper uit de brand te helpen, was anderhalve maand na onze allereerste ontmoeting, die nacht op het Rembrandtplein. Ik deed het voor ons, maar vooral voor hem. Het werd het begin van een periode in mijn leven die als een waas aan me voorbij is gegaan, hoewel alles nog steeds glashelder op mijn netvlies staat.

Maar goed, eerst ontmoette ik zijn vrienden. Hij had me eerder al verteld over het type vrienden waar hij dag in dag uit mee omging. Het beeld dat ik van hen kreeg, was dat van een bende gangsters zoals in een clip van 50 Cent. Maar dan op z'n Nederlands, zeg maar.

'Ze maken geen grappen,' zo beschreef hij hen de eerste keer.

Voordat ik dacht dat het hen simpel ontbrak aan een portie gezonde humor, vervolgde hij zijn verhaal met voorbeelden waar ik minder vrolijk van werd. De vriendengroep zag elkaar vooral 's nachts en ging dan op pad om navigatiesystemen, laptops of gewoon complete auto's te jatten. Om maar niet te spreken van de berovingen, bedreigingen en soms aanrandingen waar ze zich schuldig aan maakten.

'Gezellig,' zei ik met opgetrokken wenkbrauwen. 'En met zulke types ga jij om?'

'Het zijn mijn vrienden, al mijn hele leven. Ik ben met ze opgegroeid vanaf de kleuterklas en ga voor ze door het vuur. Maar ik doe niet mee aan die criminele shit, no way.'

Apart, vond ik. Maar ook interessant. Jesper kon me dingen laten zien uit een heel andere wereld. Een wereld die me uit het oersaaie Bussum haalde.

'En jij doet er echt niet aan mee?'

'Eef! Wat denk je van me? Zie je me als een crimineel of zo?'

'Nee, natuurlijk niet.'

'Nou dan. Ik heb toch een goede baan? Ik heb die shit niet nodig hoor. Die gasten vervelen zich gewoon, dat gaat wel over. Het zijn goede jongens hoor.'

Dat klopte wel. Een aantal van zijn vrienden leerde ik goed kennen, en ze waren best aardig. Benny en Murat kende ik het best. Wat een clowns waren dat! Je kon echt enorm met dat stel lachen, ze maakten de hele tijd flauwe grappen, kraakten elkaar af. Meer dan eens piste ik haast in mijn broek van het lachen. De keer dat ze Benny in zijn slaap hadden opgedirkt met make-up bijvoorbeeld. Hilarisch. Hij leek wel een barbie.

Mehmet was een ander verhaal. Hij was de broer van Murat en als hij erbij was, dan was de sfeer totaal anders. Hij gedroeg zich alsof hij een soort meerdere was, iemand voor wie je een goddelijk soort respect zou moeten hebben. Lachen kon je in ieder geval niet met hem. Zijn gezicht stond, zonder uitzondering, op agressief. Ik vond hem een beetje eng. Hij liep breed, als B.A. van The A-Team, en keek continu over zijn schouder. Waarom hij zo waakzaam was, ik had geen idee, want hij kwam op mij juist over als iemand voor wie je zelf bang zou moeten zijn.

Juist die engerd, de agressieve Mehmet, zou mijn prostitutiedebuut zijn. Toen, terwijl ik er middenin zat, wist ik niet dat deze ervaring onder de categorie prostitutie viel. Ik zag het meer als een daad van liefde voor Jesper, omdat hij zo enorm in de shit zat.

'Eef, kom even zitten,' zei hij op een dag toen we in de stad liepen.

We namen plaats op een muurtje waar we lekker in de zon

konden zitten en niemand ons verder zou lastigvallen. Ik zoende hem lang en vurig en genoot intens van zijn krachtige omhelzing. Bij hem voelde ik me veilig, sexy en trots. Hij was mijn mannetje.

'Ik moet je wat vertellen,' zei hij toen hij me losliet.

Ik keek hem wat geschrokken aan. Hij zal toch geen ander hebben, schoot door mijn hoofd.

'Ik zit in de shit.'

Trilde zijn stem nou?

Zijn gezicht verdween in zijn handen en aan het schokken van zijn rug zag ik dat hij moest huilen.

'Schatje, wat is er? Wat voor shit bedoel je?'

Geen reactie.

Ik sloeg mijn arm om hem heen en probeerde hem wat tot rust te brengen. Het hielp niet echt. Het leek juist of al het verdriet er op dat moment uitkwam. Ik huilde met hem mee. Dat had ik altijd als ik mensen zag huilen.

Nog twijfel ik wel eens of zijn tranen oprecht waren. Ik zag het gewoon, de wanhoop en angst in zijn ogen. En nog steeds voel ik de behoefte die vreselijke pijn bij hem weg te nemen, ik deed er alles voor om hem te helpen. Ik weet nu: hij was gewoon verdomde goed in wat hij deed.

'Hij is over de zeik door die auto.'

Gisteren waren we nog voor mijn verjaardag een dagje naar Antwerpen geweest, met de Golf van Mehmet. Nadat hij mij weer thuis had gebracht, vanochtend, had hij de auto in de prak gereden.

'Hij wil nu opeens geld zien. Ook van Antwerpen.'

'Van Antwerpen?'

Hij keek me verdrietig aan.

'Mehmet had me wat geld geleend voor het hotel en zo.'

'Wat zeg je? Dat was toch helemaal niet nodig?'

'Ik moest toch iets voor je doen, je bent jarig geweest. Achttien is heel wat, toch?'

Door mij zat hij nu zo in de shit.

'Liefje toch. Mehmet komt wel tot rust. Dat van die auto, dat kan toch gebeuren?'

'Nee!' Hij schudde wild zijn hoofd. 'Nee, nee, nee.' Hij schreeuwde nu.

Voorbijgangers keken vreemd op. Jesper bedaarde.

'Je snapt het niet. Ik heb het toch gezegd, hij maakt geen grappen. Mehmet maakt geen grappen.'

Ik knikte, alsof ik toen al besefte waar hij toe in staat was.

'Hij wil het geld voor morgenavond hebben.'

'Ja, dat gaat dus niet lukken.'

Nu werd Jesper echt kwaad. Deze agressiviteit in zijn ogen had ik nog nooit gezien. Hij schudde zijn hoofd ongelovig, draaide zich om en liep hard weg.

Ik wist niet wat ik verkeerd had gedaan en zat nog een paar seconden verontwaardigd op het muurtje in de hoop dat hij halverwege zou omkeren en weer naast me zou komen zitten. Dat deed hij niet, dus ik besloot hem achterna te gaan. Ik vond hem op de parkeerplaats in zijn BMW. Hij had de bestuurdersstoel helemaal naar achteren gedraaid en lag met zijn handen voor zijn ogen achterover. Omdat hij de deur op slot had gedaan, klopte ik op het raam. Pas na een paar minuten keek hij me met betraande ogen aan en liet me de auto in.

'Wat doe je nu gek?' vroeg ik voorzichtig. 'Het komt wel goed, we verzinnen wel…'

Voordat ik het wist begon hij me heftig te zoenen. Hij greep me eerst bij mijn billen, toen bij mijn borsten en vervolgens ging zijn hand onder mijn rokje mijn onderbroek in. Ik kreunde toen hij met zijn vinger naar binnen ging en me ondertussen in mijn nek zoende. Daarna leek hij zich niet meer te kunnen beheersen en kreeg hij een soort gulzigheid over zich waar ik een beetje van schrok, maar die ik ook wel spannend vond. Hij trok me boven op zich op de bestuurdersstoel en maakte zijn broekriem los. We begonnen allebei zwaar te ademen en vergaten de omgeving volledig. Hij kwam in me en ik maakte regelmatige, schokkende bewegingen met mijn heupen. Veel tijd om na te denken over de situatie – ik had seks in een auto, op klaarlichte dag, op een parkeerplaats nota bene – had ik niet. Het was seks in de puurste vorm die ik ooit had meegemaakt, onverwachts, spannend en verdomde lekker.

We keken elkaar daarna diep in de ogen. Wij hoorden bij elkaar, wij waren één.

Het leek wel of hij begreep wat ik hem met mijn blik wilde zeggen. Dat ik hem zou helpen met zijn problemen, wat er ook voor nodig was. We lagen een paar minuten uitgeput in elkaars armen, schokten nog wat na en daarna was ik van hem afgeklommen, had ik mijn haar en gezicht gefatsoeneerd in de achteruitkijkspiegel en ondertussen had hij de auto al gestart om de bekende route naar mijn huis te rijden.

'Ga maar,' zei hij toen we even later voor mijn huis stopten.

'Je wilt het er niet over hebben?'

Hij schudde zijn hoofd en gaf me een knipoog, zogenaamd om me gerust te stellen dat het wel goed met hem kwam. In mijn ooghoek zag ik mijn moeder al naar buiten kijken door het keukenraam. Uitstappen dan maar. Ik gaf hem een zoen en liep het huis binnen, waar de eettafel al gedekt was en Tessa op de bank met een wiskundeboek op haar schoot zat te studeren. Zij wel. Mijn moeder keek me vragend aan.

'Je zou vandaag toch wat eerder thuiskomen om voor je tentamen te leren?'

'Mam, serieus, nu niet.'

'Hoe bedoel je, nu niet?' Ze verhief haar stem.

Een duidelijk teken van een moeder op oorlogspad.

'Ik heb nu even geen zin in discussie. Ik leer vanavond wel.'

'Je gooit je toekomst weg voor die jongen, Eef. Hij heeft z'n diploma al, maar jij hebt er je hele leven last van als je dit jaar zakt voor je examen. Ik ben het zo zat met dat gedrag van je, het lijkt wel alsof je niets meer dan zijn schaduw bent.'

81

'Schaduw? Waar heb je het over... echt wat is dit voor shit?'

'Praat eens normaal Eef, dat nieuwe taalgebruik van je vind ik maar niks.'

Ik liep de keuken uit, knalde de deur achter me dicht en sloot me op in mijn slaapkamer. Ik zat nog geen twee seconden of ik hoorde dat mijn moeder de trap al opkwam om onze bizarre discussie voort te zetten.

'Eef, zie je het dan echt niet?'

De stem van mijn moeder was een stuk rustiger. Ze ging naast me zitten en gooide het over een andere boeg.

'Wat?'

'Je bent veel te verliefd op die jongen. Je denkt niet meer helder na, hij staat centraal in alles wat je doet. En daarnaast krijg ik vervelende telefoontjes van je mentor.'

'Aha, dat is het dus. Die lul heeft weer gebeld. Nou, fijn mam, dat je hem direct op zijn woord geloofd voordat je zijn bullshit eerst even bij mij checkt op waarheid.'

'Evie, dat is niet waar.'

Ik had geen idee waar mijn mentor over had gebeld, maar vermoedde dat het ging over mijn spijbelen. Geen ramp vond ik, ik stond nog steeds voldoende voor alle vakken, dus er was geen enkele reden voor paniek. Maar blijkbaar dacht iedereen daar anders over, en ik werd helemaal gek van dat bemoeigedrag om me heen.

'Goed, vertel maar dan,' zei mijn moeder nog steeds rustig. 'Wat doe je dan al die uren als je niet op school bent.'

Die uren was ik met Jesper. Maar dat ging ik haar natuurlijk niet vertellen.

'Eef?'

Gewoon helemaal niet meer reageren leek me het best. Ik stond op van mijn bed en liep naar mijn bureau. Daar haalde ik mijn geschiedenisboek tevoorschijn en bladerde door naar hoofdstuk vier, dat ik voor de volgende dag uit mijn hoofd moest kennen. 'Nederland in de middeleeuwen', luidde de kop.

Verleidelijk. Wanhopig liep mijn moeder even later mijn kamer uit.

Mijn ogen dwaalden van het boek door mijn kamer, terug naar het boek en vervolgens naar mijn telefoon die op mijn bed lag. Ik stuurde Jesper een sms.

'Het zit me toch niet lekker. Kunnen we afspreken?'

Vrijwel direct reageerde hij.

'Wil je zo focking graag zien. Over 20 min bij bushalte?'

'Ok schatje, cya zo! xx'

Ik sprong nog snel onder de douche, trok wat schone kleren aan en bracht wat extra mascara op. Nog een laatste blik in de spiegel en ik was klaar voor vertrek. Net toen ik één voet op de gang zette, hoorde ik mijn mobiel in mijn tas afgaan. Het was Jesper weer.

'Het wordt wat later.'

'Oké,' zei ik. 'Hoe laat ongeveer?'

Ik hoorde mensen op de achtergrond.

'Ik bel je wel, schatje, met een uurtje of zo.'

'Goed.'

Ik hing op en besloot me dan toch maar te wagen aan het slaapverwekkende boek over de middeleeuwen. Dan deed ik in ieder geval nog een poging om iets van dat tentamen te maken. Het bord eten dat mijn zusje, zorgzaam als ze was, naar boven had gebracht, raakte ik met geen vinger aan. Ik kreeg geen hap, maar vooral geen flauwe gekookte worteltjes door mijn keel en kon stiekem aan niks anders denken dan aan Jesper.

Wat was er nou aan de hand vanmiddag? Waarom moest hij zo huilen? En waarom wilde Mehmet dat geld per se nu hebben? De situatie gaf me een naar gevoel.

Tegen elf uur 's avonds kwam mijn moeder mijn kamer in. Ze reageerde blij op het geschiedenisboek dat op mijn schoot lag. Ze sprak zo'n tien minuten tegen me en zei dingen als 'beste voor jou', 'prioriteiten stellen' en 'ik hou van je'. Gezwets.

'Ga maar lekker slapen, schat,' zei ze. 'Anders ben je niks waard morgen.'

'Doe ik, mam.' Ik wilde dat ze weg zou gaan. Jesper kon nu echt elk moment bellen.

En dat deed hij even later ook.

'Dat duurde lang,' zei ik.

'Kom op schat, niet zo zeuren. Ik heb je zo snel mogelijk gebeld, dat weet je.'

Ik had spijt van mijn toon. Straks werd hij weer zo kwaad op me.

'Ja oké, sorry.'

'Kom bij me slapen dan.'

'Bij je slapen?'

'Ja, pik ik je zo op, zijn we de hele nacht samen.'

De gedachte aan een hele nacht met hem maakte de duizenden vlinders in mijn onderbuik weer wakker. Ik dacht terug aan Antwerpen, die nacht, hoe geweldig dat was geweest. Ik had tegen mijn moeder gezegd dat ik een nachtje bij Florien ging slapen, die ik toen al heel lang niet meer had gesproken. De kans dat ze naar huis zou bellen was dan ook klein, want ik had via via gehoord dat ze kwaad op me was. Ik was te veel met Jesper bezig, vond ze. Pure bullshit, want zij was degene die nooit moeite had gedaan hem echt goed te leren kennen. Anders kon ze gewoon mee shoppen en leuke dingen doen, want Jesper wilde haar juist graag leren kennen. 'Ik krijg alleen een beetje het gevoel dat ze me niet mag,' had hij op een gegeven moment gezegd.

'Onzin,' antwoordde ik toen vastberaden. Maar ik begon steeds meer te begrijpen wat hij bedoelde. Misschien was ze echt jaloers, kon ze het niet hebben dat ik ook eens een keer een leuk vriendje had. Dat deze jongen een keer niet voor haar koos, maar voor mij.

'Bij je slapen. Maar wat zeg ik dan tegen mijn moeder?' vroeg ik hem.

Hij zuchtte geïrriteerd.

'Laat maar, het hoeft niet hoor.'

'Nee. Jawel.' Straks bedacht hij zich nog. 'Ik wil wel.'

'Oké, dan kom ik je zo halen. Zie je op de hoek.'

'Tot zo dan.'

Nu moest ik dus een *escape*-route bedenken. Ik pakte wat spullen bij elkaar en stopte ze in mijn rugzak. Vroeger had ik wel eens op een warme zomerdag uit het dakraam van mijn slaapkamer gehangen en bedacht hoe ik zou ontsnappen als het huis in brand zou vliegen en de enige uitweg mijn raam zou zijn. Ik beeldde me in dat ik al mijn belangrijke spullen in een tas zou stoppen, die eerst naar buiten zou gooien en vervolgens via het raam, de dakgoot en de regenpijp mijn weg naar beneden zou vinden. In die fantasie stond mijn moeder huilend met haar armen uitgestrekt onder mijn raam om me op te vangen. Nu lag ze als het goed was in een diepe slaap en zou ze er niks van merken dat ik mijn kleinemeisjesfantasie over een paar minuten in de praktijk bracht.

Ik trok een dik vest aan, deed mijn rugzak om en schoof mijn voeten in een paar oude gympen die nog ergens onder mijn bed stonden. Heel voorzichtig deed ik mijn slaapkamerdeur open en luisterde geconcentreerd of ik iets hoorde. Nee, het was doodstil. Net zo stil als wanneer ik 's nachts thuiskwam, onmogelijk om in die stilte geruisloos binnen te sluipen. Mijn moeder hoorde me altijd, het leek wel of haar hele systeem erop ingesteld was. Vreselijk irritant vond ik het, iedere keer werd ze wakker en liet ze op de een of andere manier merken dat ze precies wist hoe laat ik was binnengekomen. Ging ze zogenaamd naar de wc of moest ze zo nodig een glas water drinken.

Het was in ieder geval uitgesloten dat mijn *escape*-route via de trap ging. Net als bij die brand was mijn raam de enige optie om uit deze gevangenis te komen. Ik sloot mijn kamerdeur zachtjes en sloop naar het raam, dat ik zachtjes opendeed.

Daar ging ik dan, zonder enige klimervaring.

Ik deed het bijna in mijn broek, maar de drang om bij Jesper te zijn, om hem te zien en om erachter te komen hoe ik hem weer gelukkig kon maken, was groot genoeg om deze uitdaging aan te durven. Ik trok eerst mijn benen over het kozijn, draaide me vervolgens voorzichtig om en liet me langzaam naar beneden zakken, totdat ik met gestrekte armen aan het kozijn hing. Het eerste stukje ging goed, ik verwisselde het kozijn voor de dakgoot en hing eraan zonder dat het me al te veel moeite en kracht kostte, maar ik wist wel dat dit comfortabele gevoel – als je dat zo kon noemen – snel over zou gaan wanneer mijn spieren zouden gaan verzuren. Sporten deed ik niet, dus dat zou niet al te lang meer duren. Hup, ik gaf mijn raam een zetje, waardoor het bijna weer dichtzat en er niet al te veel regen naar binnen zou waaien. Toen plaatste ik mijn handen steeds een beetje meer naar rechts, richting de regenpijp. Ook dit ging goed. Verbazingwekkend hoe goed ik hierin ben, dacht ik nog. Het leek wel een actiefilm. Totdat er een stukje van de dakgoot afbrak.

Ik schrok me kapot, hing nog maar aan één arm aan de goot.

'Shit!' riep ik onderdrukt.

Het onderdeel kletterde op de tegels in de tuin onder me. Mijn hart bonsde in mijn keel. Snel pakte ik met mijn losse arm de dakgoot weer vast en wachtte even voordat ik verderging. Niks, ik hoorde niks. Er gingen geen lichten aan. De dakgoot bleef verder heel. Niemand had iets gemerkt. Wat een geluk had ik. Wat bijzonder veel mazzel had ik vandaag.

De regenpijp ging soepel, hoewel ik me ernstig afvroeg hoe ik straks weer boven zou komen. Ik kon de vuilcontainer in elk geval gebruiken om een stuk de regenpijp op te komen. Zou de dakgoot me een tweede keer houden? Ik hoopte het, maar goed, dat was toch echt van later zorg. Ik voelde mijn telefoon in mijn zak trillen. Jesper. Hij vroeg zich vast af waar ik bleef.

'Heeft dan niemand op deze aardbol nog een beetje geduld? Of respect voor wat ik zojuist gepresteerd heb,' mompelde ik in mezelf.

'Ik kom eraan,' fluisterde ik hijgend.

Hij grinnikte.

'Is goed schat, ik sta op de hoek.'

Ik liep de poort uit en verwisselde mijn vertrapte gympen voor mijn *hooker heels*, die perfect pasten bij de rest van mijn outfit. Een strakke spijkerbroek en een rood shirtje met diep decolleté. Klassiek en sexy, had ik eerder die avond voor de spiegel beoordeeld. De schoenen schoof ik met het dikke vest onder een struik grenzend aan onze tuin en ik klikte, zonder al te veel geluid te maken, de straat uit.

In de auto kreeg ik eerst een uitgebreide zoen van hem. Hij leek in een totaal andere stemming dan die middag.

'Ik ben blij je te zien,' zei hij.

Ik glimlachte, voelde mijn wangen rood worden, terwijl ik mezelf zo had getraind om dit niet meer te laten gebeuren. Snel gaf ik hem een kus op zijn wang.

'Kom, ik heb zin om naast je te liggen,' zei ik.

'We gaan naar Murat en Mehmet,' antwoordde hij.

Er ging een schok door me heen. Daar had ik niet op gerekend, ik wilde samen zijn. Al die moeite die ik had gedaan, was niet om een avondje te hangen bij zijn vrienden, ik wilde volledige aandacht van hem en heerlijk met hem slapen, zoals we in Antwerpen hadden gedaan. Ik slikte een opmerking hierover, die op het puntje van mijn tong lag, weer in.

'Waarom?'

Hij zuchtte en keek me met een diepe frons aan. Werden zijn ogen nou weer vochtig?

'Ik wilde het je al eerder deze week vertellen. Maar ik schaam me er een beetje voor.'

'Waarvoor, waar heb je het over?'

'Mijn ouders. Ze zijn vertrokken.'

Ik keek hem vragend aan en daarna overdreven vragend. Moest ik het verhaal nou weer uit hem trekken, of ging hij eens uit zichzelf vertellen wat er aan de hand was? Wat hebben zijn ouders hier in godsnaam mee te maken?

'Ze zijn verhuisd naar Zweden,' vertelde hij. 'Het speelde al een tijdje maar twee weken geleden ging het opeens allemaal heel hard. Ik had geen zin om mee te gaan natuurlijk, vooral omdat ik jou dan had moeten achterlaten, terwijl we het net zo leuk hebben samen.'

Ik knikte.

'Maar dat betekent dus dat ik nu geen huis meer heb.'

'Jeetje.'

Meer wist ik niet te zeggen, ik was stil van zijn verhaal. Veel begreep ik simpelweg niet, ik snapte niet dat je ouders je gewoon achterlieten terwijl je nog thuis woonde. Hij mocht dan 21 zijn, genoeg verdienen en zichzelf in principe kunnen redden, maar een beetje overbruggingstijd was toch niet te veel gevraagd?

'Waarom heb je dit niet eerder verteld?'

Hij haalde zijn schouders op.

'Wat ik zei, ik schaamde me.'

Ik had medelijden met hem. Het was een hele tijd stil.

Jesper verbrak de stilte.

'Mehmet heeft me aangeboden om bij hem te komen wonen.'

Nu begreep ik er nog minder van. Hoe kon het dat Mehmet nu opeens zo barmhartig was? Hoe was het überhaupt mogelijk dat Mehmet en het woord barmhartig in één en dezelfde zin voorkwamen?

'Oké…' Mijn gedachten werkten op volle toeren.

Vond ik dit normaal? Moest ik terug naar huis? Terug die regenpijp op klimmen? Gewoon mijn eigen bed in duiken? Nee, dat niet, ik wilde juist bij hem zijn, ik wilde er voor hem zijn, helemaal nu zijn ouders weg waren. De band met zijn ouders was heel sterk, zei hij altijd. Het deed hem dus vast veel pijn dat ze zomaar waren vertrokken. Althans, mij zou het veel pijn doen. En was ik nu niet nog de enige die er echt voor hem kon zijn? Het leek er wel op. Nee, ik zou bij hem blijven. Ik moest wel. Op dit soort momenten kon je bewijzen hoeveel je echt om iemand geeft en ik wist: Jesper waardeerde het als ik er voor hem zou zijn. Hij zou hierdoor nog meer van me gaan houden.

'Jesper, is Mehmet niet meer kwaad op je dan?' vroeg ik voorzichtig.

Ik wist na vanmiddag hoe gevoelig het onderwerp lag.

'Kwaad niet echt. Maar hij wil zijn geld nog steeds.'

Hij haalde diep adem en keek met waterige ogen voor zich uit.

'Als ik je kan helpen met iets,' zei ik nog steeds voorzichtig, 'dan moet je het maar zeggen. Ik kan na school gaan werken in de supermarkt waar ik vorige zomer heb gewerkt. Of misschien kan ik een krantenwijk nemen, 's ochtends voor school.'

Hij glimlachte en startte de auto. Hij trok langzaam op, reed de straat uit, de wijk uit en volgde de A1 naar Amsterdam. Mehmet woonde samen met Murat, zijn leuke broertje dus, in een eengezinswoning in Amsterdam-Slotervaart. Best een leuk huisje, hoewel ik de buurt niet zo leuk vond. Ongezellig. Ik vond de binnenstad van Amsterdam veel gezelliger. Hoe dan ook, het was toch best aardig van Mehmet dat hij Jesper onderdak bood, anders zou hij serieus op straat staan. Misschien had hij toch wel iets goeds in zich en was dit de vriendenband waar Jesper altijd zo vol passie over sprak.

Vlak bij het huis trapte Jesper opeens op de rem.

'Je kunt helpen, als je echt wilt. Je kunt me helpen.'

'Echt?' zei ik verbaasd en opgelucht tegelijk.

Ik wilde het zo graag, hem helpen uit deze shit te komen. Er voor hem zijn. Nog meer van die verslavende liefde van hem winnen.

'Voordat ik het vertel, wil ik dat je weet dat ik van je hou,' zei hij.

'Ik ook van jou, lieverd.'

'En dat ik met je verder wil. Ik wil oud worden met jou, ik wil samen een huisje kopen, kindjes krijgen. Weet je dat wel?'

Dit had hij nog nooit gezegd. Het ontroerde me, maakte mijn lichaam helemaal week. Ik kreeg tranen in mijn ogen en lachte door die tranen heen. Ik huilde van geluk. 'Meen je dat echt?' vroeg ik.

'Ja Eef, echt. Je bent de vrouw van mijn dromen. Ik laat je nooit meer lopen.'

We omhelsden elkaar lang en keken elkaar daarna veelbetekenend aan. Hij had ook tranen in zijn ogen. Perfect was het, een moment waar ik lang naar had uitgekeken. Nu wist ik weer waar ik die stomme regenpijp voor af was geklommen.

'Wat kan ik voor je doen dan,' fluisterde ik.

'Het is Mehmet. Hij heeft me iets gevraagd.'

'Wat dan?'

'Hij wil iets van me. Als ik hem dat geef, ziet hij al mijn schulden door de vingers, zegt hij.'

'Echt waar?'

'Serieus.'

'Maar wat moet je hem geven dan?'

Een rilling over mijn rug. Zo serieus keek hij me aan.

'Hij wil jou.'

'Mij?!' riep ik.

Van de zenuwen schoot ik in de lach.

'Doe normaal, wat bedoel je?'

'Hij zegt dat als hij één keer met je naar bed mag, hij alles vergeet wat ik hem nog moet terugbetalen.'

'Niet waar, heeft hij dat echt gezegd?' vroeg ik ongelovig.

Jesper knikte en keek me afwachtend aan. Ik lachte eerst nog, een ongemakkelijke grinnik, maar het begon langzaam tot me door te dringen dat we de auto niet zouden uitstappen voordat ik serieus had overwogen om in te gaan op dit voorstel. Het was een vraag, het was niet een verhaal dat hij met me wilde delen, het was een serieus verzoek.

'En je wilt dat ik dat doe?'

'Nee, tuurlijk niet. Je bent van mij, je bent mijn parel.'

'Maar?'

'Je moet het zelf weten. Maar als je zoveel van me houdt dat je dit voor me over zou hebben…'

Ik keek naar hem en wachtte met trillende vingers af wat hij hierna zou zeggen. Als ik echt van hem hield…

'Het zou me echt uit de shit helpen, dat zeg ik alleen.'

We waren allebei stil, mijn adem stokte en ik voelde me duizelig worden. Als ik echt van hem hield… Hij zag het als een teken van mijn liefde voor hem, hij meende het serieus. Hoe kon hij het nou goed vinden dat ik met de broer van een van zijn beste vrienden naar bed zou gaan? Had hij geen trots, hield hij niet van me?

'Hou je niet meer van me?' vroeg ik.

'Doe normaal schat, doe normaal!'

Hij sloeg een paar keer zo hard met zijn vuist op het stuur dat de toeter de stilte op straat bruut verstoorde.

'Ik hou meer van jou dan van mezelf. Echt. Daarom doet het me ook zo'n pijn om dit van je te vragen. Je hebt me gezien vanmiddag, ik ben er kapot van. Helemaal kapot, ik weet gewoon niet meer wat ik moet doen.'

Hij pakte me bij mijn kin en gaf me steeds kusjes, terwijl de tranen over mijn wangen liepen. Ik was de controle volledig kwijt, mijn gevoelens namen mijn lijf over en ik kon niet meer helder nadenken. Allerlei stemmetjes spraken door elkaar heen in mijn hoofd, geen enkele kon ik echt verstaan. Ik kon mezelf niet eens meer horen denken.

'Schatje,' fluisterde hij liefdevol. 'Je hoeft het echt niet te doen. Ik begrijp het. Het hoeft niet.'

Dit zei hij om me weer rustig te maken, wist ik. Voor hem was dit de enige uitweg om van die kloteschulden af te komen. De schulden die veel meer waren dan wat hij per maand verdiende en waar ik aan heb bijgedragen. Zo ontzettend veel uren heeft hij de afgelopen tijd niet gemaakt op zijn werk, hij bracht al die tijd met mij door. En ik was te egoïstisch om me te realiseren dat het geld dat hij uitgaf aan mijn kleren, het hotel in Antwerpen en niet te vergeten zijn benzine ergens vandaan moest komen. Van Mehmet dus. Mehmet had alles betaald en eiste het nu op een gruwelijke manier terug.

'Ik doe het.'

Ik schrok van mijn eigen opmerking. Mijn stem klonk schor van het huilen. Ik schraapte mijn keel. Ik nam me voor om het op een waardige manier te doen, voor mijn man, voor ons leven samen. Voor een nieuwe start.

'Echt één keer?' vroeg ik voor de duidelijkheid.

Hij knikte.

'Ik doe het,' zei ik. 'Voor ons.'

En zo geschiedde.

Het was een uur of zes 's ochtends toen ik weer op mijn vertrapte gympen in mijn slaapkamer stond. Langzaam liet ik de kleren van mijn lichaam zakken. Mijn broek schopte ik van me af. Mijn rode shirt gooide ik in de hoek van mijn kamer. Mijn string erachteraan. Toen pas begon ik te snikken en zakte ik op mijn knieën. De vloerbedekking voelde ruw aan en schaafde mijn knieën, maar ik had er geen erg in. Mijn hele lijf schokte, ik huilde met grote uithalen, zonder dat er ook maar een enkele traan uit mijn ogen kwam. Het geluid dat uit mijn mond kwam leek op de kreten van een piepende zeehond. Mijn moeder werd niet wakker.

Daar, op de grond in mijn tienerslaapkamer, heb ik zeker een uur in dezelfde positie gezeten. Een uur voordat de rest van het huis zou ontwaken na een rustige, veilige nacht. Een uur om te beseffen dat die nacht mijn leven altijd zou blijven tekenen. Niet wetende dat dit slechts het begin was.

9

'Wie is Jennifer?'

Zo confronteerde ik Boris de eerste keer met zijn vreemd-gaan. Die confrontatie tekende het einde van ons samenzijn.

Ik zat in de auto, onderweg naar Eduardo, terwijl ik terug-dacht aan de heftige ruzie die deze confrontatie met Boris had opgeleverd. Hoe zou zíjn vrouw reageren als ze ontdekte dat ik in haar bed had gelegen? Met haar vent.

Ik walgde van mezelf, waarom had ik toegezegd bij hem langs te komen na mijn werk? Was ik nu zelf die slet die ik zo had gehaat?

'Wie?' had Boris nog onnozel geantwoord.

'Jennifer. J.E.N.N.I.F.E.R.'

Het bleef stil.

'Jennifer met dat natte kutje, die.'

'Waarom lees je mijn sms'jes?'

Eerste prijs in de categorie lulligheid voor deze bijzondere re-actie.

'Wie is ze, Boris? Vind je het normaal om me zo te verraden na al die jaren?'

'Het betekent niks.'

'Hoe bedoel je?'

'Het is niks, zo'n meisje, we sms'en wat, maar verder is er echt niks hoor.'

'O, net als met Chantal zeker, je collega.'

Toen had ik hem. Hij had me met grote ogen aangekeken.

Hoe wist ze dat? Snel herstelde hij zich en zette zijn nonchalante masker weer op.

'O god, je hebt Chantal gesproken hoor. Vertel maar, wat heeft ze gezegd?'

'Ze heeft me alles verteld, Boris,' zei ik. 'Alles, over jullie relatie, over de keren dat jullie bij dat hotel langs de A1 hadden afgesproken en dat je haar vertelde over mijn, ik citeer, gebrekkige seksuele vaardigheden! Lul!'

Ik schreeuwde op dat moment zo hard dat mijn stemgeluid aanvoelde als een kartelmes in mijn keel. Uit kwaadheid sloeg ik het kopje koffie dat hij intussen gewoon voor zichzelf inschonk uit zijn hand. Ik walgde van zijn quasi-onschuldige toneelspel. Het kopje was uiteengespat in duizenden stukjes en de koffie liet een bruine druppelregen achter op de witte muren. Ik was nog nooit zo kwaad geweest. Vooral deze laconieke en leugenachtige reactie maakte me ziedend.

'Roos, maak je toch niet zo druk. Dat mens kletst maar wat, ze heeft iets tegen me of zo.'

Ik wist dat hij loog. Ik wist het zeker. Ik had foto's van hen gezien. Foto's in restaurants, tijdens werkuitjes, maar ook foto's waarop ze allebei poedelnaakt waren. Bovendien wist die Chantal te veel details.

Hij had mijn onderarm vastgepakt en keek me glimlachend aan met een meelevende blik. Schatje, wat ben je toch in de war, zei hij nog net niet tegen me. Het vrat aan mijn tolerantievermogen.

Baf. Ik had nog nooit iemand geslagen, en al helemaal niet met mijn vuist, maar ik beukte hem zonder erbij na te denken met alle kracht die ik in me had tegen zijn linkeroog. Het maakte een vreemd, krakend geluid. Hij dook ineen, sloeg zijn handen voor zijn ogen en liet een kermend gejank horen. Toen hij probeerde te gaan zitten, ging zelfs dat voor mij te ver. Er was iets geknapt, het was voor mij afgelopen. Deze man moest nu mijn huis verlaten.

'Boris, ik wil dat je weggaat.'

'Doe even normaal, je slaat me bijna knock-out. Om niks,' zei hij half grinnikend, half kermend.

'Om niks?' vroeg ik vreemd genoeg ijzig kalm.

'En volgens mij is mijn oogkas gebroken.'

Ik keek om me heen en pakte het eerste het beste wapen dat ik kon vinden. Het werd het grootste keukenmes uit het blok.

'Jezus, Roos.'

'Ga weg nu.'

Mijn schreeuwstem was weer terug.

'Wegwezen, ik kan je niet meer zien, ik wil je niet meer zien, het is over. Jij gaat nu daarheen, die deur uit.'

Ik maakte een dreigende beweging met het mes, waarop Boris in ieder geval weer opstond. Hij maakte aanstalten om weg te gaan.

'Ik kan zo niet rijden, met dat oog.'

'Dat kan me geen moer schelen, oprotten nu.'

Ik wees met het mes naar de deur.

'Je gaat hier spijt van krijgen, Roos,' zei hij nog vlak voordat hij de deur achter zich dichtsloeg.

Hoewel ik me later zeker nog wel eens heb geschaamd voor mijn gewelddadige uitbarsting, heb ik hem wat dat betreft het tegendeel wel bewezen. Van de beslissing die ik op dat moment nam heb ik helemaal nooit spijt gehad.

Een uur later ontving ik nog een sms-bericht van hem.

'Roos, dit kun je niet maken. Hoe durf je! Je denkt zeker dat ik het niet weet, van Henk.'

Ja, daar had hij me tuk. Ik dacht inderdaad dat hij dat niet wist. Hoe kon hij het ook weten? Ik had het nooit aan iemand verteld. Negentien jaar geleden. Feestje van een oude schoolvriendin. Daar was ik hem weer tegengekomen, Henk. Henk was mijn eerste vriendje. Het ging toen allemaal zo snel, met Boris, met ons leven. Onze relatie werd zo volwassen, zo echt. Ik liet me gaan, die ene keer. Ik dronk te veel en ging met Henk naar een hotel. De beste seks die we samen ooit hadden gehad. Niks geen gestuntel meer, geen gepriegel met condooms en discussies of ie er wel of niet in paste. Ja, die Henk was er heel wat op vooruitgegaan.

Maar ik was er niet op een emotionele manier mee bezig. Ik zag het als seks, iets waar ik op dat moment behoefte aan had. Om mezelf te bewijzen dat ik echt nog wel vrij was, dat ik echt nog wel kon doen en laten wat ik zelf wilde. Dus dat had ik dan bewezen.

Later kreeg ik er ontzettend veel spijt van. Ik voelde me schuldig tegenover Boris. Want Boris, hij was zo'n schat. Hij was echt gek op me en ik wist toen zeker dat hij mij nooit hetzelfde zou aandoen. Meerdere keren stond ik op het punt mijn zonde aan hem op te biechten, maar ik kon het niet. Zwak misschien, maar ik wist gewoon dat ik zijn hart zou breken. Bovendien vond ik die nacht met Henk niet bijzonder genoeg om ook maar het risico te lopen dat Boris me zou dumpen.

Ik durfde niet te reageren op zijn sms. Wat moest ik zeggen? Ik strafte hem voor iets wat ik zelf ook had gedaan. Al was het in mindere mate.

Maar toen kwam ik achter de omvang van zijn seksverslaving, zoals hij het zelf noemde. De ene creditcardafschrijving volgde de andere op, rekeningen en aanmaningen stroomden binnen en alles was besteld op onze gezamenlijke creditcard. Porno-dvd's, telefoongesprekken naar sekslijnen, live chatsessies via de webcam, rekeningen van het bewuste hotel langs de A1, afschrijvingen van dure etentjes, lingeriezaken, en de laatste afschrijving was een maand vooruitbetaald in een of ander hotel in Amsterdam.

Toen durfde ik hem wél te sms'en.

'Je dacht toch niet dat ik ga meebetalen aan die troep van je?'

Nu reageerde hij niet. Hij reageerde helemaal niet meer, want toen ik in de weken erna contact met hem probeerde te zoeken, leek hij van de aardbodem verdwenen. Hij had ontslag genomen, logeerde niet meer in het hotel in Amsterdam en ook slet Jennifer – haar nummer had ik uiteraard bewaard – gaf na wat protest toe dat ze geen idee had waar Boris was. Na een vermoeiend telefoongesprek met zijn moeder, een hatelijk kreng dat nooit enige vorm van interesse in ons gezin had getoond, wist ik dat hij in ieder geval nog in leven was.

'Hij is in het buitenland,' was het enige wat ze me met de intonatie van een ijskoningin kon vertellen. 'Hij wil met rust gelaten worden, Roos. Hij is er slecht aan toe.'

'Nou, fijn dan,' antwoordde ik op dezelfde toon. 'En wie gaat zijn rekeningen betalen?'

'Daar bemoei ik me niet mee hoor, kom zeg.'

'Kom zeg? Uw o zo lieve zoontje heeft mij met een schuld van tienduizend euro opgezadeld. Ik heb het recht om te weten waar hij is.'

'Ik kan je verder niet helpen,' zei het kreng kortaf en ze hing op.

Ook mijn baas, jawel: topadvocaat, wist geen andere oplossing dan het simpelweg betalen van de schuld. Nog steeds borrelt er een wraakzuchtig gevoel in mijn buik. Wat een lef had hij. Al het geld dat we voor de studies van onze dames opzij hadden gezet, had hij verbrast. Spaargeld voor ons toekomstige optrekje in Spanje? Weg. Alles om zijn bizarre behoeftes te bevredigen.

Het deed me nog steeds pijn. Wat we hadden, het was zo mooi. Het leek zo mooi.

Het huis gaf me de kriebels. Ik was hier zo hard van weggerend, nu stond ik vrijwillig weer voor de deur.

Moest ik dit wel doen?

Waarom was ik toch ingegaan op zijn voorstel om wat bij hem te gaan drinken? Hoe wist hij me nog aan te trekken nadat hij me zo had afgestoten? Was het de spanning van het nieuwe? Af en toe snapte ik mezelf niet.

Ik drukte op de bel.

Ik had nog niet eens bedacht wat ik wilde zeggen. Hoi, daar ben ik dus toch maar weer?

Dit was een fout. Ik draaide me om en wilde weglopen voordat hij open zou doen.

'Roos?' hoorde ik van boven.

Ik keek op. Daar stond hij dan, bij het open raam, in zijn ontblote bovenlijf. Dat godsgruwelijk lekkere lijf. Waarom had hij van die kinky trekjes? Het was zo jammer. Ik wist me daar geen raad mee.

'Ik ben nog even aan het douchen. Kom binnen, de deur is open.'

'Oké.'

Hij sloot het raam en liet me op straat staan. Ik kon nog weglopen. Nee, nu niet meer.

De deur was open, inderdaad.

Ik scande snel het huis. De gang was al net zo opgeruimd als de vorige keer.

De deur maakte een klik toen hij dichtviel.

'Pak maar koffie, net gezet,' riep hij vanuit de badkamer.

Koffie? Doe mij maar wijn.

Ik ging op de bank zitten en stak een sigaret op. Er stond weer een overvolle asbak op tafel. Echt een man alleen.

Toch?

Ik keek om me heen op zoek naar iets wat leek op een vrouwelijke touch in het huis, maar dat ontbrak. Ik wist van de kleding in de kast op zijn slaapkamer, dat wel. Maar er was geen kaars, plantje of ander vrouwelijk detail in de woonkamer te ontdekken.

Hoe zat dat nou?

Met een zucht pakte ik de asbak en liep ermee naar de keuken. Ik had een hekel aan de stank van smeulende sigaretten, waardoor ik me automatisch ergerde aan een overvolle asbak. Ook in de keuken was het een mannelijke troep. De afwas was niet gedaan, terwijl ik in één oogopslag een vaatwasser ontdekte. Kleine moeite, toch? Bijna wilde ik de opgestapelde borden inruimen en een fris doekje over het aanrecht halen, maar zover ging mijn gekte toch echt niet. Ik was verdomme de huissloof niet, die was ik al ergens anders.

Het geluid van de douche stopte. Hij was zich nu waarschijnlijk aan het afdrogen.

Ik drukte mijn sigaret in de net geleegde asbak, toen mijn blik bleef hangen. Vanaf de keukentafel glinsterden ze me toe. Mijn hart sloeg over. Het waren de handboeien, verstopt onder een stapel kranten.

Zou hij ze daar expres hebben neergelegd?

Weer een rilling.

Ik liep naar de stapel kranten toe en pakte de zilveren ringen. Gebiologeerd keek ik ernaar, terwijl ik terugdacht aan die vrijdagnacht. Ik was naïef geweest, toen. En nu, was ik nu gewoon dom?

'Hé, wat heb je daar?'

Eduardo stond opeens naast me. Hij droeg alleen een spijkerbroek. Ik zag nog wat druppels op zijn schouders.

'O, nee hè? Wil je nu al tekeergaan?'

Ik keek verbaasd op.

Hij bewoog uitdagend met zijn wenkbrauwen.

'Grapje!'

'Wat?'

'Sorry, je hebt gelijk. Slechte grap. Heel slechte grap.'

Hij stak zijn handen in de lucht als gebaar van excuus.

Twijfelend legde ik de handboeien weer terug op tafel. Ongeveer hoe ze er hadden gelegen voordat ik ze had gepakt.

'Kom even mee, ik moet je wat laten zien.'

'Wat dan?'

'Loop gewoon even mee, dan zie je het vanzelf.'

Hij ging me voor naar zijn slaapkamer. Aarzelend liep ik mee. Bitterzoete herinneringen kwamen naar boven.

Ik schrok van de rotzooi. Dozen, overal in de kamer stonden verhuisdozen. En over het hele bed lagen jurkjes, schoenen en laarzen uitgestald. Van een vrouw. Van zijn vrouw, of vriendin waarschijnlijk.

'Zo, je probeert het niet te verbergen.'

Hij lachte.

'Wat probeer ik niet te verbergen?'

'Dat je getrouwd bent.'

'O, dus deze kleding vertelt jou dat ik getrouwd ben? Wat denk je van me, Roos? Wat heb jij dan hier te zoeken, als ik getrouwd ben?'

'Dat is precies wat ik me afvroeg.'

'Gelukkig dan maar.'

'Gelukkig?'

'Lieve Roos. Ik ben niet getrouwd. Veel erger nog…'

Wat kon erger zijn?

Hij pakte een verhuisdoos en zette die op het bed. Hij propte er een donkerroze skipak in.

'Ik ben gedumpt.'

Gedumpt? Hij?

'Mijn ex is ervandoor gegaan met mijn beste vriend. *I know*, klassieker hè? Maar helaas, het is waar.'

'En deze spullen zijn van haar?'

'Yep. Het was te veel moeite voor haar om ze op te halen.'

Ik staarde naar de stapel kleding op het bed. Er lagen best leuke dingen tussen. Waarom zou je die bij je ex laten liggen? Dat zou ik nooit doen.

Behalve als ze bang voor hem was, of misschien erger.

'Dus ik breng alles naar de kringloop, misschien hebben zij er nog wat aan.'

'Dat denk ik wel…' mompelde ik.

'Maar ik dacht net, misschien zie jij nog wat leuks tussen de stapels. Weet je, iets wat je misschien wel wilt hebben. Kijk maar even.'

Hij was gek.

'Nee! Doe niet zo raar.'

'Hoezo? Als je iets moois ziet, waarom niet?'

'Dat is echt een bizar idee, Eduardo. Hoe kom je erbij? Ik ga toch niet in de spullen van je ex zitten neuzen.'

'Heb je toch al eens gedaan?'

Hij knipoogde en wees op de houten laarzenmal. Ik kon de grap niet echt waarderen.

'Sinds wanneer is ze weg?'

'Een tijdje.'

'Sinds wanneer?'

'Wat een nieuwsgierigheid opeens.'

'Sinds wanneer?'

'Twee maanden geleden is ze ervandoor gegaan.'

'Dat is toch nog niet zo lang? Misschien komt ze haar spullen nog halen.'

'Te laat!'

Hij plakte de doos met de skispullen van zijn ex dicht met tape en smeet hem op de grond.

'Vanaf vandaag wordt alles anders. Ik ga niet meer op haar wachten, ze zoekt het maar uit.'

Waarom vertelde hij dit aan mij? Had hij daarom gevraagd of ik langs wilde komen? Om te laten zien dat hij opnieuw wilde beginnen?

'Het lijkt wel of je een toneelstuk speelt,' floepte ik eruit.

Wat zei ik nou weer? Ik moest me eens leren beheersen.

Hij lachte.

'O ja? Kom, speel je mee?'

Hij wierp me een groen jurkje toe.

'Help me even, wil je. Dan ben ik sneller klaar en kunnen we een hapje gaan eten in de stad.'

'Kan niet, ik moet koken voor mijn dochters.'

'Hè, jammer.'

'Ja…'

'Dus je moet zo alweer weg?'

Ik legde het jurkje terug op het bed en ging ernaast zitten. Het voelde niet goed. Ik kreeg niet het hele verhaal te horen.

'Hoe is het misgegaan tussen jullie?'

Hij haalde zijn schouders op.

'Ik weet het niet. De avond dat ze wegging zei ze dat ik te veel met mijn werk bezig was.'

Ik wist niet eens wat hij voor de kost deed. Zo slecht kende ik hem.

'Maar daar geloof ik niets van. Volgens mij speelde er al wat tussen die twee voordat wij wat kregen. Misschien wist ik het ergens ook wel.'

Hij leek verdrietig.

'Hield je van haar?'

Hij knikte.

'Stom hè?'

Ik had met hem te doen.

Ik pakte het groene jurkje en vouwde het nonchalant op, om mijn goede wil te tonen. Misschien was hij best oké.

Een van de laarzen tilde ik op en ik probeerde me voor te stellen hoe dat exemplaar mij zou staan. Iets te hip. Ik checkte de maat. 37! Veel te klein voor mij. Met een smak gooide ik ze in een doos. Iemand anders werd er vast blij van.

Eduardo tilde een doos op en bracht hem naar de gang.

'Wil je wat drinken?'

'Doe maar een wijntje.'

We lachten allebei.

'Wit, ja.'

Eduardo verdween en ik ging verder met de enorme stapel kleding. Ik kon me nog steeds slecht voorstellen dat iemand dit zomaar zou achterlaten. Zo te zien hield zijn ex van kleren. En van merken. Prada, D&G, Fred de la Bretonière. Duur grapje om te laten liggen.

Onder een zijden blouse stak een vreemd leren voorwerp uit.

Nieuwsgierig voelde ik eraan. Wat was dat? Een seksattribuut waar Eduardo en zij veel plezier aan hadden beleefd? Ik keek om, maar zag nog geen Eduardo. Hij was vast een fles wijn aan het ontkurken.

Ik glimlachte. Wat een verhaal was dit. Vanessa zou smullen als ze dit hoorde.

Ik pakte het zwarte leren ding en bekeek het aandachtig. Dit was toch een... Dit was zo'n ding voor een pistool. Een holster. Maar waarom had hij in godsnaam een holster?

Ik sprong op van het bed. Wist waar ik naar zocht. Mijn vingers voelden tussen de zachte stoffen op het bed. En vonden het uiteindelijk. Daar lag het, dat ding dat in het zwartleren andere ding hoorde. Een wapen.

Ik gilde.

'Kut,' fluisterde ik.

Ik hoorde Eduardo aan komen rennen.

'Wat gebeurt er?' riep hij.

Ik moest weg. Het was niet te geloven, maar ik moest weer rennen, weer dit huis ontvluchten. Dom! O, wat was het dom om nog te geloven in zijn oprechtheid. Eduardo was gewoon een freak, een engerd met een wapen.

Ik vloog de slaapkamer uit, maar botste tegen Eduardo op. De gevulde wijnglazen in zijn handen schoten de lucht in en kletterden op de grond. Een luid gerinkel van glas en de drank spetterde op de grond.

'Wat is er aan de hand?' vroeg hij.

Ik kon hem alleen maar geschrokken aankijken. Wat zou hij doen?

Ik wurmde me langs hem, greep mijn tas van de kapstok en vloog de deur uit. Weer rennend, verliet ik deze straat. Maar één ding wist ik zeker. Dit was echt de laatste keer.

10

De ochtend nadat ik seks had gehad met Mehmet stond ik wel een uur onder de douche. Ik stoorde me niet aan mijn zusje, die op de badkamerdeur stond te bonken. Ook op mijn moeder reageerde ik niet. Ik voelde me smerig, vies vanbinnen en vanbuiten. Hij had niet eens een condoom omgedaan. Zijn zaad had hij gewoon in me gespoten, nadat hij me zonder enig beleid met zijn kleine dikke pik had geneukt. Anders kon ik het niet verwoorden. Hij stonk naar oud zweet en hij ademde een combinatie van knoflook en bierdamp uit. Hij deed me pijn, zijn pik schuurde langs mijn kruis, het stak en prikte, maar hij hield niet op, terwijl hij me 'vuile hoer' en 'bitch' toefluisterde. Hoewel ik ermee had ingestemd om met hem naar bed te gaan, stribbelde mijn lichaam uit een soort van natuurlijke reactie tegen. Mijn ogen waren gevuld met tranen, maar tussen mijn benen bleef het kurkdroog. Ik lag onder zijn brede lijf en staarde maar wat naar het plafond, hopend dat het snel op zou houden.

We lagen in een van de slaapkamers in zijn huis.

De andere jongens, inclusief Jesper, keken in de kamer ernaast naar een Bondfilm. Af en toe hoorde ik stemmen, maar ik kon niet goed verstaan wat er werd gezegd. Bij binnenkomst had ik een meisje op de bank zien zitten dat ik er nooit eerder had gezien. Ze kwam ordinair en brutaal op me over, maar bleek een stil en schuchter meisje, want toen ik haar gedag zei, antwoordde ze niet en richtte ze haar blik weer op de tv.

Nadat Mehmet eindelijk hijgend van me af was gerold, zag ik

de rode vlekken op het onderlaken. Ik had gebloed. Zijn sperma kwam al snel uit me en zorgde voor een gevoel alsof mijn kruis in de fik stond. Ik probeerde de boel wat schoon te maken met de rest van het onderlaken, terwijl Mehmet zich omdraaide en in slaap leek te vallen. Vijf minuten later begon hij op een akelige manier te snurken. Ik walgde van hem en sloop op mijn tenen de kamer uit. Daar stond Jesper op me te wachten en nam me in zijn armen. Ik huilde stilletjes en wachtte tot hij in mijn oren zou fluisteren dat hij van me hield. Dat hij me dit nooit meer zou laten meemaken, dat het nu voorbij was en dat we samen gelukkig zouden worden. Ik wachtte tot hij zou zeggen dat ik de vrouw van zijn dromen was en dat hij trots op me was.

Hij zei die nacht geen woord meer.

Mijn onderkant voelde nog steeds ruw en beurs aan nu ik veilig thuis onder de douche stond. De ranzige pik van Mehmet had zijn sporen duidelijk achtergelaten. Wat was ik blij dat ik aan de pil was. Je zou toch een kind krijgen met zo'n engerd, dat zou pas een drama zijn. Tijdens het afdrogen depte ik mijn onderkant voorzichtig droog en smeerde er een beetje vaseline op. Pas toen ik helemaal klaar was en ik mijn handdoek om me heen had gedrapeerd, deed ik de badkamerdeur open. Mijn zusje stormde woedend naar binnen en vloog direct onder de douche.

'Eef, dit kan echt niet hoor, 's ochtends.' Mijn moeder begon direct een preek. 'Je zusje moet over een kwartier in de les zitten en ik moet er zo ook vandoor.'

Mijn moeder was toch vrij op vrijdagen?

'Ja, sorry,' zei ik.

Ze zag niks aan me. Het was een ochtend zoals er zoveel waren in dit huis. Ergens voelde ik de extreme behoefte om mijn moeder in haar armen te vliegen, bij haar uit te huilen en alles aan haar te vertellen. Ze zou me troosten, ze zou boos zijn op Jesper en Mehmet en ze zou me vertellen dat het nooit weer zou gebeuren. Maar ze zou me ook verbieden om nog met Jesper om te gaan.

Ze mocht het niet weten, dat was duidelijk.

Bovendien was mijn moeder zo te zien helemaal niet in de stemming voor zo'n verhaal. Ze zat met haar laptop op de trap, gehaast te tikken en te turen naar het kleine schermpje. Echt onvoorstelbaar hoeveel dat mens met haar werk bezig was. Ze zag helemaal bleek.

Misschien was mijn vader daar wel op afgeknapt en moest ik toch maar eens proberen om zijn kant van het verhaal te horen. Mijn moeder werkte zich kapot bij dat advocatenkantoor. Ze was nog steeds assistent en volgde nu een aanvullende opleiding om hogerop te komen, maar het leek wel alsof dat nog de enige passie in haar leven was. Ze werd erin opgezogen, terwijl ik twijfelde of ze wel echt plezier had in haar werk. Ze wilde alleen maar dat haar zus trots op haar was. Die had het zogenaamd gemaakt, was rechter geworden, terwijl mijn moeder in haar ogen nog maar een soort bijbaantje had.

Op school kon ik me slecht concentreren. Mijn ogen leken steeds dicht te vallen, ik vocht tegen de opkomende slaap. Natuurlijk verknalde ik het tentamen geschiedenis. Wist ik veel wat die lui uit de middeleeuwen deden voor de kost. Elkaar met knuppels in hun grot terugjagen?

Eén vraag spookte door mijn hoofd. Waarom had Jesper nog niets van zich laten horen? Ik werd er onrustig van en mijn buik voelde heel naar aan. Het drukte op mijn borst, waardoor ik slecht kon ademen. Halverwege het tentamen stond ik op en leverde een leeg blaadje in bij de docent, die me uiteraard overdreven vragend aankeek. Ik had geen zin om ook maar iets te verklaren en liep het lokaal uit. In het trappenhuis voelde ik eindelijk mijn telefoon in mijn kontzak trillen. Dat werd tijd.

'Hoe gaat het? Zie ik je nog vandaag?'

Wat een stomme vraag, we zagen elkaar elke dag.

'Natuurlijk!! Klaar op school. Kom je?'

'Sta al voor de deur!'

We reden samen naar het huis in Amsterdam.

'Maak je geen zorgen, er is niemand thuis,' zei Jesper. 'We kunnen daar even lekker chillen en misschien wat slapen.'

'Heb jij nog geslapen, vannacht?' vroeg ik.

Hij schudde zijn hoofd.

'Wat denk je zelf.'

Daarna bleef het een tijdje stil. Af en toe keek hij opzij en glimlachte naar me. Hij legde zijn hand in mijn nek en friemelde aan mijn krullen.

'Je bent mooi,' zei hij.

Even later stopte hij bij een gebouw van de GGD in Amsterdam.

'Je moet je laten testen, schat,' zei hij toen ik hem vragend aankeek.

'Testen?'

'Ik hoorde dat die klootzak geen condoom heeft gebruikt,' antwoordde hij. 'Je kunt wel van alles hebben.'

Mijn hart begon ineens te bonken. Daar had ik nog niet eens bij nagedacht. Je hoorde wel eens om je heen over soa's en aids. Maar nooit had ik erbij stilgestaan dat je dat zomaar kon oplopen.

'Het is zo gebeurd, hoor,' stelde hij me gerust. 'En ik heb al een afspraak voor je gemaakt, zeg je voornaam maar en dan komt het goed. Ik wacht hier op je.'

In de war en met gierende zenuwen in mijn lijf stapte ik de auto uit en liep het gebouw binnen. Hij had gelijk, ik hoefde alleen mijn naam maar te noemen. Ze hadden me al verwacht.

Ze wisten waarschijnlijk al dat ik zou komen voordat ik er zelf enig idee van had dat ik hier vandaag in de wachtkamer zou zitten.

Ik nam een bekertje koffie uit de automaat en strooide er twee zakjes suiker in voor wat energie, want ik had nog niks gegeten. Onwennig keek ik om me heen naar de posters op de muur. De één adviseerde altijd bij geslachtsgemeenschap een condoom te gebruiken, de ander illustreerde een zwanger meisje en kopte *'Wat te doen bij een ongewenste zwangerschap'*. Een nare omgeving, ik vond het er maar niks. Daarbij was de koffie nog een hardere klap in je bek dan die op school uit de automaat kwam, zelfs met een dubbele dosis suiker.

Even later riep een man in een witte jas me binnen.

'Ga zitten,' zei hij.

Het was net als bij de huisarts.

'Het is goed dat je gekomen bent,' begon hij. 'Het is helemaal niet eng of raar om hier nu te zitten. Het is juist supercool dat je uit jezelf een afspraak hebt gemaakt.'

Uit mezelf? Hij moest eens weten. En waarom zei een grijze man 'supercool'?

'Waarom wil je je laten testen?'

Shit, op die vraag had ik niet gerekend. Mijn wangen werden rood.

'Je hoeft niet te antwoorden, hoor.'

'Het condoom was gescheurd,' antwoordde ik snel.

De dokter maakte een begrijpend gebaar met zijn mond en keek me nog even aan alsof hij geen genoegen nam met mijn antwoord. Ik zweeg. Jammer, geen sappige verhalen, dokter.

'Goed, dan mag je jezelf testen in dit kamertje.'

Hij gaf me een soort lange wattenstaaf, die ik een beetje moest rondporren in mijn vagina, zodat er wat afscheiding op zou gaan zitten.

'Het kan een beetje pijnlijk zijn, hoor.'

Dokter, u moest eens weten wat ik vannacht heb gevoeld!

Ik deed wat hij had gevraagd en kwam het kamertje weer uit. Inmiddels stond hij klaar met een naald.

'Waar is dat voor?' vroeg ik geschrokken. 'Ik hou niet zo van naalden.'

Hij lachte.

'Dat snap ik. Wie wel?'

'Weet ik niet.'

'Ik moet nog even wat bloed bij je afnemen en dan zijn we alweer klaar.'

Alweer? Ik vond het al lang genoeg duren. Ik moest gaan zitten op een hoge tafel terwijl hij een paar buisjes bloed bij me afnam. Walgelijk, ik had een hekel aan bloed, ik werd er flauw en duizelig van.

'Zo, dat was het,' zei hij opgewekt. 'Nou, viel wel mee toch?'

Ik glimlachte.

'Wanneer weet u het?'

Hij gaf me een kaartje.

'Over een klein weekje bellen naar dit nummer en je voornaam en geboortedatum opgeven. Dan geven we je de uitslag.'

Ik knikte en stond op.

'Heb je verder nog vragen?'

'Nee.'

'Hier.' Hij knipoogde en gaf me een stapel condooms. 'Voor de volgende keer.'

We liepen de woning van Mehmet binnen en een onbehaaglijk gevoel kroop over mijn rug. Ik voelde me hier verre van ontspannen en het leek me onwaarschijnlijk dat ik hier even rustig zou kunnen bijslapen. In de slaapkamer was het bed weer keurig opgemaakt en verschoond. Het was nog geen 24 uur geleden, maar het leek alsof er niks was gebeurd.

In de woonkamer bleek dat we niet alleen waren. Hetzelfde meisje van die avond ervoor zat weer op de bank, samen met een vriend van Murat van wie ik de naam niet meer wist. De jongens gaven elkaar een hand, maar ik bedacht me wel twee keer om haar nog een keer te begroeten zonder antwoord te krijgen.

'Kom, we gaan even naar de keuken,' zei Jesper tegen hem.

De jongens gingen altijd in de keuken zitten als ze iets wilden bespreken wat verder niemand mocht horen. Ik liep mee, maar Jesper gebaarde dat ik in de woonkamer moest blijven.

'Schat, even maar, blijf even hier alsjeblieft,' fluisterde hij.

Voordat ik het wist sloot hij de keukendeur en stond ik alleen met dat meisje in de woonkamer. Ze was van Surinaamse afkomst en had heel kort krullend haar. Haar ogen stonden verveeld en ze zat wat te prutsen met haar roodgelakte nagels aan de bank.

'A boi bin naai nanga yu, toch?' mompelde ze opeens.

Ze keek me aan. Even was ik in de war van het feit dat ze echt kon praten en ik keek haar verbaasd aan.

'Hè?'

'Hij heeft je geneukt, toch?'

'Wat?' vroeg ik onnozel.

'Mehmet, gister toch, ik weet wat er is gebeurd. Nu heeft hij jou ook gehad.'

Ik ging zitten op de bank en knikte ongemakkelijk.

'Vieze kaolo smeerlap is het.' Ze grinnikte hoofdschuddend.

Nu keek ze me aan alsof ik mijn verhaal zou doen. Wat moest ik tegen haar zeggen? Geen idee. Ze gebruikte het woord 'ook'. Was zij óók met hem naar bed geweest? Of was ik de zoveelste die avond?

'Maak je niet druk,' ging ze verder. 'Hij doet het altijd maar één keer. Als een soort ontmaagding, daarna moet ie je niet meer.'

Ik zag allemaal gekleurde vlekjes voor mijn ogen en mijn oren begonnen enorm te suizen.

Toen werd alles zwart.

Het eerste wat ik zag was dat Jesper met een koud washandje op mijn gezicht depte. Ik lag languit op de bank, hij zat op zijn knieën naast me op de grond. Er stond een stomende kop thee met suiker op de tafel op me te wachten en hij probeerde me een smerige granen-Liga te voeren.

'Jezus Eef, je hebt me laten schrikken.'

Ik trilde van de kou, mijn armen en benen voelden klam aan.

'Hier, je ziet nog helemaal bleek, neem een hapje.'

Het meisje en de vriend van Murat waren uit het zicht verdwenen. Ik hoorde ze ook niet in een andere kamer van het huis.

'Ze zijn weg,' zei Jesper alsof hij mijn gedachten kon lezen. 'Sorry dat ik je met haar alleen liet. Wat heeft ze tegen je gezegd?'

Ik haalde mijn schouders op. Praten ging nog niet echt, ik moest me zo min mogelijk inspannen nu. Ik hapte gretig van de Liga, omdat ik wist dat ik daarmee energie kon opdoen. Voor het eerst sinds heel lange tijd verlangde ik naar huis, naar mijn moeder. Zij zou me geen Liga voeren, maar een geroosterde witte boterham met hagelslag, zoals ze altijd deed als mijn zusje of ik niet lekker was. En ze zou me over mijn haren aaien, een liedje neuriën.

Jesper voelde aan mijn voorhoofd.

'Geen koorts.' Hij glimlachte en kroop naast me op de bank.

Wat was ik moe! Nu pas voelde ik het. Uitgeput. Afgeleefd. We vielen op de bank in slaap en werden pas een paar uur later wakker, toen het al begon te schemeren.

Hij wekte me door me een kus op mijn mond te geven.

'Hoi snoetje.' Zo noemde Jesper me vaak, snoetje. 'Lekker geslapen?'

'Ja, best wel,' zei ik nog slaperig.

Ik was nog helemaal klam en zweterig van de diepe slaap waar ik een paar uur in was verdwenen.

'Hoe laat is het?'

'Al bijna zes uur,' zei hij. 'Kom, ik breng je naar huis.'

Dat klonk heerlijk. Een bord eten van mijn moeder. Lekker met mijn zusje op de bank hangen voor de tv, ik keek er echt naar uit. Dat gewone dingen opeens zo fijn konden lijken, bijna als een soort primaire levensbehoefte.

'Ik wil graag bij je zijn vannacht,' zei hij halverwege de rit.

Ik dacht aan afgelopen nacht.

'Ik wil ook bij jou zijn, schatje.'

Ik wilde het niet nog eens meemaken. Maar ik wist ook: als Jesper het me zou vragen, zou ik het weer voor hem doen. Nu was hij tenminste van zijn schulden af. Als hij me nodig had, moest ik er voor hem zijn. Zo bewees ik mijn liefde voor hem.

'Laat me bij jullie thuis slapen dan.'

Ik begon te lachen.

'Hoe dan? Dat vindt mijn moeder echt nooit goed.'

Hij lachte mee.

'Weet ik veel, laat de deur open of zo.'

Ik dacht even na. Op zich zou het kunnen, als hij maar stil was.

'Kom dan als iedereen nog wakker is,' zei ik. Best een slim idee. 'Dan sneak je naar binnen en ga je even in de kast zitten als mijn moeder me welterusten komt zeggen.'

'Is goed,' zei hij. 'Ik bel wel als ik in de buurt ben.'

We gaven elkaar een kus en ik stapte uit. Och, wat had ik zin in een avondje met mijn moeder en zusje. Hoewel nu wel die geheime actie met Jesper in mijn achterhoofd speelde. Ik besloot er niet meer aan te denken totdat hij zou bellen.

Mijn moeder was ook thuis, ze hing net haar jas op. Had ze nou gehuild?

Ik gaf haar een kus.

'Hé mam, wat gaan we eten?'

'We gaan bestellen.'

'O, lekker.' Ik probeerde zo aardig mogelijk tegen mijn moeder te zijn. Zo te zien ging het niet zo goed met haar.

We bestelden sushi bij de Japanner en likten onze vingers af bij al die lekkernijen. Zo heerlijk! We waren alle drie dol op sushi. Tessa hield van de zalm, mijn favoriet was die met krab. Mijn vader vond het helemaal niet lekker, maar ja, die was er toch niet.

Jesper belde pas toen mijn moeder al lang in bed lag en mijn zusje en ik net de televisie uitdeden om ook te gaan slapen.

'Ik ga slapen hoor,' fluisterde mijn zusje. Ze gaf me een knipoog.

'Welterusten,' zei ik.

'Welterusten?' vroeg Jesper.

'Nee, niet jij. Ik had het tegen mijn zusje.'

'O. Sorry dat het weer zo laat is,' zei hij. 'Er kwam wat tussen.'

'Geeft niet.' Dat meende ik. Deze avond had me goed gedaan.

'Ik wil je zien, snoetje.'

'Ik jou ook.'

'Ik heb een idee. Laten we op het strand gaan slapen.'

'Op het strand?' riep ik net iets te hard.

'Ja, doe eens gek, lekker romantisch.'

Romantisch leek het me inderdaad wel. Maar met dit weer?

'Ik heb dikke slaapzakken achter in de auto liggen. Kleed je gewoon warm aan, dan komt het goed.'

'Meen je het serieus?' vroeg ik giechelend.

'Tuurlijk, dat is toch gezellig!'

'Nou, oké dan. Hoe laat ben je er?'

Een kwartier later hoorde ik zoals afgesproken drie kleine tikjes tegen het raampje in de voordeur. Ik zat al met een ingepakte tas op hem te wachten in de woonkamer. Ik had mijn slaapkamerdeur dichtgedaan, zodat het leek alsof ik er heerlijk lag te slapen, en was de trap af geslopen. Deze keer met succes, want mijn moeder werd er niet wakker van. Als ik weer via mijn raam zou wegsneaken, begaf de dakgoot het waarschijnlijk helemaal.

Ik liep op mijn tenen naar de voordeur, waar Jesper me stond op te wachten. Hij knuffelde me.

'Kom, kom, snel, mijn auto staat voor de deur.'

Ik liep vast voor hem uit en Jesper trok heel zachtjes de voordeur dicht. Te zachtjes.

Dat strand bleek geen succes. Het was akelig koud, de slaapzakken hielden maar een klein gedeelte van de kille wind tegen en toen het ook nog eens begon te regenen besloten we ons avontuur te staken. Jesper reed rechtstreeks door naar het huis van Mehmet, zodat we nog een paar uur echte nachtrust konden meepikken.

Ik zag het al toen we voor de deur parkeerden, het zag er binnen niet uit alsof we er lekker zouden kunnen slapen. Het huis zat bomvol. Het was feest.

'O ja…' zei Jesper. Hij sloeg zijn vuist tegen zijn voorhoofd. 'Mehmet zou zijn verjaardag vieren, geloof ik.'

Vermoeid liep ik achter hem aan naar binnen. Ik had mijn jas nog niet opgehangen of ik kreeg een longdrinkglas met sterkedrank en een joint in mijn handen gedrukt van Murat.

'Hé schat, het is feest!'

'Ja, dat zie ik!'

Ik begon te lachen toen ik zag hoe dronken hij en Benny al waren. Ach, waarom ook niet? Ik nam een flinke hijs. En nog één.

Ik danste met Jesper en daarna een hele tijd met Murat. Het was supergezellig en we kregen om de vijf minuten een gigantische lachkick om een meisje dat helemaal laveloos in een hoek van de kamer was gaan zitten. Ze zag er niet uit en realiseerde zich waarschijnlijk niet dat je zo haar rokje binnen kon kijken. Detail: ze had niet eens de moeite gedaan om een string aan te trekken. Te bizar voor woorden!

Na een tijdje kwam Jesper weer naar me toe en omhelsde me.

'Je bent zo mooi,' zei hij lachend.

Ik voelde me intens gelukkig. Het was vooral de trots die ik voelde wanneer hij me in het bijzijn van al zijn vrienden zo omhelsde. Dat hij zo duidelijk voor mij koos.

'Kom, we gaan even naar boven.'

'O, wat ben jij van plan?'

Ik liep achter hem aan de trap op en kneep steeds voor de grap in zijn billen. De lachkick om dat meisje was nog steeds niet over en soms moest ik even stoppen om het niet in mijn broek te doen van de lach. Hij lachte met me mee, maar ik wist zeker dat hij geen idee had waar het over ging. En op de één of andere manier maakte me dat nog lacheriger. Ik voelde me happy, verdoofd gelukkig. Er bestond geen narigheid op de wereld. En dat allemaal na één drankje!

We liepen naar de zolderkamer, waar we samen op het bed ploften en ik hem uitgebreid begon te zoenen. Hij zoende me terug, maar met minder enthousiasme dan ik eigenlijk hoopte. Ik besloot hem wat meer in de stemming te brengen en maakte zijn broek open, schoof hem over zijn kont en haalde zijn pik uit zijn onderbroek. Vol overgave begon ik eraan te zuigen en maakte kleine zoenbewegingen met mijn mond rondom zijn ballen. Al snel begon hij zwaar te ademen.

Ik vatte het op als een compliment en ging door. Hij liet zich achterover op het bed vallen en deed kreunend zijn handen voor zijn ogen. Zijn pik voelde keihard aan, ik zag de aderen bijna kloppen. Ik zoende hem alsof mijn leven ervan afhing en ik vond het heerlijk. Ik nam me voor om het in te slikken. Sommige meisjes uit mijn klas zeiden dat het heel goed voor je nagels was en dat het niet eens zo vies smaakte. Anderen trokken een vies gezicht als we het over het onderwerp slikken hadden.

Jesper begon met steeds kortere halen te ademen en hijgde genietend. Ik begon sneller te likken en nam zijn pik helemaal in mijn mond.

Hij kwam met drie harde stoten in mijn keel klaar en ik slikte zijn zaad in, zoals ik me had voorgenomen. Gadverdamme! Dat was smerig. Zo onopvallend mogelijk spuugde ik nog wat overblijfselen op het dekbed en veegde mijn mond af, waarop hij in de lach schoot.

'Niet zo lekker?' vroeg hij plagend.

Ik lachte ook, maar probeerde ondertussen speeksel in mijn mond te produceren waardoor de vieze smaak zou verdwijnen.

Nooit meer.

Niet veel later vielen we naast elkaar in slaap. Een korte slaap.

Midden in de nacht werd ik weer wakker. Ik hoorde Jesper druk praten op de gang. Het verbaasde me dat ik hem niet had horen opstaan, want meestal werd ik daar wel even wakker van. Misschien toch door de alcohol en die joint. Ik fatsoeneerde mezelf een beetje en glimlachte toen hij even later de kamer weer in kwam. Zijn blik was heel anders dan even daarvoor.

'Schat, ik moet je wat vragen.'

Hij ging naast me op het bed zitten.

'Wat?'

'Dat van gisteren hè…'

'Met Mehmet bedoel je?'

'Ja.' Hij keek ernstig. Heel ernstig. 'Hij was helemaal niet over je te spreken.'

'Hoe bedoel je?'

Mijn hart begon te bonzen. Ik schrok, maar was tegelijkertijd ook verontwaardigd. Hoe durfde hij ook maar iets van een recensie te geven? Hij mocht blij zijn dat ik hem had toegelaten in mijn lijf! Dat hij de mazzel had dat ik zoveel van Jesper hield dat hij die kans kreeg.

Jesper zuchtte. Hij leek geïrriteerd.

'Hij vertelde me dat je er als een zoutzak bij lag. Dat er niks aan was.'

Meende hij dit? Natuurlijk lag ik er zo bij, het was voor mij nou niet bepaald een feestnummer.

'Dat was het ook niet!' zei ik. 'Ik ben niet verliefd op hem, dus kan ik toch ook niet doen alsof?'

'Nee, maar je had wel een beetje meer je best kunnen doen, toch?'

'Jesper, doe normaal.'

De tranen schoten in mijn ogen. Meer mijn best doen? Hij mocht blij zijn dat ik dit voor hem had gedaan. Ik geloofde niet dat dit echt gebeurde, dat hij dit echt allemaal zei.

'Doe normaal?' reageerde hij boos. 'Hij heeft mijn schuld zojuist verdubbeld, schat. Hij dacht dat we ons er zo lekker makkelijk van af wilden maken.'

'Nou ja, waar haalt hij dat nou weer vandaan? Die gast is gek hoor, geloof mij. Makkelijk van afmaken, die smeerlap is...'

'Ja, dat bedoel ik dus,' zei Jesper. 'Hij is ook gek. Daarom moet je gewoon doen wat ie vraagt, dan is er verder niks aan de hand.'

Ik wist niks meer te zeggen. Ik had nooit verwacht dat ik dit ook nog eens voor mijn kiezen zou krijgen. Een slechte recensie van Mehmet. Ik was niet enthousiast genoeg, zo wist ik er nog wel één.

'En nu?' vroeg ik.

Jesper zweeg en ging weer languit op bed liggen.

'Hij wil de schuld vanavond innen.'

'Nee,' ik schudde mijn hoofd. 'O nee, ik ga niet weer met die smeerlap naar bed.'

Hij reageerde eerst niet.

'Met hem hoef je ook niet meer. Hij heeft iemand anders die je wel zag zitten. En die betaalt hem er zoveel voor dat we van het grootste gedeelte van onze schuld af zijn.'

Onze schuld, hij had het over 'onze' schuld. Zo zag hij het en zo voelde het voor mij inmiddels ook wel een beetje. Ik had immers met hem meegegeten, meegenoten en meegeshopt al die tijd. Het leek ook wel een bijzonder mooi aanbod om met één wipje van al die schulden af te zijn. Ik gaf toe, ik had niet onwijs mijn best gedaan tijdens de seks met Mehmet. Maar hij was dit vast gisteren al van plan.

'Hoe weet je zo zeker dat hij hierna niet weer hetzelfde zegt?'

'Dat ligt aan jou, schat. Jij kunt daarvoor zorgen.'

Jesper haalde zijn neus op. Huilde hij weer?

Voor hem was het moeilijk om mij zomaar weg te geven aan iemand anders, voor geld nota bene. Maar ik was wel degene die het vuile klusje moest opknappen. Was dat niet veel moeilijker? Ik huilde niet.

'Doe gewoon hoe je bij mij ook altijd bent,' zei Jesper na een lange stilte. 'Dan ben je onvergetelijk en kunnen ze echt niet uit hun bek krijgen dat ze ontevreden over je zijn.'

Ongelooflijk, dat we na gisteravond weer in dezelfde positie zaten. Jesper, die zoveel van me hield en zichzelf zo veel pijn deed door me dit te vragen. Ik, nog beurs van gisteren en nu alweer vol walging als ik dacht aan een of andere vriend die ook nog eens over me heen wilde. Alsof ik een soort attractie was. Dit is dus wat geld met je kon doen. Dit is waarom mijn moeder ons altijd waarschuwde om nooit iets van iemand te lenen. Er kwam altijd narigheid van.

'Laten we het maar doen dan,' zei ik ten slotte zachtjes.

Het voelde als een slecht besluit, maar ik zag zelf ook geen andere oplossing. Jesper kwam overeind en hield mijn gezicht in zijn handen.

'Ik ben je eeuwig dankbaar, schat. Je redt mijn leven hiermee. En geloof me, deze shit is snel voorbij. Het duurt niet lang meer voordat we samen een huisje hebben en daar heel gelukkig worden. Onthoud dat alsjeblieft.'

Hij keek me aan en gaf me een kus op mijn voorhoofd. Daarna liep hij snel de kamer uit, de gang op, waar ik al een schim zag van de jongen die stond te wachten om naar binnen te mogen. Letterlijk en figuurlijk.

Die nacht ben ik verkracht door zes jongens. Terwijl de één bezig was, stonden de andere vijf eromheen te schreeuwen en te lachen. De pijn van de nacht ervoor werd in zesvoud overtroffen. Omdat ik tegenstribbelde, hebben ze mijn handen en mijn benen met touwen aan het bed vastgebonden. Ik lag wijdbeens klaar voor de gulzige mannen en kon me op geen enkele manier wapenen tegen de volgende die zijn kwakje kwijt moest. Het deed pijn, het was vernederend, het was afgrijselijk. Ik heb die nacht zoveel gehuild dat de make-up mijn ogen had gevuld, waardoor ik hun gezichten niet meer goed kon zien. Daarom weet ik het tot op de dag van vandaag niet zeker, maar heb ik wel sterke vermoedens dat de derde of vierde jongen die boven op me klom Murat was. Dat besef maakte me nog verdrietiger. Hij was een vriend, dacht ik.

Jesper was nergens meer te bekennen die nacht. Ik ben op een gegeven moment knock-out gegaan, ik kon het blijkbaar niet meer aan, de pijn, het verdriet en de vernedering werden me te veel.

Ik werd wakker toen er al licht langs de rand van het gordijn naar binnen scheen. Ik zag mezelf liggen op het bed, onbedekt, wijdbeens, met een grote vlek van vocht en bloed in het midden van het laken. Mijn handen waren losgeknoopt, dus ik kon mijn benen zelf losmaken van de spijlen van het houten bed. De touwen zaten strak vastgeknoopt. In mijn gevecht had ik de knopen waarschijnlijk nog strakker aangetrokken en was de huid rondom mijn enkels volledig kapot. Kramp. Iedere beweging deed zeer, alles schuurde. Het huis was stil, het leek of iedereen van het ene op het andere moment was vertrokken, maar ik had niemand weg horen gaan.

De kramp trok, nadat ik mijn benen voorzichtig wat bewoog, een beetje weg en ik probeerde langzaam op te staan. Er lag een hoopje gebruikte condooms naast het bed.

'Goh, dat scheelt weer een tweede tripje naar de GGD,' mompelde ik in mezelf.

Dat was wel een heel positieve gedachte na wat er vannacht is gebeurd.

Wat wás er gebeurd? In godsnaam!

Ik raapte met moeite mijn kleren bij elkaar, trok ze half aan en zocht me ondertussen suf naar mijn tweede sok. Net als mijn schoenen was die nergens te bekennen, dus strompelde ik met één blote voet en één half aangetrokken sok over het prikkende tapijt naar de deur. Mijn hele lijf deed pijn, ik voelde me loom en zwaar. Overreden worden door een goederentrein leek helemaal niets bij wat ik had meegemaakt.

Klemde de deur nou? Ik was zwak, natuurlijk. Moe. Daardoor kreeg ik hem niet open. Nog eens probeerde ik het. Weer niet. Het voelde als een trap na, ik wist al dat het niet goed zat.

De deur zat op slot. Het was nog niet voorbij.

Ik probeerde het nog eens en nog eens, maar kwam steeds tot dezelfde conclusie. Ik zat opgesloten, ze hadden me gewoon opgesloten en me wijdbeens op het bed achtergelaten, net nu ik dacht dat mijn leven niet nog meer naar de tering zou kunnen. En nee, dit was geen flauwe grap van Benny of Murat. En al helemaal niet van Mehmet. Dit was een serieuze zaak. Het kostte me geen enkele moeite om dat tot in het diepste van mijn hersencellen door te laten dringen. Dit was echt.

'Jesper!'

Ik schreeuwde, riep om Jesper totdat mijn stem er bijna mee ophield en schopte met de kracht die ik nog had tegen de gammele deur. Iemand moest me hieruit halen, ze meenden dit niet, ze konden me hier toch niet in deze toestand opsluiten? Jesper zou dit nooit toestaan, als hij hierachter zou komen, zouden ze wensen dat ze dood waren.

'Jesper!'

Weer geen antwoord. Het bleef stil in het huis, ik hoorde geen stemmen, geen voetstappen, niks.

'Jesper!' probeerde ik nog een laatste keer.

Wanhopig liet ik me op de grond zakken, waar ik een lange tijd bleef liggen. Ik staarde naar het plafond, dat onder het spinrag zat, naar de kartonnen dozen die in de hoek stonden opgestapeld en naar het bed, waar ik bijzonder nare flashbacks van kreeg. Daar op de vloer van die zolderkamer zou ik anderhalve dag blijven liggen tot iemand me er weg zou halen. Om me te wassen, mijn wonden te verzorgen en me klaar te maken voor mijn eerste werkdag op de Wallen.

11

Ik schrok wakker van een indringend geluid op het nachtkastje naast mijn bed.

Zus belt, stond er in het schermpje van mijn mobiele telefoon.

De wekker gaf 9.30 uur aan, ik schraapte mijn keel om mijn slaperige stem wat te verbloemen en deed snel wat wangspieroefeningen.

'Hé zus,' nam ik gespeeld enthousiast op.

'Kom je morgen naar pa?' vroeg ze vrijwel direct.

'Dat denk ik wel ja.'

'Goed, dan moeten we even praten. Neem je Evie en Tessa mee?'

'Pubers zus, ik denk het niet.'

'Nee, dat is helemaal goed. Dan kunnen we even praten over iets wat ik van die puber van mij hoorde.'

Mijn zus ook altijd met haar praten. Zeg gewoon eens wat je wilt zeggen.

'Elly, vertel, wat is er?'

'Nee, dat wil ik persoonlijk met je bespreken. Vergeet het maar weer even.'

'Vergeet het maar? Waar heb je het over, kom op, nu moet je het zeggen ook.'

'Nee, we praten morgen. Ik moet nu ophangen. Dag.'

Ik haalde mijn schouders op, mijn zus was vreemd. Altijd al geweest. Ik had geen idee waar ze zo geheimzinnig over moest

doen, maar ik besloot haar advies op te volgen en het te vergeten. Het ging waarschijnlijk over iets onbenulligs als de vakan-
tieplanning. Iemand moest in de buurt zijn voor mijn vader.
Zoiets.

Eduardo had een sms gestuurd vannacht.

'Roos, kunnen we praten?'

'Nee!' riep ik schor in mezelf. 'Laat me met rust, freak.'

Ik schoot mijn ochtendjas aan en liep de trap af om mezelf
wat cafeïne en nicotine toe te dienen. In het hele huis heerste
nog een heerlijke, serene rust. Eerst een sigaretje, terwijl de koffie langzaam pruttelde en die heerlijke zaterdagochtendgeur
door de keuken verspreidde. Ik liep op mijn slippers naar de
gang om mijn krantje te pakken. Het was heilig, dit ritueel. Helemaal niet erg hoor, dat gesloof voor de kinderen, voor mijn
werk, voor het huishouden, maar zaterdagochtend was voor
mij en mijn luie ik. Vanaf mijn achttiende was het al mijn stel-
lige overtuiging dat ik elke dag vroeg opstaan, hard werken en
laat naar bed gaan alleen aankon als ik zaterdagochtend even
helemaal niets had. Niets hoeven maakte me zielsgelukkig.

Bij de deur verstijfde ik. Wat ik zag, was theoretisch niet mogelijk. Het kon simpel gezegd gewoon niet. Mijn spieren vertrokken en mijn lichaam maakte als een gek adrenaline aan.
Even voelde ik me duizelig en werd het effect van een sigaret
op mijn nuchtere maag in combinatie met deze ontdekking
me bijna te veel. Mijn lichaam voelde week. Ik wist het zo ontzettend zeker, geen seconde twijfel over dat ik gisteravond die
deur op slot had gedraaid. Ik dacht er nog bij: verboden terrein
voor vreemden, zoals elke avond sinds ik Evie met Jesper had
betrapt voor haar slaapkamerdeur. Met vastberadenheid en die
gedachte in mijn hoofd had ik de sleutel omgedraaid en daarna
nogmaals gecheckt of hij goed dicht zat.

Nu was hij open.

De deur stond op een kier en ik zag opgedroogde regendruppels op de vloer naast de mat. Was er ingebroken? Daar was

verder niets van te zien. Opeens verdween het weke gevoel in mijn knieën en trok de duizeligheid weg, ik zag alles weer kristalhelder. Een seconde later draaide ik me met een ruk om en vloog intuïtief de trap weer op naar boven, naar de slaapkamers van Tessa en Eef. Mijn kroost, ik moest ze beschermen. Ze leken al zo groot door hun gedrag, hun kleding en hun van tijd tot tijd afschuwelijk volwassen opmerkingen, maar tegelijkertijd waren ze zo fragiel en kwetsbaar dat ik gek werd van de zorgen. Met een enorm kabaal en paniekerig gehijg deed ik de eerste deur open.

'Jeetje, mam! Ik schrik me rot!'

Tessa zat van schrik rechtop in haar bed en keek me met dikke slaapogen aan. Ze had haar mascara er niet afgehaald gisteravond en het was helemaal uitgelopen in haar slaap. Over haar wangen liepen dikke, zwarte strepen, alsof ze zich overstuur in slaap had gehuild. Ze heeft wel wat weg van een heroïnehoertje, hoorde ik mezelf denken. Nou ja, zo denk je toch niet over je eigen dochter? volgde direct. De twee opgezwollen, met mascara bekalkte ogen keken me vragend aan.

'Sorry lieverd, niks aan de hand, ik ben alweer weg.'

Ik sloot haar slaapkamerdeur zachtjes en besloot de 'is-alles-goed-met-mijn-kroost-check' bij Eef wat minder paniekerig te doen. Ik liep geruisloos door de gang en hoorde mijn telefoon beneden weer gaan. Wat een vroege bellers, dacht ik geïrriteerd. Het geluid was te indringend om te negeren, dus ik hupste de trap weer af om hem te pakken. Geheim nummer.

'Dag schoonheid.'

Het was Boris. Ik wist even niet wat ik moest zeggen. Het was een tijd geleden.

'Boris. Ik schrik me rot.'

'Sorry, ik moest je gewoon bellen. Ik denk veel aan jullie.'

Ik zweeg.

'Schat, het spijt me. Echt. Ik weet niet wat ik moet zeggen.'

Hij wist niet wat hij moest zeggen!

'Bel dan ook niet,' zei ik en drukte het gesprek weg.

Ik voelde het duizelige, weke gevoel weer terugkeren. Hoe durfde hij me nog steeds te bellen? Na al die teringzooi waar hij me mee heeft laten zitten. Dat geld waar hij het de vorige keer over had, ik had er nog niets van gezien.

Weer een beller. Nog een keer geheim nummer. Daar trapte ik toch niet in? Ik drukte hem weg, zette mijn telefoon daarna uit en stopte het toestel in de zak van mijn ochtendjas. Zuchtend liep ik de trap weer op om nog even bij Evie in de slaapkamer te gluren. Die zou ook wel chagrijnig reageren, net als Tessa. Voorzichtig deed ik haar deur open en keek om het hoekje, waar haar bed stond. Ze lag niet meer in haar bed. Vreemd, ze zat ook niet achter haar bureau. Mijn ogen schoten snel door haar slaapkamer naar alle mogelijke plekken waar ze zou kunnen zitten, liggen of staan. Ze was er niet. Ik deed zelfs haar kledingkast open, keek onder haar bed, onder haar bureau.

Nergens.

Haar dekbed zag er keurig uit, precies zoals ik het de dag ervoor na het verschonen van haar lakens had achtergelaten. Een gruwelijk besef drong mijn hersencellen binnen: ze had hier niet eens geslapen.

Ik griste mijn telefoon weer uit de zak van mijn ochtendjas en probeerde hem aan te zetten, wat door mijn trillende handen moeilijk ging. Ik liet hem vallen en de batterij viel eruit. Zenuwachtig zette ik het apparaat weer in elkaar. *'Datum en tijd,'* vroeg de telefoon.

'Godverdomme!' riep ik keihard.

'Mam?' hoorde ik een schorre Tessa roepen vanuit de kamer ernaast.

Toen ik weer in het gewone menu kwam, zocht ik snel Eefs nummer op en belde haar. Het duurde even voordat de telefoon verbinding maakte, maar daarna kreeg ik direct haar voicemail. Nog een keer. Weer de voicemail. *Fucking hell!* Na drieenveertig keer het begin van haar voicemail gehoord te hebben liet ik me zakken op haar bed en begon de realiteit langzaam tot me door te dringen.

Ik moest Boris terugbellen.

En ik moest mijn oudste dochter als vermist opgeven.

12

Nummer 8: Dirk

Een vadsige man met korte blonde stekeltjes. Rond de 35, gok ik. Volgens mij is hij getrouwd, maar hij droeg geen ring. Ik denk dat hij die niet meer past, omdat hij zo dik is geworden. Zou hij veel van zijn vrouw houden? Misschien. Hij wilde niets speciaals en was na een kwartier alweer vertrokken. Waren ze allemaal maar zo.

Niemand keek vreemd op toen ik midden in Amsterdam in mijn ondergoed achter een raam stond. Weinig meiden die hier stonden spraken goed Nederlands en niemand vroeg me wat ik hier opeens deed. Ook niet in het Engels, of Russisch voor mijn part. Niemand leek verbaasd te zijn, of zich af te vragen wat iemand zoals ik achter het raam te zoeken had.

Ik was jong, dat viel mij zelfs op.

De make-up, die de andere meiden die voor Mehmet werkten bij me hadden opgedaan, maakte wel dat ik er een stuk ouder uitzag. Hoeriger. Ik vond het wel mooi hoor, dat wel. Maar zelf zou ik nooit zo over straat gaan.

Ik maakte me zorgen om Jesper. Straks was er iets met hem gebeurd, iets ergs. Ik vond het niets voor hem om mij zomaar in de steek te laten en Mehmet en zijn vrienden hun gang te laten gaan. Hij wist echt niet dat ik hier nu stond. Wat zou hem dat een pijn doen. Kon ik voorkomen dat hij het ooit te weten zou komen? Vast niet.

'Weet jij misschien waar Jesper is?' vroeg ik aan een van de meiden die wel Nederlands sprak.

'Jasper?'

Ik schudde mijn hoofd.

'Jesper. Mijn vriend.'

'Geen idee, schat.'

Het gesprek was alweer voorbij, want er stond een Engelse toerist voor haar raam, die haar blijkbaar wel zag zitten. Ik staarde verbaasd naar hoe ze dat deed. Ze ging volledig op in haar rol en lokte hem naar binnen. Tot nu toe had ik alleen nog maar mannen binnen gehad die zo vastbesloten waren dat ze mij wilden, dat ik er niets tegen in kon brengen. Ik schoof stoïcijns mijn gordijn dicht en liet over me heen komen wat er daarna gebeurde. Als ik dat niet zou doen, wist ik, zou er wat zwaaien. Murat was altijd in de buurt en had een mes in zijn binnenzak. Dat had hij me laten zien toen hij me de eerste keer naar deze kamer bracht. Hij had me uitgelegd hoe het werkte en wat ik moest doen. Als ik elke dag een bepaald bedrag zou ophalen, zou er niets aan de hand zijn en zou ik binnen de kortste keren van mijn schuld af zijn.

'Tja, dit gebeurt er als je schulden maakt bij mijn broer,' zei hij. Het leek bijna of hij zich verontschuldigde. Hij kon er ook niets aan doen…

Het beeld dat hij die ene nacht ook een van mijn verkrachters was, verdween niet meer van mijn netvlies. Hoe had ik me zo kunnen vergissen in iemand van wie ik dacht dat hij mijn vriend was? 'Pooier' was een beter woord. De klootzak.

Mehmet had me duidelijk gemaakt dat als ik niet deed wat ze van me wilden, Jesper niet lang meer op deze aardbol rond zou lopen. Hij had me aangekeken en door de blik in zijn ogen wist ik dat hij het serieus meende. Zijn ogen stonden zo kil, zo koud. Geen seconde zou hij erover twijfelen om zijn woorden kracht bij te zetten en Jesper echt van kant te maken, dat wist ik. En dan, wat moest ik dan?

13

'Weet u wat een loverboy is, mevrouw?'

Ik knikte. De stoel waar ik op was gaan zitten, maakte een krakend geluid. Om de een of andere reden vroeg ik me af wat voor mensen er vóór mij op hadden gezeten. Ik probeerde mijn gedachten niet te laten afdwalen. Houd je hoofd erbij, Roos! Waarom zou je over zoiets nadenken?

Ik was als verdoofd, al sinds het moment dat ik erachter was gekomen dat Eef weg was. Dat ze was verdwenen. Nu zat ik in een politiebureau in Amsterdam, op de afdeling commerciële zeden. Rechercheur Jan van Mierenbrug had me gebeld nadat ik Evie als vermist had opgegeven en me uitgenodigd om op het bureau langs te komen. Ze had informatie voor me, die ze me niet over de telefoon wilde vertellen.

Jan was een vriendelijke, mooie vrouw met een opmerkelijk soort felheid in haar donkerbruine ogen. Ze zette een nog stomende kop koffie voor me op tafel en schoof me een mandje met suiker, melk en plastic lepeltjes toe.

'Mevrouw, we hebben het vermoeden dat uw dochter Evie in handen is van een loverboy. Zijn naam is Jesper.'

Knal. In één klap was het op een meer dan harde manier duidelijk dat mijn ergste nachtmerrie waarheid werd. Ik kon Jan op dat moment alleen maar aankijken, het leek wel alsof er geen geluid meer uit mijn mond kwam, ik geen woord meer uit kon brengen. Mijn hand reikte naar de kop koffie, maar die kon ik niet op een fatsoenlijke manier beetpakken door mijn trillende vingers. Ik trok mijn hand weer terug.

'Voor de duidelijkheid, u weet dus wat een loverboy is, mevrouw?'

Ik keek haar weer aan en knikte opnieuw. Het was stil in het kantoor. Buiten hoorde je wel geluiden, maar die werden gedempt door de wirwar van gedachten die zich in mijn hoofd probeerde te nestelen. Ik moest een vraag stellen, vond ik. Maar welke vraag? Ik wist het niet. Als ik niets zou vragen, was ik geen bezorgde moeder. Dan was ik geen echte moeder.

'Waar is ze nu dan? Weet je waar ze is?'

Gelukkig koos ik de belangrijkste vraag.

'Soms,' antwoordde Jan, volgens mij eerlijk.

Geruststellend was anders.

'En nu?!'

'Wat bedoelt u, mevrouw?'

'Roos, zeg alsjeblieft gewoon Roos.'

'Wat bedoel je, Roos?'

'Wat moet ik nu doen? Ik moet haar spreken, zien. Ik haal haar bij hem weg!'

Op het grijze vest dat ik vanochtend had aangedaan, verschenen druppels donkergrijs, alsof ik in de regen stond. Ik huilde nooit in het bijzijn van anderen. Nooit. Nu wel.

'Hoe krijg ik haar weer thuis?' vroeg ik. 'Hoe krijg ik haar weg bij hem?'

Jan veranderde in een waterige versie van de mooie vrouw die ik bij binnenkomst had bewonderd. Mijn ogen prikten en ik voelde me ongemakkelijk op dat politiebureau. Wanhopig. Het lot van mijn dochter hing af van de vrouw die daar zo zelfverzekerd en vol medeleven tegenover me zat. Frustrerend. Waarom kon ik het niet zelf oplossen? Had ik haar in deze situatie gebracht? Heb ik haar niet genoeg aandacht en liefde gegeven? Is ze het daarom ergens anders gaan zoeken?

'Kom even tot rust, Roos.'

'Tot rust? Hoe kan ik nu rustig blijven? Vertel me dat maar!'

'We zijn al een jaar bezig met een onderzoek naar Jesper. Daardoor weet ik dat je dochter sinds een tijdje met hem omgaat. Als je wilt, kan ik je wat meer over het onderzoek vertellen.'

Ik knikte, maar vroeg me tegelijkertijd af of de dingen die mooie Jan mij zou gaan vertellen ook wel dingen waren die ik wilde horen. Ze schoof me een dossier toe, waarin beknopt wat informatie stond over de man die mijn dochter volgens haar in zijn macht had. De snotneus die ik een hand had gegeven, de gluiperd aan wie ik mijn dochter had toevertrouwd.

'Maar waarom heb je mij niet gewaarschuwd, als je al wist wat voor type het was? Dan had ik Evie kunnen beschermen.'

'Dat kunnen we helaas niet doen.'

Ik haalde diep adem, maar kreeg mijn ademhaling niet onder controle. Ik was totaal overstuur. Mijn arme kind, waar was ze? Wat had ze zich in haar hoofd gehaald? Het was helemaal mis. Helemaal mis.

Samen namen we de inhoud van het dossier door.

'Vanwege de privacy van Jesper en het feit dat hij nog een verdachte is, kunnen we niet op al te veel details ingaan,' begon Jan haar verhaal. 'Daarom vertel ik je wat over zijn werkwijze en ga ik vooral in op de situatie waar je dochter zich nu in bevindt. Het zal niet makkelijk voor je zijn.'

Ze stopte even en keek me aan. 'Zeg het dus vooral als je even een pauze wilt.'

Ik kwam er die middag achter dat mijn dochter op dat moment al bijna een week op de Wallen achter het raam stond, dat ze continu in de gaten werd gehouden door de handlangers van Jesper en dat ze aan een undercovercollega van Jan aangaf geen behoefte te hebben aan contact met haar familie en al helemaal niet met de politie. Ze deed het werk vrijwillig, verklaarde ze. Zowel haar collega als Jan was niet overtuigd van die verklaring, maar zonder haar getuigenis konden ze weinig veranderen aan haar situatie: Evie was achttien jaar.

Er zijn leukere middagen, wist ik uit ervaring.

Onderweg naar huis probeerde ik Boris te bellen. Hij moest het ook weten. Net als toen Evie was verdwenen, ruim een week geleden. Ik vond het niets om hem te spreken, zeker niet op mijn initiatief, maar goed, hij bleef haar vader. Hij reageerde erg aangedaan vorige week. Maar daarna had ik niets meer van hem gehoord, geen vragen, niks. Misschien had hij zijn eigen lijntje met de politie.

Voicemail. Zijn telefoon stond uit. Moest ik inspreken? Nee.

Ik probeerde Vanessa. Zij nam wel op.

'Roos, meen je dat?' zei ze na mijn verhaal. 'Wat vreselijk! En je vertrouwde hem al niet. Je vond hem al niets, je instinct, het klopte gewoon.'

'Dat maakt het alleen maar erger.'

'Ja, maar dit had je toch ook niet kunnen verwachten!'

'Nee? Het is gewoon mijn schuld, Vanessa! Ik ben haar kwijt, ze is weg. Ik was alleen maar bezig met Eduardo, Boris en dat soort onzin! En nu ben ik haar kwijt.'

'Sssst. Even rustig nu. Je zit achter het stuur, straks maak je nog een ongeluk.'

Remmen! Precies op dat moment moest ik heel hard remmen. Een onverwachte file, dat zijn de gevaarlijkste.

'Zal ik naar je toe komen?'

Er zat zo'n groot brok in mijn keel dat ik geen woord meer uit kon brengen.

'Weet je wat, ik kom gewoon. Ik kom nu naar je toe.'

'Tessa is bij jou, toch?'

Dat hadden we eerder die dag al afgesproken.

'Ja, ze zit huiswerk te maken achter mijn laptop, de schat.'

Ik haalde diep adem. Het hielp niet, de natte stroom over mijn wangen bleef lopen.

'Blijf dan alsjeblieft daar. Ik kan het niet, ze mag me niet zo zien. Ik ben wanhopig, wat doet dat met haar? Ze mag me niet zo zien, oké?'

'Weet je het zeker?'

'Nee… Ja, het is beter. Ik moet even denken. Goed denken.'

'Oké. Ik zal het logeerbed voor haar opmaken en zeggen dat je nog even druk bent met de politie. Wat mag ze weten?'

Wat vertelde je je dochter van veertien als haar zus de hoer uithing? Niks? Alles? Tessa, arme Tessa. Ze zou er niets van begrijpen. Ik begreep er al niets van. En ik vreesde, Evie ook niet.

'Vertel het nog maar even niet.'

'Ik kijk wel hoe ze zich voelt, goed? Misschien is het maar beter om eerlijk tegen haar te zijn.'

'Oké.'

'Ik bel je vanavond, Roos. Hou je taai. We gaan die meid terughalen, hoor. Ze komt terug. En snel.'

Na haar laatste woorden kon ik niets meer uitbrengen. Was ik er maar zo zeker van.

Verslagen, vermoeid en met schrale randen onder mijn ogen zocht ik met mijn sleutel het slot van de voordeur. Het was al donker, er stond een flinke file op weg naar huis van Amsterdam.

Ik had geen honger, had sinds vanochtend geen hap door mijn keel gekregen. Ik kon alleen maar aan Evie denken, aan mijn dochter die nu ergens de hoer uithing. Ik wist nu waar ze was, dat wel, maar wat was ik daarmee opgeschoten? Misschien was dit nog wel erger, weten dat ze eigenlijk zo dichtbij was, maar dat ik haar niet kon bereiken. Jan had me afgeraden naar de binnenstad te gaan toen ik dat opperde. Het heeft geen effect, zei ze stellig. Het zou het onderzoek juist tegenwerken. Evie was in de ban van Jesper en er was op dit moment niks wat ik daaraan kon doen. Ze stond er met een doel, dacht ze zelf.

Maar, zei Jan, het strafrechtelijk onderzoek liep in een sneltreinvaart, dus ze kon me verzekeren dat het niet al te lang meer zou duren voordat Evie weer gewoon thuis op de bank zat. Een naar voorgevoel bekroop me: wat nou als Jan daar geen gelijk in zou krijgen?

Ik liep mijn donkere huis binnen.

Wat was ik blij dat Vanessa voor Tessa zorgde, dat ze haar opving. Ik wist dat ik er eigenlijk zelf voor Tessa moest zijn, als moeder, maar ik kon het niet opbrengen. Mijn hart was verscheurd van verdriet, van woede. Ik kon me alleen maar focussen op een concreet plan van aanpak om Evie terug te krijgen. Dat was nu het belangrijkste. Daarvoor moest ik fit blijven, scherp blijven.

Ik voelde me een beetje duizelig door het gebrek aan voedsel in mijn maag, maar hield mezelf staande door tegen het aanrecht te leunen. Mijn verduisterde keuken zag er ongezellig uit, zo zonder licht en levendigheid. Het was er leeg en deprimerend. Ik zuchtte diep.

Toen pas zag ik het, in mijn ooghoek.

Mijn hart sloeg over. Daar, in de deuropening van de keuken, zag ik de silhouet van een persoon. Hij, zij, het stond daar gewoon stil te staan. Ik knipperde met mijn ogen.

Was ik aan het hallucineren?

Ik keek weer, maar de persoon stond er nog. Ik opende mijn mond, maar gillen lukte niet. Sterker nog, ik probeerde het niet eens. Ik begon sneller te ademen en werd me nu ook bewust van de ademhaling van de persoon in de deuropening. Dat ik dat niet eerder had gehoord. Waarom had ik niet gelijk het licht aangedaan toen ik binnenkwam?

Het was een man, zag ik aan zijn profiel. Hoe was hij binnengekomen? Wie was dit?

'Wie ben jij?' fluisterde ik.

Was het Eduardo? Of een inbreker?

Langzaam liep ik naar achteren, naar de schakelaar van het grote licht in de keuken. Het gezoem van de koelkast overheerste in het verder stille huis. De gedaante kwam mijn kant op, maar zijn gezicht was door de schaduw een zwart vlak. De afstand naar de lichtknop leek veel te ver en de angst blokkeerde mijn spieren. Ik zat op slot, kon amper bewegen, wist haast niet eens hoe ik moest ademen. De man liep in een snel tempo op me af, hij werd groter naarmate hij dichterbij kwam. Drank, ik rook drank. In combinatie met een vreemdsoortige geur van zweet vermengd met een verse dosis deodorant. Ik versnelde mijn pas, maar in de haast vergat ik dat de afvalbak op de plek stond waar hij al jaren stond. Ik knalde ertegenaan, bezeerde mijn knie behoorlijk en ik schaafde met mijn pols langs de muur. Mijn vingertoppen raakten de schakelaar op tijd.

Door het plotselinge verschil tussen donker en licht knipperde ik met mijn ogen. Het zwarte vlak was verdwenen en toen pas zag ik zijn gezicht. Anders, hij zag er anders uit. Verwilderd, vreemd, maar toch herkenbaar als mijn ex.

'Boris!'

Hij glimlachte triomfantelijk.

'Wat doe je hier? In het donker.'

'Het is ook nog steeds mijn huis,' antwoordde hij. Alsof het de normaalste zaak van de wereld was.

Het slot. Ik had er nooit aan gedacht om het slot te vervangen nadat ik hem het huis uit had gebonjourd.

'Boris, je laat me schrikken. Waarom ben je hier?'

Een indringende lach.

'Dat kan ik geloof ik beter aan jou vragen, hè?'

Echt, nee, hiér had ik zin in. Een dronken ex.

Het was een combinatie van whisky en bier, rook ik. Geen goede combinatie, zeker niet voor Boris. Hij liep naar me toe en gaf me een duw. Ik deed een stap achteruit en stond nu met mijn rug tegen de muur. Zou hij me slaan? Het zou niet de eerste keer zijn. Ik had er geen kracht voor om me tegen hem te verzetten. Hij was dronken, lomp en sterk, ik veel te zwak. Zonder twijfel zou ik het binnen een seconde verliezen. Er klonk een scherpe knal van kapot glas op de keukenvloer. Het whiskyglas dat hij in zijn hand hield, liet hij gewoonweg vallen. Hij had zichzelf niet meer onder controle.

Ik zag zijn arm omhoogkomen en zijn hand greep mijn haar

vast. Mijn handen zochten naar een voorwerp om me mee te kunnen verdedigen.

'Au,' riep ik.

'Ssst,' zei hij en trok me naar zich toe.

Hij pakte me stevig vast.

'Kom even bij me,' fluisterde hij.

Ik rilde van angst, maar liet hem voor nu zijn gang gaan. Ik moest een plan bedenken om me te verdedigen, mocht hij weer agressief worden. Zijn dronkenschap had me al vaak genoeg bang gemaakt. Twee keer eerder had hij me geslagen en twee keer eerder had hij me daarna met een betraand gezicht gesmeekt hem te vergeven. Hij had zichzelf niet meer onder controle met drank op, was zijn excuus. Zijn gemakkelijke excuus. Toch had ik hem vergeven, omdat hij verder geen vlieg kwaad deed. Hij was altijd een goede man voor me geweest, een lieve man en een lieve vader.

Oké, tot die periode van seksuele uitspattingen natuurlijk.

'Boris,' probeerde ik voorzichtig na een paar minuten.

Hij gaf geen antwoord. Ik hoorde zijn ademhaling weer heftiger worden, het leek alsof hij verkouden was.

'Zullen we even rustig gaan zitten?'

Tot mijn verbazing verslapte zijn greep en deed hij een stap achteruit. Zijn gezicht zag er droevig uit, voor het eerst zag ik de diepe groeven, rimpels van ouderdom. Hij werd echt oud, dacht ik. Over zijn wang liep een traan.

Verdriet om Evie, dat zag ik meteen.

Naar mijn voorbeeld, ging hij ook op een van de keukenstoelen zitten.

'Waarom heb je nou weer zoveel gedronken?'

'Waarom?'

Ik knikte.

'Ik heb eerst nog een vraag aan jou.'

Hij stond weer op en schoof met geweld zijn stoel opzij. Even had hij nodig om zijn evenwicht te vinden. De stoel kletterde op de keukenvloer. Ik zag dat een van de houten knopjes die boven aan de leuning zat afbrak en wegrolde.

'Rustig nou,' zei ik. 'Probeer even rustig te blijven.'

'Vertel me, hoe kan ik in godsnaam rustig blijven?' Hij pauzeerde even. 'Hoe blijf ik rustig als de moeder van mijn kinderen me niet vertelt dat mijn dochter een loverboy heeft? Al weken, godverdomme Roos, hoe kon je?'

Ik stond met mijn mond vol tanden. Ik wist het zelf pas net. Hoe wist hij het?

'Dat weet ik pas sinds vanmiddag.'

'Ach, onzin! Die gast is bij je over de vloer geweest. Evie gaat al weet ik veel hoe lang met hem om.'

'Ja, maar ik wist toch niet dat hij een loverboy was!'

'Doe toch niet zo dom!'

'Boris, dit is niet eerlijk. Je kunt mij toch niet de schuld geven!'

Zijn opmerking maakte me boos, terwijl ik in de auto naar huis nog aan mijn eigen schuld twijfelde. Het werd een ander verhaal als je ex je beschuldigde. Hij had het recht niet.

'Jij was niet hier. Je hebt geen recht van spreken!'

'Was ik maar hier geweest…'

'Wat zeg je?'

Hij speelde al de hele tijd met vuur. Nu had hij het aangestoken.

'Dan was er zeker niets gebeurd, hè? Als jij er was geweest. Want jij had je zaakjes allemaal zo lekker op orde. Geil Boortje! Het is net zo'n type als jij, die loverboy. Dat vieze seksgedoe! Vieze vuile seksbusiness! Ja, misschien had je best wat kunnen betekenen inderdaad, want je weet er alles van. Vuile hoerenloper!'

Ik hield rekening met een klap. Hij stormde op me af. Ik had hem geraakt, dat wist ik zeker. Hij was er dronken genoeg voor om me te slaan. Deze keer zou ik er alleen niet voor terugdeinzen om de politie te bellen. Deze keer kwam hij er niet mee weg. Zelfs met tranen niet.

Vlak voor me hield hij stil.

'Roos, laten we dit niet doen.'

Zijn stem klonk rustiger.

'Wat?'

'Elkaar beschuldigen. Laten we dit niet doen.'

Ik haalde diep adem. Opluchting. Verbazing. Ik moest even omschakelen.

'Jij staat hier, dronken in mijn keuken, Boris, ik niet. Ik heb je zelfs nog geprobeerd te bellen net. Om te vertellen wat ik heb gehoord op het bureau.'

Het was even stil. Ik zag dat hij ter controle zijn telefoon uit zijn broekzak haalde. Zie je, die stond uit.

'Het spijt me.'

Hij ging weer zitten. Gooide zijn telefoon op tafel.

'Verdomme! Wat een klotezooi. Het spijt me, oké?'

Oké? Geen idee nog, of het oké was.

Ik ging weer tegenover hem zitten.

'Vertel het me alsjeblieft,' zei hij. 'Wat is er met onze dochter aan de hand?'

Ik pakte een pakje sigaretten uit mijn tas en stak er een in mijn mond. Voorzichtig hield ik hem het pakje voor, ik wist niet of hij nog steeds rookte en of hij wel zat te wachten op een gebaar van verzoening. Hij schudde zijn hoofd om zijn ongeloof nogmaals te uiten en pakte er een uit. Ik gaf hem vuur en we rookten samen onze sigaret op. In stilte.

Daarna vertelde ik hem alles wat Jan me die middag had verteld. Alles, en meer. Ik vertelde alles wat er was gebeurd, wat ik had gedacht, wat ik voelde. Van het moment dat ik ontdekte dat de deur openstond tot het moment dat ik het kantoor van Jan verliet.

'Hoe wist jij het dan, dat Jesper een loverboy is?'

'Via school, die mentor van Eef. Ik had hem gebeld, om te vragen of hij soms een idee had waar Eef naartoe was gegaan.'

'Die eikel.'

'Eikel?'

'Ja. Ik vind hem een eikel.'

Ik dacht een lichte glimlach te ontdekken.

'Dat vond ik ook toen hij me vertelde dat Evie waarschijnlijk een loverboy te pakken had met die Jesper.'

'Die wijsneus wist het eerder dan ik,' merkte ik op. 'Stom misschien, ik zag het niet. Wilde het niet zien. Misschien is het wel mijn schuld.'

'Nee. Het is niemand zijn schuld.'

Weer stil.

'Wil je koffie?' vroeg ik ten slotte.

'Lekker.'

Ik zette koffie en schonk twee mokken vol. De laatste keer dat we hier stonden, had ik eenzelfde koffiekopje uit zijn handen geslagen. De vlekken op de muur zaten er nog, die had ik nooit helemaal weg gekregen. Zelfs niet met dat spul van de reclame dat zogenaamd alle huis-, tuin- en keukenvlekken kon verwijderen. Vuile oplichters, ik moest ze nog steeds een boze brief schrijven om mijn 2,49 terug te eisen. Sommige zaken waren een principekwestie, daar kon ik heel resoluut in zijn.

We dronken onze koffie. Het was heel lang heel erg stil.

'Gek om hier weer te zijn,' mompelde Boris na een tijdje.

'Ja, vind ik ook.'

We spraken af dat we elkaar op de hoogte zouden houden en geregeld zouden zien. Ook voor Tessa leek het me goed dat Boris wat meer in de buurt zou zijn. Ze sloot zich steeds meer voor me af, werd stiller en stiller. Alsof ze alles in zich opnam en in haar eentje verwerkte, zonder iemand nodig te hebben om over dingen te praten of eens lekker bij uit te huilen. Maar ik wist dat ze haar grote zus verschrikkelijk miste.

Mijn hand trilde. Ik was op de bank in slaap gevallen en had daar de hele nacht gelegen. Ik was stijf, van de kou en de verkeerde houding. Mijn hand bleef trillen. Het was mijn telefoon.

Vlug ging ik rechtop zitten en nam ik op.

'Met wie spreek ik?'

Een vrouwenstem.

'Met Roos,' zei ik aarzelend. 'En ik?'

'Roos, je spreekt met Jan, politie Amsterdam.'

Een heftige schok. Ze zou toch niet dood zijn?

Waarom dacht ik dat?

Jan, die me gisteren vertelde dat ze bij haar geboorte de naam Janneke had meegekregen en die na haar achttiende uit verzet tegen haar ouders veranderde in gewoon Jan, vertelde me dat er nieuwe ontwikkelingen waren in het onderzoek.

'Het is misschien verstandig als je even langs het bureau komt. En heb je al contact gezocht met de vader, Boris?'

Ze moest eens weten.

'Ja, die weet alles.'

'Mooi.'

'Nieuwe ontwikkelingen, wat moet ik me daarbij voorstellen?'

'Komen jullie even langs het bureau, ik mag je niks over de telefoon vertellen. Mijn partner, rechercheur De Jong, is ook bij het gesprek.'

'Goed, tot straks.'

Langs het bureau komen. Alsof je even langs de slager gaat om wat gehakt in te slaan voor de spaghetti van vanavond. Alsof het iets doodnormaals was. Even langs het politiebureau om te horen hoe het met je dochter is. Je bloedeigen dochter, die in handen is van een of ander monster.

Ik belde Boris snel, we zouden elkaar op het bureau in Amsterdam zien. Hij woonde in Amsterdam, dus hij was er zo. We hadden allebei voorlopig verlof opgenomen, zodat we direct in actie konden komen op een moment zoals dit.

Een sms.

'Lieve zus, bel je me als ik iets voor je kan doen? En hou me op de hoogte ajb!'

139

Die lieve Elly. Ze kon niets doen. Nu in elk geval niet. Ik zou haar later wel bellen.

'Dank, spreek je later.'

Ik sprong onder de douche en zat nog geen kwartier later in de auto op weg naar Amsterdam.

Ik voelde een soort oerkracht in me opkomen, een oermoedergevoel. Het maakte me woest en strijdbaar, gevaarlijk zelfs. Degene die haar dit aandeed, mocht zich bergen. Ik zou hem te grazen nemen. Het was verdomme mijn kind dat ordinair geëxploiteerd werd op de Wallen! Mijn eigen schat, mijn prachtdochter was afgepakt door een of andere hufter. Wat dacht hij wel? Dat hij daarmee wegkwam? Ha, echt niet.

Toch voelde ik me ook onzeker. Was het niet ook mijn schuld? Had ik het kunnen voorzien? Had ik hun relatie toegestaan uit een schijterig soort angst haar anders af te stoten? Die verhalen hoorde je toch altijd? Van die ouders die hun kroost veel te beschermend opvoeden en dat schildgedrag een paar jaar later terugbetaald krijgen met een crimineel, losgeslagen, uitgewoond, verslaafd, potentieloos en verprutst kutkind.

Mij zou dat niet overkomen, dacht ik altijd.

Wat had ik fout gedaan? Wat had ik anders moeten doen? Had ik haar meer onder mijn hoede moeten nemen? Was dat niet je taak als moeder?

Ik reed de straat in waar het Amsterdamse politiebureau stond waar Jan haar kantoor had. Een parkeerplek was gek genoeg niet lastig te vinden, er was zelfs een plekje vlak bij de ingang. Alsof ik het had gereserveerd, dacht ik nog. Geparkeerd en al staarde ik voor me uit terwijl ik op mijn stuur leunde. Er liepen gewoon mensen over straat die boodschappen hadden gedaan. Lachende meisjes, zakenmensen, huismoeders. Ze deden net alsof mijn leven niet op instorten stond, alsof er niks met mijn dochter aan de hand was. Naïef vond ik hen, dommig en naïef. Maar ik ergerde me vooral aan het egoïsme dat ze uitstraalden. Al zouden ze weten wat er in mijn leven speelde, wat

Eef allemaal moest doormaken, dan zouden ze waarschijnlijk precies zo over straat lopen.

Het kon niemand ene moer schelen.

En mij ook niet? Nee, want ik maakte gewoon afspraken met politiemensen, ging rustig ergens proberen te parkeren, had vanochtend gewoon gedoucht. Terwijl mijn dochter daar zat, bij die smeerlappen. Geen wonder dat ze liefde zocht bij iemand anders. Ik reageerde niet eens zoals elke andere moeder op zo'n moment zou doen. Elke andere góéde moeder.

Opeens zag ik alles helder.

Ik moest haar halen. Dat verwachtte ze van me. Ik was haar moeder, ik zou het voor haar moeten oplossen. Ik moest mijn armen om haar heen slaan, haar kleren aantrekken en haar mee naar huis nemen. Niemand anders deed dat voor haar. Ik moest dat doen. Het was mijn taak, verdomme.

Ik startte de motor en schoot de parkeerplek weer uit. In alle haast zag ik een overstekend oud vrouwtje bijna te laat en moest ik in een reflex uitwijken.

Bam.

Met een harde klap bracht ik mijn auto binnen een seconde weer tot stilstand tegen de afvalbak op de stoep. Een langsrijdende fietser vloog van schrik van zijn fiets en het oude vrouwtje stond verward midden op straat te kijken naar mijn ondoordachte actie. Ik opende mijn portier en vroeg de jongen die van zijn fiets was gevallen of alles goed was. Hij knikte en ging er weer vandoor. Het oude vrouwtje liep al mompelend ook weer verder en schudde met haar hoofd.

Ik bekeek de voorkant van mijn auto en maakte een kreunend geluid.

'Shit,' riep ik. 'Shit, shit, shit!'

Er zat een lelijke deuk in de voorkant en een van mijn koplampen hing los. Wat moest ik hier nu weer mee?

'Roos?'

Ik keek op en zag Jan samen met Boris in de deuropening van

het politiebureau staan. Direct begon ik weer te huilen. Wat moest dat mens wel niet van me denken? Dat ik een of ander labiel geval was waarschijnlijk. Boris keek geïrriteerd en schudde zachtjes zijn hoofd, zag ik vanaf hier. De lul, alsof hij het allemaal lekker op een rijtje had.

'Ik ga naar haar toe,' riep ik haperend. 'Ik ga haar gewoon halen, dat is veel makkelijker.'

Ik stapte weer in mijn auto en probeerde hem aan de praat te krijgen. Alsof de duivel ermee aan de haal was gegaan, lukte dat niet meer. Mijn publiek op straat werd steeds groter, uitgebreider. Er stonden inmiddels drie auto's toeterend te wachten totdat ik ruimte voor ze zou maken en voorbijlopende mensen bleven even staan kijken naar dit waarschijnlijk bijzonder uitziende tafereel. Ik huilde met lange uithalen, als een klein kind. Mijn lichaam schokte en mijn trillende handen kregen maar nauwelijks de sleutelbos te pakken. Koppeling in, voet op de rem, sleutel omdraaien. Het leek zo makkelijk, maar het lukte niet, ik kreeg mijn auto niet gestart, sterker nog: hij pruttelde niet eens een beetje. Het frustreerde me zo dat ik er alleen nog maar meer van overstuur raakte. Totdat Jan haar hand op mijn schouder legde.

'Kom,' zei ze.

Ze haalde me uit de auto, ondersteunde me tijdens het lopen en bracht me het bureau binnen. Ik keek nog even achterom en zag dat een collega in uniform mijn auto met gemak wist te starten en weer parkeerde op de plek waar ik hem in eerste instantie had neergezet.

Jan zette me, samen met Boris, in een rustige kamer op een stoel, bracht een kop thee en wat koekjes en zei dat ze zo terug zou komen. Op de witte tafel stond een lelijke nepplant en er lagen een paar kranten, die aan hun status te zien al meer dan één keer gelezen waren.

'Kom maar even tot rust.'

Ik liet het begaan. De controle over mijn leven, over het leven van mijn dochter, ik was hem kwijt. Ik liet de regie voor nu, voor heel even, aan Jan over. Van haar moest ik nu tot rust komen met een kop thee. Hoewel ik wist dat ik voorlopig allesbehalve rustig zou worden.

'We hebben een van de meisjes uitgebreid gesproken,' zei Jan toen ze bij ons kwam zitten. 'En het lijkt erop dat er in de komende weken een aangifte binnenkomt van dat meisje, Stephanie heet ze. We houden haar continu in de gaten, want zij is nu onze belangrijkste getuige in de zaak tegen Jesper.'

'En Evie?'

'Ook,' knikte ze.

'Wat ook?' vroeg Boris.

'Jullie dochter houden we ook continu in de gaten. Daarom is mijn partner, rechercheur De Jong, nu ook niet bij het gesprek. Hij probeert haar over te halen om ook te getuigen. Dat loopt alleen wat stug, ze is vooralsnog niet bereid om te getuigen. Ze blijft volhouden dat ze er uit vrije wil staat. Ik heb haar ook mijn kaartje gegeven, maar heb nog niks gehoord.'

'En waar hangt die klootzak eigenlijk de hele tijd uit?' Boris weer, met zijn agressieve toon.

'Jesper is even uit beeld. Als je het mij vraagt houdt hij zich een tijdje gedeisd.'

'Uit beeld?' zei ik. 'Wat betekent dat? Jullie weten toch wel waar hij woont? Kunnen jullie hem niet gewoon oppakken?'

Jan schudde langzaam haar hoofd. Het was misschien ook een kinderlijke gedachte van me.

'Maar wat schieten we hier nou mee op?' vroeg Boris. 'Ja, ben ik nou gek, of wat? Moeten we helemaal naar het bureau komen voor dit. Jullie doen gewoon niks. Doe je werk, haal mijn dochter daar weg. Ze hoort daar niet, basta!'

Boris zette zijn standpunt kracht bij door met zijn vlakke hand op tafel te slaan.

'Het spijt me dat we op dit moment niet meer voor jullie kunnen doen.'

143

Boris maakte een verongelijkt geluid, of mompelde in elk geval iets onverstaanbaars. Ik glimlachte verontschuldigend naar Jan. Zat ik hier nu te glimlachen?

'Ik moet nu verder, we houden jullie op de hoogte. Ik weet dat het niets lijkt voor jullie, maar dit is echt een heel goede ontwikkeling. Sterkte met alles.'

Jan begeleidde ons het politiebureau uit en verdween weer door de draaideur. Onwennig stonden Boris en ik naast elkaar op straat. Mijn auto stond er zielig bij, met de ingedeukte voorkant. Boris keek van de auto naar mij en zuchtte even, alsof wat hij ging zeggen er met moeite uitkwam.

'Rij maar achter me aan. Ik weet wel een mannetje in de buurt.'

14

Nummer 34: BN'er van wie ik de naam niet meer weet
Waarom is hij hier? Ik dacht dat hij wel genoeg meiden kon krijgen.
Een leuke jongen, vond ik hem. Alleen dat hij hier kwam, begreep ik
niet. Zou hij doorhebben gehad dat ik hier helemaal niet wil zijn? Vol-
gens mij had hij drugs gebruikt. Dat zag ik aan zijn ogen. Hij wilde dat
ik hem zou pijpen zonder condoom. De lul.

Al na twee weken kwam ik erachter dat je Mehmet beter niet
kwaad kon maken. Als hij een aanleiding vond om je in elkaar
te slaan, pakte hij die met beide vuisten aan. Zodra hij in huis
was en iets hoorde over 'gezeik', zoals hij het zelf noemde, dan
was je de klos. Hij trok je aan je haren mee naar een kamertje en
daar kreeg je ervan langs.

Nu was ik de pineut. Ik had geweigerd om een klant zonder condoom te pijpen en die gast was gaan klagen bij Murat.
Het was een goede klant, dus Murat heeft hem uiteindelijk zijn
geld teruggegeven en dit heeft hij moeten verantwoorden tegenover Mehmet. Een 'dagopbrengst' moest namelijk wel aan
een minimum voldoen. Als je dat niet haalde, moest je voor
hem oppassen. Je kon je op zo'n dag maar het best zo onopvallend mogelijk gedragen en het liefst niet eens in zijn buurt zijn.
Dan was er tenminste nog een kans dat hij het door de vingers
zou zien. Maar deze keer had ik mijn minimale dagopbrengst
niet gehaald en dat was volgens Murat ook nog eens mijn eigen
schuld geweest. Ik hoorde hem gewoon denken: ik schuif het

lekker af op die bitch. Dat hij ooit een vriend was geweest, kon ik nauwelijks nog geloven.

Ik stond in de keuken mijn tanden te poetsen toen Mehmet binnenkwam en me direct bij mijn haren pakte.

'Dus jij denkt zelf te kunnen bepalen wat je doet?' zei hij.

Ik gaf geen antwoord.

'Nu heb je niks te zeggen hè, of wat? Geef antwoord, bitch!'

'Mehmet, ik heb volgens de regels gewerkt. Alleen met condoom toch?'

'O, nu denk je ook nog dat je me kunt tegenspreken? Dat je zelf de regels kunt bepalen? Zo slim ben je niet hoor.'

Reageren had geen zin. Hij was al vastbesloten me in elkaar te meppen, dit was gewoon de aanleiding die hij zocht. Het had geen enkele zin om in gesprek te gaan.

Hij sleurde me mee naar boven, waar hij me in een hoek smeet en daarna vier trappen in mijn buik gaf. Ik kromp ineen van de pijn en lag met opgetrokken knieën op de vloer te huilen. Dit kon nooit goed zijn. Omdat hij me door mijn opgetrokken knieën niet meer in mijn buik kon schoppen, trok hij me overeind en gaf me een stoot tegen mijn gezicht. Ik viel om en kwam hard op mijn schouder terecht. Toen trok hij me weer overeind en gaf me een tweede stoot tegen de andere kant van mijn gezicht. Ik duizelde en vanaf dat moment was ik out, heb ik niks meer van zijn woede-uitbarsting meegemaakt, althans niet bij bewustzijn.

Ik werd wakker met een helse pijn in mijn buik, een kloppend voorhoofd en dikke, opgezwollen ogen. Mijn onderlip was gescheurd en smaakte naar bloed. Ik lag weer op die verrekte zolderkamer waar ik de eerste dag ook opgesloten had gezeten. Toen ik mijn arm wilde bewegen om overeind te komen, voelde ik een enorme steek in mijn schouder.

'Je moet rusten, blijf liggen.'

Ik keek op en probeerde door de kleine kiertjes die mijn ogen waren geworden te zien wie er was. Ik zag eerst haar korte krullen, ze stond met haar rug naar me toe. Het was Stephanie, het Surinaamse meisje dat ik eerder in het huis had ontmoet en dat het toen zo grappig had gevonden dat ik met Mehmet naar bed was geweest.

Ik probeerde iets te zeggen, maar mijn stem was te schor om duidelijk iets uit mijn mond te krijgen.

'Stil maar,' zei ze. 'Ik ga je helpen weer helemaal beter te worden.'

Met een natte doek depte ze de beurse huid rond mijn ogen en haalde ze het bloed bij mijn neus en op mijn lippen weg. Ik zag de glinstering van een mooie ring om haar vingers, met een groene steen.

Zij had haar sieraden dus wel mogen houden.

Mijn kettinkje was verdwenen sinds die eerste nacht. Ze smeerde een verkoelend zalfje op de beurse plekken en gaf me een aspirine tegen de hoofdpijn en de buikpijn.

'Drink dit op.'

Ze gaf me een kop thee, waar ik een paar kleine slokjes van nam.

Gefocust bleef ik naar de groene steen in haar ring staren. Het was een mooie kleur. Wat betekende deze kleur groen eigenlijk? Rust. Veiligheid? Het gaf me een veilig gevoel te verdwijnen in die ring. Zij gaf me een veilig gevoel, met haar mooie slanke vingers.

'Als je weer toonbaar bent, moet je van Mehmet naar de dokter, voor je buik,' zei ze. 'Je hoeft een paar dagen niet te werken, maar hij telt dit wel bij je schuld op. Ook mijn tijd is voor jouw rekening.'

'Maar…' Ik klonk nog steeds schor.

Ik snapte er niets van. Wat zou het betekenen dat dit bij mijn schuld opgeteld werd? Bleef Jesper nu nog langer weg om geld te verdienen?

'Ik weet wat je wilt zeggen. Hij heeft je dit aangedaan, toch?

Jij vroeg niet om deze shit. Is waar, maar hij is de baas, snap je. Je hebt niks te zeggen, het is zo, punt uit.'

Stephanie spoelde de doek schoon in een teiltje met ijswater en kneep hem vervolgens goed uit. Ze vouwde de doek dubbel en legde de strook over mijn ogen. Het voelde best lekker aan.

'Dit moet je zo laten liggen, het is tegen de zwelling.'

Ze stond op en liep naar de deur.

'Probeer wat te slapen, schat.'

Voor ik het wist was ze weer verdwenen en hoorde ik haar de deur achter zich dichtdoen. Ze deed hem niet op slot, vast omdat ze wisten dat ik in deze staat toch niet ver zou komen. Bovendien zou ik dan Jesper in gevaar brengen. Hij was naar Zweden vertrokken om geld voor ons te verdienen. Dat vertelde hij me toen ik hem een week na de verkrachting sprak. Via het toestel van Mehmet mocht ik hem heel even spreken.

'Snoetje, ik ben gelijk naar Zweden vertrokken die nacht,' zei hij.

'Waarom?'

'Om geld te verdienen. Als ik je terug wil, moet ik Mehmet veel geld betalen. Nog meer dan eerst. Hij is gevaarlijk, liefje. Je moet doen wat hij zegt.'

'Maar je moet me komen halen, Jesper. Haal me hier weg!'

'Dat doe ik, maar nu nog niet. Ik heb nog niet genoeg. Jij kunt daar ook verdienen. Zo sparen we samen genoeg om vrij te zijn, goed?'

'Ik snap het niet.'

'Doe alsjeblieft geen gekke dingen. Mehmet weet me te vinden, hij maakt me af. Echt.'

'Ik ben bang. Jesper, weet je wel wat ik moet doen hier?'
Stilte.

'Ik sta op de Wallen, Jesper. Ik moet met mannen naar bed.'

'Ik weet het.'

'Dat kun je toch niet toelaten? Je houdt toch van me?'

'Ik kom je snel halen. Als ik genoeg geld voor je heb verdiend.'

'Wanneer?'

'Over een maand, misschien twee. Ik doe mijn best.'

'Dat is te lang!'

'Het spijt me echt, snoetje. Sneller lukt niet.'

Ik hoorde hem zwaar ademen aan de andere kant van de lijn. Hij huilde. Het deed hem pijn, het krenkte zijn ego. Het bleef lang stil.

'Snoetje,' fluisterde hij.

'Ja.' Ik huilde ook weer.

'We komen hier doorheen. Vergeet niet dat ik van je hou, ik kom je halen, snel.'

Daarna hing hij op, zonder verder nog gedag te zeggen of te laten weten wanneer ik hem weer zou spreken. Ik heb me nooit wanhopiger gevoeld dan op dat moment. Terug naar mijn moeder kon ik niet, dan zou Jesper gevaar lopen. Maar blijven zou betekenen dat ik de hoer moest spelen voor Mehmet. Ik werd in tweeën verscheurd en liet uiteindelijk alles over me heen komen. Ik nam zo veel mogelijk wiet en sterkedrank, als me dat werd aangeboden. Dan hoefde ik niet zo erg na te denken over alles en voelde ik me minder verdrietig. Ik miste Jesper vreselijk, maar was vooral bang om hem te verliezen.

Mehmet, dat monster, heeft me meer dan eens duidelijk gemaakt dat als ik probeerde te vluchten, hij Jesper zou afmaken. Hij maakte dan met zijn vinger een beweging langs zijn keel en begon daarna te lachen.

'Dan kill ik dat mannetje van jou,' zei hij. 'En daarna kom ik jou halen.'

Dag in dag uit dacht ik aan Jesper, aan hoe het met hem zou zijn. Zou hij vandaag alweer op weg naar Nederland zijn? Elke keer als er ergens een deur openging, keek ik hoopvol uit naar het gezicht van Jesper. Misschien had hij al genoeg geld gespaard, zou hij Mehmet afbetalen en een huisje voor ons kunnen huren. Dan kon ik mijn moeder en mijn zusje weer zien, kon ik gewoon mijn school afmaken en konden we samen aan onze toekomst beginnen.

De tijd totdat dat het zover was, viel me ontzettend hard. Zo hard dat ik al meerdere keren een breakdown had gehad in het bijzijn van een klant. Maar gelukkig had tot nu toe geen van hen hierover geklaagd bij Murat of Benny. Op de een of andere manier kwamen veel klanten via hen bij mij voor het raam terecht. Ze regelden blijkbaar extra klanten voor me, en ze rapporteerden werkelijk alles, maar dan ook alles bij dat grote monster. Er was helemaal niks meer over van de vrienden die ze ooit waren. Ik kon het me maar slecht voorstellen dat ik me ooit zo heb kunnen vergissen in hun vriendschap, die is nooit oprecht geweest, dat was me nu wel duidelijk. Ze hebben Jesper en mij bedrogen en we hadden niks door, we waren er gewoon ingeluisd.

Het was nu een week geleden dat ik daar met opgezwollen ogen en een pijnlijk lijf op die zolderkamer lag. De zwelling was grotendeels weggetrokken, maar mijn lichaam zat nog onder de beurse en blauwe plekken. Ik mocht inmiddels weer gewoon in de woonkamer zitten en moest lichte huishoudelijke klusjes doen. Briefjes geld in volgorde op stapeltjes leggen, eten maken voor de jongens, bier halen uit de koelkast in de kelder, dat soort dingen. Hoe vervelend het ook voelde om daar opgesloten te zitten, ik vond het fijn weer iets te kunnen. Het was beter dan alleen zijn op die zolderkamer en al helemaal een verademing vergeleken met mijn werk achter de ramen.

Ik had een leuke tijd met Stephanie. Als ze thuiskwam van haar dienst, kletsten we over van alles. Het klikte beter dan ik ooit had verwacht, ze werd echt mijn vriendin. Ze werkte ook nog niet zo lang voor Mehmet, maar kon me tóch wat handige tips geven over het werk, maar ook over hoe je met Mehmet moest omgaan. De meeste tijd gierden we het uit van het lachen. Galgenhumor, dat was zeker, maar één blik was na een tijdje voldoende om het uit te proesten om een opmerking of gezichtsuitdrukking van Mehmet of een van de andere jongens.

Ze maakte het gemis van Florien minder erg.

Ook Daisy en Puk, de twee andere meiden met wie we woonden, waren doelwit van onze grappen. Ze waren van een ander slag, naïever, zou je kunnen zeggen. Je kon ze in ieder geval van alles wijsmaken.

Hoe meer blauwe plekken wegtrokken, hoe zenuwachtiger ik werd, want ik wist dat het moment dat ik weer aan de slag moest dichterbij kwam. De hoer spelen, het was vreselijk. Het raakte me diep in mijn ziel. Ik voelde me zo goedkoop, zo vies.

Er was niet meer tegenaan te douchen.

De eerste klant die mijn peeskamertje binnen kwam, herinner ik me nog goed. Ik trilde enorm. Zenuwachtig natuurlijk, onzeker. Ik hoorde daar niet te zijn! Ik heb de hele tijd gehuild en daar maar gelegen. Het ergste was nog dat veel klanten er zelfs op kickten als ze erachter kwamen dat je verdrietig was. Ze werden er geiler van, raakten opgewonden van je verdriet.

Na een paar weken sleet het, werd het meer een automatisme en konden we zelfs weer lachen, gelukkig.

'Aaaaaah, daar heb je hem weer!'

Dat was Puk. Ze wees naar het einde van de straat, waar een van de vaste klanten van Daisy aan kwam gelopen. Daisy was de mollige meid van ons vieren en had donkerbruin krullend haar.

'Nee!'

Het guitige gezicht van Daisy op onweer.

Iedereen was dolblij met vaste klanten, je kreeg er een band mee en ze waren een vaste vorm van inkomsten. Je deed het liever met een vaste klant dan met iemand die je nog nooit eerder had gezien. Maar die vaste klant van Daisy was afstotelijk! Een pukkelig, dik mannetje met slechts één tand. Hij zag eruit als iemand die ze voor een film over vieze mannetjes zouden casten. Daisy was altijd binnen een mum van tijd klaar met hem, maar vond hem net zo walgelijk als wij. Haar pech, ze beviel hem zo goed dat hij bijna elke dag terugkwam. Als hij de hoek om kwam, zagen we haar al kotsbewegingen maken. Nu ook.

'Succes Dais,' zei ik. 'Denk aan het geld. Scheelt weer in je dagomzet, toch?'

'Ja, bedankt.'

Ze draaide nog even met haar ogen voordat ze hem binnenliet en haar gordijntje dichtschoof. Voor ons waren dit soort dingen de leukste momenten van de dag. Ja, zulke dagen waren het.

We werkten dus met z'n vieren voor Mehmet in dit gedeelte van Amsterdam. Ik hoorde wel eens dat hij nog andere meisjes had die hij bij mannen thuis bracht en dat hij nog wat meisjes voor hem in clubs had werken, maar wij stonden met z'n vieren achter het raam. Daisy, Stephanie, Puk en ik. Hoe we er allemaal terecht waren gekomen en waar we vandaan kwamen, daar spraken we nooit over. De angst voor Mehmet was levensgroot. Wanneer hij in ons gezichtsveld verscheen, sloeg de stemming volledig om.

We werden zenuwachtig, maakten vlug de rekensom of de dagopbrengst al binnen was en waren poeslief voor hem. Slijmen, daar hield hij van, gek genoeg. Hoe meer je slijmde en hoe schattiger je overkwam, hoe groter de kans was dat hij je met rust liet. Na vorige week wist ik wat er met je kon gebeuren als hij ontevreden over je was, dus ik snapte wel waar ze zo bang voor waren. De dood.

Een paar weken geleden was in een van de kamers een meisje gevonden. Vermoord. Bruut afgeslacht. De politie vond haar pas de volgende ochtend en had geen enkel aanknopingspunt voor de moord. Wij wisten beter. Ze zat Mehmet dwars, wilde niet voor hem werken en had een grote bek. Voor ons was het niet moeilijk om de link te leggen. Maar dat tegen de politie zeggen? We waren slimmer dat dan.

Ik was aan het stofzuigen toen Mehmet thuiskwam en de stekker uit het stopcontact haalde.

'Weg met die herrie,' zei hij en hij maakte een gebaar met zijn hand.

Ik borg de stofzuiger snel op en ging op de bank in de woonkamer zitten.

'Je buik?' vroeg hij.

'Het doet nog pijn.'

Hij zuchtte vermoeid en ging zitten. Hij wreef met beide handen in zijn ogen en schikte daarna zijn halflange vette haar in een elastiekje.

'Ik breng je morgen naar een dokter. Een kennis van me, een goede kennis, hij zal je onderzoeken.'

'Oké,' zei ik.

'Vanavond ga je weer aan het werk.'

Daarna bleven we nog een aantal minuten stil in de woonkamer zitten.

'Dat mannetje van je heeft nog steeds niet genoeg geld gestuurd,' zei hij toen. 'Je spreekt hem pas weer als hij terug is met al het geld.'

Hij stond op en liep de kamer uit. Ik dacht aan Jesper, die waarschijnlijk keihard aan het werk was om voldoende geld bij elkaar te sprokkelen.

Toch?

Opeens sloeg de twijfel toe. Misschien kwam hij wel niet meer terug, hield hij het voor gezien in Nederland. Liet hij Mehmet wachten voor niks, offerde hij mij op voor zijn eigen vrijheid. Dan zat ik hier, bij die engerd.

Zou hij dat doen?

Ik had Jesper al lang niet meer gesproken. Hoe klonk zijn stem ook alweer? Ogen dicht. Al mijn gedachten richtten zich op de herinnering aan hem. Hoe rook hij ook alweer? Hoe voelde hij? Het was verdwenen. Ik wist alleen nog dat ik vreselijk veel van hem hield. Ik miste hem. En ik wilde hem terug. Levend.

De angst dat hij mij ook was vergeten kwam bij me naar boven borrelen. Ik pakte het notitieboekje waar ik elke nacht wat in schreef over de klanten die ik die dag had gehad. Aan de binnenkant van de kaft had ik een foto van ons samen geplakt, die Murat me een keer had gegeven. 'Hier, deze heeft Jesper voor je gestuurd,' had hij erbij gezegd. Ik was er dolgelukkig mee. Het was iets tastbaars, wat me aan de onafscheidelijke band tussen Jesper en mij deed terugdenken.

Ik keek naar de foto en voelde kriebels in mijn buik. Hij was genomen in een Italiaans restaurant in Antwerpen, waar we heerlijk hadden gegeten. Het was een perfecte avond geweest. We hadden daarna gewandeld door de Antwerpse straten, door wijken waar niemand op straat liep, alsof Antwerpen even helemaal alleen voor ons bestond. Toen ik last kreeg van mijn kleine teen door mijn nieuwe schoenen, nam hij me op zijn rug en rende als een gek terug naar het hotel, om me daar een voetenmassage te geven. We zijn bijna de hele nacht wakker gebleven, we keken films op televisie en hadden gesprekken over ons leven samen, over de toekomst, over hoe we ons huis zouden inrichten. En we spraken af dat we snel een langere vakantie zouden plannen, zodra ik klaar was met school.

Was onze liefde echt, of had ik alles verzonnen?

Ik moest hem spreken, dan wist ik het weer zeker. Ik moest hem vragen of hij nog wel van me hield, of hij net zoveel voor mij zou doen als ik nu voor hem.

Kon ik Mehmet voor het blok zetten? Of ik kreeg Jesper aan de telefoon, of ik zou geen minuut meer voor hem achter het raam staan. Waarschijnlijk durfde ik deze confrontatie niet aan te gaan. De blauwe plekken van de vorige waren nog zichtbaar.

15

Ik ging naar de Wallen. Het advies van Jan om het niet te doen, sloeg ik in de wind. Ik liet dat mens toch zeker niet bepalen wat goed was voor mijn dochter?

Het was op. Mijn geduld was op.

Ik was wanhopig, had de hele nacht niet geslapen en had na een snelle douche besloten dat het maar eens afgelopen moest zijn. Terwijl ik me stond af te drogen kwam Boris de badkamer binnen gelopen.

Ik had het bed in de logeerkamer voor hem opgemaakt. Hij sliep daar, in plaats van in zijn eigen huis in Amsterdam. We wilden bij elkaar in de buurt zijn, zodat we snel konden overleggen als er iets gebeurde. Het was ook goed voor Tessa om toch een bepaalde vorm van stabiliteit te hebben.

'O, sorry.' Hij schrok er duidelijk van dat ik nog in de badkamer was.

'Nee,' riep ik. 'Kom maar binnen. Het geeft niet.'

Ik bedekte me met de handdoek en zocht naar een haarspeld in een mand met dat soort rotzooi.

'Ik ga erheen,' zei ik.

Ik klonk vastbesloten. Dat was ik ook.

Boris keek me alleen maar aan. Hij had een vreemde schaafwond op zijn gezicht. Hoe kwam hij daar nou weer aan?

Hij knikte na een tijdje.

'Wil je dat ik met je meega?'

Wilde ik dat? Het klonk fijn, veilig. Maar ergens leek het me ook totaal onpraktisch, we zouden veel meer opvallen dan ik alleen – zo dacht ik.

'Nee,' zei ik dus maar. 'Ik denk dat het beter is als ik eerst alleen ga.'

Hij zweeg, zette de douche aan en pakte zijn tandenborstel van het rekje.

Ik vond het gek dat zijn tandenborstel weer in mijn badkamer lag. Niet onprettig, maar wel onwennig. Hij gebruikte trouwens nog steeds hetzelfde merk tandpasta, gewoontedier dat hij was.

'Ik moet vandaag wat dingen op mijn werk regelen,' zei hij vanuit de douchecabine.

Zijn nieuwe baan bij het ministerie van Financiën was een overwinning na het diepe dal van werkloosheid de maanden daarvoor.

'Ze hebben gebeld of ik even langs wilde komen om wat dingen over te dragen. Dat moet ik maar doen, denk ik. Zullen we eind van de middag hier even wat dingen op een rijtje zetten?'

Benaderde hij de situatie met Evie nou net als een probleem op zijn werk? Of waren dat mijn duivelse gedachten?

'Dat is goed,' antwoordde ik, om een onnodige discussie te voorkomen.

Het kon ook geen kwaad om echt wat op een rijtje te zetten. Daar had hij wel gelijk in. Maar ja, kon je deze situatie managen? En ergens hield ik er rekening mee dat die 'bespreking' aan het einde van de middag niet eens meer nodig was. Dat we vanmiddag gewoon op de bank zouden zitten, met Evie erbij. Want ik ging haar halen.

Ik haalde een dubbele espresso uit de keuken, rookte drie sigaretten en maakte mezelf fris om te beginnen met mijn missie: mijn dochter terughalen. Nu echt. Na die keer voor het politiebureau was ik nog tientallen keren doorgedraaid op de meest uiteenlopende plekken.

Op een vrouw in het winkelcentrum, die ik blijkbaar hoorde te kennen en die me erop attendeerde dat Evie al een aantal keren niet naar bijles was geweest, werd ik woedend. Ik schold haar uit voor hatelijk kreng en vloog haar nog net niet aan. Mijn ogen spuwden vuur, ik voelde het zelf en ik zag het in de angstige blik van die vrouw. Ze wist niet hoe snel ze de drogist in moest lopen om dekking te zoeken achter de potjes babyvoeding.

Ook werd ik laaiend van het gefluister om me heen als ik even de supermarkt in vloog om wat te eten te halen. Natuurlijk deden er allerlei geruchten de ronde, daar kon je niet omheen in zo'n dorp. Mijn dochter zou zijn weggelopen, ik had haar het huis uit gezet, ze was naar het buitenland gevlucht, ga zo maar door. Maar er werden ook verhalen verteld die akelig dicht in de buurt kwamen.

'Evie is een hoer geworden,' hoorde ik een jongen achter me zeggen. Ik heb niet omgekeken, ben met opgeheven hoofd doorgelopen, maar zijn opmerking staat in mijn geheugen gegrift. Hij raakte me diep in mijn ziel. Het was de eerste keer dat ik geconfronteerd werd met iemand die er niet omheen draaide, die niet bang was om me te kwetsen, of om een gevoelige snaar te raken. Die jongen op straat, die verder niks met mij of met ons te maken had, sloeg de spijker op zijn kop. Mijn dochter was een hoer geworden. Ze hebben een hoer van mijn dochter gemaakt. En ik heb het laten gebeuren.

En gisteren nog, kreeg mijn baas een van mijn woede-uitbarstingen over zich heen toen hij bezorgd en met echt wel goede bedoelingen aan de deur stond met een fruitmand. Hij had van Trien en Truus van de receptie vernomen dat ik gewoon een flinke griep had, maar vond het vreemd dat ik daardoor al ruim twee weken niet op kantoor was verschenen. Hij kwam totaal op het verkeerde moment, want ik had net Jan aan de telefoon gehad die me vertelde dat ze mijn dochter al twee dagen niet hadden gezien.

'Ze wordt waarschijnlijk vastgehouden in een huis. Misschien zijn ze bang dat ze ervandoor gaat. Of dat ze gaat praten.'

'Waarom zijn ze daar nu opeens bang voor?'

'We zijn wat agressiever te werk gegaan. Zijn lang bij haar binnen geweest. Hebben haar ondervraagd.'

'Maar ze heeft niets gezegd?'

'Nee.'

Ik zuchtte.

'We zijn er druk mee bezig, Roos,' zei ze ten slotte.

'Met andere woorden, door jullie schuld hebben we nu geen flauw idee waar mijn dochter is? Wat een hulp, ontzettend bedankt, Jan. Voor niks. Ik dacht dat jullie professionals waren.'

Zo beëindigde ik het telefoongesprek.

'Prutsers!' schreeuwde ik in het niets.

Vervolgens belde mijn baas met zijn fruitmand aan. Geval van onwijs beroerde timing.

Een stapel uitgeprinte foto's moest me helpen haar te vinden. Ik vroeg iedereen die maar wilde stoppen of ze mijn dochter herkenden. Ik hield de foto voor de ramen waar de dames achter stonden en zocht smekend naar een blijk van herkenning. Pas na een uur had ik beet, een van de dames knikte en kwam zelfs naar buiten. Ze had blond ingevlochten nephaar, enorme tieten – dat kon je geen borsten meer noemen – en eerlijk is eerlijk: prachtige benen. Met wat andere kleding kon ze zo op de omslag van een glossy tijdschrift. Zonde, dacht ik, dat ze haar lichaam hier stond te verkopen! Ze kon er heel wat meer mee bereiken. Zou zij ook een moeder hebben, die naar haar op zoek was?

'Die ken ik, ja,' zei ze. 'Die werkt hier soms vlak naast, daar. Of daar aan de overkant in de steeg.'

Ze wees naar de kamer naast haar, waar de donkerrode gordijnen gesloten waren, en schuin naar de overkant.

'Maar de laatste dagen heb ik haar niet gezien.'

'Heb je enig idee waar ze nu is?' Ik durfde nog te hopen.

Ik keek met een schuin oog naar de kamer naast die van de

blonde meid. Was mijn dochter daar aan het werk? Waren de gordijnen daarom dicht? Ik moest het gesprek rekken, net zo lang totdat de gordijnen weer opengingen. Ook al was ik doodsbang voor dat moment.

Het meisje begon te hinniken.

'Wacht even hoor, ik zal even in haar agenda kijken!'

Ze trok haar mond zo ver open dat je al haar tanden zag, inclusief die met donkere, zwarte randen eromheen. Ze kwam niet meer bij om haar eigen grap. Stoned. Dronken? Onder invloed, dat was zeker.

'Nee joh, meid,' gebaarde ze vervolgens, 'géén idee waar die uithangt.'

'Op welke dagen is ze meestal hier dan?'

'Weet ik veel. Gewoon, soms. Ze gaat met van die gekke gasten om, met die Turken, ik kan je ook niet te veel zeggen eigenlijk. Ze doen me nog wat.'

Turken? Jesper was geen Turk.

'Welke gasten zijn dat dan?'

'Hé, jij stelt veel te veel vragen. Je kunt wel bij de politie, jij.'

'Welke gasten bedoel je?!'

Ik raakte in paniek.

'Vrouw, rustig aan een beetje. Ik ga weer, de groeten.'

Het meisje draaide zich wankelend om en wilde weer naar binnen lopen, maar dat liet ik niet gebeuren. O nee. Ik greep haar blonde nephaar, waardoor ik een paar plukken lostrok, en sleurde haar met tieten en al naar me toe.

'Je gaat me nu vertellen wie die gasten zijn,' schreeuwde ik in haar linkeroor.

'Au, trut!'

Ze greep met een pijnlijk gezicht naar haar hoofdhuid en draaide zich weer om.

'Vergeet het maar, trut. En die extensions ga je dus betalen.'

'Zeg het!'

Ik gaf haar een pets tegen haar wang.

In mijn ooghoek zag ik aan het einde van de straat twee mensen in een donkere outfit aan komen lopen.

'Shit,' fluisterde ik. Ik moest hier weg. Ik moest later terugkomen om de informatie uit haar te trekken. Nu moest ik wegwezen.

Ik liet haar los en begon direct te lopen. Eerst in wandelpas, maar al snel begon ik te rennen. Ik voelde het gewoon, iemand kwam me achterna. Een van die donkere jassen. Ik wist het.

Waren dat die Turken over wie ze het had?

Ik begon nog harder te lopen, te rennen, steeds sneller, mijn auto voorbij, weg van daar. Ik rende alsof mijn leven ervan afhing. De laatste foto's van de stapel liet ik vallen, ze dwarrelden naast me de straat op. Mijn hart klopte als een gek van de spanning.

Net toen ik de hoek om was, hoorde ik rennende stappen heel dicht bij me. Mijn nek werd helemaal warm van de spanning, het gebonk in mijn borst werd heviger, het trillen van mijn vingers, het werd erger. De confrontatie, ik moest de confrontatie aangaan, ik was niet snel genoeg.

Ik hoorde een stem waar ik van schrok. Een bekende stem.

Hoe kon dat?

Met een ruk draaide ik me om. Het eerst zag ik die handen, die grote handen. De zwarte jas, spijkerbroek. Het holster.

'Wat doe jij hier? Wat wil je van me?'

Ik schreeuwde.

'Ik weet het pas net. Dat jij haar moeder bent.'

'Haar moeder?'

'Evie. Jij bent haar moeder.'

'Ja.'

'Kom even met me mee.'

'Nee! Waarom? Waarom ren je achter me aan?'

Hij pakte me vast bij mijn mouw en duwde me vooruit. Ik stribbelde tegen, schreeuwde het uit, maar hij was te sterk. Verbaasde gezichten van voorbijgangers kalmeerde hij door zijn legitimatie te laten zien.

Hij was politie. Hij werkte bij de politie.

'Doe rustig,' siste hij. 'Je bent hartstikke fout bezig. Hou je gedeisd nu!'

'Maar…'

'Stil!'

'Nee, ik ben niet stil!'

Hij duwde me achter in de auto. Met zijn hand op mijn hoofd, zodat ik me niet zou stoten aan de auto, hielp hij me de wagen in. Een dienstauto. Ik zag het zwaailicht liggen. Zo'n mobiel licht, dat ze dan boven op het dak plakken.

Met een klap sloeg hij het bestuurdersportier dicht, startte de auto en hij reed weg, de straat uit, weg van de Wallen.

Ik probeerde de deur open te doen, maar dat lukte niet. Ik zat opgesloten op de achterbank, kon geen kant op.

'Laat me eruit.'

Hij zei geen woord.

'Hoor je me? Laat me eruit, verdomme!'

Ik was bang. Bang voor wat dit te betekenen had, wat ik moest zeggen. Was ik nou opgepakt? Of niet. Was hij fout? Of niet. Ik wist niet wat ik moest doen.

Ik greep naar mijn jaszak om mijn telefoon te pakken. Ik moest Boris sms'en, hem laten weten waar ik nu was. Hij wilde op de hoogte gehouden worden.

'Geen sprake van!'

We keken elkaar aan in de spiegel. Hoe zag hij dat ik een telefoon in mijn hand had?

'Weg met dat ding. Geef maar hier.'

'Nee.'

'Geef het, Roos. Je moet nu echt naar me luisteren, dat is heel belangrijk. Ik kan je aanhouden, dat weet je.'

'Pfff. Hou me maar aan.'

'Ja? Is goed, regelen we zo op het bureau.'

'En ik geef mijn telefoon niet.'

Ik besloot hem nog meer te ergeren en hield het toestel aan

mijn oor. Ik belde niet eens iemand. Hij moest prijsgeven wat zijn bedoeling was.

Met een ruk zette hij de auto aan de kant. Bingo.

Zijn portier vloog open en weer dicht. En de achterdeur ging open. Hij nam plaats op de bank naast me en rukte de telefoon uit mijn hand. Hij keek op het display en zag dat ik niemand belde.

'Verdorie! Roos! Waarom doe je dit nou?'

'Wie ben jij? Waarom heb je gelogen?'

Hij overhandigde me zijn legitimatie.

Eduardo de Jong, rechercheur commerciële zeden

'Ik heb niet gelogen.'

'Je hebt ook niets gezegd.'

'Jij hebt niets gevraagd.'

'Zo ken ik er nog een paar.'

'Zo is het.'

Hij had gelijk. Wist hij wat ik deed? Ik had het niet verteld.

'Roos, je bent slecht bezig. Je kunt niet zomaar mensen op straat lastigvallen. Mishandelen. Je mag blij zijn als ze geen klacht tegen je indient.'

'Ze doet maar.'

'Je helpt hier niet mee, dat weet je.'

'Waarom heb je me dan aan je bed geboeid? Met de handboeien van je werk? Dan ben jij hier toch degene die fout bezig is?'

Hij zweeg. Hier had hij niet van terug.

'Je hebt gelijk. Je hebt hartstikke gelijk.'

Hij werd niet eens boos.

'Ik heb er heel veel spijt van. Ik weet niet wat me bezielde. En ik…'

Hij keek me aan en pakte mijn hand vast. Het was fijn om hem te voelen. Om contact met hem te maken.

'Ik kan alleen maar hopen dat je het voor je wilt houden.'

Mannen. Die mannen in mijn leven! Waarom hadden ze allemaal iets raars met seks? De één was eraan verslaafd, de ander deed foute dingen met handboeien.

'Je zit verdomme zelfs bij commerciële zeden, Eduardo! Je zou toch beter moeten weten.'

Hij knikte.

'Ik weet beter.'

Ongelooflijk.

Ik moest mee naar het bureau en zag daar Jan weer.

'Waarom deed je dit nou?' vroeg ze.

Ik was allang niet meer bezig met het voorval op de Wallen. Ik was murw, in de war.

'Je hebt geluk. Mevrouw doet geen aangifte, maar wil wel een vergoeding voor het lostrekken van haar extensions.'

Ik knikte.

'Dit mag niet meer gebeuren. Je brengt het onderzoek hiermee in groot gevaar. Rechercheur De Jong is undercover. Hij had ontmaskerd kunnen worden. Daar zit heel veel tijd in, weet je dat.'

Weer knikte ik.

'Wie zijn die Turken?'

Ze keek op. Geschrokken.

'Er horen Turkse jongens bij de bende. Hebben ze jullie gezien?'

'Nee. Die...'

Ik zocht naar een woord. Zonder hoer te moeten zeggen.

'Zij, ze had het erover. Dat Evie met Turken omging, die eng waren.'

Jan schreef wat op.

'Ik ga nog even bij haar langs. Ik stuur Eduardo de Jong – jullie kennen elkaar begreep ik – even naar je toe. Hij weet alles over de bende. Ik hoop dat je wat aan zijn informatie hebt. Maar doe er verder niks mee, alsjeblieft.'

'Oké.'

Jan liep de kamer uit en keek me nog een keer goed aan.

'Niet meer doen, Roos. Niet meer doen. Alsjeblieft.'

Ik déééd tenminste iets.

Boris zat thuis op me te wachten. Deze keer niet in het donker in de keuken, ik zag hem gewoon op de bank zitten met een sigaret tussen zijn vingers.

Vanuit de auto had ik hem verteld over mijn mislukte actie. En Eduardo. Hoewel ik daar wat details over achterhield.

Hij hoefde niet alles te weten. Nergens voor nodig.

Ik gaf hem een kus op zijn wang en schonk mezelf een glas rode wijn in uit de fles die hij had geopend. Zijn pakje sigaretten lag op tafel.

'Lekker,' zei ik.

Ik nam een slok en stak ook een sigaret op.

'Jan wil dat we met iemand gaan praten. Een psycholoog die hierin gespecialiseerd is.'

Hij maakte een spottend geluid.

'Dat mens is niet goed snik.'

'Ik weet niet, misschien moeten we het doen.'

Hij bleef stil, staarde naar de televisie waarop Albert Verlinde, weliswaar zonder geluid, van zijn nieuwste roddels wereldnieuws maakte. Normaal vond ik RTL Boulevard een leuk programma, maar vandaag niet. Vandaag maakte het voor mij geen verschil of het geluid aanstond of niet. Het interesseerde me allemaal niet. Niks interesseerde me meer.

'Laat haar eerst maar gewoon haar werk doen. Dan praten we verder.'

'Dat doet ze, hoor. Ze doet echt haar best.'

'Ik zie geen resultaat. Wat hebben ze nou bereikt? Zie jij Evie hier zitten? Nee.'

'Is dat niet onredelijk?'

Boris schudde zijn hoofd.

'Nee.'

Ik nam een slokje van mijn wijn. Het smaakte me eigenlijk

helemaal niet. Ik zou zo even wat te eten maken voor ons. Voor Tessa vooral. Die zat op haar kamer muziek te luisteren. Met een prettige beat.

'Maar…'

Ik keek Boris aan. Hij zocht naar woorden.

'Maar, hoe zat het nou, zei je, met die Eduardo? Hoe kende je hem?'

Ha, het zat hem dwars. Hij had niet gedacht dat ik ooit nog iemand tegen zou komen.

'Niets bijzonders,' zei ik. 'We zijn een keer uit geweest. Dansen. En eten. Maar ik wist niet eens dat hij bij de politie werkte, dus ik kende hem amper.'

Iets wat me stak.

Boris stond op en liep naar de keuken. Op datzelfde moment gaf zijn telefoon licht op de salontafel. Ik pakte het toestel op en riep hem terug.

'Benny, staat er,' zei ik toen hij me vragend aankeek.

Hij griste het toestel uit mijn hand en liep met een noodgang de woonkamer uit. Ik hoorde hem praten in de keuken. Vreemd, dacht ik. Het is niet dat hij nog stiekem hoefde te doen over een minnares, we waren niet meer officieel bij elkaar. En alsof een minnares Benny heette. Of nou, het kon natuurlijk ook dat…

Boris kwam de woonkamer weer binnen met een rood aangelopen gezicht. Opgefokt.

'Ik ga,' zei hij en trok zijn jas aan.

'Waar ga je heen? Je hebt je wijn nog niet eens op.'

Hij antwoordde niet.

'Boris?' Hij reageerde weer niet, maar liep weg. Ik liep achter hem aan, maar hoorde de voordeur al dichtvallen. Ik rende nu, opende de deur weer en riep hem na.

'Boris, waar ga je heen? Wie is Benny?'

Hij was al weg.

16

Nummer 21, 56, 69, 131, 158 en 221: Bert, 32 jaar oud
Hij werkt bij de NS en vindt het leuk bij mij. Ik denk dat hij stiekem verliefd aan het worden is. Hij heeft het er wel eens over, dat hij zou willen dat ik zijn vriendin werd. Het idee alleen al. Hij is echt nooit tegen Mehmet opgewassen. Een confrontatie tussen die twee...

Ik loste Daisy af in de gehuurde peeskamer. Ze was kapot, had er een shift van tien uur op zitten, terwijl ze zo te horen grieperig was.

'Succes schat,' zei ze voordat ze naar Murat liep.

Die stond altijd aan de overkant van de straat, druk in de weer met zijn telefoon, te wachten om ons weer 'veilig' thuis te brengen. Naar wie hij al die zogenaamde sms'jes stuurde? Geen idee.

'Het is druk vandaag, veel Engelsen.'

'Gezellig.'

Joepie! Die lekker vette, dronken Engelsen, ik keek er nu al naar uit. Benny zei Murat gedag en kwam naar me toe gelopen. Eigenlijk mocht hij hier niet binnenkomen, dat was een van de heilige regels van Mark, de verhuurder, maar ze hadden goede 'verhoudingen' met hem. Zolang ze geen geweld tegen ons gebruikten, mochten ze gewoon in- en uitlopen. Ik vroeg me af hoeveel Mark kreeg toegeschoven door op dit gebied een oogje dicht te knijpen.

Verder was Mark wel oké, hoewel ik ook wist dat hij aan hun

kant stond, dat ik hem niet kon vertrouwen. Behalve als er problemen waren met klanten, dan was hij wel heel anders. Als een klant vervelend was, hadden we een touwtje om aan te trekken en alarm te slaan. Hij stond dan in *no time* voor de deur. Als het moest, roste hij de klant zo de kamer uit. Zonder pardon.

Kwetsbaar. Zo voelde ik me. Er zaten een hoop gekken tussen, dus een back-up als Mark was niet gek.

Benny gaf me een schouderklopje.

'Beetje je best doen vandaag, meid,' zei hij. 'Je hebt wat in te halen.'

Ik zei niets terug.

Een uur later kwam de zedenpolitie weer langs voor een controle.

'Hoi Evie,' zei Jan.

Ik kende haar inmiddels wel. De vorige keer was ze heel lang gebleven. Drie keer raden waarom Mehmet zo pissig was geweest.

'Jan. Je blijft niet weer zo lang hoor.'

'Even checken of alles goed is met je.'

Puk had me de eerste keer verteld dat je gewoon je paspoort moest laten zien en verder je bek moest houden. Ze probeerden altijd informatie los te peuteren, volgens haar. Het ging ze alleen maar om Mehmet, ze wilden hem naaien. Ik hoefde er niet op te rekenen dat ze mij zouden helpen. Dat deed ik dus ook niet. Stephanie had boos gereageerd op de opmerking van Puk. Die vond het overdreven, maar Puk bleef bij haar complottheorie: zodra wij zouden praten, wist Mehmet dat de seconde erna. Het was één grote corrupte bende bij de politie.

Sindsdien gaf ik dus gewoon mijn paspoort en zei verder niets. Niets bijzonders dan. Mehmet had me de eerste dag mijn paspoort gegeven. Geen idee hoe hij eraan kwam. Ik had het helemaal niet bij me gehad die avond. Sterker nog, sinds Antwerpen was mijn paspoort kwijt. Ik dacht al die tijd dat ik het in het hotel had laten liggen.

'Je bent even weg geweest, hè?' zei ze.

Ik knikte.

'Waar was je?'

'Wat gaat jou dat aan?'

'Gewoon interesse, Evie. Gaat alles wel goed met je? Ben je geslagen?'

Ze wees op de blauwe plek op mijn arm.

'Ik was gewoon een beetje ziek.'

Ik voelde dat ik bloosde.

'Evie,' zei ze toen. 'Je hoeft je voor mij echt niet groot te houden, hoor. Als je hier niet uit vrije wil staat, kun je dat altijd aan me vertellen. Je kunt ook aangifte doen, als je dat wilt.'

Zie je, ze probeerde alleen maar informatie los te krijgen. Nee, een aangifte nog wel. Ik moest er niet aan denken wat er dan met Jesper zou gebeuren. Of met mij. Met mijn ouders, mijn zusje. Mehmet zou ziedend zijn, hij zou ze één voor één opzoeken. Zeker weten.

Benny liep langs. Hij maakte een gebaar met zijn horloge, zonder dat het iemand anders opviel.

'Had je verder nog iets?' zei ik. 'Dan kan ik namelijk aan het werk. Waarvoor ik hier sta. Of betaal jij ook?'

Dat ik dat durfde te zeggen! Maar ik moest laten blijken dat het mijn eigen keuze was dat ik hier stond. Ik mocht niet overkomen als een zwak schaap.

Jan glimlachte.

'Hier heb je mijn kaartje nog een keer,' zei ze. 'Ik ben altijd bereikbaar. Als je hulp nodig hebt, bel me gewoon. Maakt niet uit hoe laat of waarvoor.'

Snel pakte ik het aan en frommelde het in mijn bh. Benny zou eens zien dat ik haar kaartje aannam!

'Dag!'

Ik kon niet duidelijk genoeg zijn. Ze moest vertrekken.

Ze liep weg en niet veel later stond een van mijn vaste klanten, conducteur Bert, voor mijn neus. Ik was blij hem te zien, want ik had geen zin in een preek van Benny, omdat ik te lang met de politie stond te lullen. Ik hoopte van harte dat hij het niet weer aan Mehmet zou doorbrieven.

Nadat Bert weer was vertrokken, wierp Stephanie me een geheimzinnige blik toe.

'Ik moet je iets vertellen,' zei ze.

'Wat dan?'

Stephanie keek vlug om zich heen. Ze leek zenuwachtig.

'Het gaat over Jesper…'

'Jesper?'

Ze had mijn volle aandacht. Wat wist ze van Jesper?

'Ja, maar vooral over de politie.'

'Jesper en de politie?'

'Ze gaan ons helpen, denk ik.'

'Wat?'

'Shit, daar heb je Benny,' zei ze nerveus.

Ik keek op de klok. Er waren inderdaad alweer twee uur voorbij. Hij kwam voor het geld.

'Stef, maar wat is er met Jesper dan?'

'Later, Eef, het komt zo wel. Praat hier met niemand over, oké.'

En weg was ze weer, haar peeskamer in. Benny liep achter haar aan en gebaarde naar mij dat ik door moest werken. De sukkel. Hij kon echt niets beters van zijn leven maken dan een paar meisjes op de Wallen achter de vodden zitten. En dat allemaal voor Mehmet, niet eens voor zijn eigen business! Daar was hij te dom voor.

Ik gaf hem even later zwijgend het geld dat ik tot dan toe verdiend had en liet hem daarna al neuriënd weer vertrekken. Wow, wat voelde ik me goedkoop. Niet wanneer klanten over me heen gingen, niet als ik bezig was met een *blow job*. Nee, ik voelde me spot- en spotgoedkoop wanneer Benny of Murat even later mijn kamer binnen kwam en alles wat ik had verdiend met míjn eigen lijf zo van me afpakte. Dat was pas vernedering.

Jan van Mierenbrug had gelijk. Ik stond hier niet uit vrije wil. Maar als ik dat toegaf, dan had ik pas een probleem.

Wat bedoelde Stephanie nou met haar opmerking? Wat wilde ze me vertellen? Ik kon me niet voorstellen dat ze me iets over Jesper kon vertellen wat ik niet allang wist. Toch brandde ik van nieuwsgierigheid. Had Benny of Murat iets over hem tegen haar gezegd? Misschien kwam hij terug! Was hij nu onderweg!

Dan moest hij al genoeg geld hebben verdiend.

Geld. Ik moest weer aan het werk, anders haalde ik mijn dagomzet helemaal niet meer. Ik schoof mijn gordijn open en niet veel later kwam er een Amerikaans stel bij me binnen. Ze wilden samen seks met mij, een nieuwe trend. Prima vond ik het. Omdat het een relatief nieuwe hype was en lang niet elke meid deze vorm van seks zag zitten, kon ik er zelfs nog een aardige prijs voor vragen. Kassa!

Elke keer als ik mijn gordijn optrok, was dat van Stephanie gesloten. Ik kon het niet uitstaan, want ik moest haar echt spreken. Al was het alleen maar om even snel te horen waar het over ging. De rest hoorde ik dan vanavond wel. De onwetendheid, nieuwsgierigheid, het maakte me gek. Het maakte me ziek. Tot twee keer toe ging ik over mijn nek.

Waarom ging dat gordijn nou niet open?

In gedachten probeerde ik Stef haar gordijn open te laten doen, maar deze wanhopige spirituele actie werkte niet. Ik moest wachten. Er zat niets anders op.

Het was prettig om haar als vriendin te hebben. Dat we er voor elkaar waren, Stephanie en ik. De laatste tijd zag ze er wel slechter uit, ze was nerveuzer en haar bekkie werd steeds slanker. Magerder. Ik moest haar straks even oppeppen, want een offday kon echt niet voor ons. Dat was een sollicitatie naar een pak slaag van Murat, of nog erger, van Mehmet. Zij accepteerden het echt niet als je een dagje wat minder presteerde of een wat kleinere stapel geld mee naar huis bracht. Onmogelijk, in hun ogen. Om elkaar te beschermen hadden we afgesproken dat we in noodgevallen onze opbrengst zouden delen, voor zover dat lukte. Vlak voordat Benny of Murat zou langskomen, drukten we elkaar net even wat vijftigjes in de hand. Dan had je allebei ongeveer hetzelfde verdiend en was dat dan te weinig, dan was het gewoon een rustige dag.

Stephanie vertelde me laatst over haar ex.

'Hij sloeg mij ook, net als Murat. Om de kleinste dingen ging hij helemaal los.'

'Jezus, echt?' zei ik.

Ze knikte.

'Door hem zit ik hier.'

'Hoe bedoel je?'

'Ik moest werken, hier, voor hem.'

'En Mehmet dan?'

'Mijn ex was een vriend van Mehmet. Hij is nu spoorloos.'

'Maar waarom blijf je bij Mehmet dan?'

Ze had hard gelachen.

'Je doet alsof het een keuze is. Alsof je zomaar weg kunt gaan. Nou, je weet wel beter, toch?'

Ik had geknikt. Had Mehmet haar ook bedreigd? Vast wel.

Ik keek in de spiegel. Mijn dik opgemaakte ogen en lippen, mijn opgestoken haar, de goedkope lingerie die Mehmet voor me had gekocht. Ik herkende helemaal niks van het meisje dat ik was geweest. Ik was een totaal andere persoon geworden, met een vreemde blik in mijn ogen.

Ik zag een hoer in de spiegel.

En die hoer bleek de nieuwe ik te zijn.

Pas rond een uur of vier die nacht, toen Murat ons kwam ophalen, zag ik Stef weer. Puk was al door Benny naar huis gebracht. We waren allebei gesloopt en liepen zwijgend naast hem naar de auto, die hij een paar straten verderop had geparkeerd.

'Effe pissen,' zei hij toen we voor de auto stonden.

Hij liep een paar meter door richting de gracht en ik zag een

straaltje tussen zijn benen lopen. Stephanie keek me veelbetekenend aan.

'Wat is er nou? Vertel het snel.'

'Ik moet met je praten,' zei ze weer.

'Doe dan!'

'Ssssst! Niet zo hard.'

'Sorry.'

'Het is Jesper.'

'Wat is er met Jesper?'

Doodmoe of niet, maar dit wilde ik horen. Ze wist iets over
mijn grote liefde.

Steeds weer keek ze om naar Murat.

'Nee, misschien is het toch niet zo verstandig om het daar nu
over te hebben.'

'Stef, kom op nou, ik trek het niet meer hoor. Doe niet zo
geheimzinnig, zeg het gewoon.'

Verderop zag ik Murat zich omdraaien en weer naar ons toe
lopen. Dit was mijn kans, anders zou ik het pas veel later te
horen krijgen. Ik begon mijn geduld te verliezen.

'Stef, zeg het, nu.'

'Ik heb met de politie gepraat,' fluisterde ze.

'Wat! Waarom?'

Ik dacht aan de waarschuwing van Puk. Wat had ze gedaan?

'En ik zag Jesper vanmiddag in de stad,' zei ze wat harder.
'Met een ander meisje.'

Een schok ging door me heen. Niet alleen om wat ze zei. Murat vanuit het niets stond hij weer vlak bij ons. Ik kon niet inschatten wat hij had gehoord. Zou hij haar opmerking over de
politie hebben gehoord? Dan had ze echt een probleem.

'Trut! Wat zit jij nou weer dom te lullen?'

Pets.

Stephanie kreeg zo een klap in haar gezicht.

'Au! Klootzak.'

Murat sleurde haar aan haar arm de auto in. Ze krijste van de pijn.

'Hou je focking bek,' siste Murat.

Ik bleef staan en dacht aan wat ze net had gezegd. Onwerkelijk, het was onmogelijk. Jesper zat in Zweden, dus hij kon hier helemaal niet zijn. En waarom zou hij in godsnaam met een ander meisje in de stad lopen? Het eerste wat hij zou doen is naar mij toe komen.

God. Was Stephanie zo in de war?

'En wat sta jij daar nou?' hoorde ik. 'Stap in Eef. Tering zeg, wat een domme wijven zijn jullie.'

Ik stapte de auto in, keek recht voor me uit. Al mijn spieren waren gespannen, me bewegen kon niet meer, alles zat op slot. Even keek ik om naar Stef, maar zij zat met gebogen hoofd en opgetrokken benen op de achterbank te snikken.

In mijn bed hoorde ik de klappen. Er werd met spullen gegooid, de tafel maakte een indringend schurend geluid toen hij door de kamer schoof. Stoelen vielen kletterend om. Ik hoorde glas rinkelen. Intussen hoorde ik de smekende stem van Stephanie en de onderdrukte woeste woorden van Mehmet. Niemand hielp haar, Daisy en Puk lagen in een diepe slaap en waren waarschijnlijk zo onder invloed dat ze daar de komende uren niet uit zouden ontwaken. En ik haalde het niet in mijn hoofd om naar beneden te gaan. Ik wilde haar wel helpen, maar wat kon ik doen? Hysterisch de kamer in rennen, hem van haar af trekken? Ik zou de volgende zijn. En het zou hem nog woester maken, hij zou er nog harder door gaan slaan, gemener door gaan schoppen.

Pas na twintig minuten werd het stil. Akelig stil.

Het was een onwerkelijk contrast met de minuten ervoor, waarin de afgrijselijke geluiden van een lijdende Stephanie het huis vulden. Van het ene op het andere moment hoorde ik niks meer, geen voetstap, geen stem, niks. Zelfs geen onderdrukt gefluister, of gerinkel van het glas waar de vloer ongetwijfeld mee bezaaid lag.

Het was een onbehaaglijke stilte.

Ik zat rechtop in mijn bed en mijn ogen schoten heen en weer door de kamer. Ik was uiterst scherp, verwachtte dat Mehmet ieder moment bij ons de kamer in kon stormen om zijn agressieve bui ook op ons af te reageren. Dat hij eerst Daisy en Puk uit hun slaap zou rukken en dan mij zou pakken, terwijl de blauwe plekken van de vorige keer nog steeds niet helemaal waren weggetrokken en waar de pijn in mijn ribben nog steeds niet van was hersteld. Maar Mehmet bleef weg. Hij liet Daisy en Puk rustig doorslapen. Ik bleef rechtop in mijn bed zitten en het bleef stil in huis.

Totdat ik een zachte klik bij de voordeur hoorde.

Door mijn scherpte klonk het geluid in tienvoud door tot in mijn oren. De deur ging open, er ging iemand weg. Op mijn tenen sloop ik naar het raam van onze slaapkamer, dat uitkeek op de straat waaraan de voordeur grensde. Mehmets auto's stonden allebei nog voor de deur geparkeerd, maar er was verder niemand op straat te bekennen. Ik staarde nog even rond en wilde me alweer omdraaien om mijn bed in te duiken toen ik op het tuinpad een schim zag. Gelijk weer die scherpte, die alertheid. Verdekt opgesteld probeerde ik te zien wie er op het tuinpad liep.

Het was Mehmet.

O en daar, dat was Murat. Ze waren met z'n tweeën en leken iets te tillen. Ze liepen met iets tussen zich in naar de auto. Iets wat leek op een… Iets wat leek op een… Ik durfde het niet te denken, ik durfde het niet te geloven. Ze liepen met iets langwerpigs, ingepakt in vuilniszakken, naar de Golf van Mehmet. Dat zal toch niet? Dat kon toch niet? Mijn lichaam begon als een bezetene te trillen. Elke spier bewoog, ik kon niet meer stilstaan en wilde het liefst dat ik in mijn bed lag. Slapend, zonder enig idee van wat er zich hier afspeelde, zonder enig idee van de woede-uitbarsting van Mehmet zojuist. Dat ik gewoon in dromenland was, en dan pas morgenochtend wakker zou worden, en erachter zou komen dat er helemaal niets aan de hand was.

Ik keek toch, ik bleef daar staan voor het raam. Alsof iemand mijn gezicht vastklemde en me dwong te kijken. Ze legden het vlak bij de auto neer, waarna Mehmet de achterbak opende. Toen zag ik hem. De ring.

Ik ben nog nooit zo geschrokken, mijn lichaam reageerde nooit eerder zo heftig. Ik zag hem, die ring, ik hoefde er niet eens heel goed voor te kijken. Ergens in het midden van de zwarte vuilniszakken stak een gedeelte van haar hand uit. Het was haar hand, met aan haar vinger de ring met de groene steen die van haar moeder was geweest. Waar ik zo gebiologeerd naar had gekeken op die zolderkamer.

Het was de hand van Stef die levenloos uit de zak hing.

Ik begon te kokhalzen. Mijn maag ging als een skippybal op en neer, het trillen van mijn spieren bleef aanhouden.

Murat en Mehmet pakten de in vuilniszakken verpakte Stef op en gooiden haar in de achterbak. Klap, dicht ging hij weer.

Een minuut later reden ze in de Golf weg en was het weer doodstil op straat. Het schokken werd erger, mijn lichaam trok het niet, ik kreeg een acute paniekaanval. Ik moest rennen om op tijd de wc te halen. Daar ging ik voor de derde keer die dag over mijn nek. Ik trilde, huilde zonder een traan te laten en had geen controle meer over mijn eigen lijf. Terug in de slaapkamer ging ik weer op mijn bed zitten. Ik keek naar Daisy en wilde haar eigenlijk wakker schudden, maar durfde me niet meer te verroeren. Ik was bang voor Mehmet, bang voor de uitleg die ik haar verschuldigd zou zijn. Bang voor de vragen die ze me zou stellen en voor hoe echt het dan zou zijn. Hoe ik het dan aan mezelf moest toegeven. Hoe echt het dan zou zijn dat Stef niet in haar bed zou kruipen straks.

Nooit meer.

Hoe we nooit meer zouden bijkletsen over de dag. Hoe ze

me niet meer kon uitleggen wat ze tegen de politie had gezegd. Ik besefte dat ze met dat gesprek haar eigen doodvonnis had getekend. Ik trok het niet, ik zou het Daisy en Puk niet kunnen uitleggen. Hoe kon ik ze dit nou vertellen? Dat hun vriendin, maar vooral mijn vriendin er niet meer was. Dat Stef dood was. Dood. En dat Mehmet haar had vermoord.

17

Slapen was een zonde. Het lukte niet. Ik had het gevecht om een beetje slaap rond een uur of zeven opgegeven. Alleen al dat ik het probeerde, gaf me een schuldgevoel. Een pauze nemen in de zoektocht naar mijn dochter? Hoe kon dat?

Boris had ik niet meer gesproken sinds hij zo plotseling was vertrokken gisteravond. Ik dacht dat hij nog wel even zou bellen om zich te verontschuldigen voor zijn gedrag, of op z'n minst om uit te leggen waarom hij er als een debiel vandoor ging.

Hij was niet thuisgekomen vannacht. En dat vond ik vervelender dan ik durfde toe te geven.

Ik liep de slaapkamer van Evie in en liet me op het bed zakken. Mijn kleine meid, waar was ze nou? Ik miste haar zo verschrikkelijk. Durfde niet te denken aan wat haar was overkomen de afgelopen weken. Die mannen. Vieze mannen. Het maakte me misselijk. Ze was van mij, hoor. Ik had haar opgevoed, ze kwam uit mijn buik.

Pijn. Het deed pijn.

Ik zag het houten kistje met gekleurde sjaaltjes in een hoek van de kamer staan. Mijn kistje met gekleurde sjaaltjes. Jaren geleden was het hip geweest, toen had ik ze in alle soorten en kleuren aangeschaft. Evie had het houten ding uit mijn kamer gejat, want het was weer hip. Meiden bonden die sjaals nu om hun haar, als een indianenbandje. Of om hun nek, met een grote strik naar de zijkant.

Ik liep naar de bak toe en knielde erbij neer. Een van de sjaals pakte ik eruit en ik drukte mijn gezicht erin. Mijn natte gezicht. Ik snoof de geur op en rook mijn eigen parfum. De krachtige geur van mijn favoriete parfum.

In een flits zag ik het.

Nog met de sjaal in mijn hand vloog ik op en wist ik wat ik moest doen. Als Tessa naar school was vertrokken, ging ik ook. Ze moest er vroeg zijn, wist ik, dus dat kwam goed uit.

Ik rende naar beneden en pakte wat boterhammen, die ik voor haar begon te smeren. Ik moest toch iets met die plotselinge energie.

Tessa kwam de keuken in. Slaperig hoofd. Dikke laag mascara op. Sinds een paar weken had ze die make-up helemaal ontdekt.

'Heb je een goed gevoel over je toets straks?' vroeg ik.

'Mwa…'

'Niet?'

'Jawel hoor. Ik heb wel goed geleerd. Vanessa heeft me gisteren nog goed geholpen.'

'O, dat is fijn.'

Ik stopte de gesmeerde boterhammen in een oud broodtrommeltje dat Evie en Tessa vroeger mee naar school namen en gaf het aan mijn dochter.

'Wat is dat?'

'Lunch. Ik dacht, je lust wel wat na je toets.'

Grote ogen.

'Mam, ik neem toch geen brood mee in een Barbiebroodtrommel?'

Barbie? Ja, verrek. Het was de roze broodtrommel van Barbie. Ze hadden er nog om gevochten, vroeger.

'Och, sorry kind. Dat is niet tof natuurlijk!'

Ik knipoogde, keerde de broodtrommel om in een boterhammenzakje en stak het nogmaals haar kant uit.

'Dank je, mam.'

'Tess, luister eens. Als je wilt praten, over Evie, dan kan dat, hè? Als je iets wilt weten, als je je iets afvraagt, zeg het gewoon. Je praat er niet echt over, maar het kan wel. Als je wilt.'

'Ja.'

'Ja, doe je dat?'

'Ik praat wel met Vanessa. Zij weet toch ook alles?'

Ik knikte. Was dit een belediging? Kon mijn eigen dochter niet met mij praten?

Even keek ik mijn dochter goed aan. Wat ging er in dat koppie om?

Ik wist dat de steek van jaloezie onterecht was. Hoe durfde ik jaloers te zijn op die lieve vriendin? Net als mijn zus deed ze zoveel voor me. Terwijl haar eigen moeder, die in Canada woonde, heel ziek was, dodelijk ziek zelfs. Vanessa had gewoon ook haar eigen sores, ze hoefde dit niet te doen. Ze hoefde Tessa niet te helpen met haar natuurkundetoets. Ze nam een last weg, voor mij. Want dat was Tessa voor mij, hoe cru het ook klonk. Ze was een last.

Tessa sprong op de fiets, ik stapte snel in mijn auto.

'Geen file, alsjeblieft,' mompelde ik. 'Laat iedereen al keurig op zijn werk zitten, zodat ik lekker kan doorrijden...'

Voor wat afleiding luisterde ik naar de radio. Overal gelul, waar ik zenuwachtig van werd. Ah, Sky Radio, heerlijk rustig. Dat kon ik wel gebruiken.

Stipt om negen uur was ik er. Ik belde aan.

Geen reactie.

'Shit.'

Was ik nou toch te laat?

Ongeduldig belde ik nog een keer aan. En nog eens.

'Doe open, doe open,' mompelde ik.

Mijn wens werd vervuld. Ik hoorde gestommel en even later verscheen er een gestalte achter de deur. Hij ging open.

'Hallo?'

Wie was dit? Belde ik bij het verkeerde huis aan?

Mijn ogen schoten naar het nummerbordje, ja, ik zat goed.

'Hè?'

'Hallo, kan ik je helpen?'

De vrouw. Slank, mooi. Gekleed in slechts een knalroze zijden nachtjaponnetje. Het kledingstuk kwam me bekend voor.

Wat moest ik zeggen? Wie was zij?

'Wie ben jij?'

'Pardon?'

'Ik, ik zoek…'

'Esther?'

De vrouw keek om.

'Wie is dat zo vroeg?'

Was hij daar? De vrouw keek me misprijzend aan.

'Een of ander mens. Misschien een van je scharrels!'

Ze gooide de deur half dicht en verdween weer. De slaapkamer in, als ik het goed zag.

Een paar seconden later stak Eduardo zijn slaperige hoofd om de deur.

'Roos?'

'Ik moet met je praten.'

'Jezus. Het is vroeg. Waarom heb je niet even gebeld?'

'Ik ben gelijk gekomen.'

'Ik weet niet, Roos. Is dit handig? Laten we op het bureau afspreken.'

'Wie is zij?'

Ging me dat wat aan? Eduardo knoopte zijn ochtendjas dicht, griste de bos sleutels uit de deur en kwam naar buiten. De deur viel dicht.

Hij zuchtte.

'Mijn ex. We zijn weer bij elkaar.'

Ik schoot in de lach.

'Nou, het gaat lekker tussen jullie als ze denkt dat ik één van je scharrels ben.'

Ik maakte aanhalingstekens met mijn vingers bij het woord 'één'. Hij lachte niet mee.

'Dat ben je toch ook?'

Au.

Wat haalde ik me in mijn hoofd? Dat ik na één keer seks met deze man specialer was dan een scharrel? Dom.

'Maar daar kom ik niet voor, Eduardo. Ga je werken vandaag? Je móét werken, vandaag.'

'Ja, vanmiddag pas. Mijn dienst begint pas laat, ik werk meestal tot midden in de nacht. Daarom zou ik ook graag slapen nu.'

'Mooi. Sorry hoor, dat ik zomaar langskom. Ik wilde je iets vragen.'

'Vertel.'

'Als je Evie ziet straks, wil je dit dan aan haar geven?'

Ik gaf hem een plastic zakje.

'Wat is het?'

Hij wilde in het zakje kijken.

'Nee!' riep ik snel. 'Niet openmaken, alsjeblieft. Je moet het dichthouden totdat je bij haar bent. Het is een sjaaltje, van mij geweest. Mijn parfum zit erop. Ik denk…'

Hij keek me, nog steeds slaperig, aan.

'Ik hoop dat het haar aan mij doet denken. Dat het herinneringen opwekt. Fijne herinneringen.'

Hij knikte en legde even zijn hand op mijn schouder.

'Ik geef het haar, als ik haar zie tenminste.'

'Oké.'

Nu ik had gezegd wat ik wilde zeggen, was het alleen nog maar ongemakkelijk dat we daar op straat stonden. Hij in zijn ochtendjas, ik met mijn onverzorgde hoofd. Het was vreemd. Waarschijnlijk keek zijn vriendin door een kiertje van het gordijn, hield ze elke beweging, elke uitdrukking in de gaten. Een scharrel aan de deur.

'Dan ga ik maar weer.'

'Is goed.'

Hij voelde de spanning ook. Het klopte niet.

Ik draaide me om en wilde weglopen, maar hij pakte mijn arm vast en trok me naar zich toe. Even keken we elkaar aan en hij omhelsde me kort. Daarna gaf hij me een kus op mijn wang.

'Sterkte, Roos. Ik doe mijn best voor je.'

'Dank je wel.'

En ik liep weg.

In de auto belde ik Boris. Hij nam gelijk op.

'Waar ben je?'

'In Amsterdam. Ben je thuis?'

'Ik ben net thuis, in Bussum.'

Hij bedoelde mijn thuis. Zijn oude thuis.

Ik wilde vragen wat er nou was gisteravond. Wie Benny was.

'Oké, dan kom ik daarheen.'

'Zie je zo,' zei hij.

De verbinding werd verbroken.

Het telefoontje met die Benny had hem van slag gebracht. Er was iets gaande wat hem heel opgefokt maakte. Waar hij zich geen raad mee wist, misschien. Wie was die gast? Benny. Nooit eerder had ik die naam gehoord.

'Benny, Benny, Benny,' mompelde ik.

Er ging geen lichtje branden.

Wel op mijn telefoon. Jan belde me.

'Jan!' riep ik.

Mijn actie van vanochtend met het sjaaltje had me strijdbaar gemaakt. Nog strijdbaarder dan ik al was. Nu zou ze zich herinneren dat ze een thuis had, dat ze gewoon lekker naar huis kon komen. En dat we haar zouden helpen, dat alles goed kwam. Ik geloofde dat dat simpele stukje stof grootse krachten kon losmaken. Het had mij op dit idee gebracht. En het zal Evie thuisbrengen.

'Ik wilde je alleen even doorgeven dat we Evie weer in het vizier hebben. We hebben haar weer op de Wallen gezien gisteravond.'

Daar zei Eduardo net niets over.

'En ik ben bij haar langs geweest.'

'Hoe gaat het met haar?'

'Naar omstandigheden,' Jan pauzeerde even, 'denk ik dat het wel redelijk met haar gaat.'

Zei ze dat nou uit aardigheid of omdat het echt zo was?

'Ze had een paar blauwe plekken. Maar daar wilde ze niets over kwijt.'

'Blauwe plekken! Blauwe plekken, Jan?'

'Ja, maar ze wilde er echt niets over vertellen. Ik weet niet hoe ze eraan komt.'

'Kun je haar niet meenemen dan? Vermoedelijke mishandeling, is dat niet een misdrijf?'

'Zover kunnen we niet gaan, Roos. Dat zou het onderzoek in de war brengen.'

'Jij met je onderzoek! Ik wil gewoon mijn dochter thuis hebben.'

'Ik weet het. We willen hetzelfde. Laat mij mijn werk doen.'

'En wat doe ik ondertussen. Zal ik bij haar langsgaan?'

Ik wist hoe ze daarover dacht. Maar ze moest gewoon opschieten met dat klote-onderzoek.

'Roos, alsjeblieft. Doe het niet.'

'Maar, kom op nou toch! Ik moet toch iets…'

'We pakken het vandaag weer op, laat me mijn werk doen. Als jij er nu weer heen gaat, heb je grote kans dat je haar wegjaagt naar een plek waar we veel minder controle hebben. Of misschien wel geen.'

Ik zuchtte. Had ze gelijk? Volgens mij wel.

Een pijnlijke waarheid.

'Heb je die psycholoog al gebeld?'

'Nee.'

'Denk er nog eens over.'

'Doe ik.'

'O, en Roos. Boris hoeft ons echt niet te controleren, hoor.'

'Wat?'

'Hij hoeft niet de hele tijd op de Wallen rond te hangen.'

Boris op de Wallen?

'Nee, ik zal het hem zeggen.'

'Mooi. Ik ga aan het werk. Hou je taai, Roos.'

Me taai houden. Nooit verwacht dat zo'n lege uitspraak in werkelijkheid zo belangrijk voor me zou worden. Als ik me niet taai hield, was ik allang doorgedraaid.

Eef was dus weer op de Wallen gesignaleerd. Moeilijk te bepalen wat ik daarvan vond. Echt vrolijk kon je er niet van worden, maar het was wel fijn dat ik weer wist waar ze uithing. Hoe blij kon je ergens mee zijn?

Met een knal viel de deur dicht. Boris zat op de bank, in de woonkamer. Met tranen in zijn ogen. En op zijn wangen.

'Wat is er met jou?'

Het werd alleen maar erger door mijn vraag. Hij huilde nog harder. Had ik hem eerder zo gezien? Ik dacht van niet.

Ik sloeg mijn armen om hem heen.

'Het is goed, ik voel het ook.'

Gesnik in mijn oor. Hij mompelde iets.

'Wat zei je?'

Ik ging naast hem zitten.

'Ik heb haar gezien.'

Als een klap in mijn gezicht.

Nu was het echt. Boris had haar gezien. We konden er niet meer omheen.

'Echt? Was je daarom op de Wallen? Wilde je het met je eigen ogen zien? Waarom?'

Hij knikte.

'Waarom doe je jezelf dat aan?'

Opgetrokken schouders. Hij wist het zelf ook niet.

'Jezus.'

'Die vriend van jou. Je minnaar. Hij heeft me weggestuurd.'

'Eduardo?'

'Ja.'

'Dat is mijn minnaar niet!'

'Je weet wel wie ik bedoel.'

Dat was waar.

'Ik vertrouw hem niet. Het is een vieze gluiperd. Dat ie daar de hele tijd rondhangt.'

'Boris! Dat is zijn werk.'

'Ik vertrouw het niet.'

Boris de betweter. Hij vertrouwde het niet, hoor.

'Nou, ik wel. Ik was vanochtend nog bij hem.'

'Waarom?'

Hij ging opeens rechtop zitten. Was hij nou boos?

'Omdat ik hem iets wilde vragen.'

Boris stond op en liep de gang in. Even later hoorde ik het toilet doorspoelen. Het interesseerde hem blijkbaar niet wat ik Eduardo wilde vragen. Hij wilde het niet weten.

'Ik heb het moeilijk, Roos.'

'Je bent niet de enige.'

'Ik mis jullie vreselijk.'

'Dat heb je alleen aan jezelf te danken.'

Was ik te hard voor hem? Ik durfde hem niet aan te kijken.

'Ik vind het gewoon zo erg dat je me niet meer vertrouwt.'

'Vind je het ook gek?'

Nu keek ik hem wel aan. Hij schudde twijfelachtig zijn hoofd.

'Ik wil niet dat je een ander hebt, Roos.'

Het hoge woord was eruit. Dacht hij echt dat er nog wat speelde met Eduardo?

Hij ging op zijn knieën voor me zitten. Tranen kwamen weer tevoorschijn.

'Ik wil niet dat ons huwelijk voorbij is. Wij, we horen toch bij elkaar? Dit gezin, het moet weer goed komen.'

Ik voelde mijn wangen weer nat worden, zonder dat ik er iets tegen kon doen. Zaten we hier een beetje te huilen met z'n tweeën. We waren een wrak, allebei. Hoe konden we Evie helpen, zo?

'Al die opgekropte frustratie vanbinnen. Ik voel me net als toen, met dat seksgebeuren. Maar ik werk eraan, Roos. Ik werk eraan.'

'Waar werk je aan?'

'Ik…' Hij sloeg zijn ogen neer.

'Ik praat met iemand. Een psycholoog.'

Onbeholpen en zonder erbij na te denken begon ik een beetje zenuwachtig te grinniken. De gedachte aan mijn Boris op de bank bij een psycholoog maakte me een beetje melig. Het paste zo ontzettend niet bij de man die hij is. Of was.

'Boris aan de psych. Wie had dat ooit kunnen voorzien?'

Zag ik daar een glimlach? Hij wist wat ik bedoelde.

'Sorry…' fluisterde ik.

Die wanhopige, verdrietige blik van hem. Het maakte me softer. Hij was veranderd in een labiel wrak en viel van de ene extreme emotie in de andere. Het deed me denken aan wat voor een vader hij was. Zeker geen slechte. Voelde hij zich schuldig? Omdat hij er niet bij was geweest? Of verweet hij mij nog steeds dat ik hem niet op de hoogte had gehouden?

De sleur in ons huwelijk had ervoor gezorgd dat ik me vol in mijn werk stortte. Ik werkte hard. En veel. Thuis werkte ik door, ik wilde me zo graag bewijzen. Laten zien wat ik in me had. Het werd wel opgemerkt door mijn baas, maar niet gewaardeerd. Ik kreeg geen promotie, mocht niet verder groeien in mijn functie. Nog niet althans. En dat maakte me nog gretiger. Boris had ook last van de sleur: hij stortte zich in zijn seksverslaving. Hij koos voor seks, voor stiekeme vrijpartijen in hotelkamers of op zijn werk, voor cyberseks en voor het kijken van porno-dvd's.

Ach, wat was het verschil?

Het kwam erop neer dat we niet meer voor elkaar kozen.

'Hoe is het met jou, eigenlijk?' vroeg hij.

Ik knikte.

'Naar omstandigheden oké.'

'Ik ben ermee gestopt,' zei hij terwijl hij een sigaret uit het pakje op tafel haalde.

'Goed,' zei ik maar.

'Echt, Roos, ik ben er helemaal van af. De therapie helpt echt.'

'Waarmee ben je gestopt?'

'Mijn seksverslaving, het is over. Ik weet dat je niet gelooft dat ik verslaafd was, maar het bestaat echt. Mijn psycholoog is er zelfs in gespecialiseerd.'

'Het is maar hoe je het noemt, obsessie, verslaving…'

Hij haalde zijn schouders op.

'Maar het heeft geholpen dus?'

'Echt. Ik schaam me zo voor waar ik mee bezig was.'

Hij leunde met zijn kin op zijn linkerhand. Met zijn rechterhand bracht hij de sigaret naar zijn mond en nam een stevige hijs.

'Ik was mezelf niet in die tijd.'

'Je was anders,' gaf ik luchtig toe.

Ik pakte ook een sigaret, alweer de laatste uit het pakje.

'Het was de verslaving.'

18

Nummer 176: Sjaak, of Jacques

Hij stonk naar kots. Volgens mij was hij eerder op de avond over zijn nek gegaan. Zijn trouwring hield hij gewoon om, wat een eikel. En over de betaling deed hij moeilijk. Het was waarschijnlijk meer geld dan wat hij van zijn vrouw mocht uitgeven voor zijn avondje stappen. Wat zouden zijn ouders hier eigenlijk van vinden? Het leek me zo heerlijk als ik hun zou kunnen vertellen wat een smerig kereltje die zoon van hen is geworden. Gadver, nooit zou ik met zo'n lapzwans trouwen.

Ik staarde naar de damp die zich vanuit mijn kop koffie een weg zocht naar de huid van mijn gezicht. Het voelde ontspannen. Het zou ontspannen moeten voelen.

'Kom, pak je schoenen.'

Ik schrok op uit de roes waarin ik mezelf had verborgen sinds tot me door was gedrongen dat ik mijn vriendin kwijt was. Stephanie was vermoord.

'Schoenen?'

Ik was in de war. Stond op. Tranen prikten achter mijn ogen. Trillende vingers, knikkende knieën. Ik was bang. Ik was bang voor het monster Mehmet.

'Wat doe je raar. Kom op, pak je schoenen.'

'Waarom?'

Ik klonk schor en schraapte mijn keel. Ik moest normaal doen. Hij mocht niet merken dat ik bang was, dat ik het had gezien. Als hij daar achter kwam, was ik de volgende. Dat kon niet. Dat mocht niet gebeuren.

Hij gebaarde met zijn autosleutels voor mijn neus.

'Dokter?' zei hij alsof ik een debiel was.

'Ja!'

Dat was het. Natuurlijk. Hij zou me naar de dokter brengen.

Ik pakte zo nonchalant mogelijk mijn schoenen, trok ze bij de deur aan en griste mijn jas van de kapstok. We stapten in zijn zwarte BMW. Mijn blik viel op de rode Golf die ernaast stond geparkeerd. Daar had het lichaam van Stephanie in gelegen.

Opeens schoot het me weer te binnen. Jesper, hij had deze auto toch total loss gereden?

We reden ongeveer tien minuten voordat hij ergens midden in een woonwijk stopte. Ik zag een bord met 'huisartspraktijk' in de voortuin staan, maar verder vond ik het helemaal niet lijken op een gebouw waar een huisarts werkte. Het was een gewoon rijtjeshuis, de lamellen zaten nog dicht en boven waren ook de rolgordijnen naar beneden getrokken.

'Hup, ga dan,' zei Mehmet. 'Zeg dat je door mij gestuurd bent, dan weet hij het wel.'

Ik stapte uit, sloeg het portier dicht en liep het tuinpad op. Achter me hoorde ik het raam aan de passagierskant openschuiven.

'Hé, bitch,' riep Mehmet.

Daar moest hij mij mee bedoelen. Ik draaide me weer om en liep terug naar de auto.

'Geen fratsen hè, je weet het. Het is een heel goede kennis van me, ik hoor alles, ik weet alles.'

Ik knikte en liep terug naar de voordeur.

De man, die er ook helemaal niet uitzag als een huisarts, wist inderdaad waar ik voor kwam toen ik zei dat Mehmet me gestuurd had. Ik moest gaan liggen op een bed in zijn kantoor. De kamer leek gelukkig wel op een dokterspraktijk.

'Vind je het vervelend als ik je shirtje een beetje omhoog schuif?'

Ik schudde mijn hoofd en leunde achterover. Hij drukte voorzichtig met zijn handen op de beurse plekken rondom mijn ribben.

Ik kneep met mijn handen in het bed en trok een pijnlijk gezicht.

'Doet dit pijn?'

Ik knikte.

'Oké. Oké.'

Hij bleef nog even voelen en schoof daarna mijn shirtje weer goed.

'Niks gebroken, hoor. Daar was je bang voor, toch?'

Was dat zo?

'Nee, niet echt eigenlijk. Het doet gewoon veel pijn.'

'Die zeurende pijn, die komt door drie ribben, die licht gekneusd zijn,' zei hij.

'Dat is alles?'

Ik had me voorbereid op allerlei enge diagnoses van inwendige bloedingen of beschadigde darmen. Het viel mee.

'Ja, maar onderschat het niet,' zei hij. 'Je moet rustig aan doen. Het duurt zo'n vier tot zes weken voordat het over is.'

Ik schoot nog net niet in de lach. Vertelt u dat aan Mehmet? vroeg ik hem in gedachten.

'Evie was het toch?'

'Ja.'

'Mag ik je vragen hoe je aan die gekneusde ribben bent gekomen? Ik zie ook in je gezicht nog wat vage blauwe plekken. Je kunt hier alles vertellen hoor.'

Ha, dit was de test van Mehmet, wist ik.

'Van de trap gevallen.'

Ik gaf hem een flauwe glimlach.

Ik wist dat hij me niet geloofde. Of dat was omdat hij vermoedde wat er met me was gebeurd, of dat hij door Mehmet was geïnstrueerd me uit de tent te lokken? Geen idee. Hoe dan ook zou ik me niet blootgeven bij deze vreemde huisarts, in deze vage praktijk.

'Goed,' zei hij. 'Als je wilt, kun je altijd terugkomen, dan kijk ik er nog een keer naar voor je.'

Hij gaf me zijn visitekaartje en een recept voor wat pijnstillers. Ik mocht weer gaan.

Buiten was het akelig stil. De auto van Mehmet was in geen velden of wegen te bekennen. Ik stond een tijdje voor de praktijk op het tuinpad te wachten, keek om me heen, maar zijn auto bleef weg. Daar stond ik dan, met een recept voor pijnstillers in mijn hand, die ik op zich best graag zou willen afhalen. Verdoving, och, het leek me heerlijk. Even weg van de realiteit.

Ik had geen horloge om, maar Mehmet liet verdomd lang op zich wachten. Normaal zou je hem bellen om te vragen waar hij bleef. Of wat sms'en, net als Murat, om de tijd te doden. Dood. Alleen het woord bezorgde me al de rillingen. Stephanie was dood.

Maar ja, ik had al vanaf de eerste dag geen telefoon meer.

Hoe vaak zou mijn moeder gebeld hebben? Als ik erbij nadacht hoe vaak ze mijn voicemail al moest hebben ingesproken en hoeveel sms'jes ze al zou hebben verstuurd, draaide mijn maag om.

Ik miste haar.

Vreselijk, als ik me voorstelde hoe wanhopig ze zich zou voelen doordat ze niet wist waar ik was. Of wist ze waar ik was? Vaak blokkeerde ik die gedachte. Hoe kon ik anders werken? Ik schakelde het knopje om, mijn geest ging achter het raam naar een andere wereld. Dat had ik van die meiden geleerd, anders hield je het niet vol, dan was je niks waard en kwam geen klant bij je terug. En dat kon je niet gebruiken.

Nu liet ik mezelf toe om aan mijn moeder te denken. En aan mijn kleine zusje. Tessa. Die zal wel in één klap volwassen zijn geworden nu. Zou ze mij ook missen? Ik miste haar verschrikkelijk. En mijn vader, die miste ik ook. Al veel langer.

We waren altijd het perfecte gezinnetje geweest, en dat stopte ineens toen hij ervandoor ging. Vanaf die dag werd alles anders.

Toch heb ik altijd het gevoel gehad dat het ooit wel weer goed zou komen tussen hem en mijn moeder, dat het ooit weer net zo leuk zou worden als het altijd was.

Hoe was ik in godsnaam in deze shit beland?

Waarom zat ik niet gewoon thuis bij mijn moeder aan de eettafel te kletsen, terwijl zij stond te koken en mijn zusje zeurde dat we te hard praatten, waardoor ze zich niet kon concentreren op haar boek, de nerd. Ze kon helemaal niet koken trouwens, mijn moeder. Ja, spaghetti ging haar nog wel goed af, maar wat ze verder op tafel presenteerde was niet te eten. Ze maakte de meest bizarre combinaties van fruit en groenten, gemengd met aardappels. Of vlees en vis bij elkaar in één ovenschotel. Hoe verzon ze het? Maar ze deed altijd wel haar stinkende best, daarom aten we het meestal gewoon op.

Voor zover dat mogelijk was dan.

Mijn vader knipoogde dan naar ons, zodat wij maar net onze lach konden inhouden. Als mijn moeder weer even in de keuken was, beloofde hij dat we de dag erna lekker shoarma zouden gaan halen, ons lievelingseten. Met lekker veel knoflooksaus.

Plotseling gierden de zenuwen door mijn lijf. Ik kreeg het benauwd, begon sneller te ademen en keek schichtig om me heen. Zweetdruppels kropen langs mijn rug, mijn wangen begonnen bloedheet aan te voelen.

Ik wilde weg. Ik kon weg.

Ik wilde naar huis, spaghetti van mijn moeder eten. En waarom ging ik eigenlijk niet gewoon? De zenuwen namen mijn spieren over. Stilstaan ging niet meer. Ik ging naar huis, niemand die me tegen zou houden.

Ik begon te lachen. Giechelen, eigenlijk.

Zonder enige twijfel zette ik het op een lopen. Eerst half hinkend, door de pijn die ik nog steeds in mijn ribben voelde, maar daarna sneller. Ik negeerde de pijnscheuten en begon half te rennen. Weg wilde ik, ik was vrij! Er was niemand te bekennen, geen Mehmet, Murat of Benny. Ik kon gaan en staan waar ik wilde.

De straat uit, de hoek om en de volgende straat in. Het kwam me allemaal niet zo bekend voor, maar ik wist dat ik nog wel in Amsterdam was. Ik zocht naar een metrostation, waar ik de eerstvolgende metro naar een treinstation zou pakken. Ik zou naar mijn moeder gaan, de trein naar Bussum-Zuid pakken. Misschien zou ik in de trein wel iemands telefoon mogen lenen om mijn moeder te bellen, om te zeggen dat alles goed met me ging en dat ik naar huis kwam. Zou ze huilen als ze mijn stem hoorde? Ja. Ik ook, als ik haar stem zou horen. Ik zou vragen of ze me kwam ophalen van het station en of ze lekker warme chocolademelk met slagroom voor me wilde maken. Ik zou haar beloven dat ik vanaf nu hard zou leren voor mijn examens, dat ik weer goede cijfers zou halen en niet meer zoveel zou spijbelen. Ik zou lekker knuffelen met mijn zusje, een joggingpak aantrekken en samen met haar een romantische film kijken op de bank. Ik zou Florien bellen, vragen of ze zin had om het dorp in te gaan, om een Big Mac te gaan eten bij de McDonald's, of om gewoon te hangen op het pleintje ervoor. Daarna zou ik mijn vader bellen om te vragen waarom hij nou precies bij ons was weggegaan. En of hij niet terug wilde komen om het goed te maken met mijn moeder. Daar zou mijn moeder gelukkig van worden. Ik zou weer bij mijn opa op bezoek gaan, want daar was ik al heel lang niet geweest. Hij mocht nooit weten wat er in deze tijd met me was gebeurd.

O god, hij zou het toch niet al weten?

Het belangrijkste: ik zou Jesper bellen, om hem uit te leggen dat ik het echt niet langer volhield bij Mehmet. Als ik hem zou vertellen dat hij me zo in elkaar had geslagen, dat ik op de Wallen moest werken en hoe ik werd behandeld, dan begreep hij het vast. We zouden samen een oplossing vinden. Mehmet zou begrijpen dat hij niet op kon tegen onze liefde. Wij waren sterker dan zijn dreigementen, dan zijn grote ego.

Amsterdam stikt toch van de metrostations? dacht ik toen ik er na zeker tien minuten lopen nog geen had gevonden. Het leek alsof ik rondjes liep. Ondertussen keek ik steeds over mijn schouder, van elke zwarte auto sloeg mijn hart een slag over. Daar, een bejaard stel.

'Meneer, mevrouw. Ik zoek de metro, of een tram.'

De mevrouw wist het wel, zag ik.

'Daar de hoek om, dan kom je bij station Postjesweg,' zei ze.

De vriendelijke vrouw wees me waar ik naartoe moest lopen.

'Dank u wel!'

Ik liep snel verder. Iets rustiger dan daarvoor, dat wel. Ik had nu een duidelijk doel om naartoe te lopen, en de pijn in mijn ribben drong zich steeds meer op. Ik liep de hoek om en zag inderdaad het metrostation. Wat een geluk, ik kon naar huis! Ik kon al die dingen doen die ik al zo lang niet had kunnen doen, die ik al zo lang in mijn gedachten geblokt had, die ik bijna vergeten was door de tirannie van Mehmet. Niet meer, nooit meer, ik was vrij van zijn machtsspel, vrij van de wereld waarin hij alles bepaalde wat je deed.

Ik liet Daisy en Puk aan hun lot over. Zij moesten de kost nu zonder mij verdienen, en zonder Stephanie. Moest ik me daar schuldig over voelen? Nee. Als ik niet zoveel van Jesper had gehouden, was ik niet eens in dat huis geweest.

Even drong tot me door: eigenlijk is Jesper de reden voor al deze ellende.

Ik liep het station binnen en klom de trap op, wat bij mij niet zo snel ging als bij de meeste andere mensen, die me geïrriteerd voorbijliepen.

Ik schrok me dood van een hand op mijn arm en draaide me met een ruk om.

'Zal ik je even helpen, meid?'

Een jongen. Ik kende hem niet. Vlug keek ik om me heen. Hoorde hij bij Mehmet?

'Hier, leun maar op mij. Waar heb je last van?'

Ik leunde op zijn arm.

'Ribben. Ik heb gekneusde ribben,' zei ik zacht.

Boven aan de trap liet ik hem gelijk los en liep ik alleen verder. Ik wilde naar huis. Hoefde niet uit te rusten op een bankje, zoals die mensen daar. Ik wilde weg.

De metro kwam al over een minuut, stond op het bord. Wat fijn. Bijna voorbij, het was bijna voorbij. Snel keek ik op de plattegrond. Ik moest er bij Amsterdam-Zuid uit, want vanaf daar ging een rechtstreekse trein naar Bussum. Goed onthouden: het is de halte na de Amstelveenseweg.

Ik zag de jongen die me de trap op had geholpen verderop op het perron. Hij rookte een sigaret. Ergens had hij wel wat van Dok. Die lieve gekke Dok. Hoe zou het met hem zijn? Met zijn nieuwe liefde? Zou hij me missen? Ik miste hem enorm. Sinds Jesper zagen we elkaar nooit meer. Ik miste onze gesprekken.

Morgen zou ik hem bellen. Dat kon ik nu denken. Dat kon ik nu zeggen.

'Morgen bel ik je, Dok,' fluisterde ik.

Een glimlach op mijn gezicht.

Het schermpje gaf aan dat de metro er bijna was en iedereen ging alvast klaarstaan aan de rand van het perron. Ik voegde me bij hen, want ik wilde hem absoluut niet missen. Stel je toch eens voor! Heb je zo'n kans om je vrijheid terug te pakken, mis je de boot. Ik zag de metro aankomen én zag door de ramen al dat er voldoende zitruimte was. Zitten! Heerlijk, rustig zitten. Mijn voeten deden zeer en mijn ribben trokken deze actie ook niet lang meer. De deuren gingen open en iedereen ging naar binnen. Ik wachtte nog even op een oud vrouwtje dat wat moeilijk liep en met rollator en al de metro in probeerde te komen. Ik twijfelde nog even om haar hulp aan te bieden, maar bedacht op tijd dat ik haar moeilijk kon helpen, met die pijn. Ik tilde net mijn voet op toen ik het voelde, de hand op mijn schouder.

Zijn hand. Anders dan die hand van net.

Dwingend en stevig hield hij mijn pijnlijke schouder in zijn greep. Ik hoefde me niet eens om te draaien om te zien wie het was. Hij had me gevonden. De spaghetti, mijn moeder, mijn zusje, Dok en Florien, ze schoten allemaal voorbij in mijn hoofd, als plaatjes in een fruitautomaat. Ik moest ze weer blokkeren.

Benny lag dom te zappen op de bank, maar ging rechtop zitten zodra wij binnenkwamen. Mehmet had nog geen woord gezegd. Hij was niet boos, maar rustig. Eng rustig.

Hij stuurde Benny weg om mijn medicijnen te halen, ruimde op zijn gemak en met bijzonder veel geduld de glazen salontafel op, nam de tafel af met een doekje en ging vervolgens zitten, alles nog steeds zonder iets te zeggen. Hij keek tevreden naar zijn werk.

'Mijn schoenen,' zei hij toen. 'Ze mogen uit.'

Ik veronderstelde dat hij bedoelde dat ik ze uit moest trekken, dus ik liet me op mijn knieën zakken om zijn zwarte lakschoenen uit te doen en op te ruimen in de gang.

Ik kwam terug uit de gang en Mehmet gebaarde dat ik weer voor hem op de grond moest gaan zitten. Ik voelde de bui al hangen, vooral door die smerige glimlach.

'Zuigen.'

'Mehmet…' begon ik voorzichtig.

'Wat?'

'De dokter zei…'

Hij stond op en gaf me een harde klap in mijn gezicht.

'Wanneer leer je het? Wanneer leer je het? Je doet wat ik je zeg. Wat kan mij het verrotten wat die dokter zegt. Je kunt ook weglopen, toch, dat kun je toch ook zo goed?'

'Oké, maar je hebt me zelf naar hem toe gebracht, dus ik dacht dat je…'

'Hou je bek, bitch. Hou je focking bek.'

Hij liep naar de ladekast en haalde een stapel foto's uit de bovenste lade. Hij zocht even en toen haalde hij er een foto uit, die hij op tafel gooide.

'Kijk,' riep hij.

Ik keek niet.

'Kijk naar die foto!'

Ik leunde voorover en pakte de foto. Vrijwel direct liet ik hem weer vallen. Mijn hart begon als een gek te bonken en ik voelde een woedebui opkomen. Wat de fuck flikt hij me nu? Wat is dit nou weer voor streek? Wat bedoelt hij hiermee?

'Zie je,' zei hij. 'Gewoon luisteren Eefjepeefje. Gewoon naar mij luisteren.'

Ik keek nog een keer naar de foto. Ze was zo mooi, ze was nog zo klein en onschuldig. Ze heeft waarschijnlijk niet eens doorgehad dat de foto genomen werd toen ze daar, stiekem rokend, op het schoolplein stond. Ze droeg make-up, wat ik ook niet van haar gewend was. Zou ze net zo dom zijn als ik om in zo'n focked up situatie terecht te komen? Mijn zusje, mijn kleine lieve zusje. Ik werd woest op die grijnzende klootzak.

'Jij blijft met je poten van haar af!'

Hij begon keihard te lachen.

'Klootzak!'

Plotseling stopte hij met lachen en liep naar me toe. Zijn gezicht vertrok. Hij greep me bij mijn haren en sleurde me door de kamer.

'Wat zeg je tegen mij?!'

'Je blijft van haar af.'

Ik krijste het uit door de pijn in mijn ribben. Als hij nog langer zou doorgaan, viel ik flauw. Hij sleurde me naar de bank en liet me vlak voor de bank vallen. Zelf ging hij weer zitten.

'Evie, het is heel simpel. Als jij gewoon luistert, dan gebeurt er helemaal niks met je zusje. Haal je weer zo'n frats uit als vandaag, dan gebeurt met haar precies hetzelfde als wat er toen op zolder met jou is gebeurd. Weet je dat nog?'

Ik antwoordde niet. Ik kon hem alleen maar onthutst en

woedend aankijken. Het was een monster, het was zo'n gore klootzak. De gedachte alleen al dat mijn zusje dat zou moeten meemaken, dat ze in aanraking zou komen met iemand die ook maar iets met Mehmet te maken had of erger nog, dat Mehmet zich zelf met haar zou gaan bemoeien. De gedachte alleen al maakte me woedend, maar ook radeloos. Want dat zou dan mijn schuld zijn.

'Weet je dat nog, Evie?' schreeuwde hij nu.

Ik knikte. Geluid kon ik even niet produceren.

'Nooit meer dus. Waag het nooit meer om weg te lopen. Want ik grijp dat lekkere zusje van je. En ik maak jou af, voor haar ogen.'

Onvoorstelbaar. Hoe kon het dat er mensen zoals hij bestonden? Hij meende woord voor woord wat hij zei, dat wist ik zeker. Hij was zo ziek, zo gefrustreerd en daardoor zo gevaarlijk. Ik had spijt van mijn actie van vanmiddag, ik wilde dat het nooit bij me was opgekomen. Want nu was mijn zusje, mijn lieve eigen zusje bij mijn ellende betrokken. En dat had ik aan mezelf te danken.

'En nu zuigen.'

Er zat niets anders op. Ik ging op mijn knieën zitten, zette het knopje in mijn hoofd weer om en bevredigde hem met mijn mond. Hoe dichtbij het paradijs vanmiddag ook was, ik zat er nu tien keer dieper door in de hel.

Niet veel later kwam Benny terug met mijn medicijnen. Ik nam ze in en maakte me klaar om naar bed te gaan, zodat ik ze rustig kon laten inwerken. Halverwege de trap riep Mehmet me.

'Wat ga je doen?'

Ik stond stil op de trap.

'Slapen.'

Een spottend geluid.

'Ze wil naar bed,' zei hij tegen Benny. 'Om te slapen.'

Samen lachten ze smakelijk.

'Bitch, je bent niet goed snik. Je gaat werken, maak je klaar, we vertrekken over een kwartier.'

Ik stond nog geen halfuur achter het raam of ik kreeg alweer de schok van mijn leven. Daar stond hij, te kijken alsof zijn hele leven op instorten stond. Tranen in zijn ogen, rode wangen. Zo had ik hem nog nooit gezien, ik herkende hem helemaal niet meer, het was een totaal andere persoon geworden. Zijn gezicht was hetzelfde, maar zijn uitdrukking was veranderd. Droevig, ouder, hij leek op iemand die ik ooit, heel vroeger, had gekend. Een vage bekende, voor wie je geen enkel gevoel meer had, of van wie je je niet meer kon herinneren waar je hem ook alweer van kende. Van zijn kant was dat duidelijk anders, hij draaide helemaal door toen hij me zag. Hij werd helemaal wild. Begon aan me te trekken, schreeuwde dat ik mee moest komen, dat ik hier weg moest. Dat dit niet was wat hij gewild had voor me. Ik kon alleen maar staren, kijken naar wat hij deed. Hij bracht mijn stabiliteit in gevaar, mijn plan om Jesper terug te krijgen en Tessa te beschermen. Ik wist me geen raad, alleen dat hij weg moest. Hij hoorde hier niet, dit was niet de plek waar ik hem van kende. Luisteren naar wat hij zei deed ik niet, het was afgesloten, ik hoorde hem niet. Ergens in de verte, alsof het geluid werd gedempt, herkende ik wel zijn stemgeluid. Dat kwam me heel bekend voor. Het klonk vertrouwd.

Ik zag Mark verschijnen, die op hem in begon te praten. Even later gingen ze vechten. Vuisten vlogen over en weer tegen hun gezichten. Weer even later lag hij op de grond. Het kwam niet echt aan, niet dat ik het me echt realiseerde, maar ik wist ergens wel dat de man die daar op de grond lag te schreeuwen van de pijn mijn vader was.

19

Ik kon haar bijna ruiken. Eef. Vanochtend voelde ik haar heel dichtbij, het leek net alsof ze in de buurt was, ik kon haar herkenbare pas bijna horen. Net of ze ieder moment zou binnenlopen, haar sleutels op tafel zou gooien en me een kus zou geven. 'Dag moeder!' zou ze dan overdreven roepen. Omdat ze wist dat ik er een hekel aan had om zo genoemd te worden, het gaf me het gevoel oud te zijn. Oud en bedorven.

Ik vond een briefje op de keukentafel.

Lieverd,
Ik ben naar mijn eigen huis, slapen. En post ophalen. Ik spreek je morgen wel.
Liefs,
Boris
PS Hou nog steeds zielsveel van je. Ik hoop dat het ooit nog goed komt tussen ons.

Ik merkte op dat zijn postscriptum bijna langer was dan de rest van zijn briefje.

Gisteravond had ik me opgesloten op mijn slaapkamer. Ik wilde even met niets en niemand meer geconfronteerd worden. Tessa sliep bij Anne, een vriendinnetje. Zonder dat ik het in de gaten had gehad, was Boris ervandoor gegaan, hoewel ik wel zoiets vermoedde. Anders was hij vast nog even bij me komen kijken voordat hij ook zijn bed in dook. Toch?

Ik wist niet eens waar hij woonde. In Amsterdam, ja. Maar hoe zag zijn 'eigen huis' eruit? Vreemd dat ik daar nooit eerder over had nagedacht. Het interesseerde me niet, blijkbaar.

Marja, de moeder van Anne, had aangeboden de logeerpartij met een paar dagen te verlengen. Het leek me eerst beter voor Tessa, maar nu miste ik haar verschrikkelijk. Ik moest haar zo min mogelijk belasten met alles. Het was al moeilijk genoeg voor haar om haar zus te moeten missen en erger nog, om te weten waarom haar zus niet gewoon thuis aan de ontbijttafel zat 's ochtends.

De koffie pruttelde met veel kabaal en bracht de vertrouwde, lekkere geur in mijn keuken. Zaterdagochtend. De krant lag op de mat, ik hoefde niet te werken, stond met een kop koffie in mijn hand uit het raam te staren. Net als een normale zaterdag. Maar niets was nog hetzelfde. Mijn huis was leeg, mijn leven lag overhoop.

Ik belde Tessa. Het gemis overwon mijn verstand.

'Schat, kom je vanavond gewoon weer lekker thuis slapen?'

'Ja! Gezellig, mam.'

Ze klonk opgelucht. Alsof ze nu eindelijk naar huis mocht.

'Tot straks dan.'

Ik hoorde een auto de oprit oprijden. Daarna hoorde ik twee deuren dichtslaan en een hoog stemmetje druk praten. Mijn zus, dat kon niet missen. Ik had het steeds een beetje afgehouden, doordat Boris steeds weer thuis was, maar ze had al aangekondigd dat ze vandaag even langs zou wippen. Elly en Boris gingen niet zo goed meer samen. Voor Elly was wat Boris had gedaan onacceptabel. Voor mij trouwens ook. Maar goed, god mag weten waarom: ik hield van die man.

Ze kwam op een ongelegen moment. Ik had totaal geen zin in haar bezoek. Had veel te weinig puf voor mijn energieke en overenthousiaste zus.

'Sorry, maar het komt nu even niet zo goed uit,' zei ik met mijn vriendelijkste glimlach toen ik de deur opendeed.

Onaardig misschien, maar ik zag steeds minder het nut in van beleefdheidsvormen. Wat hielpen die me verder?

'Kom op zeg, ik ben je zus hoor.'

Shit. Zus gepikeerd. Ze liep zo langs me naar binnen.

'Bovendien heeft Dennis wat op te biechten.'

Ik keek naar het gezicht van mijn neefje van dertien, waarop ik nog sporen van een huilbui kon zien. Dat opbiechten was vast niet zijn eigen idee.

'O ja?'

Ik knipoogde om hem gerust te stellen.

We gingen in de keuken zitten. Voor mijn zus schonk ik ook een kop koffie in. Mijn neefje gaf ik een glas cola en een kleine Mars.

'Hoe gaat het met je?'

De bekende bezorgde blik.

'Het gaat,' zei ik.

Mijn zus keek me waarschuwend aan en pakte mijn schouder vast.

'Je hoeft je niet groot te houden, hoor. Wat denk je dan, Roosje. Ik ben er voor je, dat weet je toch?'

'Ja, natuurlijk weet ik dat.'

Misschien dat zij nu verwachtte dat ik in huilen uit zou barsten, maar ik voelde geen enkele behoefte om te huilen. Ze waren op, mijn tranen. Ik was op.

Ik pakte een sigaret en stak hem aan. Mijn zus trok haar neus op, leunde achterover naar het keukenraam en wipte het open.

Elly las het briefje van Boris. Ik was het vergeten weg te leggen.

'Ja, wat is dat opeens? Alles vergeven en vergeten, of wat?'

'Nee.'

'Maar hij slaapt hier wel steeds?'

Ik keek ongemakkelijk naar mijn neefje. Moest dit? Met hem erbij?

'Hij slaapt in het logeerbed, Elly. Voor hem is het ook moeilijk. Dat snap je toch wel? We moeten dit samen doen, het heeft toch geen zin om alleen maar te ruziën, of elkaar tegen te werken.'

Ze nam een slok koffie.

'En lukt dat een beetje? Dat samenwerken?'

'We doen ons best.'

Ze richtte haar aandacht op haar zoon, die net de laatste hap van zijn Mars doorslikte.

'Kom op, Dennis, vertel maar wat je gezien hebt een paar weken geleden.'

'Ach, breng dat jong toch niet zo in verlegenheid, joh.'

'Hup, vertel maar,' zei ze nog een keer.

Het arme jong kuchte en vertelde dat hij Eef een tijd terug met iemand had zien vrijen in een auto. En dat die auto geparkeerd stond vlak bij het winkelcentrum, hier in Bussum.

'En…' zei mijn zus dwingend.

'En ik heb er voor de grap een foto van gemaakt op mijn telefoon.'

Zijn wangen werden knalrood.

'Ja, ik wilde het je al veel eerder vertellen natuurlijk,' voegde mijn zus toe. 'Maar ik dacht eerst dat het er niet zoveel meer toe deed. Vanochtend begon ik te twijfelen, misschien heeft de politie er toch nog wat aan voor het dossier.'

Wat moest ik hier nou weer mee? Ik wist niet zeker waar ik verbaasder over moest zijn: het feit dat Evie seks met iemand had in een auto op klaarlichte dag, of het feit dat mijn zus haar zoontje van dertien dit verhaal aan zijn tante liet opbiechten.

'Dank je wel Dennis, voor het eerlijke vertellen,' zei ik hem. 'Ga anders even gamen boven. Op de kamer van Tessa staat een PlayStation, je weet hoe die werkt, toch?'

'Duhhh! Natuurlijk weet ik dat.'

Hij snelde opgelucht de keuken uit.

'De puberteit begint,' mompelde mijn zus.

'Heb je de foto hier?' vroeg ik haar.

'Ja.'

Ze had hem al klaargezet op haar schermpje.

Je zag niet heel veel op de foto. Alleen was wel duidelijk dat het Evie was en ik herkende het gezicht van Jesper, die eikel. Teleurgesteld gaf ik de telefoon terug aan mijn zus. Ik had me de laatste dagen al een beetje op zulke beelden voorbereid. Het was mooi geweest als het kon dienen als bewijsmateriaal of iets dergelijks. Dat ze misschien met een van die Turkse gasten in die auto had gezeten. Dan had ik Jan kunnen bellen en haar kunnen helpen met haar onderzoek.

'Jij eentje?'

Ik bood mijn zus voor de grap een sigaret aan. Met een vies gezicht schudde ze haar hoofd. Zelf stak ik er wel nog eentje op.

'Hé mam!'

Tessa kwam de keuken binnen gelopen.

'O, hé tante Elly.'

Ik gaf mijn dochter een kus.

'Fijn om je te zien,' zei ik.

Ze glimlachte. Ik zag aan haar dat zij het ook fijn vond om weer even thuis te zijn.

'Ik laat jullie lekker alleen,' besloot mijn zus. 'Kan ik je nog ergens mee helpen? Vanuit mijn positie kan ik misschien zaken wat versnellen. Ik kan misschien een verzoek neerleggen bij de juiste mensen. Wat druk uitoefenen.'

Ik wist dat ze dit alleen voor de vorm aanbod. Mijn zus zou haar positie nooit op die manier misbruiken, daar was ik van overtuigd.

'Dank je, zus, maar dat is niet nodig.'

'Ik doe het graag, hoor.'

Nog even, en ik zou haar aanbod aannemen. Gewoon om te kijken hoe ze zich daar uit zou lullen.

'Dat weet ik. Maar ik heb vertrouwen in het rechercheteam, of in ieder geval in de vrouw die het onderzoek leidt.'

'Dat is goed. Als er een vertrouwensband is, werkt dat alleen maar in je voordeel,' besloot mijn zus. Waarschijnlijk opgelucht.

Ze stond op van de keukenstoel.

'Goed, ik ga. Hou me op de hoogte, oké?'

Ik knikte.

We liepen naar de deur.

'Elly, mag ik je om een gunst vragen?'

Ze keek me aan of ze me door elkaar wilde schudden.

'Wat zei ik je nou net? Roep maar.'

'Ik vroeg me af of Tessa misschien een tijdje bij jullie mag komen logeren. Ik heb toch liever dat ze in deze tijd bij familie is, hoe lief Vanessa of die moeder van dat vriendinnetje ook is.'

'Ze is altijd welkom, dat weet je.'

'Goed, dank je wel. Dan breng ik haar na het weekend.'

Ik gaf mijn zus een zoen en zwaaide haar en Dennis uit.

'Is this the real life?' hoorde ik vanuit de woonkamer. *'Is this just fantasy? Caught in a landslide. No escape from reality.'*

In de woonkamer trof ik Tessa neuriënd aan met een velletje papier in haar hand. Ze had een van de oude Queenplaten van Boris opgezet.

'Ja, belachelijk hè?' riep ze lachend toen ik haar vragend aankeek.

'Ik moet de tekst uit mijn hoofd leren voor muziek. Dit liedje is zogenaamd be-lang-rijk geweest voor de popmuziek. Nou, ik heb er nog nooit van gehoord…'

Bij het woord belangrijk gebaarde ze aanhalingstekens met haar vingers. Iets wat ze de laatste tijd vaker deed. Had ik haar dat aangeleerd?

Ik moest lachen, voor het eerst sinds tijden.

'Kom hier, schat,' zei ik.

Ik gaf de volumeknop een zwieperd en zong uit volle borst mee met 'Bohemian Rhapsody'. Niet alleen Boris hield van Queen. Vroeger was ik zelf nog erg gecharmeerd geweest van Freddie, die sexy lange slungel.

Na een overdreven lang *'To meeeeeeeeeeeeeeeeee'* liet ik me samen met Tessa op de bank vallen.

'Eigenlijk best wel een leuk liedje,' hinnikte ze. 'Zullen we nog een keer?'

Het was een heerlijke middag.

Prei, wortel, witvis, spekjes, aardappelschijfjes en mango. Vlak voordat ik aan mijn ovenschotel begon, belde ik Boris.

'Kom je eten?' vroeg ik.

Ik merkte dat ik hem graag wilde zien. Ik wilde weten hoe het met hem was, of hij al wat minder opgefokt was.

'Tessa is er ook.'

'Ja, lijkt me gezellig,' zei hij. Ik hoorde wind, hij liep op straat. 'Dan stap ik zo in de auto.'

Ik gooide de ingrediënten bij elkaar in de ovenschaal, kookte de aardappels, voegde nog wat peper en zout toe en verwarmde de oven voor. De kinderen waren gek op mijn ovenschotels. Waarschijnlijk omdat ik er zo mee varieerde.

De schaal stond in de oven en moest nog zo'n twintig minuutjes. Ik keek op mijn horloge en zag dat het al zeven uur was. Vreemd, dacht ik. Boris had er al een kwartier geleden moeten zijn. Ik probeerde zijn mobiel, maar hij nam niet op.

Nou, hij warmde maar wat op als hij hier was, besloot ik, en even later riep ik Tessa. We waren stil aan tafel, allebei waarschijnlijk te moe om veel te bespreken. Tessa at goed, schepte voor de tweede keer op en dat vond ik fijn om te zien. Dat ielige lijfje van haar kon best wat meer spek gebruiken.

'Wat ben je verder aan het leren voor school? Op het Queen-repertoire na.'

Ik gaf haar een knipoog.

'Wiskunde.'

'O jakkes!'

Ze grinnikte een beetje en maakte een instemmend gebaar met haar ogen.

'Wat is het onderwerp?'

'Ja, van die rare formules enzo, die je dan met elkaar moet vergelijken. Maar ik snap het wel hoor, kwestie van oefenen.'

'Goed zo,' zei ik met oprechte bewondering.

Ik was blij dat ze zich een beetje kon concentreren.

'Lekker, mam.'

Tessa wees met haar lepel naar de ovenschotel. Ze lachte lief.

'Dank je!'

Had ik toch nog iets goeds gedaan vandaag.

'Ik dacht dat papa mee zou eten vanavond. Is hij nog onderweg?'

'Ik weet het ook niet zo goed, eerlijk gezegd. Misschien staat hij in de file.'

File, op zaterdag?

Het zat me niet lekker dat hij er nog niet was. Het was niks voor hem om niet even te bellen als hij wat later was. Ik keek nog een keer op mijn horloge, halfacht alweer.

'Weet je, mam,' zei ze voorzichtig. 'Sommige jongens op school noemen me een slet.'

'Wat?' riep ik. 'Waarom?'

'Omdat mijn zus de hoer uithangt.'

Het was als een klap in mijn gezicht. Wat moest ik hierop zeggen? Ik kon het moeilijk ontkennen.

'Tessa…'

Alsof de duivel ermee speelde, ging juist op dat moment de telefoon.

'Zul je papa hebben,' zei ik tegen haar.

Net als ik leek ook zij opgelucht dat ons gesprek werd verstoord.

Ze liep naar de telefoon in de woonkamer en nam op. Ik kon het gesprek niet horen, maar ze kwam met een heel andere blik terug de keuken in en gaf de telefoon aan mij. Ik keek haar vragend aan.

'Politie Amsterdam, voor jou.'

Ik schrok me rot. Daar had ik even geen rekening mee gehouden. Ik verwachtte een huis-, tuin- en keukentelefoontje van Boris dat hij gek werd van de file, op zaterdag nota bene, of van zijn auto die niet wilde starten. Snel herstelde ik me.

'Goedenavond, met Roos Lang... Boskamp,' zei ik.

De laatste dagen was ik zo in de war. Omdat Boris er steeds weer was, ben ik veel over vroeger gaan nadenken. Ik had me juist de afgelopen maanden weer aangeleerd om mijn meisjesnaam te gebruiken. Dit was in korte tijd nu al de tweede keer dat ik op het moment suprême twijfelde en niet uit mijn woorden kwam.

'Roos, met mij, Jan.'

'Hé Jan, hoe gaat het?'

Ze wist dat ik niet informeerde naar hoe het met haar ging, maar met mijn dochter.

'Met Evie gaat het goed, dat is het niet,' zei ze.

'Wat is er dan?'

'Schrik niet, Roos, maar we hebben je ex, Boris Langenstein, moeten aanhouden.'

'Wat zeg je?'

Ik snapte er niks van.

'Ik begrijp het niet. Wat is er gebeurd?'

'Hij heeft een behoorlijke scène geschopt voor het raam waar je dochter aan het werk was en is uiteindelijk met de kamerverhuurder op de vuist gegaan. Het ging er heftig aan toe, dus we hebben hem ter observatie naar het ziekenhuis laten brengen.'

'Dit meen je toch niet, Jan...'

'Misschien is het goed als je even bij hem langsgaat,' ging ze verder. 'Hij is erg overstuur.'

'Ja, natuurlijk.'

'Hij zit bij de eerste hulp in het vu Medisch Centrum. Heb je dat?'

'Dank je wel Jan.'

Ze wilde al ophangen.

'Jan!' riep ik nog snel. 'Hoe was Evie eronder?'

'Ze zag er verward uit, maar ze had verder niks. Ik weet niet of een van de jongens het heeft gezien, maar ze zullen er ongetwijfeld achter komen. We hebben ervoor gekozen om haar de komende vierentwintig uur non-stop te observeren.'

'Dus je weet ook waar ze naartoe gaat als ze klaar is met werken?'

'Ja, dat weten we.'

'Waar is dat dan?'

'Roos...'

Voorspelbare reactie. Inmiddels had ik, en Boris nu ook, alle credits bij de politie verspeeld. Ze konden er niet op vertrouwen dat we niks zouden doen met zulke informatie. Terecht, want zodra ik erachter zou komen waar Evie verbleef, zou ik er direct heen rijden.

'Is Eduardo in de buurt?'

'Ja.'

'Heeft hij die sjaal al gegeven?'

'Die wat?'

'Mijn sjaal. Mag ik hem even aan de telefoon, anders?'

'Nee, daar begin ik niet aan. Sorry. Ik moet door.'

Ze hing op.

Ik legde de telefoon op tafel, zocht nog even naar mijn creditcard, die ik al sinds die ochtend nergens meer kon vinden, en belde daarna mijn zus om te vragen of ze Tessa gezelschap wilde houden. Ik wilde niet dat Tessa alleen was vanavond, uiteraard onder luid protest van mijn dochter zelf.

'Jezus mam, ik heb echt geen oppas meer nodig, hoor,' riep ze huilend. 'Wat denk je nou, dat ik een of ander klein kind ben?'

'Nee joh, het is meer voor de gezelligheid, anders is het zo stil hier.'

'Gezelligheid?!?' riep ze uit. 'Tante Elly is helemaal niet gezellig!'

Mokkend liep ze naar boven.

Vergeef me, zei ik in gedachten. Vergeef me, maar het is het beste voor je.

20

Nummer 214: Dennis

Ik weet niet zeker of dat zijn naam was, waarschijnlijk niet, maar ik noem hem zo, omdat hij dezelfde neus als mijn neefje had. Best een leuke jongen. Volgens mij kwam hij hier voor het eerst, want al zijn vrienden bleven buiten staan lachen. Vrijgezellenfeestje, misschien. Zou hij niet meer gaan als hij getrouwd was? Ik hoopte van niet.

Ik maakte kennis met angst.

Ik vreesde steeds meer ook te eindigen als Stef, in een zak, in de achterbak van een van die patserauto's van Mehmet. Het leek me verschrikkelijk. Het was verschrikkelijk.

Met de golven kots die vannacht uit mijn keel kwamen, verdwenen niet de beelden en de flitsen van Stephanie, afgewisseld door die van mijn vader – met een bebloed gezicht op de grond voor mijn raam. Ze werden sterker, zo leek het.

Probeerden ze me iets te zeggen?

Ik werd slapper, voelde me nog misselijker dan ik die nacht al was. De thee die ik voor mezelf had gemaakt was nog te heet om te drinken. Ik verbrandde mijn tong, maar ik zette door, want ik was uitgedroogd van het urenlange kotsen. Ik deed er een paar scheppen suiker bij, ergens moest ik mijn energie vandaan zien te halen.

De dreiging van Mehmet hing door het hele huis. Elk moment zou hij ergens op kunnen duiken. Straks kwam hij erachter dat ik had gezien wat hij met Stephanie had gedaan. Ik was getuige van een moord. De enige. Ik voelde zijn aanwezigheid, ook al leek hij er niet te zijn.

De gedachte om te vluchten was geen moment meer in me opgekomen. Ik was te bang, te zwak. Ze zouden mijn zusje iets aandoen, of Jesper misschien. En ze wisten nu waarschijnlijk ook wie mijn vader was. De mensen van wie ik hield, liepen te veel risico. Ik moest me gewoon een tijdje neerleggen bij de situatie en broeden op een nieuw plan. De volgende keer dat ik Jesper mocht spreken, zou ik het hem vragen, wat hem verstandig leek.

Zou hij weten dat ik ertussenuit ben geknepen?

Straks hoorde hij het van Mehmet, of van een van de anderen, en kwam het totaal verkeerd over. Straks dacht hij dat ik hem in de steek liet, terwijl hij zo hard voor onze toekomst aan het werk was. Wat zou hem dat kwetsen. Dat ik daar niet eerder aan gedacht had, ik moest hem spreken. Het moest.

Ik zag de mobiele telefoon van Benny op tafel liggen. Ik liep ernaartoe.

Hij stond gewoon aan.

Ik zette de kop thee ernaast en liep op mijn tenen naar de gangdeur. Daar probeerde ik een geluid te ontdekken. Tevreden stelde ik vast dat niemand nog wakker was. Ik hoorde niets. Zo zachtjes mogelijk liep ik weer terug naar de telefoon en pakte hem van de tafel.

Mijn vingers trilden een beetje toen ik het nummer van Jesper in het telefoonboekje opzocht. Verrek, daar stond het gewoon. Jesper.

Hij ging over, zelfs dat ging nog goed.

Mijn hart bonsde in mijn keel. Straks nam hij gewoon op. Kon ik hem gewoon spreken, zonder dat iemand erbij stond of zich ermee bemoeide. De gedachte alleen al maakte me gek van enthousiasme. Kriebels in mijn buik.

Er was verbinding. Hij had opgenomen. Maar ik hoorde niets.

'Hallo?' fluisterde ik.

'Wie is dit?'

Zijn stem klonk slaperig. Ik had hem wakker gebeld.

'Ik ben het,' zei ik wat luider.

Ik hoorde gekraak van dekens en onderdrukte stemmen. Jesper sprak met iemand.

'Stil, stil,' hoorde ik hem op gedempte toon zeggen.

Toen hoorde ik een deur sluiten.

'Snoetje, ben jij dat?'

Ik kon een glimlach niet onderdrukken.

'Ja.'

'Hoe kun je me bellen? Weet Benny dit?'

'Nee, ik heb zijn telefoon stiekem gepakt.'

'Eef, pas nou op met dit soort acties.'

'Ik moest je gewoon spreken. Ik mis je zo.'

'God snoetje, ik jou ook, maar weet je wel wat voor risico je hiermee loopt? Net als die wegloopactie van je, dat kan toch niet? Ik dacht dat we dit samen deden.'

'Je hebt het dus gehoord…'

'Ja, gisteren van Murat.'

'Ik wilde je bellen zodra ik thuis was. Ik kon het gewoon niet meer, begrijp je dat?'

'Denk je dat ik het leuk vind?'

'Tegen wie had je het net?'

'Wie? Wat bedoel je?'

'Je zei net "stil" tegen iemand. Tegen wie?'

'Jezus, vertrouw je me niet of zo?'

'Jawel. Maar ik hoorde het toch?'

'Mijn moeder, oké.'

'Geen ander meisje?'

'Hoe bedoel je?'

'Ik hoorde laatst iets over jou en een ander meisje.'

De verbinding werd verbroken.

Met verbazing en bonzend hart keek ik naar het toestel, dat

eruitzag alsof er niets mis mee was. Het bereik was goed. Jesper
had gewoon echt opgehangen.

Direct belde ik hem terug.

'Ja…'

'Waarom hang je nou op?'

Stilte.

'Jesper…'

Ik voelde dat ik bijna begon te huilen. Waarom deed hij nou
zo tegen me? Waar had ik dit aan verdiend? Hij wist niet half
wat ik allemaal moest doorstaan.

'Jesper?'

'Ja, ja. Stil nou maar, anders maak je ze daar wakker.'

'Wanneer kom je terug?'

Een zucht.

'Dat weet ik niet. Binnenkort. Zo snel ik kan.'

'Maar ik hou het hier echt niet lang meer uit, hoor. Kun je
niet voor even terugkomen, dat ik je kan zien, of zo. Ik ben
bijna vergeten hoe je eruitziet. Ik mis je zo.'

'Je weet dat dat niet kan, Eef. Als ik terugkom, dan zijn we
uit de shit, zie het zo. Dan kunnen we verder met onze toekomst. Je moet nog even sterk blijven voor me, goed? Ik weet
dat het vreselijk is, die shit die je moet doen, maar zet gewoon
een knop om. Je doet het voor ons.'

Er liep één traan over mijn rechterwang. Eén traan. Meer kon
ik niet produceren, waarschijnlijk.

'Goed…' fluisterde ik.

'Nu moet je snel ophangen, anders komen ze erachter.'

Ik deed wat hij zei en dronk de rest van mijn thee op. Hij had
gelijk, ik moest nog even doorzetten.

Ik ging tegelijk met Daisy en Puk de deur uit. Wat miste ik mijn
vriendin, mijn maatje, mijn lieve, lieve Stef. Ik trok het gewoon
niet om aan haar te denken. We waren in korte tijd zo close geworden, we hadden vaak troost bij elkaar gezocht en we hadden

elkaar erdoorheen gesleept. Nu was ze er niet meer.

Waar hadden ze haar eigenlijk heen gebracht? vroeg ik me voor het eerst af. Ik voelde mijn lichaam weer trillen toen ik me voorstelde dat ze haar ergens langs de weg in een koude sloot hadden gedumpt. Of misschien hadden ze haar ergens begraven, waar niemand haar ooit zou terugvinden. Ik wist zeker dat deze gasten hierover stuk voor stuk hun bek zouden houden. Ze zouden elkaar niet verlinken, laat staan dat ze zouden vertellen waar het belangrijkste bewijs lag om zichzelf te laten arresteren. Voor moord.

Ik voelde de tranen achter mijn ogen branden, maar ik wist dat ik ze geen ruimte mocht geven. Dan zouden ze weten dat ik iets gezien had en zouden mijn kansen op een beter leven definitief verloren zijn. Ik moest niet opvallen, me zo stil en normaal mogelijk bewegen. Niks vreemds doen, geen rare dingen zeggen en geen dingen laten vallen door de zenuwen.

Het irriteerde me dat zowel Daisy als Puk niets door leek te hebben. Ze maakten zich nergens druk om, stelden geen vragen. Het leek ze niet eens op te vallen dat Stephanie de afgelopen dagen niet in haar bed lag. Hoe was het mogelijk? Was dit nou de naïviteit, waar ik me al eerder aan gestoord had, of erger nog: was Stephanie niet de eerste en waren ze er al aan gewend dat er zo nu en dan iemand niet terugkeerde? Ondanks dat de autoverwarming aanstond, ging er een kille rilling over mijn rug.

Zou het met mij ook zo aflopen? Dat ik op een dag werd vermoord, werd afgevoerd naar een of andere verlaten plek, en niemand die het wat kon schelen. Het leven ging gewoon weer verder, maar dan zonder mij. Een afgrijselijke gedachte.

Op dit moment was het mijn grootste angst.

De naïviteit van Daisy en Puk stoorde me steeds meer. Het leek er af en toe echt op dat ze het werk vrijwillig deden. Nooit zag ik een greintje verdriet, of gaven ze bloot dat ze het hier vervelend vonden. Zouden ze wel eens dromen over een ander leven? Nee. Hun blik stond op neutraal en ze werden elke dag na het werk zo stoned als een garnaal. Acceptatie, daar leek het misschien nog wel het meest op. Dit was hun leven, dit zou hun leven blijven, zoiets. Voor mij lag dat duidelijk anders. Natuurlijk speelde ik ook wel eens het naïeve, gehoorzame meisje, vooral als Mehmet in de buurt was, maar ik zou me nooit zo verliezen in dit leven! Ik deed dit om ergens te komen. Voor mijn toekomst met Jesper. En voor mijn zusje.

Ik bekeek Murat terwijl hij achter het stuur zat. Aan niks zag je dat hij nog maar een paar dagen eerder medeplichtig was geweest aan het wegwerken van een lijk. Zou hij geen schuldgevoel hebben? Zou er niks in hem omgaan wat hem ervan probeerde te overtuigen dat het hartstikke fout was wat hij deed? Hoe kon hij ermee leven dat hij zo'n mooi meisje ergens helemaal alleen had achtergelaten?

Even voelde ik de behoefte het hem te vragen. Maar zo dom was ik niet.

Nog steeds verbaasde ik me erover dat er niets, werkelijk niets was overgebleven van de jongen die ooit mijn vriend was. Nooit meer had ik die vriendelijke lach op zijn gezicht teruggezien, of die twinkeling in zijn ogen als we een grapje uithaalden bij Benny. Die vriend, hij was met de noorderzon vertrokken. Net als mijn vrijheid.

'Je gaat vannacht met Mark mee naar huis,' zei Murat toen hij het meeste geld op kwam halen die avond.

'Wat?'

'Je hoort me toch? Of ben je soms doof, bitch?'

Hij gebaarde naar mijn oren.

'Waarom moet ik met hem mee?'

Murat gniffelde.

'Cadeautje van de zaak.'

'Doe normaal…'

'Ach, gun die vent ook een keer zijn lolletje. De vrouw is van huis, dus hij wil het ervan nemen. En hij vindt jou het lekkerste wijf hier.'

Waarom? Waarom was ik nou weer die pechvogel?

Vaak kwam Mark langs, vlak voordat de meeste meiden hier afdropen. Zogenaamd om een praatje te maken, maar ik wist het, iedereen wist het, als hij gezellig bij je kwam kletsen, dan was het weer zover. Dan wilde hij een wippie maken vlak voordat hij weer lekker naar huis ging, waar zijn vrouw en drie dochters op hem zaten te wachten. Meestal zo tegen het einde van je shift, als je je eigenlijk een beetje wilde gaan opfrissen om weg te gaan, dan zag je hem al aan komen sjokken met die hangende ogen, met de geile blik die je anders nooit zag. Een wereld van verschil met de zakelijke Mark die normaal geen spier vertrok bij de aanblik van grote borsten, sappige billen of pikante setjes. Op zo'n nacht was het uitkiezen geblazen voor hem. Ik zag wel eens meiden wegduiken als ze hem zagen, dan deden ze gewoon snel hun gordijn dicht totdat hij bij iemand anders naar binnen was geglipt.

Letterlijk en figuurlijk.

Het was een ongeschreven regel dat hij gratis mocht, dus je verdiende er ook nog eens geen kloot aan. En je haalde het niet in je hoofd om er geld voor te vragen, want dan stond je zo bij hem op de zwarte lijst. Dan had je pech en moest je huren bij Anton, verderop, die veel meer geld vroeg voor kamers die slecht beveiligd waren en waar ook nog eens minder klanten rondliepen. Mehmet zou doordraaien als je bij Mark op de zwarte lijst kwam te staan.

Hij woonde prachtig, Mark.

'Mijn vrouw en dochters zitten een weekje in ons appartement aan de Spaanse Costa,' zei hij. 'Dus ik heb heerlijk het rijk voor me alleen.'

Als een kleine jongen showde hij me trots zijn biljarttafel, zijn grote televisiescherm en zijn kingsize bed.

We dronken heerlijke wijn, die ik opslurpte alsof het limonade was.

Mark lachte.

'Drink maar lekker, schat.'

Ondertussen at ik een zak chips leeg. Bolognese, mijn favoriete smaak. Wat zou hij van me willen? Hij had nog geen moment toenadering gezocht of aan me gezeten. Het leek bijna of hij gewoon gezelschap wilde.

'Ik wil jou groot maken, Eef,' zei hij toen we de tweede fles openden.

'Wat dan?'

Hij keek me serieus aan.

'Dan moet ik jou zeker eerst groot maken,' knipoogde ik.

'Nee, nee, ik ben serieus. Echt, ik ga je groot maken.'

'Waar heb je het over?'

'Ik ben bezig met plannen voor een film,' zei hij. 'Daar zit het grote geld tegenwoordig. Seksfilms, maar netjes hoor, niet van die pornoshit. Heel netjes juist. Wat is het woord? Degelijk, ja degelijk.'

'Mark, dat zie je mij toch niet doen, hoop ik?'

'Jawel! Ja joh, dat zie ik zeker.'

'Nou, dat weet ik niet hoor. Of ik dat wil.'

'Tuurlijk wil je dat. Je wilt toch euro's maken, of niet schat?'

Ik knikte. Ik wilde zeker euro's. Om van die smerige Mehmet af te zijn. Misschien was dit rare idee nog wel een kans ook.

'Nou dan!'

Mark pakte me bij mijn schouders en schudde me zachtjes heen en weer.

'Je bent een lekker wijf, daar moet je gebruik van maken. Je kunt geld maken met je looks, echt Eef.'

Ik glimlachte.

'Beloof me dat je erover nadenkt.'

'Ik beloof het, Markie,' zei ik maar.

Hij gaf me een zoen op mijn voorhoofd en stak grijnzend een joint op. Daarna dronken we nog een laatste glas en vielen met onze kleren aan in slaap op zijn kingsize bed.

Goddelijk.

Het matras was zacht, maar niet zo zacht dat je er helemaal in wegzakte. De satijnen deken voelde heerlijk aan op mijn huid. Ik had in tijden niet zo verrukkelijk geslapen. Dit had ik al heel lang nodig. Mijn manier van leven pleegde een flinke aanslag op mijn lichaam, merkte ik. Ik kon al dagen niet normaal naar de wc en mijn eetlust was ook al weken weg. Ik merkte aan mijn kleding dat ik dunner werd, ik zag in de spiegel dat mijn wallen donkerder werden. De huid van mijn gezicht werd slechter, iedere dag ontdekte ik wel ergens een nieuwe pukkel. En het ergste nog, mijn haar begon uit te vallen. Als ik er met een borstel doorheen ging, haalde ik af en toe hele plukken uit mijn blonde haardos. Ik wist dat ik niet goed voor mezelf zorgde, maar aan de andere kant, veel keuze had ik niet. Ik kon moeilijk aan Mehmet vragen of hij een keer gezond voor me wilde koken. Het idee al.

De volgende ochtend had ik veel meer energie dan normaal. Mark trakteerde me op een uitgebreid ontbijt in zijn keuken. Ik had opeens een honger! Alsof de eetlust van al die weken achter elkaar terugkwam.

Daarna vertrokken we weer naar de binnenstad, waar Murat al op me stond te wachten.

'Zo prinses,' grapte hij. 'Ben je daar eindelijk?'

'Ach, laat haar joh,' zei Mark. 'Kom even een kop koffie drinken, ik wil wat zaken bespreken.'

Mark verdween met Murat naar het kantoor, dat zich boven een van de kamers bevond. Ik maakte me op mijn kamer klaar voor de dag.

Ik sprak met mezelf af de gedachten over Stephanie heel ver weg te stoppen en er niet meer aan te denken totdat ik op een plek was waar ik dat zonder gevaar kon toelaten, waar ik mijn emoties de vrije loop kon laten. En waar ik niet gelijk risico liep om haar achterna te gaan.

Het zou een goede dag worden, dat voelde ik. De energie die

ik vannacht bij Mark had opgedaan, zou ik niet in één keer uit me laten trekken.

'Hoi Evie.'

Het was Eduardo. Hij werkte undercover bij de politie en kwam af en toe even checken hoe het ging. Dan deden we het gordijn dicht zodat we rustig konden praten. Net als tegen Jan sprak ik niet over Mehmet tegen hem. Hij had iets geks bovendien, die Eduardo. Hij keek vreemd naar me.

'Hoe is het?'

'Goed.'

'Dat is mooi.'

'Yep.'

Lekker diepzinnig gesprek dit.

'Weet je, Evie. Ik ken je moeder.'

Fuck. Mijn moeder?

'Ze vroeg me of ik dit aan je wilde geven.'

Hij gaf me een plastic tasje.

'Wat is het?'

'Kijk maar.'

'Blijf je erbij?'

'Als je wilt.'

'Oké. Blijf maar.'

Ik maakte het zakje open en rook het direct: de geur van mijn moeder. Zo sterk, zo aanwezig. Zo lekker.

Het was een sjaaltje uit haar houten kistje, dat op mijn kamer stond. Ik had het van haar gepikt, ze deed er toch niets meer mee. De stof voelde prettig aan, maar vooral die geur was confronterend. Heerlijk. Maar ook raar.

'Hier heb je een zakdoek,' zei Eduardo.

Hij wees naar mijn gezicht.

Zonder dat ik het doorhad, huilde ik. Het maakte wat los, dat sjaaltje. Het was de herinnering aan vroeger. Aan thuis. Aan toen alles nog normaal was.

'Je staat hier niet omdat je dat zelf wilt, toch, Eef?'

'Probeer je het nou weer?'

Ik schakelde direct over. Hij probeerde me te pakken wanneer ik zwak was. Ik trapte er niet in.

'Ik zie toch wat dit met je doet. Waarom ga je niet lekker naar je moeder toe? Ze mist je.'

'Zei ze dat?'

'Dat zegt ze heel vaak. Ze is heel verdrietig.'

'Wil je nu weer gaan?'

'Weet je het zeker?'

'Yep.'

'Zal ik nog iets doorgeven aan je moeder?'

Ik schudde mijn hoofd. Slijmbal.

Toen hij tien minuten weg was en ik het gordijntje openschoof, leek een droom uit te komen. Het was geen hallucinatie, of valse glimp. Het was echt. Ik knipperde een paar keer met mijn ogen, stelde ze opnieuw scherp af, maar ik kon er niet omheen. Jesper liep de straat in.

Mijn Jesper.

Direct kreeg ik de neiging me te bedekken, ik schaamde me. Ik pakte snel mijn handdoek naast de wastafel en hield die voor mijn half ontblote borsten. Hoe dichterbij hij kwam, hoe meer mijn hart begon te bonken. Was het dan eindelijk voorbij? Konden we eindelijk beginnen aan het leven dat hij me al zo'n tijd beloofde? Wij samen, een mooi huis, een normaal leven en later een gezin. Ik droomde er elke dag bij weg, het hield me op de been. En nu was het dan zover. Ik kon wel janken van geluk!

Het leek of hij iets dikker in zijn gezicht was geworden, maar het kon ook zijn dat hij in mijn herinnering gewoon een slanker gezicht had gehad. Inmiddels konden we elkaar aankijken, het was geweldig om zijn ogen weer te zien, om de kleur ervan te zien, zo mooi lichtblauw, ik was bijna vergeten hoe prachtig ze waren. Soms moest ik zelfs de foto van ons samen in Antwerpen pakken om me te helpen dat waanzinnige beeld weer op mijn netvlies te branden. Hij keek me indringend aan, hij was serieus, ik zag geen emotie op zijn gezicht.

Het moest moeilijk voor hem zijn, als vriend. Hoe vreselijk moest het voor hem zijn om zijn vriendin zo te zien, haar lichaam zichtbaar voor iedereen en toegankelijk voor Jan en alleman die er maar voor wilde betalen. Er brak iets bij me en ik wist zeker, ook bij hem. Hij uitte het alleen op een manier die ik niet had zien aankomen. Hij minderde zijn looptempo niet, bleef me aankijken en vormde zijn lippen tot een heel dun, horizontaal streepje.

Hij liep door.

Hij liep langs me, richtte zijn blik weer voor zich en liep zonder iets te zeggen verder. Even nog, dacht ik dat het een van zijn flauwe grappen was, of twijfelde ik of hij me misschien niet had zien staan. Maar daar was geen twijfel over mogelijk, we hadden elkaar duidelijk aangekeken. Hij had me gezien. Dit was geen grap.

'Jesper?'

Ik stapte mijn deur uit en botste direct tegen een dikke Amerikaan op.

'Watch it, girl,' riep hij.

Ik zei niets terug en keek de vadsige man vluchtig geïrriteerd aan.

'Jesper?!' riep ik nu harder.

Jesper was alweer bijna uit het zicht. Hij bleef doorlopen. Ik snapte er helemaal niks van. Stond ik me hier al weken letterlijk en figuurlijk voor hem uit de naad te werken en hij dacht even door te kunnen lopen? Ik rukte mijn jas van de kapstok en probeerde te rennen, of in ieder geval snel te lopen op mijn hoge hakken. Ik had van die plastic doorzichtige hakken met glitters erin. Best mooi vond ik ze, ze pasten prima bij mijn werk, maar ze liepen voor geen meter. Gelukkig hoefde dat normaal ook niet, lopen. Liggen was meer mijn corebusiness.

Ik trok hem aan zijn jas, maar hij liet zich er niet door stoppen. Hij rukte zich los en liep ongestoord verder, in een iets sneller tempo.

'Jesper, wat doe je?'

Geen antwoord.

'Wat de fuck doe je, Jesper?'

Ik hupste nu harder, zodat ik naast hem liep. De plastic hakken maakten een dof klikkend geluid op de ouderwetse Amsterdamse straat. Afgrijselijke betegeling voor vrouwen met hakken trouwens. Je bleef continu steken, waardoor je schoen tussen de tegels achterbleef en jij verder liep op je blote voeten op die smerige straat. Zo vrouwonvriendelijk.

Weer probeerde ik hem te stoppen door hem aan zijn jas te trekken. Deze keer lukte het, hij stopte en ik kon hem enigszins met zijn rug tegen de muur drukken. Hij keek me even zwijgend aan en daarna keek hij weer opzij.

'Waarom loop je door? Ben je niet blij om me te zien?'

Hij maakte een spottend geluid, waarbij hij even met zijn ogen rolde en me weer aankeek.

'Je bent een hoer, Evie.'

Wat zei hij? Hij noemde me een hoer. Vond ik dat erg? Ik was het wel natuurlijk, een hoer. Toch had ik het nooit zo gezien, ik was het niet echt. Ik had niet voor dit beroep gekozen, het was niet mijn ding, het was nooit mijn droom geweest. Iedere kans die ik zou krijgen om eruit te stappen, zou ik met beide handen aangrijpen, dus nee, ik vond mezelf geen hoer. En ja, ik vond het erg dat hij me wel zo zag.

'Jesper, dit wist je toch?'

Hij maakte weer aanstalten om weg te lopen.

'Jesper, wat is dit? Doe normaal!'

Ik raakte in paniek.

'Evie, ik moet je niet meer. Wanneer dringt dat tot je door?'

Hij sprak op een kille toon die ik niet van hem kende.

'Je moet me niet meer?'

Mijn stem trilde. Ik voelde me wankel.

223

'Wat bedoel je daarmee?'

'Wat snap je niet aan wat ik je zeg?'

'Je moet me niet meer? Ik sta hier voor jou, godverdomme.'

'Ach, doe normaal Evie.'

'Hoe bedoel je?'

'Je werkt voor Mehmet en voor niemand anders. Ik moet je niet. Je bent een vieze hoer.'

Hij bekeek me van top tot teen, trok zijn neus op en spuugde op de grond.

'Gadverdamme,' zei hij.

'Hoe kun je dit zeggen? Wil je echt alles weggooien wat we samen hebben? Onze toekomst samen, onze plannen?'

Weer dat spottende geluid.

'Heb je het nou nog steeds niet door?'

Hij zuchtte vermoeid.

'Fucking hell, Evie, er is geen ons. Nooit geweest ook. Ik had je niet slim ingeschat, maar dat je zo dom was...'

Ik merkte dat mijn ogen waterig werden.

'Begint ze ook nog te huilen. Laat me even lekker met rust, joh.'

Hij duwde me aan de kant. Ik struikelde achterover tegen een fiets die tegen de muur stond en belandde tussen het zadel en het stuur, half op de grond. Ik haalde mijn onderarm open, omdat die langs een van de trappers schaafde. Het moest pijn hebben gedaan, maar ik voelde niks. Ik hoorde niks. Een man met een vriendelijk gezicht hielp me overeind en vroeg of ik me had bezeerd. Een antwoord heb ik hem geloof ik nooit gegeven. Ik krabbelde met zijn hulp overeind en probeerde me weer in mijn schoenen te worstelen, die half waren uitgegliept door mijn val. Mijn onderarm voelde warm aan, er stroomde bloed uit mijn schaafwond. Toen ik rechtop stond, zag ik allemaal kleurtjes. Ik was te snel opgestaan. De man had mijn arm nog steeds vast en zorgde ervoor dat ik rechtop bleef staan. Even later verdwenen de kleurtjes en zag ik alles weer helder. Jesper was weg. Ik zag hem nergens meer. Hij was verdwenen.

21

Hij keek me niet aan toen ik de behandelkamer in kwam. Hij zat op een stoel met een gek verband over zijn neus. Een verpleegkundige, die zich voorstelde als Suzan, stond gebogen over een hechting boven zijn wenkbrauw.

'Gebroken neus en drie hechtingen in zijn voorhoofd,' zei ze me toen ik vroeg hoe het met hem ging.

'Jezus, Boris.'

Ik probeerde oogcontact te maken.

'Hoe kon je dit nou laten gebeuren?'

Even keek hij me aan, maar snel schoten zijn ogen weer naar het punt op de grond waar hij al de hele tijd naar staarde. Het was duidelijk dat hij geen zin had om ook maar enige vorm van uitleg te geven.

De verpleegkundige haalde haar schouders op.

'Hij wilde me niet vertellen hoe het is gebeurd,' zei ze.

Dat gaat je ook geen moer aan, antwoordde ik haar in gedachten. In plaats daarvan glimlachte ik een beetje.

'We houden hem nog een nachtje hier, ter observatie. We hebben het vermoeden dat hij een lichte hersenschudding heeft,' ging ze verder.

Het was benauwd in de kamer. Ik keek naar de diepe snee in zijn gezicht en voelde me direct beroerd. Gadverdamme, wat zag dat er pijnlijk uit. Boris vertrok geen spier terwijl verpleegkundige Suzan hem behandelde. Hij maakte geen enkel geluid en bleef naar de grond staren. Misschien was hij goed verdoofd.

De verpleegkundige begeleidde Boris naar de zaal waar ze hem de nacht wilde laten doorbrengen. Mokkend gaf hij toe en ging hij in bed liggen. Hij had een bloedhekel aan ziekenhuizen. Ik kreeg hem vroeger al nauwelijks mee om bij iemand op bezoek te gaan.

'Ik vind het er stinken,' zei hij dan.

'Dus?' was mijn standaardantwoord.

Alleen bij de geboorte van onze dochters hoorde ik hem niet klagen. Toen was hij blijkbaar zo onder de indruk van het nieuwe leven, dat hij mede gecreëerd had, dat hij zijn eigen onbehagen voor zich hield. Zonder uitzondering eindigde elk ander bezoek dat we samen aan een ziekenhuis brachten in een woordenwisseling. Zo noemde ik dat, het waren geen ruzies, maar het waren ook bepaald geen gezellige gesprekken. Knettergek werd ik van zijn gezeur. Alsof ik het leuk vond om naar het ziekenhuis te gaan. Mijn chronisch zieke moeder bezoeken, nee, dat was voor mij leuk.

Ik kreeg geen woord uit hem. Elke poging die hij deed om wat te praten, eindigde hoofdschuddend in een diepe zucht. Hij kon de woorden niet vinden.

'Die gast,' zei hij alleen. 'Hij haalde me weg bij Eef.'

'Wie dan?' vroeg ik.

'Die klootzak. Ze stond gewoon achter het raam, Roos. In haar bh. Ze wilde niet mee.'

Hij was helemaal overstuur.

Van Jan wist ik inmiddels dat die klootzak Mark Rumeau was, de exploitant. Evie had blijkbaar in paniek aan de alarmbel getrokken toen ze haar vader daar vol emoties voor zich had zien staan. Boris had haar mee willen sleuren, weg vanachter dat raam, weg van de plek waar ze haar eigen lichaam te koop aanbood. Eef had er niks voor gevoeld. In plaats daarvan had ze dus de hulp ingeroepen van Mark. De discussie waar ze in verwikkeld raakten, eindigde in een heftig gevecht.

Natuurlijk was Boris niet bereid om daar zomaar weg te lopen. Om zijn mooie dochter daar achter te laten! Zonder het te beseffen drukte Mark de lieve, bezorgde Boris met zijn neus op de feiten. Hij bleek niet in staat zijn eigen dochter te beschermen. Hij was simpelweg niet sterk genoeg. Hij faalde als vader.

Dit ging nu allemaal in zijn hoofd om.

Eerlijk is eerlijk, het was ook niet zo gek dat hij zichzelf verweet te falen in het beschermen van zijn dochter. Ik deed dat ook. Maar hij voelde het nu alleen lichamelijk, met keiharde klappen vervloog zijn laatste hoop om zijn dochter te kunnen redden. Zijn laatste kracht, een wanhoopspoging, drukte hem keihard met zijn neus op de feiten.

Evie wilde helemaal niet gered worden. Ze riep zelfs hulp in om zich te beschermen tegen de vader die haar wilde redden. Een tamelijk onnatuurlijke reactie, die op een snoeiharde manier de gebroken verhoudingen blootlegde. Ze was onze kleine dochter niet meer, ze had ons niet meer nodig. Dacht ze. In het ergste geval had ze al haar gevoelens voor ons geblokkeerd en had ze niet eens meer in de gaten dat de wereld waar ze in terecht was gekomen een heel gevaarlijke was. Een wereld waar ze eigenlijk nog lang niet mee geconfronteerd mocht worden, nooit mee in aanraking mocht komen. Kwetsbaar en onvolwassen, als ze nog was.

Ik liet een mopperende Boris achter in het ziekenhuisbed en stapte in mijn auto. Terwijl ik de Toyota startte, wist ik nog niet waar ik in het rode koekblik naartoe zou rijden. Naar huis, naar mijn andere dochter die zat opgescheept met haar overenthousiaste tante? Of zou ik op zoek gaan naar Eef, kijken of ik deze keer tot haar kon doordringen?

Ik besloot gewoon maar wat rond te rijden. Ik had waarschijnlijk last van een magnetisch effect, want ik reed linea recta de Amsterdamse binnenstad in. Het was een oergevoel dat ik volgde, ik wilde mijn dochter zien. Ik wist nu in ieder geval zeker dat ze er was.

Ergens was ik bang voor haar, voor hoe ze geworden was,

maar ik moest haar zien. Kon ik haar op andere gedachten brengen? Kon ik haar vertellen dat het nu echt tijd was om naar huis te komen? Ik hoopte het. Efficiënter, tactvoller dan Boris. Ik was haar moeder en wist heus wel hoe ik tot haar door moest dringen zonder dat ze direct alarm zou slaan.

Op de Nieuwezijds Voorburgwal zag ik opeens mijn mobiele telefoon op de passagiersstoel oplichten.

'Zus belt'

Ik parkeerde mijn auto onhandig voor de ingang van een hotel en nam het telefoontje aan.

'Hé, zus.'

'Roos, ze is weg.'

Mijn zus klonk overstuur.

'Wat bedoel je?'

'Tessa, ze is weg.'

Het was alsof iemand me een trap in mijn rug gaf en ik op mijn smoel op de grond kletterde. Dit kon niet waar zijn. Statistisch onmogelijk.

'Doe normaal, Elly. Waar heb je het over?'

'Ze was de hele avond op haar kamer, maar daar zit ze nu niet meer. Ik heb overal gekeken, maar ze is ervandoor.'

'Onmogelijk,' zei ik nog vol vertrouwen. 'Zit ze niet op mijn slaapkamer een dvd te kijken?'

'Nee Roos, waarom denk je dat ik je bel? Ze is niet meer hier, ze is echt weg. Mijn god, wat moet ik nou?'

'Rustig even,' probeerde ik mijn zus te kalmeren.

Mijn leven stond al op losse schroeven, en nu kreeg ik nog een opdonder. Ik was niet in staat gebleken om Eef te beschermen, in de gaten te houden, en nu leek het alsof ik dezelfde fout een tweede keer had gemaakt. Waar zou ze zijn? En waarom ging ze zomaar weg?

'Wat moet ik doen?'

'Kijk eens op zolder,' zei ik. 'Misschien is ze aan het sporten.'

Ik hoorde mijn zus de trap op rennen. Haar hijgen werd

steeds heftiger, een combinatie van een slechte conditie en haar paniekerige gemoedstoestand.

'Waar zit het licht?'

Een vraag waarmee ze direct mijn vermoeden bevestigde dat Tessa daar niet zat.

'Boven aan de trap aan je linkerhand,' zei ik toch maar.

Tessa was inderdaad niet op zolder.

'O nee, wat erg. Ze is echt weg.'

Mijn zus zei het. Ik dacht het.

Er klopte iemand op mijn raampje. Ik schrok me kapot. Ik draaide mijn raampje open en keek de jongen, gekleed in een rood-geel pakje met een zwarte pet, onnozel aan. Zou hij me nu vertellen waar mijn dochter was? Waar mijn twee dochters waren?

Wat moest hij van me?

'Zou u misschien zo vriendelijk willen zijn om uw auto te verplaatsen?' vroeg hij uiterst correct. 'U blokkeert de doorgang een beetje.'

Ik draaide me om en zag een hele rits wachtende taxi's achter me staan. Nu pas hoorde ik het getoeter. Ik had er helemaal niets van gemerkt.

'Natuurlijk! Sorry.'

Ik drukte het gesprek met mijn zus zonder iets te zeggen weg en reed met een onverantwoorde snelheid richting de snelweg, naar huis. Op de snelweg zocht ik het nummer van Tessa op in mijn mobiel. Hij ging in elk geval over, dat scheelde.

Waar hing ze uit?

'Hoi mam,' hoorde ik na vier tonen.

'Tessa?'

'Ja.'

'Jezus. Waar ben jij?'

'O, even bij een vriend,' zei ze.

'Een vriend? Wie dan? En waarom heb je dat niet tegen Elly gezegd?'

'Niet zo zeuren hoor, mam!'

Mijn god, ik kon het geen tweede keer aan. Eerst moest ze nog niets van jongens hebben, speelde ze alleen nog maar met de barbies en nu zat ze gewoon 'even bij een vriend'. Waar had ik dit toch allemaal aan verdiend?

'Tess, ik wil dat je nu, direct, naar huis komt.'

'Goed, ik kom zo.'

'Nu! Nu, Tessa!' hoorde ik mezelf schreeuwen.

Teken van machteloosheid.

'Al goed mam, ik kom eraan.'

Gelijk daarna belde ik mijn zus om haar gerust te stellen. Ze was opgelucht, maar voelde zich enorm schuldig dat ze niet had gemerkt dat Tessa de deur uit was geglipt. Ik kon het haar niet kwalijk nemen, Tessa kennende had ze haar actie volledig uitgedacht en had ik het zelf waarschijnlijk ook niet gemerkt als ik thuis was geweest.

'Ga maar naar huis,' zei ik tegen haar. 'Ga lekker slapen, het geeft niet.'

Gelukkig gaf ze toe, want ik was aan het eind van mijn Latijn en wilde geen eindeloos gesprek over hoe stom ze was geweest om niet goed genoeg op te letten. Ik kon het niet hebben. Niet op dit moment.

Tessa zat al op de bank in de woonkamer te zappen toen ik binnenkwam.

'Hoi mama!' zei ze overdreven aardig.

Ik liep naar de keuken om een wijntje voor mezelf te pakken en schonk voor Tessa een kop bosvruchtenthee in. Daarna liet ik mezelf op de bank naast haar zakken en keken we naar de herhaling van een comedyserie op NET5. We zeiden een tijdlang niks tegen elkaar. Ik wist dat ik een moederlijk gesprek met haar te voeren had, maar ik kon nog even de energie niet vinden. Even nog wilde ik gewoon hier zitten, laveloos voor de tv, en doen alsof er niks aan de hand was.

Tessa lachte overdreven om het grapje vlak voor de aftiteling. Ze voelde zich overduidelijk ongemakkelijk, waarschijnlijk omdat ze dondersgoed wist dat ze niet goed bezig was geweest.

Ik keek opzij.

'Waar was je nou?'

'Bij een vriend, zei ik toch.'

'O, bij een vriend?'

'Ja.'

'Waarom had je dat niet verteld?'

'Je was er niet. Hoe kon ik het dan vertellen?'

'En je vond het niet nodig om even tegen tante Elly te zeggen dat je de deur uit ging?'

Tessa haalde haar schouders op.

'Niet echt, nee,' zei ze ten slotte.

'Je hebt ons heel erg laten schrikken. En bovendien, Tess, je hebt dit nog nooit gedaan. Waar komt dit opeens vandaan?'

'Sorry,' zei ze. 'Dat was niet de bedoeling.'

Ik gaf haar een kus op haar wang. Het was voor haar ook een moeilijke tijd. Al mijn aandacht ging uit naar Evie. Tessa plaatste zich niet zo op de voorgrond, waardoor je haar snel over het hoofd zag. Ze gaf niet aan dat ze aandacht nodig had, hoewel het natuurlijk mijn taak was om dit zelf te signaleren. Ik voelde me vreselijk. Was ik ooit een goede moeder geweest?

Ik keek opzij naar dat pareltje naast me. Die kleine Tessa. Ze moest nog zoveel weten, nog zoveel moest ik haar leren, voordat ze kon meedoen in de grotemensenwereld.

'Wie is die jongen dan?'

'Een jongen uit mijn klas,' zei ze. 'Hij is heel aardig.'

'Oké. Hoe heet hij?'

Grote ogen keken me aan.

'Hazim,' zei ze. Een stuk minder brutaal.

Terecht, want alle alarmbellen gingen rinkelen. Godverdomme! Hazim?

'Tessa, is hij Turks?'

Ze knikte. Ze knikte, godverdomme.

'Ben je helemaal gek geworden?'

Voor ik het wist, schudde ik haar helemaal door elkaar. Ik voelde me wanhopig, kon niet geloven wat ze me vertelde. Het gebeurde inderdaad voor een tweede keer, ze wilden nu ook mijn jongste dochter hebben. Ze zijn zelfs al begonnen met inpalmen, ze heeft al voor de eerste keer gelogen. Ze is al voor het eerst stiekem weggeglipt om bij zo'n klootzak te kunnen zijn. Of wie weet hoe vaak het al eerder is gebeurd, hoe ver ze al in de ban is van die jongen!

'Waarom?' schreeuwde ik.

Tranen spoten uit mijn ogen van wanhoop.

'Waarom, waarom, waarom?!'

Ik was compleet hysterisch. Tessa begon ook te huilen, maar antwoordde niet. Ze leek overweldigd door mijn reactie.

'Tessa, hoe kun je zo stom zijn?'

'Mam, wat maakt het nou uit dat hij Turks is?'

'Ach, doe niet zo naïef!'

'Naïef, waar heb je het over mam?'

'Heb je dan niets geleerd van je zus? Hè? Moet je ook op de Wallen eindigen, verdomme?'

Tessa duwde me van zich af.

'Doe normaal, mam. Niet alle Turkse jongens zijn zo, hoor.'

Ze rolde met haar ogen en keek me vervolgens weer hondsbrutaal aan.

'Luister heel goed naar me, Tessa,' zei ik. 'Jij gaat niet meer met die jongen om. Ik verbied het je.'

'Je bent gewoon een vuile racist,' schreeuwde mijn dochter.

Mijn eigen dochter, ze was al zover heen dat ze zich tegen haar moeder keerde. Hoe kon dit, vanmiddag hadden we het nog zo gezellig met elkaar. Nu schold ze me uit voor racist, voor een vuile racist. Ze wist niet eens wat dat woord betekende. Het zou me niks verbazen als die gasten haar dat allang hadden ingeprent. Ze hadden mij natuurlijk al helemaal zwart lopen maken, ze hadden al lekker zitten stoken, haar gedachtegang bruut beïnvloed.

'Een vieze vuile racist!' herhaalde ze huilend.

Pets.

Ik haalde uit en mijn vlakke hand kwam midden op haar wang terecht. Ik was wanhopig, wilde niet dat ze zulke dingen zei, dat ik haar ook kwijt zou raken. Allebei waren we een paar seconden stil en keken elkaar aan.

Ik had mijn dochter geslagen.

Hoe kon ik dat nou doen? Wat bezielde me, wie slaat nou zijn eigen kind? Ik was echt alle controle kwijt, een duivels persoon nam mijn lichaam over. Ik was ten einde raad. Tessa reikte met haar hand naar haar wang en voelde aan de plek waar ik haar had geraakt. Het begon rood te worden. Haar ogen vulden zich helemaal met vocht en verse tranen stroomden over haar gezicht. Daarna duwde ze me weg en stormde de gang in, de trap op naar boven.

'Tessa. Lieverd, sorry,' zei ik nog.

Even later hoorde ik een keiharde klap. Ze had zich letterlijk en figuurlijk voor me afgesloten. Dat had ik dan bereikt.

Ik zakte in elkaar en begon met diepe, lange uithalen te huilen. Mijn leven was een grote puinhoop geworden. Ik maakte fout na fout en nu had ik, in een paniekerige poging mijn dochter te beschermen tegen het gemene geweld uit de grote boze wereld, haar zelf geweld aangedaan.

Wat was ik voor een moeder?

Ik was veranderd in een ontoerekeningsvatbaar wrak, dat geen zinnig besluit meer kon nemen. Ik liet mijn ene dochter in Amsterdam achter het raam staan, terwijl ik misschien één kilometer van haar verwijderd was vanavond, zodat ik mijn andere dochter bij thuiskomst een fijne mep kon verkopen. Wat een gruwel. Ik wist het gewoon niet meer, ik wist niet meer wat ik moest doen.

Ik pakte de fles wijn uit de koelkast, zette hem aan mijn mond en sms'te mijn zus.

'*Ik heb haar geslagen, zus. Ik heb het recht niet meer om haar moeder te zijn.*'

Binnen tien minuten stond ze voor de deur. Huilend stortte ik me in haar armen. Ze was de enige op wie ik nog kon vertrouwen, ze was mijn enige hoop op een uitweg. We stonden daar misschien wel een halfuur, onbeweeglijk.

Ik sprak met mijn zus af dat het het beste was als Tessa een tijdje bij haar zou gaan wonen, ook al wist ik dat ze het daar bepaald niet prettig zou hebben. Mijn zus was behoorlijk streng. Tessa moest haar mobiele telefoon inleveren vanaf het moment dat ze thuis was. Ze moest direct na school naar huis komen om huiswerk te maken en moest het ruim van tevoren vragen als ze met een van haar vriendinnen wilde afspreken. Van mijn zus mocht ze ook niet meer met Hazim afspreken. Niet omdat het een Turk was, of misschien deels stiekem wel, maar vooral omdat ze haar nog veel te jong vond voor dat soort dingen. Mijn zus nam de regie over, ze bepaalde wat mijn dochter wel en niet mocht. Hoezeer ik me daar normaal ook aan zou storen, nu vond ik het heerlijk. Er viel een enorme last van me af, voor mij was het de manier om haar te beschermen.

Ik wist niet wat voor een jongen hij was, maar dat interesseerde me ook niet. Hij kon nog zo netjes en aardig zijn, ik vond het allemaal maar wat toevallig. Ik vertrouwde het niet en ik kon het niet opbrengen om de heilige uit te hangen en hem een eerlijke kans te geven.

Misschien had mijn dochter wel gelijk, misschien was ik een vieze vuile racist.

Maar liever dat, dan dat ik nog een dochter kwijtraakte aan die gasten. Ze kregen het niet voor elkaar, ze hadden nu te maken met mijn kwade kant. En dan was ik bepaald niet de juiste persoon om mee te dealen.

En de arme Hazim zou het weten ook. De volgende ochtend maakte ik hem duidelijk dat er met mijn familie niet gesold werd. Mijn dochters, daar blijf je van af. Ik achterhaalde zijn adres via een klassenlijst die ik op de kamer van Tessa vond.

Zijn moeder, een goed verzorgde slanke vrouw met een behoorlijke laag make-up, deed de deur open en vroeg me binnen. Ik weigerde.

'Ik wil Hazim graag even spreken. Hier.'

Ze fronste, maar verdween om de jongen te halen. Even later stond Hazim met een slaperig stel ogen voor mijn neus. Inderdaad, een keurige jongen. Niks mis mee, zo op het eerste gezicht. Maar schijn bedriegt, zo wist ik uit ervaring.

'Het spijt me wat ik nu ga zeggen,' zei ik. 'Ik ben geen racist, maar heb zo mijn redenen om te zeggen wat ik nu ga zeggen.'

Hij keek me verward aan. Ik sprak ook wartaal, realiseerde ik me.

'Ik bedoel, ik wil je niet beledigen,' zei ik.

Hij keek me nog steeds een beetje sloom aan.

'Ik wil dat je uit de buurt van mijn dochter Tessa blijft.'

Hij wilde protesteren, maar ik was hem voor.

'Ik meen het serieus,' ging ik verder. 'En als ik merk,' zei ik overdreven articulerend, met nadruk op de r, 'dat je toch met haar omgaat… Dan wil je níét weten wat er met jou gaat gebeuren, kereltje.'

De jongen bleef me sloom aanstaren, misschien was het zijn standaarduitdrukking. Hij maakte zijn ogen groter en trok uit verbazing zijn wenkbrauwen langzaam op. Hij leek wel een sukkelig tekenfilmfiguur.

'O, en mocht je het je afvragen,' zei ik tot slot. 'Inderdaad, dit is een bedreiging.'

Direct na die opmerking liep ik het tuinpad af en stapte ik mijn auto weer in. Zonder om te kijken en zonder dat ook maar een haar op mijn hoofd spijt had van deze actie. Ik deed alles, maar dan ook alles om mijn gezin te beschermen. Ik liet beslist niet meer met me sollen. Met nieuwe energie en een opgedane shot adrenaline reed ik naar het ziekenhuis in Amsterdam, om Boris en zijn gebroken neus op te halen.

22

Nummer 226: Draak

Deze man was zo geil, het leek wel of hij vuur zou spuwen als ik hem geen seks zou geven. Hij was wel binnen no time klaar, dat viel weer mee. En hij betaalde goed, hij gaf me een tientje meer dan we hadden afgesproken.

De uren nadat Jesper me zo had vernederd waren een hel. Mijn hele wereld was ingestort. Ik zat op mijn kamer met het gordijn dicht. Ik trilde, ik huilde, ik trilde nog meer en ik was in de war. Hoe kon het dat hij me zo bruut behandelde? Hoe was het mogelijk dat hij me als oud vuil opzijzette? Dit kon gewoon niet waar zijn. Ik had zoveel voor hem gedaan.

Zoveel gelaten, ook.

'Eef, gaat het goed met je?'

Het was de stem van Mark. Hij had waarschijnlijk op de beveiligingsbeelden gezien dat mijn gordijn al een tijd dicht was.

'Ja, laat me, oké.'

'Ik kijk even om het hoekie, hoor,' hield Mark vol.

Dat deed hij. Ik keek hem niet aan. Dat hoefde ook niet voor hem, het ging hem erom dat ik alleen was en niet werd bedreigd of iets dergelijks. Normaal gezien was dat een veilig idee, maar nu had ik totaal geen behoefte aan deze vorm van bemoeizucht.

'Meid, ga toch naar huis als je je niet lekker voelt.'

Naar huis? Hij had makkelijk praten. Hij kon gewoon naar huis straks, wanneer hij maar wilde. Ik niet, ik had mijn thuis

237

opgegeven voor een droom, voor Jesper, voor onze toekomst. En voor wie had ik dat eigenlijk gedaan? Niet voor hem. Hij moest me niet meer, en dat had hij op een meer dan schofterige manier duidelijk gemaakt. Hij moest me niet meer. Serieus? Ik kookte van woede, maar tegelijkertijd deed mijn hart ook zeer. Het voelde echt alsof mijn hart in tweeën werd gescheurd, het deed zo'n vreselijke pijn. Hij heeft me gewoon afgewezen, koud en kil. Zonder enige uitleg, zonder gevoel. Alles wat we ooit samen hadden, gooide hij weg, hij hoefde het niet meer. Onbegrijpelijk vond ik het. Ik was kwaad op hem, maar ook kwaad op mezelf. Hoe kon het mij zijn ontgaan dat ik zo weinig voor hem betekende, terwijl hij voor mij alles betekende? Hoe had ik me zo kunnen laten belazeren? Echt, van alles wat ik de laatste maanden had meegemaakt, vond ik dit het ergst, het raakte me het meest.

Dus zo voelde een gebroken hart.

Ik pakte het sjaaltje dat Eduardo me had gegeven en drukte het tegen mijn neus. Ik snoof de geur een paar keer diep in. Mijn moeder. Was mijn moeder maar hier.

Tegen het einde van de middag ging mijn deur open. Ik dacht dat het Murat was, die me kwam halen. Mark zou wel doorgebrieft hebben dat ik de kamer niet gebruikte, dat ik geen omzet maakte of iets dergelijks. Het ging ze fucking allemaal om geld, ze waren allemaal hetzelfde. Smerige, kloterige mannen. Viespeuken.

Ik pakte mijn jas vast van de kapstok. Mijn dagboekje viel uit mijn binnenzak. Ik pakte het op en bladerde erdoor. Toen glipte het tussen de bladzijden uit, het kaartje. Het visitekaartje van Jan van Mierenbrug van de politie. Ze had me gezegd dat ik haar altijd kon bellen als ik haar hulp nodig had. Dat het niet uitmaakte waar ik voor zou bellen, maar dat ze voor mij altijd bereikbaar was. Vreemd eigenlijk, ik kende haar verder niet. En toch zei ze dat ze er voor me was. Puk had me voor haar gewaarschuwd, omdat ze alleen maar oog had voor Mehmet, dat ze hem alleen maar wilde pakken. Ik geloofde haar. Nog steeds wel, maar het kon me minder schelen. Het kon me eigenlijk helemaal niet schelen als het die Jan alleen maar om Mehmet ging. Van mij mocht ze hem hebben. Haar bellen was misschien wel een manier om hiervan weg te komen.

Een veilige haven om naartoe te vluchten.

Zouden ze me beschermen tegen deze gasten? Ik hield het kaartje tussen mijn duim en wijsvinger en keek er geconcentreerd naar. Ik nam het telefoonnummer in me op. Het enige wat me nog tegenhield om haar te bellen, was een telefoon. Die had ik niet.

Nu pas drong het tot me door. Dat unieke moment, de kans op dat ene telefoontje had ik aan Jesper verspild. Ook al.

'Wat heb je daar?'

Ik schrok me dood.

Ik was vergeten dat er iemand in de deuropening stond. Ik was verzonken in mijn eigen wereld.

'Wat de fuck heb je daar?'

Mehmet griste het kaartje tussen mijn vingers vandaan. Hij zag met één blik wat het was en sloeg me met de rug van zijn hand in mijn gezicht. Zo hard dat ik op de grond viel. Intuïtief trok ik mijn benen op om mijn buik en mijn ribben te beschermen. Ik wist niet wat er met me zou gebeuren als hij me weer in elkaar zou rammen.

'Praat je met ze?'

'Met wie?'

'Met de politie. Nou, praat je met ze?'

'Nee!'

'Evie, ik geloof dat we even wat zaken op een rijtje moeten zetten.'

Mehmet sprak kalm. Hij hielp me overeind en zette me op het bed. Mijn wang klopte pijnlijk.

'Je vriendje, Jesper. Je bent er eindelijk achter dat hij niet serieus met je was?'

Hij grinnikte zachtjes. Een valse grinnik.

'En voel je je dom?'

Hij keek me recht aan.

'Ja hè? Domme bitch.'

De lach werd nu keihard.

Ik kon niks anders dan terugkijken. Recht in zijn ogen. Ik was boos, ik was zo ongelooflijk boos. Want nu drong het pas echt tot me door. Zou het echt zo zijn dat ze al die tijd een spel met me hadden gespeeld? Dat Jesper helemaal niet van me hield en dat het vanaf het prille begin de bedoeling was geweest dat ik hier zou eindigen? Het leek logisch, maar toch ook weer niet. De momenten die we met z'n tweeën hadden beleefd, de gesprekken die we met elkaar voerden, de seks die we hadden, alles was zo intiem, het klopte. Ik kon niet geloven dat het allemaal een complot was. En toch, het was de pijnlijke, maar enige conclusie die ik kon trekken.

Mehmet stond nog steeds te grinniken. Eigenlijk wilde ik hem aanvliegen, maar ik wist dat ik geen schijn van kans had. Zeker niet na de klap die hij me net verkocht had. Ik was veel te zwak. Bovendien was hij groot en beresterk.

Mijn tijd kwam nog wel. Later.

Ik besloot geduldig te zijn, het te laten gebeuren zoals hij het op dit moment in zijn hoofd had.

'Het betekent niet dat je niet meer hoeft te werken, dat snap je toch wel?'

Voorzichtig schudde ik mijn hoofd. Vooral omdat ik nieuwsgierig was naar wat hij daarop zou zeggen.

'Nee, snap je dat niet? Ben je echt zo dom?'

Ik bleef mijn hoofd schudden.

'Tessa,' zei hij alleen maar.

Hij haalde zijn schouders op.

Klootzak. Hij bleef mijn zusje erbij betrekken. Had hij dan helemaal geen gevoel? Nee, natuurlijk niet. Een moordenaar had geen gevoel.

'Ze heeft een nieuwe beste vriendin.'

Hij gaf me weer een foto. Het was een foto van mijn zusje op de kermis in Hilversum, ik herkende het meteen. We gingen er bijna elk jaar wel een keer naartoe met elkaar. Ze stond innig gearmd met een meisje dat ik inderdaad niet kende. Het meisje vond ik er vreemd uitzien, ze had een bleek hoofd en pikzwart haar. Een beetje gothicachtig. Totaal geen type voor mijn zusje.

'Dat is Sharon. Ze werkt voor mij.'

Ik snapte het niet.

'Leuke baan, hè? Het is haar taak om vriendinnen te zijn met je zusje.'

'Waar heb je het over, Mehmet?'

'Dat vertel ik je toch. Sharon heeft het gezellig met je zusje. Totdat...'

Hij liet expres een stilte vallen.

'Totdat wat, Mehmet? Totdat wat?'

'Dat weet je best.'

'Vertel maar.'

'Evie, Evie, Evie,' riep hij nu harder. 'Wil je niet dat het goed blijft gaan met de lieve kleine Tessa? Wat ben jij nou eigenlijk voor een zus.'

'Je blijft van haar af, Mehmet! Je blijft fucking van haar af. Ik meen het.'

'Dat heb je helemaal zelf in de hand.'

Ik antwoordde niet meer. Ik ademde steeds sneller, ik was pisnijdig.

'Hou je rustig. Doe je werk. En, ik waarschuw je, als je ook maar één poging doet om naar de politie te gaan, snij ik je keel door. En die van je zusje, die van je moeder en van je vader. Die kwam laatst toch ook op visite, die zielige figuur van een vader van je? Wat een poot.'

Hij begon weer te grinniken. Intussen verscheurde hij het kaartje van Jan van Mierenbrug en gooide de stukjes demonstratief over zijn schouder.

'Als je het flikt jongen, om ze iets aan te doen. Als ik het merk...'

'Wat wil je dan doen, Evie? Wat denk je nou?'

Hij pakte me bij mijn arm. Het deed zeer, maar dat liet ik niet merken. Ik bleef hem aankijken, ongestoord en kwaad.

'Je hebt me gehoord, ik maak geen grappen. Dat weet jij maar al te goed.'

Hij stond op en liep naar de deur. Ik kon haast niet wachten totdat hij weg zou zijn.

'Je hebt het gezien, toch?' vroeg hij.

'Wat?'

'Wat er met haar gebeurd is.'

'Met wie?'

'Die zwarte vriendin van je, hoe heette die chick ook alweer. Ik zou het al bijna vergeten.'

Mijn oren begonnen te suizen. Hij kon niet weten dat ik had gezien dat hij Stephanie had vermoord, dat mocht niet. Hij liet me nooit gaan met zo'n geheim, hij liet me nooit leven met die kennis.

'Wat...' Ik schraapte mijn keel, want er kwam haast geen geluid uit mijn mond. 'Wat bedoel je?'

Nu begon hij hardop te lachen. Zelf had ik het ook gehoord, ik kon niet liegen, mijn stem trilde en ik klonk ongeloofwaardig. Ik had zojuist toegegeven dat ik het wist. Dat ik wist dat hij de moordenaar van Stephanie was.

'Je kunt heel goed de volgende zijn, schat. Ik weet je overal te vinden.'

Hij moest oprotten. Ik wilde alleen zijn. Weg, ze moesten allemaal weg. Maar hij bleef in de deuropening staan. Ik keek hem aan, geïrriteerd.

'Nou, wat dacht je ervan, bitch. We gaan. Laat me niet langer wachten.'

Ik zat achter in de auto bij Mehmet. Jesper zat naast hem. Ze spraken met elkaar, maar ik volgde het gesprek niet. Het ging als een film aan me voorbij. Ik voelde me goedkoop, bedrogen, maar vooral diep gekwetst.

Jesper keek om. Even keek ik terug. Maar het was weg.

De liefde die ik in zijn ogen had gezien was echt weg.

Ik kon niet geloven dat ik me zo in hem had vergist. Dat ik zo diep in de ellende was geraakt voor deze jongen. Mijn leven was voorgoed door hem verpest.

Thuis verdwenen Jesper en Mehmet samen met Murat de keuken in. De deur ging dicht. Ik bleef alleen achter op de bank in de woonkamer. Tranen stroomden over mijn wangen, zonder dat ik ze tegen kon houden. Verdriet over wekenlang voor hoer spelen kwam naar boven. De gedachte aan Jesper had me op de been gehouden, maar dat steuntje was nu weg. Ik stond er alleen voor, nu echt.

Mijn aandacht werd getrokken door de telefoon naast de bank. Het was een vaste telefoon. Nog zo'n ouderwetse, met een gekruld snoer. Een tijdlang staarde ik ernaar.

Het was een risico, met die drie gasten zo dichtbij. Een levensgroot risico.

Als een van hen de keukendeur opendeed, zouden ze me al betrappen. Ik dacht aan de opmerking van Mehmet over Stephanie. Ik kon wel eens de volgende zijn.

Een rilling over mijn rug.

Zou dat kunnen? Kon hij mij vermoorden? Dan was ik er gewoon niet meer. Dan was mijn leven pas echt over. Toch ging ik naast de telefoon zitten. Het was een risico, maar ook een kans. Ik toetste het nummer van Jan in. Ik kende het uit mijn hoofd, ik zag de cijfers zo voor me.

'Van Mierenbrug, politie Amsterdam.'

Shit, nou moest ik wat zeggen. Ze mochten me niet horen.

'Jan?' fluisterde ik.

'Ja, daar spreek je mee. Wie is dit?'

Ik twijfelde nog even.

'Evie Langenstein,' zei ik toen.

'Evie! Hoe gaat het? Kan ik iets voor je doen?'

'Misschien moet ik zo ophangen. Dan moet je niet terugbellen.'

'Is goed, dat zal ik niet doen.'

'Kunnen we een keer praten?'

'Natuurlijk.'

'Fijn.'

'Waar wil je over praten?'

'Over Mehmet.'

Ik wist dat hij haar aandacht zou trekken. Daar moest ik nu even gebruik van maken.

'Oké…'

'En Stephanie, mijn vriendin. Ze is dood.'

'Wat zeg je, Evie?'

Ik hoorde dat ze met haar vingers knipte.

'Ze is dood.'

'Stephanie is dood?'

Jan klonk opeens anders. Overstuur? Nee, gealarmeerd, dat was het woord.

'Ja…'

Ik fluisterde nog steeds.

Het geluid werd slechter. 'Godverdomme!' hoorde ik Jan heel in de verte roepen. 'Shit!'

'Hoe kan dat? Wanneer is dat gebeurd?'

Haar normale stem was terug.

'Mehmet…' Ik twijfelde nog even. '… hij heeft het gedaan.'

'Hij heeft haar vermoord?'

'Ja.'

'En dat heb jij gezien?'

Ik wist niet goed wat ik hierop moest zeggen. Dat hij haar daadwerkelijk vermoordde, had ik niet gezien. Wel dat hij haar lijk probeerde weg te werken, samen met Murat. Opeens vroeg ik me af of dat wel genoeg was voor de politie. Konden ze Mehmet oppakken met alleen mijn verhaal? Vast niet. Er moest bewijsmateriaal zijn. Maar hoe kon ik dat bewijs vinden? Dat was er niet. Als ik hem zou verlinken en hij kwam er alsnog mee weg, dan was ik dood.

Gegarandeerd.

'Waar ben je, Evie? Wanneer kan je praten?'

'Ik weet niet, ik…'

Ik hoorde gerommel in de keuken. En ik zag de deurklink bewegen.

'Evie?'

'Ik moet ophangen.'

Mijn hand trilde ongecontroleerd.

'Wacht nog even,' hoorde ik Jan roepen. 'Evie? Wacht nog even met ophangen, oké?'

Maar ik kon niet wachten. Snel probeerde ik de hoorn op het toestel te leggen. Eerst ging het mis, bijna viel de hoorn naast de bank op de grond. De keukendeur werd opengeduwd. Net op tijd lukte het me om de hoorn neer te leggen. Murat kwam als eerste de keuken uit gelopen, zag ik. Ik deed alsof ik op de bank in slaap was gevallen.

Een schop tegen mijn been. Ik keek op. Het was Jesper.

'Slapen doe je maar boven,' zei hij. 'Ga nu eerst wat te eten maken voor ons. Ik heb honger.'

Ik stond op en deed alsof ik nog slaperig was. Ondertussen hoopte ik vurig dat Jan zich aan haar belofte zou houden en echt niet terug zou bellen naar dit nummer. Straks probeerde ze het toch, om de locatie te achterhalen of zo. Dan zou de hel echt losbreken in dit huis. Ik zou de eer van Mehmet hebben aangetast door hem uit te leveren aan de politie, met de telefoon waar hij nota bene zelf de rekening voor betaalde. Nee, dat zou hij niet licht opvatten.

Ik liep naar de keuken om voor ze te koken. Waar ik de energie vandaan haalde, weet ik ook niet. Ik zette wat pannen klaar, maar besloot eerst nog even te vragen wat ze wilden eten.

Tot mijn grote schrik stonden ze alle drie bij de telefoon waar ik zojuist Jan mee had gebeld. Ik zweeg en staarde naar hen. Het klamme zweet brak me uit. Mijn handen begonnen weer te trillen. Murat was de eerste die de stilte verbrak.

'Waarom ligt de hoorn scheef?'

23

'Wie is Benny?'

We zaten in de auto op weg naar huis. Boris jammerde dat hij te weinig pijnstillers had gekregen.

'Ik heb een kloppende neus,' zei hij.

Een kloppende neus. Even serieus.

'Geef gewoon eens antwoord, Boris.'

'Ik wil het er niet over hebben.'

'Is hij een van die gasten, soms? Heeft hij iets te maken met Eef?'

'Ik, wil, het, er, niet, over, hebben.'

Ik haatte het als hij zo begon te praten. Alsof het mij wat interesseerde dat hij het er niet over wilde hebben. Ik wel.

'Ik wel,' zei ik dus.

'Ik niet.'

'Ach, gaan we kinderachtig doen?'

Boris voelde aan zijn neus en maakte een kreunend geluid.

'Heb je pijnstillers in huis?'

'Ja, natuurlijk.'

'We hebben het er later over, goed?'

Ik zweeg. Ik moest nog zien dat we het erover zouden hebben. Het leek me dat hij er niet weer uit zichzelf over zou beginnen. Jammer dat hij me niet in vertrouwen nam, vooral nu we weer meer naar elkaar toe trokken. Als Boris geheimen voor me bleef bewaren, zat dat onze relatie flink in de weg.

'Gisteravond was Tessa opeens weg.'

'Hè?'

'Ja, ze is weer terecht, maar ze bleek bij een vriend te zitten die...'

'Dus ze is wel weer thuis?'

Ik knikte.

'Jezus, je laat me schrikken, mens.'

'Bij een vriend die Hazim heet.'

Vanuit mijn ooghoek zag ik dat dit dezelfde reactie bij Boris losmaakte als bij mij. Waren we nou allebei racisten?

'Ga weg...!'

'Ja, dat zei ik dus ook. Ze was gewoon de deur uit geglipt, zonder iets tegen Elly te zeggen. Mijn zus helemaal overstuur natuurlijk. Maar, wat ik je dus wilde vertellen. Uit wanhoop heb ik Tessa gisteravond een mep verkocht...'

'O...'

'Ja. Ik weet het, ik had er gelijk al spijt van.'

Boris dacht na, dat zag ik aan zijn blik. Hij dacht na over wat hij van mijn actie vond, of hij achter me stond of dat hij me zou veroordelen. Ik kende dit soort momenten.

'Ik heb besloten dat het beter is als ze een tijdje bij Elly in huis gaat. Wat meer structuur. Iemand die het allemaal onder controle heeft. Je kunt veel van mijn zus zeggen, maar niet dat ze het...'

'Lijkt je dat echt een goed idee?'

Ik dacht even na.

'Ja. Dat lijkt me echt een goed idee. Nu hebben wij onze handen vrij, kunnen we ons helemaal focussen op Evie. Tessa krijgt bij ons toch niet de aandacht die ze verdient. Die ze nodig heeft, op dit moment.'

Boris knikte en stemde in.

'Het geeft niet,' zei hij.

Hij legde een hand op mijn been. Even keek ik opzij.

'Het geeft niet. Ik had hetzelfde gedaan, vrees ik. Ik had haar ook een tik verkocht.'

Bij thuiskomst ging hij meteen naar boven om nog een uurtje te slapen. Ik smeerde een paar boterhammen, gaf hem een glas versgeperst sinaasappelsap en de pijnstiller waar hij zo naar verlangde. Even later zakte hij weg, in een diepe, bijna vredige slaap.

'Zo, jij houdt je voorlopig even rustig,' fluisterde ik.

Ik aaide over zijn voorhoofd. Ondanks alles was ik toch gek op deze man. Ik voelde de natuurlijke behoefte om bij hem te zijn, voor hem te zorgen. Misschien was dat dan toch liefde, dat ongrijpbare gevoel dat je niet kunt sturen. Ik hield van Boris, zonder dat ik daar zelf wat over te zeggen had. Heel voorzichtig boog ik me vorover en liet mijn lippen op die van hem zakken. Ik gaf hem een zacht kusje, waar hij weer even van wakker schrok.

Vlug trok ik mijn gezicht terug.

Zijn ogen gluurden door twee dunne spleetjes naar die van mij. Er verscheen een zwakke glimlach op zijn gezicht. Hij vond het niet erg.

Ik stond op en struikelde haast over zijn spijkerbroek, die hij gewoon midden in de kamer had uitgetrokken. Tja, dat miste ik dan weer niet...

'Leg 'm daar maar neer,' mompelde ik.

Het viel me op dat zijn achterzak helemaal bol stond. Ik pakte de broek op en voelde met mijn hand in de zak. Het voelde aan als papier, een pak papier. Ik haalde het pak uit zijn zak en keek verbaasd naar mijn hand.

Mijn mond viel open.

Ik had nog nooit in mijn hele leven zo veel geld in mijn handen gehad. Laat staan dat je het in je achterzak had zitten, weggepropt. Met het dikke pak briefjes van vijftig euro in mijn hand, keek ik naar Boris, die net zachtjes begon te snurken.

Wat moest hij met zo veel geld? En waarom had hij het niet gewoon op een rekening staan? Ik stopte het weer terug in zijn broekzak, vouwde de broek netjes op en legde hem op het nachtkastje. Misschien had hij er een logische verklaring voor, straks als hij wakker werd.

Ik liep naar beneden om koffie te zetten voor Vanessa, die straks even zou langskomen.

Een trilgeluid vanaf het aanrecht. Het was de telefoon van Boris. Een sms-bericht, zag ik.

'Nee, dat kan niet,' sprak ik mijn duivelse nieuwsgierigheid hardop toe.

Nee, dat kon toch echt niet? Ik kon niet zomaar zijn berichtjes gaan lezen, weer. Er was geen enkele aanleiding voor, nu niet. Ik was veel te nieuwsgierig geweest door in de zak van zijn spijkerbroek te kijken. Bovendien had Boris al het gevoel dat ik hem niet vertrouwde.

Ik ging aan de keukentafel zitten en bladerde voor wat afleiding in de nieuwe *Red*, totdat Vanessa voor de deur stond. Even ontspannen was geen gek idee. 'Hij is niet het type om voor één vrouw te kiezen' stond op de cover. Jezus, kon ik dan niet eens even rustig een blaadje lezen zonder dat ik aan de man die boven in mijn bed lag moest denken? Was Boris dat eigenlijk? vroeg ik me evengoed af. Het type dat niet voor één vrouw kon kiezen. Een nare knoop in mijn maag. Nee, ik dacht van niet. Het was een samenloop van omstandigheden geweest. We hebben te snel kinderen gekregen, zijn te snel veranderd in een stel dat alles voor lief nam. Ja, dat leek me een goede verklaring. We raakten op elkaar uitgekeken.

Vanuit mijn ooghoek lonkte nog steeds de Nokia van Boris. Ik leunde een stukje naar achteren en greep met mijn vingertoppen naar het toestel.

'Shit!'

Het kletterde op de grond.

Mijn wangen kleurden rood, ik voelde me betrapt, terwijl ik nog steeds alleen in de keuken zat. Snel pakte ik de telefoon van de keukenvloer en checkte of er iets beschadigd was. Het viel mee. Misschien een klein krasje op het scherm, maar dat viel hem vast niet op.

'*Nieuw bericht*' stond in het scherm.

'Ach, wat kan het me ook schelen!'

Ik opende het bericht en mijn vermoeden werd direct een feit. Het bericht kwam van Benny! De Benny die hem de vorige keer zo overstuur had gemaakt en over wie hij maar niets wilde vertellen. Ik voelde mijn hart bonzen in mijn borstkas. De kleur op mijn wangen werd feller, wist ik. Als Boris nu maar niet wakker zou worden...

'*Bel me*' waren de enige twee woorden die in het bericht stonden. Bel me. Ik was teleurgesteld. Was dat alles wat Benny te melden had?

Ik schrok van een beweging bij de achterdeur. Er stond iemand. Met een ruk keek ik op en verstopte de telefoon in de achterzak van mijn spijkerbroek. Voor het raam van de achterdeur stond Florien, de beste vriendin van Eef. Met sporen van tranen op haar gezicht, haar ogen waren roodomrand.

Snel opende ik de keukendeur.

'Hé meid, kom binnen.'

Het meisje was helemaal overstuur, haar wangen waren knalrood, haar blonde pieken plakten vast aan haar gezicht en ze maakte van die geluiden die peuters maken na een heftige huilbui. Het leek op een soort happen naar lucht.

'Wat is er aan de hand? Ga even zitten. Wil je wat drinken?'

Ze knikte, ging zitten en vroeg om een glas water.

'Ik heb haar gezien,' zei ze na drie grote slokken.

'Florien...'

'Ik heb haar gezien. Daar, op de Wallen.'

Dit had ik zo graag willen voorkomen.

'Sorry,' zei Florien. 'Ik wilde het eigenlijk niet vertellen, maar vond dat je het moest weten. Wist je dat ze daar... werkt, zeg maar?'

Ik knikte.

'Gelukkig maar,' zei ze. 'Niet gelukkig dat ze daar werkt bedoel ik,' voegde ze er snel aan toe. 'Ik bedoel, gelukkig dat ik niet degene ben van wie je het moet horen.'

'Florien, kun je me uitleggen wat je precies hebt gezien?'

Nu had Boris haar gezien, Florien ook, maar ik nog niet. Maar wilde ik dat? Was ik niet bewust weggebleven van de Wallen al die tijd? Uit angst voor het plaatje, voor de realiteit?

'Het was heel snel, hoor. Ik zag haar en ben toen van schrik weggerend. Ik vond het zo raar, het idee gewoon dat ze...'

Florien keek me aan.

'Dat ze?'

'Ja, dat ze daar zeg maar werkt, of zo.'

Ze waren eigenlijk nog zo jong, Eef ook. Het was zo oneerlijk. Ze moesten toch gichelend langs die Wallen rennen, het moest toch een ver-van-je-bedshow zijn, helemaal als je nog maar een tiener bent.

Ik gaf Florien een kop van de vers gezette koffie en deed er voor mezelf een flinke schep suiker in om mijn misselijkheid te laten verdwijnen. Florien begon te vertellen.

'Ik had al wat dingen gehoord, weet je wel, op school. Over dat Eef achter de ramen zou staan, dat ze dat veel leuker vond dan naar school gaan.'

Ze stopte even terwijl ze met haar ogen rolde en er een zenuwachtig lachje uit gooide.

'Maar ik geloofde dat natuurlijk niet. Ik ken Eef al mijn hele leven, ja, de laatste tijd sprak ik haar nog maar heel weinig, of eigenlijk helemaal niet meer door die Jesper, maar toch. Ik ken haar heel goed, toch?'

Ik knikte en liet haar verder vertellen. Ik concentreerde me op de suiker, alsof ik de zoetstoffen op die manier sneller in mijn bloedbaan kon krijgen.

'Nou, toen dacht ik, ik ga gewoon kijken. Ik ben naar Amsterdam gegaan met de trein, had eerst nog even gekeken op de kaart, want weet ik veel waar die Wallen zijn. Wist je trouwens dat er niet eens een straat bestaat die zo heet?'

Ik glimlachte. Wilde dat ze door zou praten. Het was zo'n

verhaal dat je eigenlijk niet wilde horen, maar iets in je wilde juist niets liever.

'Nou, en ik loop daar dus langs die ramen en ik zie Eef er helemaal niet tussen staan. Totdat ik haar opeens aan de overkant zag staan praten met een ander meisje. Zo raar om te zien. Ze had een rode bh en een rood met zwarte kanten slip aan en ze droeg heel veel make-up. Maar ik zag het gewoon aan haar gezicht, het was Eef.'

'Weet je het zeker?'

'Honderd procent. Ze was een stuk dunner, maar het was Eef.'

'Nou, dat was vast schrikken, Florien, om dat te zien.'

'Zeker. Ik schrok zo erg, ik ben gelijk weggerend. Ik dacht: wat nou als ze mij ziet, dat is toch ook raar? Dan moet ik wat zeggen of zo. Ik zou niet weten wat.'

'Nee, dat is lastig, ik snap het.'

Weer een zenuwenlachje van Florien. Ze zat de hele tijd met haar been te wiebelen en bleef maar met haar lepeltje roeren, terwijl haar koffie allang op was.

'Ik ben blij dat je naar me toe bent gekomen.'

'Ja, echt? Want het is niet leuk om te horen, toch?'

'Zeker niet. Maar ik vind het dapper dat je het toch komt vertellen.'

'Maar, kun je haar niet gewoon ophalen? Dat ze weer thuis komt wonen? Ze woont nog thuis toch, dus eigenlijk moet ze naar jou luisteren. Ik hoorde laatst ook iemand zeggen dat die Jesper haar dwingt om daar te staan.'

Ik twijfelde of ik haar erin zou betrekken.

'Is dat zo, Roos?'

De vriendinnen van Evie en Tessa mochten me Roos noemen. Ik vond het vreselijk als ze mevrouw of u tegen me zeiden. Misschien was het mijn krampachtige manier om me zo lang mogelijk jong te blijven voelen.

'Ik weet het niet, Florien. De politie is bezig met een onderzoek.'

Het was nergens voor nodig om de roddels in het dorp nog meer te voeden. Florien was natuurlijk een vriendin van Evie, maar dit soort verhalen is veel te spannend om niet door te vertellen. Zelfs voor goede vriendinnen.

'Oké, dat is wel beter. Dat het onderzocht wordt. Ik vind het niks voor haar, dit.'

'Nee...'

'Nou dan komt ze vast snel weer terug naar huis.'

'Ik hoop het, meis.'

'Nou goed, dan ga ik maar weer.'

Florien was maar wat blij dat ze haar verhaal kwijt was en er nu weer snel vandoor kon. Aandoenlijk wel, hoe naïef ze was, en geen idee had van wat er daadwerkelijk speelde in het leven van haar beste vriendin. Een verschil in levenservaring dat in de toekomst misschien wel voor altijd tussen hen in zou blijven staan. Mocht mijn dochter ooit weer haar oude leven kunnen oppakken...

Direct nadat ik haar had uitgezwaaid, stond Vanessa voor de deur. Ze had een mand vol lekkers bij zich, met een grote strik eromheen.

'En!' Ze opende haar tas. 'Een slof sigaretten. Voor al die keren dat ik een pakje van je heb gejat.'

'Lieve schat ben je ook.'

'Waar is Boris, met z'n neus?'

'Boven. Hij ligt even te slapen met een pijnstiller.'

'Fijn. Lekker rustig.'

Ze knipoogde.

'Hoe is het met je moeder?'

We gingen zitten en ik schonk nog een kop koffie in. Ondertussen propte ik een speculaasje in mijn mond, ik voelde me zo flauw. Ik moest wat eten.

'Slecht.'

Ik keek haar kant op en zag dat ze emotioneel werd.

'Ik geloof dat het klaar is, dat het mensje op is. Mijn broer heeft gevraagd of ik overkom, deze week nog.'

'Ja, dat moet je doen.'

'En jij dan? Hier, met alles rondom Evie.'

'Ik dan? Jij moet naar je moeder, mens. Ik heb mijn zus, ik heb Boris. Ik red me.'

'Ja, lekker dan. Je zus is hyper, Boris heeft een gebroken neus. Ik weet het niet hoor, hoe jij je gaat redden. Volgens mij gaat dat helemaal niet.'

Ik glimlachte. Vanessa zette altijd andermans problemen op de eerste plaats.

Ze stond op.

'Laat me in elk geval even wat eten voor je maken.'

Ik liet mijn hoofd op de keukentafel zakken.

'Hou jij nooit op?!'

'Nee!'

'Kom eens hier.'

We knuffelden elkaar lang. Vanessa bleef sterk, ze liet zich niet kennen.

'Je mag eten maken,' zei ik. 'Op één voorwaarde.'

'En die is?'

'Dat je direct daarna een ticket naar Canada boekt. Je stapt op de eerste vlucht. Al vertrekt die vandaag nog.'

Grote ogen.

'Beloofd?'

'Goed.'

'Mooi.'

'Opzij nu, want ik ga een ei bakken.'

Dat ei smaakte me best. Ik was er meer aan toe dan ik dacht. Zoals beloofd vertrok Vanessa kort daarna om haar vlucht te regelen. Ik miste haar direct, maar was blij dat ze eens voor zichzelf koos.

Boven hoorde ik de douche. Boris was wakker. Ik voelde zijn telefoon nog steeds in mijn broekzak prikken.

Zonder te twijfelen pakte ik het toestel uit mijn broek en

zocht het nummer van Benny op in het telefoonboek. Pas toen ik de telefoon over hoorde gaan, realiseerde ik me wat ik aan het doen was.

Wat zou ik zeggen? Daar had ik nog geen seconde over nagedacht.

'Hallo,' klonk een zware stem.

Ik zei niks. Mijn mond hing open, ik ademde zo stil mogelijk.

'Hallo?'

Weer zei ik niks.

'Boris, ben jij dit?'

Shit, hij herkende het nummer natuurlijk. Ik had er niet aan gedacht om de identificatie uit te zetten.

'Nee, dit is Boris niet.'

Mijn stem klonk schor.

'Oké, maar wie is dit dan? Wat is dit voor onzin?'

Hij klonk geïrriteerd.

'Wie ben jij?' vroeg ik met trillende vingers.

Met een zucht verbrak hij de verbinding. Nog even bleef ik met het toestel aan mijn oor staan. Wat had ik gedaan? Meer dan ooit wilde ik weten wie deze figuur was, maar dit was misschien wel het domste wat ik had kunnen doen.

24

'Evie, kun jij ons dat soms vertellen?' vroeg Murat nog een keer.

Ondertussen kwam ook Benny de kamer in gelopen. Daisy en Puk dartelden achter hem aan. Alle ogen waren opeens op mij gericht.

'Waarom ligt de hoorn scheef op de telefoon, Evie?'

Mehmet stond op.

'Moeten we anders even bellen naar het laatst gebelde nummer?'

Ik was dood. Nu was ik dood. Als ze dat zouden doen, had mijn laatste uur geslagen, was alles zinloos geweest. Hoe stom had ik kunnen zijn om Jan zomaar te bellen met deze telefoon? Hoe had ik zo onnozel kunnen zijn? Het eerste wat Mehmet zou doen, was natuurlijk op de herhalingsknop drukken. En het was een ouderwetse telefoon, maar die knop zat er wel op.

De druppels zweet zetten zich om in heuse straaltjes die langs mijn rug liepen. Ik had het zo vreselijk warm, ik wist niet waar ik het zoeken moest.

Jesper pakte de hoorn al van de telefoon.

'O sorry man,' zei Benny. 'Dat ben ik geweest. Vlak voordat ik wegging vanmiddag, probeerde ik je te bellen. Ik heb 'm er denk ik niet goed opgelegd.'

'Ik heb geen gemiste oproep,' zei Mehmet.

'Ik kreeg ook gelijk je voicemail.'

'Waarom belde je dan?'

'Jezus, is dit een verhoor of zo?'

Mehmet lachte.

'Wat moet je nou?' zei hij.

Speels gaf hij Benny een por tegen zijn schouder.

'Je bleef lang weg, toch.'

De twee stoeiden wat met elkaar. De spanning verdween uit de kamer, maar al mijn spieren waren nog stijf. Bij mij was de spanning nog lang niet weg. Nog geen vijf minuten geleden dacht ik dat mijn laatste uur geslagen had. Benny had me gered, voor nu. Maar waarom?

Ik draaide me weer om naar de keuken en besloot kip met rijst te maken. Ze aten maar wat ik voor ze klaarmaakte. Even later kwam Benny naast me in de keuken staan. De rest zat televisie te kijken in de woonkamer. Ik keek niet op, maar ging door met mijn werk. Ik was bang voor hem. Benny had me dan wel gered, maar ik vreesde wat hij ervoor terug wilde hebben. Geld misschien, of seks.

Hij pakte een groot keukenmes van het aanrecht en ging strak achter me staan. Met de punt van het mes, drukte hij tegen mijn linkerborst.

Daar zat mijn hart.

'Wie heb je gebeld?' fluisterde hij. 'En niet jokken nou.'

Ik probeerde mijn gezicht zijn kant op te draaien, ik wilde hem aankijken, maar hij duwde mijn hoofd hardhandig in een positie waarin ik wel naar het mes moest kijken. Dat ik wel moest zien hoe hij mijn leven onder controle had. Hoe hij met één enkele krachtinspanning mijn leven kon beëindigen.

'Bitch, zeg het.'

'Ik wilde mijn moeder bellen.'

Dit was een risico. Benny kon net zo goed het laatst gedraaide nummer nog een keer proberen.

'Ben je gek geworden?' siste hij.

Hij drukte het mes harder tegen me aan. Ik voelde dat het zich een weg door mijn kleren had gebaand. Het puntje stond nu rechtstreeks in contact met mijn huid.

'Heb je haar gesproken?'

Ik schudde mijn hoofd.

'Ben je eerlijk tegen me?'

Nu knikte ik.

'Ik heb plannen met je, weet je. En die plannen leveren me een hoop geld op. Als je dat in de weg staat, Evie, dan maak ik je af.'

Bij het uitspreken van de laatste zin, schoof hij met het mes over mijn linkerborst naar mijn keel. Ik durfde niet eens te slikken en hield mijn adem in.

'Hou je gedeisd vanaf nu, doe gewoon je werk.'

Ik knikte langzaam om te laten merken dat ik hem begreep.

Ik hoorde de lach van Daisy. Ze kwam de keuken in gelopen.

'Jezus, wat is hier nou weer aan de hand?' zei ze. 'Ik draai nog eens door in dit huis.'

Ze draaide zich om en wilde de keuken weer uit lopen.

'Hé!' riep Benny.

Zijn greep verslapte en hij legde het mes weer terug op het aanrecht.

'Ik legde Evie net uit hoe dingen hier werken. Kom, jij helpt haar met koken.'

Ze kwam naast me staan, Benny gaf me nog een pets op mijn kont en liep toen de keuken uit.

'Gaat het, schat?' vroeg Daisy.

Ik knikte. Alsof het haar iets interesseerde.

's Avonds bleek er een feestje te zijn, zoals vaker op zondagavond, maar vanavond was het ter ere van Jespers verjaardag. Het huis stroomde vol met gasten die ik nog nooit gezien had.

Steeds meer snapte ik zijn tactiek. Kleine details vielen op hun plek. Dat hij bijna nooit alleen was als hij de telefoon opnam, bijvoorbeeld. Hij belde vaak nog 's avonds laat, soms zelfs midden in de nacht en dan nog waren er mensen bij hem in de buurt. Dat zijn beste vrienden zich opeens tegen hem keerden, ik had er nooit aan getwijfeld of dit wel echt zo was. Ik was erin getrapt, omdat ik blind was voor dit soort details. Verblind door de liefde. Een valse vorm van liefde.

Ik haatte Jesper. In korte tijd waren mijn extreme gevoelens voor hem veranderd in een bloeddorstige haat. Alles wat ik de afgelopen weken had meegemaakt, had hij veroorzaakt. Hij was de enige echte schuldige. Ik schaamde me diep als ik dacht aan mijn verliefdheid. Misselijk werd ik ervan.

Toch raakte het me nu ik zag dat Jesper erg close was met een van de meiden die op het feestje waren. Ze zag er redelijk normaal uit, had eigenlijk helemaal geen uitdagende kleding aan. Maar ze was mooi, natuurlijk mooi. En ze leek zeker geïnteresseerd in zijn praatjes.

Wacht even.

Opeens keek ik met andere ogen naar haar. Zat zij in dezelfde positie als waar ik in had gezeten, nog niet eens zo heel lang geleden? Ik ging ook mee naar de feestjes die hier werden gehouden. Ik zag dat Murat haar aanstootte en wat tegen haar zei, terwijl hij naar Benny wees. Ze begon heel hard te lachen. Hij maakte een grap over Benny, net als toen met mij.

Glashelder allemaal. Het vaselinelaagje verdween van mijn beeld.

Nu had ik het alleen nog maar benauwd. Ik voelde me in de val gelokt, ik wilde weg, maar kon geen kant op. Als ze me te pakken kregen, maakten ze me ter plekke af. Of erger nog, dan liep mijn zusje gevaar.

Zo onopvallend mogelijk trok ik me terug en liep ik de trap op naar boven. Op onze slaapkamer kon ik niet terecht, omdat Puk daar bezig was met een van de gasten van het feestje.

'Gadverdamme,' fluisterde ik bij het horen van de geluiden.

Ik koos voor de badkamer. Ik sloot me op en kroop in de douche. Ik schoof het douchegordijn dicht en fantaseerde dat ik in een tent zat. Dat ik als klein meisje op een warme zomeravond in de tuin aan het kamperen was. Spannend, maar toch beschut, vlak bij mijn ouders, die een paar meter verderop aan de wijn zaten. Ik viel in slaap, voor even. Voor even was ik in mijn eigen droomwereld.

25

Ik zag hem staan in de badkamer en bekeek zijn lichaam. Dat vertrouwde lichaam. Hoe lang was het eigenlijk al geleden?

Te lang.

Zijn buik was wat dikker geworden, maar dat vond ik niet erg. Het maakte hem wat meer man, dan hij vroeger was. Minder slungelig. Hij was gestopt met afdrogen en hing de handdoek over de rand van het bad.

Hij zag mij ook.

Ik stond schaamteloos naar hem te staren en ik zag nu pas dat hij mij gewoon kon zien in de spiegel. Roze blossen kleurden mijn wangen. Wat ooit zo normaal was geweest, bleek nu iets om je voor te schamen. Iets ongewoons.

Hij liep de badkamer uit en kwam naar me toe, gewoon in zijn blote lijf. Ik heb niets te verbergen, leek hij ermee te willen zeggen. Bekijk me maar. Het verbandgaas had hij van zijn neus gehaald, waardoor hij er niet meer zo oenig uitzag als toen ik hem vanochtend in het ziekenhuis aantrof. Zijn gezicht zat nog onder de zwellingen en hij had een paar lelijke blauwe plekken. Ruig, was hij.

Van zijn eerste aanraking kreeg ik tranen in mijn ogen. Het deed me veel, om weer met hem te zijn. Ik had zoveel van hem gehouden, hield nog zoveel van hem. We kusten, voorzichtig, om zijn beurse gezicht geen pijn te doen. De kus verliep eerst nog wat onwennig. Moesten we dit nou wel doen?

Ja, zeiden onze lichamen vrijwel direct na de eerste twijfel. Er is geen twijfel, zeiden ze. Dit hoort. We lieten ons vallen op het bed waar we zo veel jaren samen hadden geslapen. Geseskt. En niet hadden geseskt.

Het was goed.

Ik zat op de wc toen ik mijn mobiele telefoon hoorde rinkelen. Snel hees ik mijn broek op, trok ik door en snelde naar waar het geluid vandaan kwam. Te laat, ik had de oproep gemist. Het was Florien, het arme kind.

Ik waste mijn handen in de keuken, stak een sigaret op en wilde haar net terugbellen, toen Boris de keuken in kwam gelopen. Hij zette twee kopjes neer en schonk koffie voor ons in. Daarna ging hij zitten en stak ook een sigaret op.

We glimlachten naar elkaar, flauwtjes. Niet als verliefde pubers die niks anders aan hun hoofd hadden. Wij hadden dat wel.

'Je had gelijk,' zei hij.

'Altijd…'

Ik knipoogde.

'Waarover deze keer?'

'Benny.'

Ik stond direct op scherp. Wat had ik ook alweer over hem gezegd?

'Hij hoort bij die bende. Bij die klootzakken waar Evie mee omgaat.'

Ik knikte.

'Waarom bel je met hem? En hoe kom je aan zijn nummer?'

Boris nam een flinke hijs van zijn sigaret en blies het in wolkjes weer uit. Hij nam zijn tijd.

'Ik kwam die jongen tegen op een van de eerste avonden dat ik op de Wallen rondliep, op zoek naar Evie. Ik zag hem rondlopen met een Turkse jongen, die bij verschillende meiden naar binnen ging en snel weer naar buiten kwam. Er klopte iets niet, dus ik had al zo'n vermoeden. Ik liet hem een foto van Eef zien die ik nog in mijn telefoon had staan en zag gewoon aan zijn reactie dat hij haar kende. Toen nam ik een risico, ik gaf hem mijn kaartje en vroeg hem me te bellen als hij iets wist. Die andere gast was er inmiddels bij gekomen en we raakten in een soort ruzie verwikkeld.'

Boris wees met zijn vingers op de schaafwond, die er al eerder was dan de rest van de gehavende plekken in zijn gezicht. Was dat mysterie ook weer opgelost.

'Na twee dagen belde hij me. Hij wilde me wel helpen, zei hij. Maar hij wilde geld zien. Hij heeft een grote bek en probeert er een flink slaatje uit te slaan, kan ik je vertellen.'

Mysterie twee opgelost. Daar had hij dat geld voor in zijn broekzak. Restte nog één vraag: hoe kwam hij aan dat geld?

'Hoeveel wil hij hebben?'

Boris glimlachte.

'Twintigduizend euro. Cash.'

Wat een klootzak. Een beetje de barmhartige Samaritaan uithangen en te hulp willen schieten, maar dan wel lekker willen vangen.

'Wil je hem dat geven?'

Boris haalde zijn schouders op.

'Weet niet. Ik betwijfel of hij überhaupt te vertrouwen is.'

'Moet Jan dit niet weten? Of Eduardo? Die kent die gasten goed.'

'Nee joh, Roos. Dit is juist onze enige kans om het zonder de ambtenaren van de politie op te lossen. Om er een beetje vaart achter te zetten, zonder dat er eerst allerlei aangiftes en dat soort zaken rond moeten zijn. Het gaat wel om onze dochter.'

'Ja…' Ik twijfelde. 'Misschien vind ik toch dat we Jan op de hoogte moeten stellen. Ik bedoel…'

'Nee.'

'… stel dat het misgaat.'

'Nee, lieverd, echt niet. Dit is hartstikke illegaal, straks draaien we zelf nog de bak in, terwijl we alleen maar onze dochter terug willen.'

Ik was er stil van. Ergens wist ik dat hij gelijk had, maar het zat me niet lekker om Jan hier buiten te laten. Zij hield ons ook overal van op de hoogte, toch? We mochten haar vertrouwen niet beschamen. Het verbaasde me eigenlijk dat Boris daar zo stellig over was. Zelf was hij per slot van rekening ook een ambtenaar.

Mijn telefoon ging.

'Sorry, ze belde net ook al.'

Ik maakte een verontschuldigend gebaar met mijn mobiel, nam op en zette hem op de speaker.

'Roos?' hoorde ik Florien zeggen.

'Ja meis, wat is er?'

Ik keek naar Boris.

'Jesper was net op het schoolplein. Ik dacht, dat wil je vast wel weten.'

'Wat zeg je?'

'Jesper van Eef. Hij was net hier.'

'Gluiperd,' fluisterde Boris hoofdschuddend.

'Wat moet hij daar nou?'

'Dat weet ik ook niet, maar Roos…'

'Wat?'

'Hij stond met Tessa te praten.'

Baf.

De telefoon viel uit mijn handen. Ik had dus toch gelijk.

Ik pakte mijn tas en mijn sleutels.

'O nee, Roos. Geen sprake van dat je erheen gaat.'

'Wat dacht je? Natuurlijk ga ik erheen.'

'Wat wil je daar doen dan?'

'Kijken, praten, weet ik veel. Ik ga er gewoon naartoe.'

'Dan ga ik met je mee.'

Ik stond al bij de deuropening van de keuken, toen hij dat zei.

'Boris…'

'Ja, ik laat je toch niet alleen gaan? Wie weet waar die gasten allemaal toe in staat zijn.'

'Nou, dat weet ik wel.'

Ik gebaarde naar Boris.

'Dat bedoel ik. Straks nemen ze jou ook te grazen.'

'Kom op nou. Natuurlijk niet. Bovendien, ik denk echt wel twee keer na hoor, voordat ik op ze afstap. Het is niet mijn intentie om in een gevecht verzeild te raken, of zo.'

'Nee, niet jouw intentie…'

'Boris, maak je geen zorgen. Jij moet rustig aan doen. Het zou bovendien alleen maar agressiviteit opwekken als jij daar opeens staat. Dat komt toch bedreigend over?'

Een glimlach.

'Ik betwijfel het.'

Ik maakte van het moment gebruik door hem snel een kus op zijn wang te geven en weg te snellen.

'Ik ben terug voor je het weet!'

Alleen al die grijns op zijn gezicht deed de koffie in mijn maag opborrelen. Het kookte, van woede, van misselijkheid. Ik zag hem hangen met twee jongens uit de vierde of vijfde klas en een meisje dat heel wat weg had van Betty Boop, met haar bleke huid en haar zwarte haar. Ze stonden te lachen bij zijn splinternieuwe auto, echt een pooierbak. Iedere keer als het gebulder weer uitbarstte, ging er een scheut van ergernis door mijn lichaam. Alsof iemand steeds weer op een kwetsbare beurse plek drukte, terwijl hij wist dat het me zeer deed.

Nu pas snapte ik waarom een moeder de moordenaar van haar kind doodschoot in de rechtszaal. Normaal veroordeelde je dat soort dingen als de berichten op het *Journaal* voorbijschoten.

Moord kon wel, vond ik nu. Zeker weten zelfs. Ik zou hem zo kunnen afmaken. Laat staan als ik dacht aan de dingen die hij mijn dochter had aangedaan, die hij haar nog steeds aandeed.

Ik nam een radicaal besluit. Ik had een wapen nodig.

Ik zocht naar Hazim, maar die was nergens te bekennen. Tessa ook niet. Die zou ook gewoon in de les moeten zitten. Na het telefoontje van Florien wist ik zeker dat Hazim ook bij die bende hoorde. Het kon allemaal geen toeval zijn. Voor even sprak mijn geweten: als het wel toeval was, had ik heel wat goed te maken met die jongen.

Ik keek naar Jesper, die naar zijn auto liep. Hoe heeft Evie er ooit in kunnen trappen? Lelijk joch. Met z'n praatjes.

Hij stapte in. Opletten nu, hij ging weg.

Ik keek van de auto, die klaarstond om de weg op te gaan, naar de jongens en Betty Boop, die heel hard moesten lachen. Weer. Jesper maakte zijn finalegrap voordat hij er weer vandoor ging. Om de pooier uit te hangen. De auto kwam in beweging, sloeg naar rechts af en reed in de richting van de snelweg. Het duurde slechts een seconde voordat ik merkte dat ik mijn intuïtie volgde.

Ik moest erachteraan.

Zonder er echt bij na te denken draaide ik mijn autosleutel om. Ik probeerde te starten, maar het ging mis.

'Jezus, wat heb ik de laatste tijd met autorijden!'

Ik vergat met mijn voet de koppeling in te drukken, waardoor mijn auto met een schok tot stilstand kwam. Het was een vreemde vertoning en het trok de aandacht van de jongens. Ze keken achterdochtig achterom, maar ik stond gelukkig ver weg geparkeerd en was voor hen niet herkenbaar. Mijn hart klopte in mijn keel door mijn domme actie. Vlug herstelde ik me en probeerde het nog een keer. Met succes, mijn motor startte. Ik draaide mijn stuur om, naar rechts, de weg op naar de A1. Ik was vastbesloten de BMW te volgen.

Het was druk op de weg, het liep tegen het einde van de middag, de spits was al begonnen. Jesper reed hard. Het kostte me moeite om hem in het zicht te houden. Ik moest denken aan die achtervolgingsscènes uit films en series, waarin ze zo onopvallend mogelijk de auto voor zich bleven volgen. Vroeg of laat werd het echter toch altijd opgemerkt en volgde een gevecht om elkaar van de weg te werken. Auto's vlogen over de kop, met ontploffingen en heftige branden tot gevolg. Ik troostte me met de gedachte dat ze er in films altijd weer uitkropen, met slechts een enkel schrammetje. Aangezien mijn leven toch al een afgrijselijk beroerde B-film was, gunde ik mezelf dat geluk ook, mocht het zover komen met deze achtervolgingsactie. Dat was wel het minste wat de slechte regisseur van mijn leven voor me kon betekenen.

Het was een tijd geleden dat ik rond dit uur op de snelweg reed. Schokkend eigenlijk, hoe lang ik al geen deel meer uitmaakte van het zogenaamde gewone leven.

Ik voelde die druk op mijn borst weer, waardoor ademen slecht ging. Een teken van wanhoop, omdat ik mijn leven niet meer onder controle had. Ik had het benauwd en draaide mijn raampje voor de helft open. Ik snoof de buitenlucht diep in, voelde de zuurstof door mijn lichaam trekken. Nog een keer. En nog een keer.

Ik moest die BMW in de gaten houden, dat was het primaire doel. De zwarte auto die ik achtervolgde, was het enige wat nog bestond op deze godvergeten aardbol.

We reden een woonwijk in Amsterdam-Noord binnen.

Ik keek vluchtig op mijn telefoon. Boris had me al twee keer gebeld en een sms gestuurd.

'*Bel me zodra je dit leest*' stond er.

'Shit, kijk uit je doppen!'

Ik schepte bijna een man op een fiets met drie boodschappen-tassen van een of andere goedkope supermarkt. Hij dook zomaar op vanachter mijn auto en slingerde een tijdje voor me op de weg. Ik onderdrukte mijn neiging om te toeteren. Ik mocht niet opvallen. De man fietste ongestoord verder, ik gooide mijn mobiel terug in mijn tas. Ik kreeg de kriebels van deze wijk, ik kende het hier niet, was er nog nooit geweest, maar vond het er akelig.

Ik was op een behoorlijke afstand van de zwarte BMW gaan rijden. Ik moest voorkomen dat hij me zou herkennen. Lekker dan, met een rode auto. Als hij een hoek om reed, schakelde ik en gaf keihard gas om op tijd te zien welke richting hij daarna op ging. Hij was steeds langzamer gaan rijden. Waarschijnlijk was hij er bijna. De straten werden steeds korter, het werden steeds meer plekken waar je nooit zou komen, behalve als je er woonde. Ik parkeerde mijn auto, zomaar ergens voor een deur. Zo liep ik minder risico betrapt te worden. Het laatste stukje volgde ik hem wel te voet. Snel stapte ik uit en rende naar de hoek van de straat, waar ik de BMW nog net naar rechts zag gaan. Ik trok een sprintje, maar zag te laat dat er midden op de stoep een aantal tegels waren verwijderd. Er zat een gapend gat in de weg, waar ik met mijn voet in bleef haken.

Baf. Met een harde klap lag ik op de grond.

Ik viel op mijn kin, mijn tanden beten een stuk van mijn lip kapot en ik bezeerde mijn polsen aan de tegels. Er knarste iets tussen mijn tanden. Zand? Nee, het was een stukje van mijn voortand. Ik voelde met mijn tong, mijn voortand was scherp en puntig.

'Verdomme!'

Ik spuugde de afgebroken stukjes tand uit mijn mond en ging rechtop zitten. Ik bekeek met een pijnlijk gezicht mijn polsen, maar kon niet langer bezig zijn met mijn val. Ik moest die auto achterna. Hij was vast al uit het zicht verdwenen en dan was alles voor niks geweest.

'Shit zeg,' vloekte ik nog een keer in mezelf.

Ik strompelde de straat uit. Inderdaad, geen BMW meer te bekennen. Toch liep ik door. Het was mijn enige kans om erachter te komen waar Evie was.

Opeens zag ik hem staan, de BMW. En Jesper ook. Op de oprit voor een huis. Hij stapte net uit, met zijn rug naar me toe. Vlug liep ik door. Hij mocht me niet zien. Als hij me zag, was het mis. Dan gaf ik mijn voorsprong weg. Want nu wist ik waar ze zich schuilhielden, die klootzakken. Nu wist ik het. En ik zou terugkomen. Met een wapen.

Ik liep nog zeker drie straten verder, zonder om te kijken.

'Ik heb het gevonden,' fluisterde ik in mezelf. 'Ik heb het gevonden.'

Hier hielden ze mijn dochter verborgen.

'Nou, u hebt een lelijke val gemaakt hoor. Hoe kwam het ook alweer, zei u?'

De tandarts maakte het stukje kunsttand klaar waar hij mijn gebit mee zou herstellen. Ik had gelukkig een spoedafspraak kunnen maken. Hij had zijn praktijk aan huis.

Eerst had hij mijn tand gevijld, een afschuwelijk geluid. Tijdens de hele behandeling hield ik mijn vuisten gebald, ik kon er niet tegen! Niet tegen dat geluid, maar al helemaal niet dat ik nu weer in een tandartsstoel zat, in plaats van een nuttige actie ondernam om mijn dochter thuis te brengen. Nu zat mijn mond vol met watten en was ik in afwachting van een stuk neptand.

'Hmmhmm,' antwoordde ik.

Ik had me er mijn hele leven lang al over verbaasd. Waarom praten tandartsen tegen je als ze met allerlei tangen, watten en goedjes in je mond zaten? Onbegrijpelijk. Misschien vonden ze het wel grappig, kregen ze op de opleiding een apart vak, met als kerncompetentie: hoe stellen we de meest onhandige vraag in de voor de cliënt meest ongunstige positie om daar antwoord op te geven? Gniffelend zaten ze dan met z'n allen in de collegezaal, terwijl ze 'hé man, da's een goeie' tegen elkaar riepen en die potentiële vraag dan vervolgens nog nagiechelend in hun notitieboekje opschreven. Leuk, voor later.

Nadat ik het huis had ontdekt, had ik zo snel mogelijk mijn auto opgezocht om naar huis te rijden. Ik moest mezelf eerst fatsoeneren voordat ik een echte confrontatie met hem aankon. Voordat ik mijn dochter voorgoed kon redden uit de klauwen van die monsters. En ik moest een wapen zien te regelen. Maar hoe?

Even dacht ik aan Jan. Ze zou woedend zijn.

Maar ik was lang genoeg geduldig geweest. Steeds meer vroeg ik me af wat nu eigenlijk haar doel was. Om Jesper en zijn kornuiten uit te schakelen of om mijn dochter te redden? Allebei natuurlijk, maar ik wist niet precies waar haar prioriteiten lagen. Voor mij was het vanzelfsprekend dat mijn dochter de hoogste prioriteit had. Haar redden, daar ging het om. Maar Jan leek daar een andere kijk op te hebben.

Daarom belde ik haar niet. Ze zou het niet toestaan dat ik haar onderzoek in de war bracht. Dat ik mijn dochter kwam halen. Op mijn beurt liet ik het niet gebeuren dat zij haar eigen belang, het oppakken van die gasten, zwaarder liet wegen dan het welzijn van mijn kind.

Mooi niet.

Ik keek in de spiegel van de tandarts.

'Mooi,' zei ik.

Ik kuchte. Mijn mond was kurkdroog van de watjes.

'Hier, neem een slok water,' zei hij.

Ik dronk een paar flinke slokken en bedankte hem voor de spoedafspraak.

'Sterkte met je polsen,' riep hij nog toen ik de deur uit liep.

Bij wijze van antwoord wuifde ik hem vriendelijk gedag.

Ik keek op mijn horloge, alweer bijna zes uur. Wat moest Boris wel denken...

Waarschijnlijk had hij gedacht dat ik hongerig was, want hij zat met een pan wokgroenten en wat pasta in de keuken op me te wachten.

'Wat is er met je gebeurd?'

'Gevallen,' zei ik. 'Ze waren ergens bezig met de bestrating, maar dat had ik over het hoofd gezien. Kom net van de tandarts, er was een stukje af.'

Ik trok mijn lip naar boven, zodat hij mijn tanden kon zien, en wees hem het stukje dat er net aan was geplakt.

'Daarom nam je niet op. Jeetje zeg, lekker stel zijn wij,' grinnikte hij. 'Hup, zitten nu, ik heb eten voor je.'

Hij schepte op. Er zat een diepe snee in zijn hand.

'Wat heb jij dan? Nog meer brokken gemaakt?'

Het leek of hij het al was vergeten.

'O,' zei hij. 'Ongelukje. Heb een glas gebroken.'

Loog hij nou?

Ik knikte twijfelachtig. Moest ik hem betrekken in mijn ontdekking van vanmiddag? Hij zou het willen weten, dat wist ik zeker. Maar hoe zou hij reageren? Hij kon zo flippen, dat had hij bewezen met zijn actie op de Wallen. Hij draaide door, uit wanhoop. En dat vage gedoe met die Benny. Ik vond het maar niets.

Nee, ik kon hem beter niets vertellen. Ik wist niet eens helemaal zeker of Boris wel te vertrouwen was.

Tijdens het eten vermeed ik het onderwerp Evie. Het voelde niet eerlijk om dan mijn ontdekking van vanmiddag voor me te houden. Dan was het pas echt liegen.

'Heb je Jesper nog gezien?' vroeg hij.

'Ja. Niets bijzonders, hij stond daar gewoon te praten. Daarna ben ik wat door de stad gaan wandelen, mijn zinnen verzetten.'

'Doe dat maar niet meer, wandelen. Hartstikke gevaarlijk.'

Ik toverde een lachje op mijn gezicht.

'Lekkere saus.'

'Het was een nieuw soort woksaus.'

'Smaakt goed.'

'Dank je.'

Ik had het eigenlijk alleen over de saus. De rest smaakte me niet. Ik was te veel bezig met de avond die me nog te wachten stond. Moe was ik niet. Zenuwen beheersten juist mijn lijf. Want één ding stond vast: ik ging terug.

Na het eten ging ik me boven verkleden en wikkelde ik mijn beschadigde polsen in met wat gaas en pleisters, die Boris mee had gekregen van het ziekenhuis. Ik trok een lekker zittende spijkerbroek aan en een dunne coltrui.

Hier zou ik me goed in voelen.

Ik strikte net mijn zwarte Nikes toen ik de bel hoorde. Boris liep naar de deur. Ik hoorde hem praten, er gingen voetstappen door het huis richting de woonkamer en vervolgens liep hij de trap tot halverwege op.

'Roos?'

'Ja.'

'Er is iemand voor je.'

'Wie?'

'Dat weet ik niet precies. Een vrouw, ze zei dat je haar kende.'

'Maar wie is het dan?'

'Weet ik niet! Ik ben met de afwas bezig, laat haar niet zo lang wachten.'

Wie kon het zijn? Boris kende haar niet. Vervelend dat de vrouw die beneden op me wachtte mijn plannen verstoorde. Ik moest haar afpoeieren, wie het ook was.

Eerst herkende ik haar helemaal niet. Ze zat op de bank in mijn woonkamer, had een knalroze blouse aan met een zwarte broek eronder. Haar kapsel zat perfect in model, haar make-up was al net zo keurig.

Net als toen ik bij haar voor de deur had gestaan.

'Dag Roos,' zei ze vriendelijk.

'Hoi.'

Ik gaf haar een hand.

'Mijn naam is Selma.'

Het was de moeder van Hazim.

'Ga zitten.'

'Ik heb gehoord dat je op dit moment in een heel vervelende situatie zit met je dochter.'

Ik knikte. Welk punt wilde ze hiermee maken?

'Ik vergeef het je daarom,' zei ze.

'Wat?'

'Dat je mijn zoon vals beschuldigt van kwade bedoelingen met Tessa.'

'Vals?'

Ik schoot bijna in de lach. Waar haalde ze het lef vandaan?

Ik schaamde me nergens meer voor. Al zat de koningin bij me op de bank te pleiten voor die jongen, ik had deze puzzelstukjes allang in elkaar gelegd. Het was me meer dan duidelijk.

'Hoe bedoel je, vals beschuldigen?'

'Mijn zoon heeft niks te maken met de situatie waarin je zit. Hij zit bij Tessa in de klas. Ze vinden elkaar aardig en gaan graag met elkaar om. Hij vindt het jammer dat hij dat nu niet meer mag, van jou. Tessa ook, volgens mij.'

'Met alle respect Selma, maar hoe weet je zo zeker dat je zoon goede bedoelingen heeft?'

'Het is mijn zoon. Ik ken hem. Hij heeft nog nooit een vlieg kwaad gedaan.'

'Ja, dat zeggen alle moeders. Sorry hoor, maar ik heb hier helemaal geen tijd…'

'Roos,' riep ze nu met iets meer kracht in haar zachte stem.

Ik was opgestaan, maar ging weer even zitten. Ze had een bepaalde overredingskracht in haar manier van praten, een eigenschap die je niet zou verwachten als je alleen op haar tengere verschijning af zou gaan.

'Je ziet het misschien niet zo helder meer, maar ik ben hier gekomen om je in te laten zien dat niet alle Turkse jongens pooiers zijn.'

Dat was een inkoppertje.

'Maar ze zijn ook niet allemaal even lief en aardig, zoals jij denkt.'

'Dat beweer ik ook niet.'

Het viel stil. Hoe durfde dit mens zich hier te vertonen en te doen of haar zoon poezelig lief was?

'Je moet me vertrouwen als ik je vertel dat ik mijn zoon beter heb opgevoed dan wat je nu van hem denkt.'

'Ik vertrouw niemand.'

'Hoe kun je met jezelf leven zo?'

'Prima.'

'Echt, Roos? Echt? Door zo te generaliseren? Eigenlijk door mijn zoon te discrimineren?'

'Selma, luister eens even heel goed naar me,' riep ik uit. 'Ten eerste, jij weet geen zak van mijn leven, je hebt geen idee van wat er speelt. Ten tweede, die zoon van jou komt op een wel heel erg toevallig moment in het leven van mijn dochter. Ik weet namelijk allang dat er wordt geprobeerd om mijn jongste dochter ook in te palmen. Mét behulp van dat schattige zoontje van je!'

Boris kwam in de deuropening staan en keek me vragend aan.

'Wat is er aan de hand?'

'Niks,' snauwde ik hem af.

Hij trok zijn wenkbrauwen op en verdween de keuken weer in. Opgelucht, waarschijnlijk.

Selma stond op. Ik sidderde van boosheid, van haat. Tegelijkertijd straalde deze vrouw ook een vreemd soort rust uit. Ze was zeker van haar zaak, mijn woorden brachten haar niet aan het twijfelen. Een kracht die ik zeker niet bij mezelf zag.

'Mijn zoon heeft hier niets mee te maken,' hield ze vol.

Ze pakte mijn arm vast en keek me aan.

'Geloof me, Roos, het is verspilde energie. Richt het op iets anders. Iets nuttigs.'

'Het kan niet anders. Hij heeft er iets mee te maken.'

Zij koppig, ik koppig.

Met haar linkerhand pakte ze nu ook mijn andere arm vast. Voor ik het wist gaf ze me een knuffel en streelde ze geruststellend langs mijn rug.

'Het komt goed, als je maar vertrouwen hebt.'

Ik accepteerde het gebaar en voelde tranen achter mijn ogen branden. Wat deed dat mens met me? Ze was misschien wel de moeder van een van de handlangers die mijn dochter daar op de Wallen heeft gebracht.

'Misschien kan ik je helpen.'

'Met wat? Ik denk het niet.'

'Wat dan ook. Als er iets in je opkomt, je kunt me altijd bellen.'

Ik knikte, maar ik was niet van plan om ooit in te gaan op een dergelijk aanbod. We liepen naar de voordeur. Ik was blij dat ze weer wegging.

'Ik wil je nog iets vragen,' zei ze.

Ik keek haar aan zonder iets te zeggen.

'Kom bij ons eten.'

Eten? Zei ze dat nou echt?

'Het maakt niet uit wanneer, je bent altijd welkom. Jullie allemaal trouwens.'

'Bedankt, Selma,' zei ik in de hoop dat ze nu echt wegging.

Eten, wat dacht ze wel? Ik zag me al naar dat huis rijden, niet om haar zoon te bedreigen, maar om gezellig een hapje te komen eten. Met geen mogelijkheid kreeg je me daar aan de eettafel, hoe aardig ze het misschien ook bedoelde.

Ze vertrok, ik sloot de deur achter haar en trok gelijk mijn jas aan.

'Ik ga er ook vandoor,' riep ik de gang in.

'Waar ga je naartoe?'

'Sporten.'

'Oké, zie je zo weer.'

'Wacht maar niet op mij vanavond...'

Nog voordat hij kon reageren stapte ik de deur uit en scheurde ik weg in de donkerblauwe Volvo van Boris. Niemand hield me meer tegen. Zelfs hij niet.

26

We stopten ergens op een verlaten parkeerplaats, net buiten
het centrum. Het regende en het leek al donker, terwijl het ongeveer twee uur 's middags was. Onderweg had ik steeds om
me heen gekeken. In iedereen herkende ik Jesper. Ik was bang.
Doodsbang. Ik vreesde voor mijn leven, op een manier die ik
niet eerder had meegemaakt. Er flitste van alles door me heen.
Dat ik mijn moeder nooit meer zou zien. Dat Mehmet mijn
zusje te grazen zou nemen als ik er niet meer zou zijn. Dat mijn
vader nog verder zou doordraaien. Mijn leraar Frans, ik dacht
zelfs aan hem. Ondanks alles bleef hij al die tijd in me geloven.
Hij maakte grapjes met me en smeekte me na iedere les of ik
ook Frans wilde gaan studeren. Ik was er zo goed in, het zou
hem zo trots maken. Ik lachte dan met hem mee en gaf toe dat
ik niet eens wist of ik wel wilde studeren. Nu, als ik eraan terugdacht, zou ik er alles voor over hebben om me in te kunnen
schrijven voor een studie Frans. Alleen kon het nu niet meer, de
situatie was veranderd. Dit had helemaal niets meer te maken
met studeren, of met een normaal leven.

Ik staarde naar de ruitenwissers, die de regendruppels nog
steeds van de voorruit veegden, terwijl we allang waren gestopt.
De motor was uit, de lichten waren gedimd. Als je de ruitenwissers niet zou zien bewegen, zou je denken dat de auto hier
gewoon geparkeerd stond, achtergelaten door de eigenaar, in
afwachting van zijn terugkomst. Om me heen zag ik niks wat
me bekend voorkwam, ik was hier, voor zover ik het kon zien

door de half beslagen ramen, nog nooit geweest. Ik raakte in paniek, straks zouden ze me zien, zouden ze erachter komen dat ik hier was.

Jan van Mierenbrug draaide zich een kwartslag naar me toe.

'Hoe gaat het echt met je?'

'Goed.'

Een antwoord uit automatisme.

'En met Jesper?' vroeg ze. 'En Mehmet?'

Nu we hier waren, om rustig te praten, wist ik eigenlijk niet wat ik haar in godsnaam moest vertellen. Wat nou als ze Mehmet echt niet konden vasthouden, alleen op grond van mijn getuigenis. Dan ging ik eraan. En hoewel ik wist dat Benny op z'n minst een uur weg zou blijven, voelde ik me niet op mijn gemak.

'Je wilt me alleen maar spreken om Mehmet te naaien, toch?'

'Nee, Evie. Nee! Ik wil jou helpen. En dat kan door Mehmet uit te schakelen. Ik wil hem van de straat hebben. Dat wil jij toch ook?'

Ik knikte.

'En Jesper dan?'

'We hebben officiële verklaringen van je vriendin, Stephanie. Een ander team onderzoekt haar verdwijning nu, daar heb ik niets mee te maken. Maar als jij tegen hem getuigt, gaan we de strijd gewoon met hem aan. Je kunt dit winnen.'

Maar niets was zeker. Dat klonk in alles door.

'Ik ben bang.'

'Dat begrijp ik, maar…'

'Breng me alsjeblieft terug.'

'Maar Evie, we zijn er net.'

'En nu wil ik terug.'

'Je hoeft niet bang te zijn, niemand ziet je hier.'

'Ik hoef niet bang te zijn? Hij maakt me af als hij me met jou ziet! Hij maakt me dood.'

'Wil je serieus nadenken over een aangifte? Beloof me dat dan in elk geval.'

'Het is een te groot risico.'

'Hij is in ieder geval een tijd van de straat. Hij deinst wel terug hoor, als hij weet dat we erbovenop zitten.'

Niks terugdeinzen. Hij zou me in stukjes hakken en me roosteren op de barbecue. En misschien zou hij me nog opeten ook.

'Jan, wil je me terugbrengen, alsjeblieft?'

Ik was al veel te lang weg. Dat moest opvallen. Misschien was Benny zelfs alweer terug. Het was nu ruim een halfuur geleden dat ik mijn kamer afsloot. Benny mocht er niet achter komen dat ik met de politie had gepraat.

Een rilling bij de gedachte.

Jan startte haar auto en reed weer naar het centrum.

'Ik vind het zonde dat je niet praat,' begon ze. 'Ik kan je helpen, echt, wat je ook van me denkt, wat ze ook over me gezegd hebben tegen je. Als je aangifte doet, kunnen we die gasten oppakken.'

Ik zei niks.

'Weet je, ik zou opvang voor je kunnen regelen. Ik kan je naar een plek brengen die niemand kent, waar niemand je kan vinden.'

Nog steeds zei ik niks. Ik keek recht voor me uit. Ik geloofde niks van wat ze beweerde.

'Want dat is toch belangrijk voor je, Evie? Dat ze je niet kunnen vinden als je eruit stapt?'

'Dat ze de bak in draaien.'

'Ja, wil je dat?'

Ik knikte.

Ze sloeg rechtsaf, we reden weer in het centrum. Ik verstijfde, mijn handen grepen de zitting van de stoel, mijn ogen schoten alle kanten op, zodat ik niks kon missen, of beter gezegd: niemand kon missen. Ik wilde dat ze sneller zou rijden.

'Als je aangifte doet tegen Mehmet en tegen Jesper, dan hebben ze een flink probleem, snap je dat? Daarom moet je ook niet vertellen dat je met mij hebt gesproken. Dat is te gevaarlijk.'

Ik glimlachte.

'Dat weet ik…'

'Wil je nog wat over Stephanie vertellen?'

Fuck.

Het horen van haar naam raakte me diep. Tranen vulden mijn ogen. Ik had het afgesloten, besloten dat ik het niet toe zou laten. Niet zolang ik nog bij Mehmet in de buurt was, ook al wist hij nu dat ik getuige was geweest van de moord. Hoe lang zou hij af durven wachten totdat ik met dit verhaal naar de politie ging? Blijkbaar schatte hij me toch loyaler in dan ik was, want hier zat ik dan, met de politie te praten. Hij moest eens weten.

Ik schudde mijn hoofd.

'Nee?'

'Nope.'

'Maar je weet zeker dat ze dood is, hè?'

Ik knikte.

'Weet je, je ouders missen je verschrikkelijk.'

Nu stroomden de tranen over mijn wangen. Hoe durfde ze mijn ouders erbij te halen? Het was gewoon een truc.

'Wil je dat ik iets aan ze doorgeef? Een boodschap, of wil je misschien met je vader of moeder praten? Wil je met ze afspreken, net als met mij?'

Ik schudde mijn hoofd en opende het portier. Ik moest weg uit deze auto. Dit gesprek had geen zin, ik liep er alleen maar heel veel risico mee. En ik niet alleen, de mensen om wie ik gaf ook.

'Zeg maar dat het goed met me gaat.'

Ik stapte uit en gooide het portier dicht.

'Is dat ook zo?' riep Jan nog.

Ik reageerde niet meer.

27

Ik stond al een uur lang in het donker voor het huis in Amsterdam-Noord. Voor niks, er was helemaal niemand. De lichten waren uit, er was niemand thuis, er stonden geen auto's voor de deur en er kwam niemand langs. Het was sowieso een stille buurt. Vreselijk frustrerend dat mijn missie faalde, alweer. Maar ik bleef ervan overtuigd: hier hielden ze mijn dochter vast. Ik had nog nooit iets zo sterk gevoeld, zo zeker geweten. Het kon niet anders. Die gluiperd van een Jesper had me gewoon rechtstreeks naar hun hol geleid. Sukkel.

Ik zag op mijn telefoon dat mijn zus belde. Ik drukte haar weg. Daar had ik nu even geen tijd voor. Ze belde gelijk weer, maar weer drukte ik het gesprek weg. Daarna schakelde ik het toestel uit. Het kon me alleen maar afleiden.

Zal ik eens uitstappen? Ik kon toch best een kijkje van dichtbij nemen. Er was toch niemand thuis. Ik stapte uit en sloot het portier zachtjes. Aarzelend stak ik de straat over en liep naar het huis. Zenuwen gierden door mijn lichaam. In elk geluid zag ik een gevaar. Ik hield mijn blik strak gericht naar de grond, hoewel de straat moeilijk te zien was in het donker. Wat er ook gebeurde, ik wilde niet nog zo'n lelijke val maken als vanmiddag. Dat bracht mijn missie in gevaar. Bovendien deed het ook gewoon best pijn, zo'n smak op straat. De schrammen op mijn polsen voelde ik nog zeuren en op mijn lip was een lelijke zwelling ontstaan.

Plotseling hoorde ik een auto aan komen rijden. Ik verstijfde.

De koplampen waren al zichtbaar aan het einde van de straat. Wat moest ik doen? Konden ze me al zien? De auto kwam snel dichterbij. In een reflex vloog ik terug de Volvo in en bleef stil zitten op de bestuurdersstoel. Ik startte de auto niet, verstopte me niet, ik zat daar gewoon. Stil. Ik bad tot een god dat de persoon in de auto me niet had gezien, of me in elk geval niet als verdacht zou opmerken. In mijn zijspiegel zag ik dat de snelheid van de auto afnam en stopte bij het huis. Ze moesten bij 'mijn' huis zijn. De auto parkeerde achteruit de betegelde voortuin in.

O god. Het was de BMW.

Ik liet mezelf toe mijn hoofd te draaien, zodat ik beter kon zien wat er gebeurde. Verder mocht ik niet bewegen. De koplampen bleven aan en belemmerden mijn zicht. Ik zag geen beweging in of rondom de auto, het was te donker buiten en de koplampen schenen fel in mijn gezicht. De motor van de BMW bleef ronken. Konden ze mij zien? Gebeurde er daarom niets? Als dat zo was, dan had ik een behoorlijk probleem. Ik raakte in paniek, ik was hier niet veilig. En als ik de auto startte, maakte ik mezelf in ieder geval verdacht. Ik zocht naar het knopje van de vergrendeling, zodat ze in elk geval de auto niet in konden, maar ik had geen idee waar dat knopje zat. Ik gebruikte die functie nooit en dit was mijn auto niet.

Er gebeurde iets onverwachts: de auto reed weer weg! Wat was daar gebeurd? Niets, voor zover ik kon zien dan.

Hij stopte gelukkig niet bij mijn auto, dus hij had me niet gezien. Helaas kon ik ook niet zien wie er achter het stuur zat. Was het Jesper, samen met zijn Turken? Het voelde als een opluchting, maar ook als een extra bedreiging. Net kon ik het zien als er iets gebeurde, nu kon de dreiging overal vandaan komen.

Wisten ze wie ik was? Jesper kende me. Wat zouden ze met me doen? Misschien parkeerden ze de auto wel om de hoek en kwamen ze te voet terug. Misschien tikten ze mijn autoruit wel in en sneden ze mijn keel door met een van de glasscherven.

'Gadverdamme,' zei ik.

Ik schudde mijn hoofd om de bizarre gedachten eruit te krijgen. Helder moest ik blijven, scherp. Net toen ik dat dacht, viel me op dat bij het zolderraam nu het licht aan was. Je zag de straaltjes licht vanachter het gordijn naar buiten schijnen. Mijn blik verscherpte, brandde het licht net ook al?

'Laat je zien dan voor het raam, kom op, laat je zien,' fluisterde ik in mezelf. 'Kom op!'

Ik zag geen beweging, niks.

En toen zag ik ze, in mijn achteruitkijkspiegel. Aan het einde van het blok zag ik twee mannen aan komen lopen, in een snelle pas. Ik kon hun gezichten niet zien, het was veel te donker en er was weinig verlichting op straat. Enkele lantaarnpalen gaven geen licht meer en één in de buurt van het huis knipperde de hele tijd. Mijn hart ging hevig tekeer en klopte in mijn keel. Ik ging sneller ademen en raakte in paniek. Weg, ik moest weg. Ze kwamen voor mij, ze hadden me dus toch gezien. In mijn spiegel zag ik ze steeds dichterbij komen. Snel startte ik de auto. Vrijwel direct reageerden ze daarop door te gaan rennen.

'Shit!' riep ik. 'Kut!'

Ik vergat haast voor de derde keer hoe het ook alweer zat met het gaspedaal en de koppeling, gaf veel te veel gas en schoot met piepende banden de parkeerplek uit.

Nog steeds renden de mannen achter me aan, het leek wel alsof ze nog steeds dichterbij kwamen. Als een gek reed ik door de wijk, opgejaagd door deze enge types. Wie zouden het zijn? Die gasten die Eef vasthielden? Het moest wel. Ik kon niet bedenken waarom ze anders zo geïnteresseerd in me waren.

'O nee... kut, kut, kut.'

Bijna raakte ik twee paaltjes die het begin van een parkje aangaven. Ik trapte stevig op de rem en draaide tegelijkertijd mijn stuur naar rechts. De auto slipte. Ik keek snel om. Ze waren nu heel dichtbij. Ik koos de snelste route weg van hier, de wijk uit, weg van die mannen. Weer schakelde ik, naar de tweede versnelling en niet veel later naar de derde. Als er nu iemand nietsvermoedend zou oversteken, zou ik hem doodrijden, dat wist ik zeker. Maar ik kon het me niet permitteren om verantwoord te rijden, ze zouden me zo inhalen. Op gevoel, alsof ik hier mijn hele leven al rondreed, scheurde ik de straten door, in de richting van de snelweg. Ik had een enorm risico genomen om zomaar naar dat huis te gaan. Pas vijf minuten later durfde ik weer in de spiegel te kijken en kon ik weer normaal ademhalen. Ze waren uit het zicht verdwenen.

Ik wist niet hoe snel ik naar huis moest rijden. De hele weg keek ik meer in mijn achteruitkijkspiegel dan dat ik op de weg voor me lette. Levensgevaarlijk, maar ik zag die twee zitten in elke auto die een beetje bij me in de buurt kwam of een poging waagde me in te halen. Elke auto was verdacht, iedereen was een handlanger van die enge gluiperds. Met 140 en soms 160 kilometer per uur scheurde ik naar huis. Veilig naar huis. Vanaf dat moment ging ik nergens meer naartoe zonder een wapen. Zo kon het niet langer.

Thuis stond Boris me bij de deur al op te wachten. Hij had me waarschijnlijk gehoord toen ik met piepende remmen aan was komen rijden. Ik vloog hem in zijn armen en begon keihard te janken, met lange uithalen, net als vroeger, toen ik nog een heel klein meisje was. Ik was helemaal over mijn toeren, zo bang was ik geweest, en zo geschrokken. Ik wilde er niet over nadenken wat ze met me hadden gedaan als ze me te pakken hadden gekregen. Mijn besluit stond vast, ik zou niks meer aan het toeval overlaten, ik moest mezelf beschermen, wilde ik mijn dochter kunnen beschermen. En daar was maar één oplossing voor.

Boris trok zich voorzichtig los uit onze omhelzing. We liepen samen naar binnen. Dit moet voor hem vreemd zijn, dacht ik nog. Hij was in de veronderstelling dat ik niets anders dan een productief avondje sporten achter de rug had.

'Wat deed je in Amsterdam?'

'Wat? Hoe weet jij…'

'Wat deed je daar, in Noord?' vroeg hij nog eens. Deze keer dwingender.

'Ik… maar, hoe weet je dat ik daar was?'

'Roos, geef gewoon antwoord, hoe moeilijk kan het zijn?'

'Niks, ik was gewoon een stukje aan het rijden.'

Ik loog. Waarom wist ik zelf ook niet heel goed. Ik kon het niet bevatten dat hij wist dat ik daar net vandaan kwam. Had hij een zendertje in zijn auto verstopt? Wat was dit?

'Hoe kom je erbij dat ik daar was?'

'Als jij me niet kunt vertellen wat je daar echt deed…' Hij stopte even en keek me serieus aan. 'Dan kan ik je verder ook niet helpen.'

Nou ja! Dan kan ik je verder ook niet helpen? Boris had weer die enge, verwijtende blik. Dezelfde blik als toen ik hem hier in het donker had aangetroffen, wachtend op mij.

'Boris, ik ben wel benieuwd wat je daarmee bedoelt.'

Hij zweeg, stond op van de bank, rommelde nog wat in de keuken en stommelde toen de trap op, naar de logeerkamer. Hij zou het me niet vertellen vanavond, dat wist ik nu zeker. Hij zou het me waarschijnlijk nooit vertellen. Koppig zwijn.

De nacht bracht ik door met mijn laptop op de bank. Ik had al de lampen uitgedaan. Alleen aan het licht van mijn laptop en het af en toe oplichten van een rood sigarettenpuntje kon je zien dat ik nog op was. Ik struinde forums en webshops af, op zoek naar een pistool. Dat viel me nog vies tegen, omdat er bijna overal over een vergunning werd gesproken. En een vergunning aanvragen, daar had ik geen tijd voor. Ik dacht niet eens dat ik die zou krijgen. Waar zou ik in hemelsnaam een pistool voor nodig hebben? Met een beetje research hadden ze het optelsommetje zo gemaakt.

Ik speelde met de gedachte om het bij Eduardo te proberen. Hij zou het begrijpen. Maar hij zou in overtreding zijn als hij het niet zou melden. En had hij dat voor een scharrel over? Ik dacht het niet.

Raak! Na een uur had ik iets gevonden. Ik kreeg de kriebels toen ik op *'afbeelding vergroten'* klikte. Het leek zo echt nu, ik ging het echt aanschaffen. Het was een klein kaliber pistool van Smith & Wesson, dat ik had gevonden op een of andere lelijke website, die wel wat weg had van Marktplaats. Maar dan een marktplaats voor wapens. Koos-63, de aanbieder, deed niet moeilijk over vergunningen. *'Je kunt hem morgen al ophalen'* mailde hij. Hij woonde in een klein dorpje in West-Brabant en ik kon gewoon komen kijken als ik dat wilde. Munitie had hij ook, het totaalpakket bood hij aan voor *'slechts 300 euro's, en da's een koopje hoor dame'.* Ik hing een zielig verhaal op over dat ik de laatste tijd werd bedreigd en dat ik me graag wat zekerder wilde voelen door een pistool in huis te hebben. Een vergunning had ik nog niet, maar die zou ik binnenkort regelen. Geen idee of het hem überhaupt interesseerde waar ik het pistool voor nodig had. Wat was gebruikelijk in de wereld van wapenhandelaren? Wilden ze weten waar het voor was? Het leek me niet. Maar toch leek het me geloofwaardiger om er een verhaal bij te hebben. En het werkte. Ik had de indruk dat Koos, of Koos-63, mijn verhaal accepteerde als waar. Hij stonk erin. Zo makkelijk ging dat dus. Als ik al een wapen kon kopen, dan kon iedere gek het. Een eng idee.

Ik staarde naar de afbeelding op mijn beeldscherm. Zou ik dat ding vast durven houden, straks? Zou ik hem durven gebruiken, als dat nodig was?

Ik sprak voor de volgende ochtend vroeg met hem af, klapte mijn laptop dicht en viel met een plaid op de bank in slaap en sliep nog een paar uurtjes.

Ik werd wakker door de beltoon van de mobiele telefoon van Boris. Het geluid kwam vanuit de keuken. Het was al licht buiten, zag ik. Mijn nek voelde stijf aan en mijn linkerbeen sliep, waardoor ik me moeilijk kon bewegen. Voordat ik mezelf overeind had getrokken, hoorde ik al gestommel op de trap. Boris was wakker. Zonder de woonkamer in te kijken liep hij de keuken in. Ik hoorde hem praten. Daarna was het even stil.

'Klootzakken!' riep hij toen. 'Je had je nooit moeten laten volgen, sukkel! Daar is het misgegaan. Zie je nou dat hij het er niet bij laat zitten? Nee, je hebt het verprutst! Je bent echt te ver gegaan, verdomme!'

Met nog slaperige ogen, maar toch al een gefrustreerde blik liep hij de woonkamer binnen. Hij leek verrast me te zien zitten.

'Roos.'

'Ook goedemorgen.'

'Wat doe jij nou hier?'

'Slapen. Wie was dat aan de telefoon?'

Hij zweeg even.

'Niemand.'

'Ach, hou toch op. Wat het Benny weer? Wat hebben ze gedaan?'

Hij haalde zijn schouders op en liet zijn blik door de woonkamer gaan.

'Waar zijn mijn schoenen? Ik moet gaan.'

'O, je gaat niets zeggen dus?'

'Vertel jij eerst maar eens waar je bent geweest gisteren, en waarom.'

Ik bleef stil. Zou ik het hem vertellen? Hij was al opgefokt, moest ik het nog erger maken?

'Dat bedoel ik.'

Hij haalde zijn schoenen onder de salontafel vandaan, ging op het randje van de bank zitten en trok ze aan. Ik probeerde hem aan te raken, maar hij ontweek fel mijn hand. Een tikkende tijdbom.

'Dag.' En hij verdween.

Koos-63 uit Brabant begroette me vriendelijk en liet me binnen.

'Wil je koffie?'

Bah. Daar had ik helemaal geen trek in. Ik verging van de zenuwen.

'Lekker, doe maar.'

Soms deed ik dat. Dingen zeggen die ik helemaal niet wilde zeggen.

Het liefst zou ik nu een gat in de grond graven en daar heel stilletjes in gaan liggen. Wachten totdat iemand me kwam redden en veilig thuisbracht. Wie dat moest zijn? Goede vraag.

We zaten tegenover elkaar in de woonkamer. Er viel een ongemakkelijke stilte. Wat moest je elkaar ook vertellen? We waren hier niet voor de gezelligheid, ik was hier verdomme om een pistool te kopen. Nooit gedacht dat ik dat ooit zou doen. Hij roerde te lang en te irritant met zijn lepeltje de melk en suiker door zijn koffie. Het metaal schuurde hinderlijk langs het stenen kopje. Ik ging me erop focussen en barstte bijna uit elkaar van irritatie. Ik trok dit soort bijeffecten niet, ik kon het gewoon niet hebben.

'Je, je lepeltje.' Ik wees voorzichtig met mijn hoofd. 'Hou eens op.'

Mijn god, wat zei ik? Ik zei deze vriendelijke man, Koos uit Brabant, in zijn eigen huis dat hij moest ophouden met het roeren in zijn eigen kopje koffie. Waar haalde ik het lef vandaan?

'O, sorry hoor.' Hij grinnikte vriendelijk.

Ik glimlachte terug. Allang blij dat hij me niet al overhoop had geknald. Niemand, realiseerde ik me, wist waar ik nu was. Dus als Koos-63 een keer ongestoord een van zijn juweeltjes wilde uittesten op een levend projectiel, was dit zijn kans. Als hij tactisch te werk zou gaan, kon hij misschien zelfs nog wel meerdere geweren op me uitproberen. Ik schudde mijn hoofd om die gedachte los te laten. Zo onopvallend mogelijk, voordat Koos echt zou gaan vermoeden dat ik niet goed snik was.

'Neem me niet kwalijk,' zei ik. 'Ik ben een beetje zenuwachtig.'

Hij grijnsde.

'Jahaa, je eerste hè, dat is altijd spannend.'

Hij deed net of ik straks mijn eerste kind zou gaan uitpersen. Raar figuur. Hoewel, nu hij het ter sprake bracht, ik wist niet wat ik erger vond. Hier aan de koffie zitten met hem of er nog een derde kind uitpoepen. Allebei een nachtmerrie. In één teug dronk ik mijn koffie op.

'Zo, zullen we dan maar *to the point* komen?'

Ik zette mijn kopje demonstratief op tafel.

'O,' zei hij verrast. 'Ja, natuurlijk, sorry. Ik had er geen erg in dat je weer zo snel weg moest.'

'Dat geeft niet,' stelde ik hem gerust. 'Dat kon je niet weten. Het is een rare periode voor mij, dat is alles.'

En daar was geen woord van gelogen. Tenminste iets waar ik eerlijk over was tegen hem.

'Ik begrijp het.'

Je begrijpt er niets van.

'Nou, loop maar even mee, ik heb de spullen in mijn kelder opgeslagen.'

'In de kelder?'

'Ja, daar heb ik alles uitgestald.'

Gadverdamme. Waar was ik aan begonnen? Misschien moest ik gewoon heel hard de deur uit rennen.

'Ach, je mag 'm ook zelf even pakken, hoor,' zei ik zo nonchalant mogelijk.

'Nee joh, kom even kijken, is leuk voor een beginnend iemand zoals jij. Als je dit ziet, dan snap je gegarandeerd waar het allemaal om draait in de schietsport. Wat er zo leuk aan is.'

Ik hoorde hem haast niet meer. Hij stond al onder aan de trap.

Lag het nou aan mij, of had hij zichzelf aangepraat dat ik interesse had in de schietsport? 'Nou, ik ben benieuwd!'

Het spelletje meespelen dan maar.

De kelder zag eruit als in mijn ergste nachtmerrie. Een vies, donker hok, vol met spinrag. Aan de muur hingen wel twintig geweren, in verschillende soorten en maten. Ook zag ik foto's hangen, van mijn nieuwe vriend Koos met een dood hert naast zich, van een triomfantelijk lachende Koos met een geweer in zijn handen. En één waarop hij tussen een aantal andere mannen staat, waarschijnlijk zijn vrienden van de schietvereniging. Pas na een paar minuten had ik door dat hij naar me staarde, Koos. Eerst kon ik het niet zo goed zien, omdat de lichtval in de kelder gering was, maar daarna zag ik het goed. Zwijgend keek hij me aan. Ik keek terug. Meestal was dat een moment voor iemand om snel weg te kijken, de blik af te wenden en de stilte te verbreken. Voor Koos niet, hij bleef kijken, zonder iets te zeggen. Er hing een doodse stilte, daar in die kelder onder zijn huis in een godvergeten Brabants oord. Ik voelde me niet op mijn gemak. Met verbaasde gezichtstrekken probeerde ik hem zich te laten realiseren dat hij naar me staarde.

Jeetje, wat kende ik deze man nou? Hij kon wel een of andere brute seriemoordenaar zijn die vrouwen naar zijn kelder lokte, hen daar beestachtig verkrachtte en daarna met een van zijn geweren van het leven beroofde.

Gadverdegadver.

Er liep een rilling over mijn rug. Deze keer kon ik de enge gedachte niet wegschudden, ik durfde me haast niet te bewegen. Even overwoog ik om terug de trap op te stormen en weer keihard weg te rijden, net als gisteravond in Amsterdam, maar toch bleef ik staan. Dit was, in elk geval op korte termijn, mijn enige kans op een wapen. Het zal er wel bij horen, zo'n vaag gebeuren. Nog steeds bleef hij me aanstaren, hij hield zijn hoofd stil en leek niet eens te knipperen. Versteend, of bevroren leek hij.

'Wat kijk je naar me?' vroeg ik brutaler dan ik bedoelde.

Hij antwoordde niet direct en keek me nog steeds aan, nu met een iets zachtere blik in zijn ogen.

'Nou?' zei hij.

'Wat nou?'

'Nou? Wat vind je ervan?'

Och, die had ik even gemist. Hij wilde een reactie. Hij liet me zijn trots, zijn lust en zijn leven zien en ik deed niets anders dan me hem voorstellen als brute verkrachter en moordenaar. Ik schaamde me direct.

'Och, Koos. Ik vind het geweldig wat je hier hebt verzameld.'

'Ja, vind je?'

Hij was zichtbaar blij met mijn reactie.

'Ja natuurlijk! Ik kan me voorstellen dat je er heel wat jaren je ziel en zaligheid in hebt gestopt, wil je tot zo'n mooie collectie kunnen komen.'

Hij knikte.

'Dat heb je goed gezien.'

Dat ik bang voor deze man was! Hij was gewoon een verzamelaar. Toevallig met een erg aparte verzameling, dat wel, maar verder deed hij geen vlieg kwaad.

De rest van de verkoop verliep soepel, ik was niet zenuwachtig meer. Ik gaf hem het geld in een envelop, dat hij zorgvuldig natelde en in een lade van zijn grote, ouderwetse boekenkast schoof. Hij legde me kort uit hoe het apparaat werkte, liet me zien hoe ik de munitie erin moest doen en hoe ik het wapen moest vasthouden om er goed mee te kunnen richten.

Daarna bood hij me nog een kop koffie aan. Nee! Ik moest er niet aan denken om nog een keer tegenover die man op de bank te moeten zitten. En daarbij, zijn koffie was niet te zuipen.

'Bedankt, maar ik moet echt gaan nu.'

'Nou goed dan. Rij voorzichtig op de terugweg.'

'Zal ik doen, bedankt hoor, nogmaals.'

'O, en Roos?'

'Ja.'

'Denk erom, hè. Niet roekeloos gebruiken, dat ding.'

Ik glimlachte om hem gerust te stellen.

'Nee hoor Koos, wees niet bang!'

In de auto zette ik mijn telefoon aan en zag ik dat ik veertien gemiste oproepen had sinds gisteravond en een paar voicemail-berichten. De meeste waren van mijn zus en van Boris.

'Wat hebben jullie nou weer?'

Ik toetste het nummer van mijn voicemailbox in en luisterde de berichten via mijn headset af.

'Roos, waar zit je nou?' Het was mijn zus, ze klonk weer eens overstuur, net als die avond dat Tessa weg was gelopen. 'Ik probeer je al de hele…'

Ik wiste het bericht voordat ik het helemaal had afgeluisterd. Geen tijd voor.

Het tweede was van Boris.

'Bel me als je dit hoort.'

Nu wilde hij opeens praten. *Right.*

'Dacht het even niet.'

Een derde bericht was van Florien, van gisterenmiddag.

'Hoi Roos, met mij weer. Sorry dat ik je stoor, maar ik zag Tessa dus net weer. Met Jesper. Ze stonden wat te praten vlak bij de parkeerplaats, met die nieuwe vriendin van haar, met dat zwarte haar, die zul je wel kennen. Maar goed, ik dacht ik blijf even staan om te kijken. Nou, en wat ik toen zag, ze stapten allebei bij hem in de auto en zaten daar een hele tijd te praten. Nou goed, toen ben ik dus weggelopen om jou te bellen, want ik dacht dat je dit ook wel zou willen weten. Ik hoop niet…'

Ook dit bericht luisterde ik niet helemaal af.

'Tessa,' fluisterde ik. 'Waarom zoek je het zo op?'

Gebonk in mijn hoofd. Pijnlijk gebonk. Dit was nog erger dan die kater die ik laatst voor het eerst in mijn leven voelde. Bonk, bonk. Mijn hoofd ging als een gek tekeer, het voelde alsof mijn hersenen zich een weg naar buiten zochten.

Een stuk tape was strak op mijn mond geplakt, mijn lippen waren gescheurd, wist ik door het prikkende gevoel dat ze me gaven. Mijn handen waren achter mijn rug vastgebonden; zoals het voelde leek het een plastic snoer. Ademen ging moeilijk, er zat opgedroogd bloed onder mijn neus waardoor ik bijna geen lucht binnenkreeg. Ik voelde me licht in mijn hoofd en ik was duizelig.

Waar was ik? Wie had me hier opgesloten?

Ik wist niets meer sinds het moment dat ik bij Jesper in de auto was gestapt. Ik was al een tijdje met hem bezig, ik wist dat hij me naar mijn zus kon leiden, dat hij me met haar in contact kon brengen. Dat had hij me beloofd. Zodra ik met haar kon praten, zou ik haar duidelijk zeggen dat ze moest kappen met die shit. Ze gooide er mams hele leven mee door de war, mama werkte niet eens meer. En papa deed ook al zo raar, terwijl hij net weer een beetje bij ons in huis woonde af en toe. Alleen Eef nog, dan zou ons gezinnetje weer normaal zijn, zoals het hoorde.

Het dak liep schuin af in de kamer. Ik kon nauwelijks iets onderscheiden, ondanks het brandende peertje aan het plafond, maar zag wel dat er een soort bureau in de kamer stond. Met een computer erop. Dat was gunstig. Ik probeerde mijn handen los te wrikken uit de greep van het snoer. Na een tijdje ging de knoop iets losser zitten, en wurmde ik mijn handen eruit. Het voelde heerlijk, om mijn handen weer vrij te hebben. Snel trok ik ook het stuk tape van mijn mond.

'Au!'

Het deed meer pijn dan ik had verwacht. Ik voelde met mijn tong over mijn lippen en proefde bloed. Ze waren helemaal kapot.

In elk geval kreeg ik weer zuurstof binnen. Ik ademende dankbaar en diep in en begon heen en weer te lopen. Ik probeerde de deur, voor de zekerheid, maar die zat natuurlijk op slot. Ik onderzocht de ruimte, maar zag behalve het dakraam geen mogelijkheid om te ontsnappen.

Bang was ik niet, gek genoeg. Hoewel het een aparte situatie was. Het voelde alsof ik in een roes zat, net als wanneer je een beetje aangeschoten bent. Je voelde je zelfverzekerder met wat drank op. Nu was het wel anders, maar het leek alsof ik net zo zeker was van wat me te doen stond, alsof ik alles aankon. Ik liep naar de computer en drukte op de aanknop.

'Hij doet het,' fluisterde ik verbaasd toen hij begon op te starten.

Het kon me niet snel genoeg gaan. Dit kon mijn redding zijn. Ik zou de politie of iemand anders mailen. Misschien konden ze via het IP-adres achterhalen waar ik zat.

De computer dacht er alleen niet aan om even met me mee te denken, want er moesten eerst updates geïnstalleerd worden. En die kreeg ik niet weg geklikt.

'Kut, kom op nou.'

Toen hoorde ik de geluiden. Het leek op een deur die dicht werd geslagen. Ik verstijfde. Er was iemand. Misschien wel de persoon die me hier had opgesloten. Waarschijnlijk de persoon die me hier had opgesloten. Ik luisterde aandachtig of ik nog iets hoorde, maar elk ander geluid bleef uit. Geen voetstappen, geen stemmen, niks. Toen opeens, keihard, een melodieuze toon van drie seconden lang. Oorverdovend hard. Ik schrok me kapot. Het was de computer, klaar met opstarten en gereed voor gebruik. Kut, dacht ik, kloteding. Nou hoeft het al niet meer. Die gek heeft dit natuurlijk ook gehoord.

Gekraak, hoorde ik. En voetstappen. Geluid van voetstappen op de trap. Nu begon ik 'm wel te knijpen. Wie zou daar zijn? Jesper? Sharon, mijn vriendin die bij me was toen we bij Jesper in de auto stapten? Een enge ontvoerder? Ik had geen idee.

Zenuwachtig zocht ik naar een voorwerp waar ik mezelf mee kon verdedigen, maar ik kon niks vinden. Het computerscherm bracht, naast het brandende lampje aan het plafond, nog wat licht in de kamer, maar ik zag alleen maar stoffige dozen staan. Geen stok of ding dat ik kon gooien. Er lag niet eens een pen op het bureau.

De voetstappen kwamen dichterbij, ze werden luider. Inmiddels waren ze tot stilstand gekomen voor de deur. Ik zag een dun lichtstraaltje onder de deur doorkomen waar nu een schaduw overheen viel. De persoon stond op het punt om de ruimte binnen te komen, dat was zeker. Ik werd zenuwachtiger. Er was niets wat ik kon doen om me voor te bereiden op de confrontatie, ik moest me overgeven aan de situatie, het was niet anders. Onbewust balde ik mijn vuist, alsof ik ook maar iets kon beginnen met mijn dunne armpjes.

De deur werd geopend. Er viel een enorme hoeveelheid licht naar binnen waar mijn ogen niet aan gewend waren. Ik kneep ze dicht en door de spleetjes van mijn ogen zag ik de silhouet van een man. Een man die me bekend voorkwam, heel erg bekend zelfs. Ik was er een paar seconden door uit het veld geslagen, keek nog eens, maar besloot: dit was niet mogelijk. Het kon niet, ik snapte er niks van. Maar hoe meer ik keek, hoe beter ik het zag, hoe zekerder ik het wist. Totdat ik ten slotte zijn manier van ademhalen hoorde. Nu wist ik het honderd procent zeker.

'Papa?'

28

Jesper zat op me te wachten in mijn kamer. De vraag was, hoe lang al?

'Wat kom jij doen?' vroeg ik boos.

Deels om de aandacht af te leiden van het feit dat ik er niet was.

'Kom eens hier, ik moet je iets laten zien.'

Mijn hart ging tekeer. Ik voelde woede, absolute afkeer als ik naar hem keek. Deze gast had me zo veel pijn gedaan, zo gekwetst. Zo veel ellende bezorgd, ook. Ik kotste van hem, die koude blik in zijn ogen nu hij me aankeek. Alsof er niets was gebeurd, zat hij hier gewoon op mijn kamer op me te wachten.

Toch zou ik mezelf voor de gek houden als ik zou zeggen dat ik niets meer voor deze jongen voelde. Zijn trekjes, zijn houding en stem, die waren nog precies hetzelfde als toen ik verliefd op hem werd. Mijn verstand haatte hem, maar diep in mijn hart was ik nog niet van hem af. Nog lang niet, vreesde ik.

'Eef, kom dan...'

'Waarom zou ik? Het interesseert me niet wat je wilt.'

'Ik wil je gewoon iets laten zien, kijk.'

Hij stond op en gaf me zijn mobiele telefoon.

'Wat moet ik hiermee, Jesper?'

'Kijken.'

Ik keek. Hij had een filmpje klaargezet. Ik zag iemand op de grond liggen met iets over haar mond gewikkeld. Ook zag ik bloed op het gezicht en op de kleding.

'Wat moet ik hiermee?'

'Druk op play!'

Van zijn dwingende blik keek ik weer naar het kleine schermpje van zijn mobiel en drukte op een knopje waarmee ik dacht dat het filmpje zou starten. Het begon. Ik hield het dichterbij, omdat het beeld erg bewoog en ik niet goed kon zien wie het was, laat staan dat ik begreep waarom ik dit moest zien van Jesper.

'Herken je je eigen zusje niet eens?' zei Jesper na een minuut.

Toen zag ik het. Inderdaad, het was Tessa.

Het was mijn zusje die daar in elkaar gemept op de grond lag, onbeweeglijk op een vieze vloer. Mijn kleine zusje. Wat hadden ze met haar gedaan?

'Wat is dit?' vroeg ik hem.

'Wat denk je?'

'Even geen gelul Jesper, wat is dit?'

'Je mag normaal tegen me praten.'

'Hoe bedoel je, normaal? Wat is dit, wat heb je met mijn zusje gedaan?'

'Ik heb niks met haar gedaan. Nog niet. Ik heb haar alleen gefilmd.'

Ik keek hem aan, omdat ik nog meer verwachtte, maar hij leek niet van plan om nog verder uit te weiden. Hij liep terug naar het bed en ging weer op de rand zitten. Ik draaide door, voelde een akelige woede naar boven komen. Mijn zusje, daar bleven ze van af! De dreigementen gingen me eigenlijk al te ver, maar nu hadden ze haar, zonder enige aanleiding, toch betrokken bij de situatie. Ze hadden haar geslagen, zo te zien. Ze was in elk geval bewusteloos op dat filmpje. Ik kreeg een moordneiging, ik wilde hem aanvliegen, hem pijn doen, hem martelen. Net zo lang totdat hij mijn zusje met rust zou laten, haar gewoon weer naar huis zou laten gaan en nooit meer aan haar zou denken.

'Ik weet dat je het niet wilt horen, Eef. Maar haar lot ligt in jouw handen,' zei hij zonder me aan te kijken. 'Zolang jij gewoon doet wat er van je gevraagd wordt, dan is er niks aan de hand.'

'Waar is ze?'

'Daar kan ik helaas niets over zeggen,' zei hij met een grijns.

'Jesper, vertel het me nu. Waar is ze?'

'Ze heeft trouwens veel mooiere tieten dan jij.'

Bam.

In een reflex gooide ik de telefoon naar zijn hoofd. Raak. Hij viel achterover op het bed en greep met zijn handen naar zijn voorhoofd. Even bleef het stil. Hij zou toch niet dood zijn? dacht ik even. Dan had ik een flink probleem.

'Aaah, bitch,' zei hij even later.

Hij leefde nog.

'Vieze, vuile hoer.'

Hij ging weer rechtop zitten en ik zag een straaltje bloed langs zijn slaap naar beneden stromen. Ik zei niks, maar vreesde het ergste. Ik maakte het mezelf hier niet makkelijk mee, maar wat voelde deze actie goed. Voor Jesper kwam die telefoon zo onverwacht. Hij was totaal niet voorbereid op deze kleine aanval. Die verbazing in zijn ogen alleen al maakte veel goed.

'Waar is mijn zusje?'

'Wat denk je nou, bitch. Ik ga je echt niets zeggen, helemaal nu niet.'

Hij stond op en liep naar de wastafel. Met tissues en water veegde hij zijn gezicht schoon.

'Ik ga je een plezier doen. Ik ga dit vergeten, ik zie het zo, we staan nu quitte.'

'Je bent echt niet goed snik, hè?' zei ik. 'Quitte? Meen je dat? Eén tikje tegen je hoofd, betekent nog niet dat nu alles weer koek en ei is tussen ons hoor.'

Nu stormde hij woest op me af. Met beide handen greep hij me bij mijn keel en duwde me tegen de muur. Ik kreeg geen lucht, probeerde zijn handen weg te trekken, maar hij was te sterk. Zeker twee minuten stonden we daar. Ik hapte naar lucht, zijn hoofd werd steeds roder van woede. Weer dacht ik dat mijn laatste uur wel eens geslagen kon hebben.

'Evie. Laat me duidelijk zijn. Ik tolereer dit soort shit niet. We hebben geen relatie, nooit gehad trouwens. Jij bent een hoer, je doet gewoon je werk. Doe je dat niet? Prima, maar dan gaan er vervelende dingen met je zusje gebeuren.'

Ik was inmiddels behoorlijk duizelig en hapte nog steeds naar lucht. Mijn ogen sperde ik steeds wijder open, ik keek hem wanhopig aan, angstig waarschijnlijk. Ik was bang voor de jongen van wie ik zoveel had gehouden. Tranen liepen ongecontroleerd langs mijn wangen. Toen liet hij los, pakte zijn spullen en liep weg. In de deuropening draaide hij zich nog even om.

'Over vijf minuten gaat dat gordijn open.'

Ik liet me langzaam op de grond zakken en huilde. Het hield nooit op, dat was nu wel duidelijk. Er was geen uitweg voor mij, ze hielden me hoe dan ook aan het werk. De bravoure die ik had gevoeld toen ik Jan had opgebeld, toen ik stiekem achter haar aan was gelopen en bij haar in de auto was gestapt. Dat gevoel, ik was het kwijt. Ik was zo bang voor mijn zusje, voor haar leven. Wat zouden ze met haar gedaan hebben? O, god, ze zouden haar toch niet… Ik wilde er niet aan denken. Ze was nog zo jong, zo onschuldig. Ze had niks te maken met deze shitzooi, die ik zelf had opgezocht. Alles wat er gebeurde, van het begin tot nu, alles was mijn eigen stomme schuld. Ik was zo naïef om te geloven dat ik een leuk vriendje had gevonden, ik was zo focking dom om de prostitutie in te gaan. Hoe had ik het in godsnaam zover kunnen laten komen?

Vijf minuten later stond ik op, fatsoeneerde mezelf voor de spiegel en schoof mijn gordijn opzij. Voor mijn zusje deze keer.

29

Ik belde gewoon aan. Ik had een grote jas van Boris aangetrokken en hield mijn vingers geklemd om het wapen in de rechterzak. Ik had Boris niet meer gesproken sinds vanochtend, hoewel hij wel had geprobeerd mij te bereiken. Ik had hem natuurlijk kunnen bellen om te vertellen wat ik van plan was, maar dat leek me geen goed idee. Hij was onbetrouwbaar, emotioneel. Niet dat ik niet emotioneel was, maar ik kon er toch beter mee omgaan. Ik hield mijn kop er nu even beter bij. Vond ik.

In gedachten liet ik de instructies van Koos nog een keer voorbijgaan. Hij waarschuwde voor het roekeloos laten afgaan van het wapen en had laten zien hoe je dat kon voorkomen. Basisdingen, die je normaal leerde op een cursus. En aangezien ik hem had verteld dat ik van plan was zo'n cursus te volgen, kon hij het me net zo goed vast uitleggen, zei hij. Dat gaf me vast een voorsprongetje.

Het was mijn enige instructie voordat ik het zou gebruiken. Of zou kunnen gebruiken, dan.

Ik belde nog een keer aan. Niemand thuis. Toch bleef ik staan, vastberaden om deze keer de confrontatie aan te gaan met die enge gasten. Deze keer had ik me goed voorbereid. Ik voelde nog eens met mijn hand of het wapen veilig en op de juiste plek in mijn jaszak zat. Ik kon het zo grijpen, wanneer dat nodig was.

Ik klopte op het raampje aan de voorkant van het huis. Er hing een smoezelig gordijntje voor, dat een heel klein spleetje aan de onderkant prijsgaf. Het nodigde uit tot kijken, dus ik keek. Ik was nieuwsgierig, wilde weten hoe het er binnen uitzag, wat ik kon verwachten. Ik kneep met mijn ogen, maar kon niets zien. Te donker.

Ik voelde dat ik moest plassen, heel nodig eigenlijk. Waarschijnlijk door de spanning. In de auto op weg hierheen had ik wel twee flesjes water opgelurkt, terwijl ik normaal nooit water dronk. Maar goed, ik had dan ook nooit een wapen op zak en stond normaal ook nooit bij een vreemd huis door het keukenraam naar binnen te loeren. Dan kon ik net zo goed even een klein plasje in de tuin doen, toch?

Doe normaal, mens.

Nogmaals deed ik een poging wat te zien door het spleetje onder het gordijn. Ik klopte weer, ondanks dat ik besefte dat als er iemand thuis was geweest, er nu al wel open was gedaan. Als ze me wilden spreken dan. Misschien was dat het, hadden ze me allang gezien, maar wilden ze de confrontatie niet met me aangaan. Deze keer niet. Zou dat het geval zijn? Ik deed een paar stappen terug en keek naar boven. Zouden ze daar zitten en me stiekem in de gaten houden, wachten tot ik weer weg zou rijden?

'Hé!' riep ik. 'Ik heb jullie wel gezien hoor.'

Misschien zaten ze daar echt. Misschien ook niet. Voor hetzelfde geld zat ik een toneelstuk voor mezelf op te voeren, of voor de buurvrouw. Misschien was ik wel gek geworden, kwamen ze me straks ophalen en werd ik gedwongen opgenomen in een inrichting. Kreeg je zo'n shirt aan waarbij de mouwen aan elkaar vastgenaaid waren, om je rustig te houden. Hoe bedachten ze het? Wie werd daar in godsnaam rustig van?

Ik liep naar de brievenbus en hield hem met mijn linkerhand open.

'Als jullie niet binnen dertig seconden opendoen, dan gooi ik een steen door het raam!'

Ik deed weer een stap achteruit, maar voelde toch nog de behoefte om mijn dreigement kracht bij te zetten. Weer opende ik de brievenbus.

'Echt hoor. Ik doe het echt!'

Toen ik geen reactie kreeg, draaide ik me om en keek rond in de tuin. Daar, bij de buren lag een halve baksteen, vlak bij het hekje. Die moest ik hebben. Ik liep naar het hek, boog voorover en strekte mijn armen. Ik kon er net bij. Eerst schoof ik de baksteen met mijn vingertoppen wat meer mijn kant op, zodat mijn vingers er daarna helemaal omheen pasten en ik hem kon oppakken. Hebbes. Met de steen in mijn hand liep ik naar het raam.

Wat ging ik nou toch weer doen?

Niet nadenken, zei ik tegen mezelf. Niet gaan rationaliseren nu. Ik hield de steen in mijn rechterhand, deed een stap naar het raam en stond klaar om te gooien.

'Roos?'

De baksteen viel uit mijn hand. Hij kletterde net naast mijn voet op de tegels en maakte een dof, schurend geluid. Van de steen keek ik naar de deur. Ik was sprakeloos, verbaasd en begreep niet wat ik zag en al had gehoord toen hij mijn naam uitsprak.

'Boris?'

'Gelukkig, je bent er. Elly kreeg je ook al niet te pakken. Wat doe je met die steen?'

'Ik...'

Ik wist niet waar ik moest beginnen. Ik snapte er niks van. Wat deed ik met die steen? Wat deed hij hier? Boris stond in de deuropening met een krant en een stapel post in zijn hand. Hij had een joggingbroek aan en droeg witte sokken. Die met die rode streepjes, die ik ooit nog eens voor hem op de markt had gekocht. Dat hij die nog steeds had, dacht ik even.

'Ik...' probeerde ik nog eens. 'Ik... Eef is hier. Wat doe jij hier?'

'Eef is hier? Je bedoelt Evie? Waar heb je het over?'

'Ik voel het, weet het zeker. Ik heb ze gezien hier.'

'Wie heb je gezien? Kom op Roos, waar heb je het over?'

Ik was in een totale staat van verwarring. Ik kon geen zin normaal meer uitbrengen. Wat moest ik ervan denken dat Boris hier was? Wat moest ik eraan doen? Ik wist het niet. Het liefst wilde ik een gat in de grond graven en me daarin verstoppen, totdat ik weer alles op een rijtje had.

'Laatst,' zei ik. 'Gisteren, toen ik jouw auto had. Ik zag ze hier, die gasten, die Eef hebben.'

'Gaat het wel goed met je?'

Ik zakte door mijn knieën en ging op de grond zitten, naast de baksteen.

'Ik weet het zeker.'

'Volgens mij ben je heel erg in de war, lieverd.'

Dat kon ik niet ontkennen.

'Maar wat doe jij hier, hoe ben je binnengekomen?'

'Hoe bedoel je?'

'Nou, je bent toch binnen? Je staat hier verdomme op je sokken!'

Ik kon er niet meer tegen om deze situatie niet te snappen. De clou leek zo ver te zoeken.

'Roos, ik woon hier toch? Mag ik niet op mijn sokken lopen in mijn eigen huis?'

'Wat?'

'Ik ben blij dat je mijn bericht hebt gehoord. Alles gaat goed met haar, gelukkig.'

'Hoezo, goed met haar? Ik heb niets gehoord.'

'Jawel, mijn voicemail. Hoe heb je dit adres anders gevonden?'

'Dat vertel ik je toch net?'

Hij begreep me niet. Hij geloofde me niet. Evie werd hier vastgehouden!

Boris stapte op zijn sokken naar buiten, gooide de post op de deurmat en hurkte bij me neer. Hij pakte mijn gezicht met zijn handen vast, keek me aan en schudde zijn hoofd zorgelijk.

'Kom even binnen, lieverd. Je kunt hier niet buiten blijven zitten.'

Hij hielp me overeind en ik liep achter hem aan het huis in, nog steeds in de war. Ik vond het een kaal huis. Veel wit, gecombineerd met zwart. Een echt mannenhuis, hoewel het er niet smerig was. Er was keurig gezogen, er was geen stofje te bekennen op de vloer, alles was netjes opgeruimd. Alsof er niemand woonde, een soort showroom van IKEA. Ik liet me zakken op de zwarte bank en keek rond. Er hing ook niks aan de muur, die strak wit was geverfd maar op sommige plekken al begon te bladderen. Niet veel later kwam Boris de kamer in met een kom tomatensoep en een boterham.

'Hier, eet maar even wat.'

Hij keek me bezorgd aan en ging naast me zitten. Hij legde zijn hand op mijn been en wreef met de andere over mijn rug.

'Wat een rottijd, hè?' zei hij.

Ik knikte, maar begreep nog steeds niets van de situatie. Boris woonde hier. In dit huis, waarvoor ik die smeerlappen had gezien, waar ik ze op heterdaad had betrapt. Ik had de locatie van mijn dochter getraceerd en dat was hier. Maar mijn dochter was hier niet, Boris was hier.

Sinds we uit elkaar waren, woonde hij inderdaad in Amsterdam, dat wist ik. Dat hij hier woonde niet.

'Eet even wat, Roos, dan voel je je vast beter.'

Ik at een stukje van de boterham en slurpte wat van de soep om hem tevreden te stellen. Ik was geen klein kind, er was niks mis met me. Het was de situatie die niet klopte, iets aan dit huis voelde niet goed. Ik had besloten mijn intuïtie te volgen om mijn dochter te redden en daarmee was ik hier uitgekomen. Dat was niet voor niets. Met mijn hand voelde ik onopvallend in mijn zak. Het zat er nog.

'Hoe lang woon je hier al?'

Ik wilde het gesprek op gang brengen, hij was zo stil, Boris. Hij maakte de indruk verward te zijn. Of eigenlijk leek hij verstoord. Had ik hem hier aangetroffen terwijl hij met andere dingen bezig was, dingen waar ik misschien wel niets van mocht weten? Misschien had hij wel meer te maken met die gasten dan ik wist. Had mijn intuïtie me daarom hier gebracht? Moest ik hem ontmaskeren?

'Sinds jij me eruit hebt gekickt.'

'Vanaf het begin?'

Hij knikte.

'Maar je bent toch ook een tijdje in het buitenland geweest?'

'Even,' zei hij. 'Niet lang. Een paar weken, in Turkije.'

'Turkije?'

'Ja, lekker in zo'n all-ingebeuren. Even bijkomen van alles.'

'Waarom hier, dit huis?'

'Jemig Roos, wat is dit voor kruisverhoor opeens?'

'Ik wil het gewoon weten.'

Een zucht.

'Gewoon, het was betaalbaar en centraal.'

Ik wist even niks meer te vragen, staarde naar de halfvolle kom soep op de salontafel. Er liep een dikke streep langs de rand, die een kring tomatensoep maakte op de tafel. Thuis was ik gelijk opgestaan om een doekje te pakken, hier kon het me niks schelen. Ik liet mijn jas van mijn schouders zakken en trok mijn armen eruit. Ik had het warm.

Opeens schoot me iets te binnen.

'Hoe wist je dat ik hier was, gisteren?'

Hij schraapte zijn keel.

'Nou, je hebt een behoorlijke vertoning gemaakt, heb ik gehoord. De hele buurt hier onveilig gemaakt met mijn auto.'

'Ik werd achtervolgd.'

'Ja, door mijn buurman met zijn zoon. Die hadden mijn auto zien staan met jou erin en dachten dat je hem probeerde te jatten. Ze wilden even met je praten, maar je reed als een bezetene weg.'

'Ze renden als bezetenen achter me aan, ja, ze wilden me iets aandoen.'

'Nee joh, niet als je gewoon had gezegd wie je was. Ze kennen me goed.'

'Toen ze je niet meer konden inhalen, hebben ze mij gebeld. Ik wist ook niet wat ik hoorde, maar ik heb ze ervan weten te weerhouden de politie te bellen.'

'De politie?'

'Je had wel iemand dood kunnen rijden met die snelheid.'

Het klonk logisch, zijn verhaal. Maar ik was zo bang geweest, ik kon me niet voorstellen dat die twee mannen gewoon twee behulpzame buren waren. Ze hadden me de stuipen op het lijf gejaagd.

'Waarom zei je dat niet gewoon gisteravond?'

'Roos,' zei hij. 'Ik weet het niet. De laatste tijd, het lijkt wel alsof je helemaal aan het doordraaien bent.'

Nu was ik zeker degene die doordraaide. Het verhaal werd steeds mooier.

'Ik heb geen gebroken neus opgelopen, hoor.'

'Ach, je weet wel wat ik bedoel. Die vrouw ook die aan de deur kwam, Selma was haar naam toch? Heb je echt zo'n stennis staan maken bij haar voor de deur?'

'Ik wil gewoon dat Hazim uit de buurt van Tessa blijft, dat is alles.'

Weer een zucht.

'Roos, ik begrijp je. Beter dan wie ook. Maar dat is toch pure discriminatie? Je weet helemaal niks van die jongen.'

Ik gooide er een neplach uit.

'En dat is nou precies de reden waarom ik hem niet vertrouw. Kom op nou, ik wil niets aan het toeval overlaten. Tessa zoekt het steeds meer op, ze gaat haar zus nog eens achterna als het zo doorgaat. Bij Evie zat ik er met mijn neus bovenop en ik zag het niet! Wat verwacht je van me, verdomme?'

'Dat je tot rust komt.'

'Hoe kan dat?'

Dit sloeg alles.

'Hoe kom ik tot rust als mijn kind in gevaar is, als ze haar misbruiken? Als ze haar verkrachten als een speelpop? Als ze geld verdienen door gore piemels in haar te steken?! Boris, ja, kun jij daarvan slapen? Lukt je dat? Nou? Mij niet hoor. Ik word godverdomme inderdaad niet rustig, totdat ze weer thuis is.'

'Stil nou! Ze slaapt net.'

Ik gooide mijn lepel in de kom soep, waardoor de helft over de tafel spatte. Tranen spoten letterlijk uit mijn ogen van woede, van verdriet. Ik sidderde van kwaadheid, die ik projecteerde op Boris.

'Wat?'

'Ze slaapt hiernaast.'

Hij pakte me vast en hield me stevig tegen zich aan. Ik probeerde me los te rukken, me uit zijn greep te rukken.

'Wie?!'

Wat bedoelde hij nou? Lag er een of andere scharrel in zijn bed?

'O nee, Roos, je draait echt door nu. Kom even tot rust. Moet ik een dokter bellen? Wil je iets hebben om te kalmeren?'

Ik dacht aan de aan elkaar geknoopte mouwen. Het gekkenhuis.

Ik werd kortademig. Met een ruk maakte ik me los, draaide me om en liep naar de kamer ernaast. Met een harde zwiep duwde ik de deur open.

'O mijn god,' zei ik. 'Er ligt echt iemand in je bed.'

Die iemand lag op haar buik in een diepe slaap. Waarschijnlijk werd ze door mijn hysterische geschreeuw een beetje wakker en draaide ze zich om. Er kwam een slaperig hoofd met een verwarde blonde haardos boven de dekens vandaan. Weer kreeg ik een behoorlijke schok te verwerken, heftiger nog dan toen ik Boris nog niet zo lang geleden in de deuropening zag staan. Mijn benen begaven het even, ik zakte van de schrik door

mijn knieën en kwam op de vloerbedekking terecht. Half verslagen, half woedend keek ik hem aan, zo vanaf de vloer.

Het was verdomme mijn dochter, die daar lag.

30

Wegwezen moest ik. Mijn besluit stond vast. Om niet verpakt in vuilniszakken in een greppel of vermoord in een peeskamer te eindigen, moest ik gaan. Ik moest figuurlijk rennen voor mijn leven, voordat ik letterlijk moest rennen om aan de dood te ontsnappen. Maar er stonden me nogal wat personen in de weg. Ongeveer iedereen om me heen was erbij gebaat dat ik er niet tussenuit zou knijpen.

Om te beginnen Daisy en Puk. Als ik er niet meer was, moesten zij harder werken om het geld binnen te halen. Mehmet, Murat en Benny leefden van mijn werk en hadden fucking veel in mij geïnvesteerd, zoals ze zelf zeiden. Ze zouden me nog eerder koud maken dan dat ze me zouden uitzwaaien. Dan was er nog Mark. Ook hij profiteerde van mijn aanwezigheid, door de deal die hij had met Mehmet. En dan nog, niet op de laatste plaats, Jesper. Ik was zijn persoonlijke project geweest, de trots waardoor hij er nu helemaal bij hoorde. Ik was de trofee, waardoor hij officieel tot de *gang* kon toetreden. Een trofee die je niet zomaar even liet vallen. Bovendien was mijn zusje er nog. Ik wist niet waar ze was en bij wie. Het was onmogelijk om te vertrekken zonder dat ik wist dat ze veilig thuis was. Dat Mehmet, of iemand anders, haar geen kwaad kon doen.

Ik zuchtte diep terwijl ik naar de regendruppels staarde die zich een weg zochten op de Amsterdamse bestrating. Het was een rustige dag. Het was slecht weer, er was geen hond op straat te bekennen. Ik voelde me net als zo'n regendruppel. Ik moest vrede hebben met de route die voor me was uitgestippeld. Ik kon er pas tussenuit glippen als er ruimte was.

Jesper verscheen voor mijn raam en maakte een pijpbeweging met zijn tong in zijn wang. Ik reageerde niet.

'Zo, lekker weertje.'

Ik gaf hem het dunne stapeltje geld, waar hij voor kwam. Hij maakte er een soort waaiertje van.

'Is dit alles?'

Ik knikte.

'Nou schat, je begint nu al af te takelen...'

Ik zag nog steeds een snee in zijn voorhoofd van de telefoon die ik naar hem had gegooid. Ik glimlachte toen ik eraan terugdacht. Hem letterlijk pijn bezorgen, voelde zo heerlijk. Hoe goedkoop het ook was.

'Dan kun je wel lachen,' zei hij. 'Maar er moet echt wel nog wat meer bij komen hoor, vandaag.'

'Joh, Jesper, kijk even om je heen. Er is niemand.'

'Je zorgt er maar voor.'

Hij vertrok weer. Ik haalde mijn schouders op. Het kon me niks schelen wat hij van me wilde. Ik haatte hem. Mijn handen kriebelden als hij bij me in de buurt was. Het liefst zou ik hem aanvliegen, hem openkrabben, bijten, op hem spugen. Hem kwetsen. Ik wilde hem kwetsen, zoals hij dat bij mij had gedaan. Deze jongen had me alles afgenomen wat ik had. Vertrouwen in andere mensen, mijn eigenwaarde, mijn trots en mijn vrijheid. Nu was hij niets meer dan een parasiet, een stuk uitgespuugd vreten. In tegenstelling tot Mehmet en Benny was ik voor hem niet meer bang. Mijn moment van wraak kwam nog wel.

Puk verscheen om de hoek.

'Roken?'

Ik schudde mijn hoofd.

'Ga nou ook eens gezellig roken, joh.'

Ik glimlachte.

'Nee, echt niet.'

Ze bleef voor mijn deur hangen.

'Zeg, weet jij eigenlijk waar Stef is gebleven?' vroeg ze.

Ongelooflijk. Het verbaasde me dat ze het überhaupt nog vroeg. Ik sloot even mijn ogen om haar niet verrot te schelden.

'Nee, geen idee,' zei ik maar.

'Misschien is zij ook wel naar Utrecht dan.'

Hoe simpel kon je een conclusie trekken.

Puk wist wel veel, want ze lulde met iedereen. Of het nou Benny was, Jesper of Daisy. Zelfs bij Mehmet kreeg ze soms nog wel eens wat informatie los. Daarom vertelde ik haar over mijn zusje, over het filmpje dat Jesper me had laten zien, de foto's die Mehmet me al eerder had laten zien en de dreigementen die ze hadden geuit als ik niet deed wat ze zeiden.

'Meen je dat?' Ze leefde helemaal op bij het horen van deze nieuwe roddel. 'Ik wist helemaal niet dat ze zo de pik op je hadden.'

Ik knikte.

'Heb jij enig idee waar ze mijn zusje vasthouden?'

'Hoe ziet ze eruit? Misschien heb ik haar gezien, ergens.'

'Blond, halflang haar. Ze lijkt op mij, maar dan de jongere versie. Ze heeft groenblauwe ogen, opvallend mooi. En, o ja, volgens Jesper heeft ze mooiere tieten dan ik.'

Haar ogen werden groot.

'Niet! Zei hij dat? Wat een klootzak! Maar ik weet het niet, schat. Ze komt me niet bekend voor.'

Ze pruilde haar lippen om te laten merken dat ze haar echt niet kende. Toch dacht ik haar nog te zien nadenken.

'Puk, als je iets weet, zeg je het me, toch?'

'Schat, doe normaal. Natuurlijk zeg ik het je dan. Ik weet het niet, eerlijk.'

Er kwam een groepje toeristen langsgelopen. Puk verdween haar kamer in met een jonge Engelsman. Ik deed geen moeite om iemand naar mijn raam te lokken en dat werd beloond. De rest liep door. Ik besloot even bij Mark te gaan buurten om te polsen hoe hij tegenover een plannetje stond.

Ik sloot mijn kamer af en liep naar zijn kantoor. Het was tegen het einde van de middag, hij zou zo naar huis gaan en de avonddienst aan zijn collega overlaten. Ik was nog op tijd, hij zat achter zijn bureau wat administratie te doen.

'Eef!'

Dat hielp. Hij was in een goede bui.

'Markie!'

'Wat gezellig, kom je even koffiedrinken?'

'Ja, drink je er eentje met me?'

'Is goed, meissie. Gezellig.'

Hij stak een sigaret op en haalde twee bekers koffie. Ik strooide er melk en suiker in en roerde met het staafje door mijn koffie.

'Hoe is het leven, meid?'

'Goed hoor. Hoe is het met jou?'

'Uitstekend. Het vrouwtje is weer weg. Ik heb het hele weekend heerlijk het huis voor mezelf. Kom je langs?'

Mark knipoogde.

'Nou,' zei ik. 'Daar wilde ik het eigenlijk even over hebben.'

'Vertel!'

'Mag ik je om een heel grote gunst vragen?'

Hij keek me peinzend aan. Zo'n vraag beviel hem niet. Hij voelde vast al aan dat wat ik hem ging vragen, niet in het voordeel van zijn vriend Mehmet zou zijn.

'Eef, ik weet niet hoor, je weet, ik kan niet zomaar...'

'Luister anders eerst even.'

Ik nam hem in vertrouwen en vertelde hem, weliswaar in het kort, mijn verhaal. Jesper kwam voorbij, Stephanie, Murat, Benny en Mehmet. Ten slotte vertelde ik hem ook over mijn zusje en vroeg of hij begreep dat dat de druppel was. Ik nam een enorm risico.

'Ze is nog maar veertien, Mark.'

'Wat zeg je daar?'

Ik knikte veelbetekenend. Ik wist dat het onderwerp leeftijd bij hem heel gevoelig lag. Hij was strikt tegen minderjarige meiden in de prostitutie, kon af en toe nog wel een meid van zeventien door de vingers zien, maar daaronder ging het hem echt te ver.

'Dat meen je toch niet?'

'Jawel, helaas wel.'

'Wil je dat ik eens even een hartig woordje met ze spreek? Doe ik hoor, voor je. Zal ik ze eens even uitleggen wat verdorie de regels zijn hierzo?'

Hij pakte zijn telefoon al van het bureau.

'Nee!' riep ik. 'Nee, dat is niet nodig.'

Ik moest hem wel onder controle houden, die Mark. Hij kon af en toe gekke dingen doen, zomaar vanuit het niets. En dat kon ik nu absoluut niet gebruiken.

'Ik ga het zelf oplossen. Het is mijn verantwoordelijkheid. En, Mark, ik zie het ook gelijk als mijn wraak, dus ik doe het graag.'

Hij knikte vol begrip.

'Maar hoe wil je dat doen dan?'

'Kijk, en daar heb ik dus jouw hulp bij nodig. Weet je nog, die keer dat ik de hele nacht bij je ben geweest?'

Hij glimlachte.

'Hoe kan ik dat nou vergeten, schat?'

Ik speelde het spelletje mee en streelde met mijn hand over zijn been.

'Ik zou graag willen dat je Mehmet vraagt of ik het hele weekend bij je mag blijven.'

'Kom je het hele weekend met me mee?'

Ik schudde voorzichtig mijn hoofd.

'Nee,' zei ik. 'Ik zou wel willen, maar ik moet mijn zusje zoeken, Mark. Ik moet haar vinden. Misschien…'

'Misschien wat?'

'Ja, misschien wel met hulp van de politie.'

'Oké, ik begrijp wat je bedoelt. Ik begrijp wat je bedoelt...'

'Ze is nog maar veertien.'

Ik kneep mijn billen samen en hoopte dat ik het er niet te dik bovenop legde door dat nog een keer te zeggen.

'Je vraagt me om tegen Mehmet te liegen, is dat het Eef?'

Ik knikte en maakte me op voor een negatieve reactie.

'Laat me even nadenken schat. Kun je nog een koffie maken voor ons?'

'Tuurlijk.'

Ik stond op en liep weg. Ik hoorde hem nog een sigaret opsteken. Hij blies de rook met kracht uit, alsof het van heel diep kwam. Verder was het stil in de kamer. Ik durfde niks te zeggen. Hij was, eerlijk waar, mijn enige kans. Maar daar probeerde ik zo min mogelijk aan te denken, anders werd ik misschien dwangmatig, of paniekerig. En ik wilde juist overkomen als een koele kikker, zodat hij zag dat ik de strijd met Mehmet aankon. Wat dat betreft had ik de schijn al tegen, simpelweg omdat ik hier stond. Omdat ik mezelf voor hem verkocht aan iedereen die er maar voor wilde betalen. De goedkoopste manier van overlevering.

'Alsjeblieft.'

Ik zette de beker stomende koffie voor hem op tafel en ging weer zitten. Voorzichtig zocht ik zijn blik, maar ik wilde niet ongeduldig lijken. Hij keek langs me heen en was diep in gedachten verzonken. Grappig eigenlijk, hij was de eerste persoon die ik ergens echt over zag nadenken nadat hij had gezegd dat hij daar behoefte aan had. De meeste mensen zeiden het alleen om een onderwerp van tafel te vegen, of om hun antwoord nog even uit te stellen. Hij zat daadwerkelijk te piekeren, daar op die stoel.

Ik stond op en ging de wc in. Ik moest helemaal niet naar de wc, maar kon de spanning niet meer aan. Hij moest wel ja zeggen, het moest gewoon. Als hij me niet zou helpen, dan wist ik niet meer wat ik moest doen.

Mijn laatste uur had geslagen als hij mijn voorstel aan Mehmet zou doorbrieven.

Opeens hoorde ik zijn stem. Was er ondertussen iemand binnengekomen? Ik had niks gehoord. Aandachtig luisterde ik met mijn oor tegen de deur gedrukt naar wat hij zei. Het was een telefoongesprek.

'Het hele weekend, ja.'

Stilte.

'Natuurlijk, twee dagen gratis voor die andere. Mooie prijs toch?'

Weer stilte.

Ik piste haast in mijn broek van de zenuwen. Daarom trok ik mijn broek maar gauw naar beneden en nam plaats op de toiletbril. Door mijn eigen gekletter hoorde ik niks van de rest van het telefoongesprek, maar ik moest opeens zo nodig dat ik het niet meer kon ophouden. Ik waste mijn handen en liep de kamer weer in. Hij legde zijn telefoon juist op dat moment weer op het bureau. Ik durfde hem haast niet aan te kijken, maar kon me ook niet inhouden dat wel te doen.

'Geregeld jongedame,' zei hij met een knipoog.

'Echt?'

Hij knikte.

'Echt, Mark?'

Ik vloog hem om zijn hals en zoende hem op zijn voorhoofd, zijn beide wangen en zijn mond.

'Ho maar, het is al goed,' lachte hij. 'Als je hier maandagochtend maar weer bent.'

'Afgesproken.'

Ik stak mijn hand uit en bedankte hem, gespeeld formeel.

'Dank u wel, meneer Mark.'

'Alstublieft, mevrouw Deugniet.'

Ik pakte mijn spullen en verliet het pand. Mijn stemming was opperbest.

'Zorg goed voor dat zussie van je,' riep hij nog uit het raam.

Ik zwaaide, bond de sjaal van mijn moeder om mijn haar, zette mijn zonnebril op en liep als een gek weg, de straat uit.

'Wie zei je?'

De baliemedewerker in het kleine politiebureau waar ik naar binnen was gestapt kon maar slecht uit de voeten met het computersysteem.

'Van Mie-ren-brug,' herhaalde ik duidelijk articulerend.

'Hoe spel ik het precies?'

'Meneer, mag ik misschien ergens zitten waar ik niet zo te zien ben?' vroeg ik. 'Daar, in zo'n hokje of zo?'

Hij keek me vragend aan.

'Er zijn zeg maar een hoop mensen die het niet zo heel tof zouden vinden dat ik hier ben...'

Ik glimlachte zenuwachtig.

'Neem eerst maar even plaats in de wachtruimte en vul dit formulier in,' zei hij.

Hij gaf me een aangifteformulier van twee kantjes, dat ik weer bij hem moest inleveren.

'Meent u dit nou?'

'Ja, dame, je bent niet de enige hier.'

Hij wees met zijn hoofd naar de druk bezette wachtkamer achter me. Ik pakte het formulier aan en liep de wachtruimte weer in. Wat een gezeik was dit!

Ik nam plaats aan een tafel naast een grote, zwarte vrouw met een heleboel kleren aan. Mijn ogen gingen langs haar blouse, vest, meerdere gekleurde sjaals en ontelbare kralenkettingen. Ze rook lekker, naar een combinatie van een bloemachtig parfum en de dikke laag make-up die ik op haar gezicht zag zitten. Ook zij vulde een formulier in. Ik betrapte mezelf erop dat ik probeerde te lezen waar ze aangifte van deed. Bang dat de vrouw het doorkreeg, keek ik snel naar mijn eigen formulier en klikte zenuwachtig op de pen die de baliemedewerker me had gegeven.

Toen, op dat moment, voelde ik ze prikken. De ogen verderop in de wachtruimte. Ik verstijfde, alsof iemand me onder schot hield. Nu ging het tussen die ogen en mij, niemand anders kon me meer helpen. Voorzichtig keek ik de kant uit waar ik de blik vandaan voelde komen. Ik weet niet of het nou eerst zijn schoenen waren die ik zag, of dat het zijn groengrijze jas was, maar in elk geval wist ik het toen al zeker. Misschien had ik er zelfs wel rekening mee gehouden. Helemaal in de hoek, vlak bij de deur, daar zat hij.

Het was Benny.

Hij zat daar gewoon, tussen de andere mensen die braaf op hun beurt zaten te wachten. Hij zat daar en hij keek, naar mij. Zonder zijn blik ook maar een seconde af te wenden. Hij knipperde niet eens. Hij keek niet boos, maar ook niet vriendelijk. Uitdrukkingsloos. En moe, zijn ogen stonden moe en waren omringd door een dun, rood randje.

Mijn hand begon te trillen. Ik zat in een politiebureau, maar ik voelde me verre van veilig. Wat moest ik doen? Een rel schoppen? Gaan staan schreeuwen dat die jongen daar heel gevaarlijk was? Niemand zou me toch geloven. Ik kon niet helder nadenken, niet zolang hij naar me bleef kijken. Het maakte niet uit of ik nou wanhopig naar de kleurrijke vrouw naast me keek, naar het formulier voor me op tafel, of gewoon naar hem. Ik voelde dat hij keek en dat hij alles wat ik deed volgde. Zonder dat ik wist wat hij van plan was, wat hij ermee wilde bereiken om hier ook in de wachtkamer te gaan zitten. Hoe kon het dat hij me had gezien? Ik had zo snel gelopen, had mezelf zo onherkenbaar mogelijk gemaakt.

Mark?

Ik wilde het niet geloven, ondanks alles leek hij zo'n goede gast, maar ik kon geen andere verklaring bedenken. De klootzak. Mijn verhaal had hem gewoon helemaal niets gedaan, hij had me gewoon laten lullen, terwijl hij al wist dat hij dit allemaal ging doorgeven aan die enge Mehmet. Het zou me niets verbazen als die engerd me al buiten stond op te wachten om me vervolgens alle hoeken van het kamertje te laten zien als we thuiskwamen.

Goed, ik ging de confrontatie aan deze keer. Wat had ik te verliezen? Ik zou hem de waarheid vertellen, hem en zijn mannetjes, ze konden me wat! Ik zou hem vertellen dat hij moest oprotten, dat hij mijn zusje met rust moest laten en dat hij kon fluiten naar het moment dat ik ooit nog voor hem zou werken. Het was afgelopen, klaar, over en uit.

Luidruchtig schoof ik mijn stoel naar achteren. De vrouw naast me schrok op en keek me aan.

'Meisje, gaat het wel?'

Ik keek haar aan en knikte.

'Weet je het zeker? Je ziet zo bleek…'

Ik hoorde haar al niet meer en liep de wachtkamer door, naar de deur. Ik ging hier weg, zou het zelf wel oplossen allemaal. Die klotepolitie met hun kloteformulieren had ik niet nodig. In de hal deed ik mijn sjaal weer goed en schoof ik mijn zonnebril weer op mijn neus. Ik liep naar de deur, maar werd letterlijk en figuurlijk in mijn kraag gevat.

'Waar ga je heen?'

Ik probeerde me om te draaien, maar hij hield me tegen. Zijn grip op mijn jas werd krachtiger en ik hoorde hem hard ademen in mijn linkeroor.

'Waar ga je heen?' fluisterde hij nog een keer.

'Wat denk je zelf?'

Ik wist niet eens waar ik heen ging. Weg van het politiebureau in elk geval, weg van Benny, wat nu dus niet meer ging lukken.

'Je gaat met mij mee.'

'Wat?'

'Je gaat met mij mee.'

Ik deed nogmaals een poging om me los te trekken uit zijn greep. Ditmaal lukte het en draaide ik me met een ruk om.

'Benny, ik ga helemaal niet met jou mee. Waarom zou ik?'

'Luister naar me, het is je enige kans.'

'Mijn enige kans op wat?'

Ik voelde dat hij me mee probeerde te trekken. Ik protesteerde.

'Evie, alsjeblieft, geloof me.'

Ik onderdrukte een zenuwachtige lach. Hem vertrouwen, hem geloven, het moest niet gekker worden. Ik geloofde helemaal niemand meer, laat staan dat ik naar hem zou luisteren.

'Laat me niet lachen, Benny. Wat zit erachter, hè? Wat heb je voor opdracht? Moet jij het klusje opknappen?'

Hij zweeg.

'Nou, vertel maar!' riep ik harder. 'Vertel iedereen' – ik opende de deur naar de wachtkamer – 'hier maar eens wat jij van plan bent. Klootzak!'

Ik bereikte het effect waar ik op gehoopt had. Iedereen in de wachtkamer keek nu onze kant op. Vooral naar hem, ze waren vast ook nieuwsgierig naar wat hij van plan was. Geschrokken trok hij de deur weer dicht en sleurde me aan mijn arm naar buiten.

'Verdomme, kom met me mee.'

'Nee, ik ga helemaal nergens met jou naartoe.'

Hij graaide in zijn jaszak, pakte zijn autosleutels en drukte op een knopje. Verderop zag ik de lampjes van een Golf oplichten.

'Ik moet je wat vertellen. Het is voor je eigen bestwil.'

Nog steeds zag ik het niet zitten om met hem mee te gaan, maar ik wilde ook horen wat hij te zeggen had. Misschien kon ik hem nog gebruiken om erachter te komen waar ze mijn zusje precies vasthielden.

Hij maakte gebruik van mijn twijfel, duwde me naar de auto en hield het portier voor me open. Ondertussen keek hij angstig om zich heen. Bang dat onze woordenwisseling de aandacht van de politie had getrokken? Vanuit de auto keek ik in de spiegel. Er kwam niemand uit het politiebureau. Ze waren vast allang blij dat er een wachtende minder in het bureau zat. Vuile hypocrieten.

Hij liep om de auto heen en stapte in.

'Ik wil het liefst even ergens anders naartoe rijden.'

'Hoezo?'

'Hier, ik vind het hier niks.'

Hij bleef om zich heen kijken.

'Er lopen hier mensen op straat,' zei ik. 'Getuigen, drukte, dat bevalt me wel.'

Hij zuchtte en keek me aan.

'Oké, dan rij ik naar die parkeergarage daar. Die is druk, er zijn genoeg mensen, maar dan zien zij ons in ieder geval niet.'

'Wie niet?'

Hij startte de auto en reed de garage al in. Ik vond het prima, het was inderdaad een van de drukste parkeergarages van de stad. Eenmaal binnen moest ik wennen aan de donkerte. Ik knipperde met mijn ogen en keek hem aan. Hij parkeerde de auto voorzichtig en keek terug. Hij pakte me bij mijn schouder.

'Het gaat over Mehmet. Hij wil je dood hebben. Vandaag nog.'

31

Mijn hoofd ging heen en weer zoals bij het kijken naar een spannende partij tennis. Mijn dochter aan de ene kant, zittend op het bed met een donsdeken om zich heen gedrapeerd. Boris aan de andere kant, in de deuropening. Niemand zei iets, ik keek alleen maar. Naar hun gezichten, van de een naar de ander.

Boris was de eerste die de stilte verbrak.

'Shit.' Hij schraapte zijn keel. 'Je hebt je voicemail echt niet gehoord, hè?'

'Nee!'

Mijn ogen zeiden hem: geef me een uitleg. Nu.

'Kom even zitten, schat. Ga even rustig zitten nu. Alles is in orde. Het gaat goed met Tessa, ze is alleen heel erg geschrokken. Maar verder is ze helemaal in orde. Toch lieverd?'

Hij keek Tessa aan. Zij knikte en leek nerveus. Wist zich geen houding te geven.

'Kind, waarom heb je al dat bloed op je lippen? Wat is er gebeurd?'

Boris stapte op me af. Van schrik deinsde ik achteruit.

'Blijf van me af!'

Ik was bang voor hem.

'Vertel me nu, wat is er met Tessa gebeurd?'

Hij ging naast mijn dochter op bed zitten en sloeg een arm om haar heen. Ze liet het toe.

'Mam, het spijt me. Het is mijn schuld...'

'Helemaal niet!' Boris onderbrak haar. 'Het is mijn schuld. Ik had Benny nooit moeten vertrouwen. Had nooit met die gast in zee moeten gaan.'

'Heeft Benny dit gedaan?'

'Nee, Jesper. Hij is Benny gevolgd, toen we hadden afgesproken. De middag voor het incident.' Boris wees even naar zijn neus. 'Hij kwam erachter dat wij een deal hadden en begon Benny te chanteren. Hij wilde een aandeel.'

'Je sprak hier af? In je huis?'

'Dit is een veilige plek, neutraal, geen politie. Ik vond het prima.'

'Dom.'

'Misschien.'

'Ga verder.'

'Dat aandeel wilde Benny hem niet geven, natuurlijk. Toen dreigde Jesper om de grote baas, Mehmet, erbij te betrekken. En dat werkte. Althans, dat dacht Jesper. Benny probeerde hem te naaien.'

'Hoe dan?'

'Hij gaf hem dat geld gewoon niet. Hij hield het steeds af, zei dat ik hem nog niets had gegeven.'

'Maar dat heb je wel?'

'De helft, ja.'

'Ook dom.'

Boris schudde zijn hoofd.

'Maar die gast is veel te slim om zich te laten belazeren. Hij is gaan praten, met Tessa.'

Tessa stak haar vinger op. Ze wilde wat zeggen. Alsof ze weer op de basisschool zat en om haar beurt vroeg.

'Maar ik wilde alleen maar via hem met Evie praten. Hij had me beloofd dat hij me naar haar toe zou brengen. Ik wilde alleen maar met haar praten...'

Gesnik. Het arme kind barstte in huilen uit.

'Lieverd, toch.'

Ik ging aan de andere kant naast haar zitten en omhelsde haar. Daar zaten we dan, met z'n drieën op een vreemd bed. Een voor mij vreemd bed.

'En hoe komt Tessa hier terecht?'

'Jesper stond steeds bij me voor de deur. Ook als ik er niet was. Dan belde hij dat hij voor de deur stond, ik werd er gek van! Op die manier probeerde hij het geld alsnog te krijgen, door me lastig te vallen, me op de huid te zitten. Hij wist dat ik niet naar de politie zou stappen door die afspraak met Benny. Daar maakte hij misbruik van. En dit, hij heeft Tessa hier neergelegd, als een soort waarschuwing. Dat hij echt geld wil zien. En daarbij dreigt hij nu ook Evie wat aan te doen. Hij gaat Mehmet vanavond vertellen over de deal als hij dan nog niets heeft ontvangen.'

'Jezus. Dat was het telefoontje van vanochtend?'

Boris knikte.

Dit ging veel te ver! Ik moest Jan bellen. Dit kon zo niet langer.

'Het is afgelopen. Ik bel Jan en vertel haar alles. Ze moeten er nu op af, onderzoek of niet. Evie is in gevaar.'

'Nee!'

'Je hebt je kans gehad. En het is bijna misgegaan! Wat zeg ik? Het ís misgegaan. Kijk hoe je dochter erbij ligt. God mag weten wat Evie nog boven haar hoofd hangt. Je hebt een veel te groot risico genomen. Het had veel erger kunnen aflopen.'

'Roos, alsjeblieft. Geef me nog een kans. Vertrouw me.'

'Ik vertrouw niemand! Hoe vaak moet ik dat nog zeggen, verdomme. Niemand.'

'Luister, Benny wil zijn geld. Hij wil ervandoor, volgens mij wil hij ermee kappen, met die bende. Daarvoor heeft hij geld nodig. En dat kan ik hem geven.'

'Hoe kom je eigenlijk aan zo veel geld? Want ik weet ook nog wel een goede bestemming.'

Ik keek naar hem met een misprijzende blik.

'Ja, over dat geld.'

Langzaam viel het kwartje.

'Het spijt me echt. Ik wist niet hoe ik er anders aan moest komen.'

Ik vloog overeind.

'Mijn creditcard? Je hebt mijn creditcard gebruikt om dat geld te betalen?'

Dit gebeurde niet echt. Dit was een droom. Een nachtmerrie.

Ik voelde niets meer. Geen boosheid, geen razernij. Geen agressiviteit. Niets. Dit was duivels, het ging verder dan alleen een uitspatting van emoties.

Verbittering, was het woord.

Dat geld kwam later wel. Ik pakte mijn telefoon.

'Het kan me niet schelen wat jij van plan bent. Ik bel Jan en daar leer je maar mee leven.'

Ik toetste haar nummer in.

Boris schoot op me af en griste in één beweging de telefoon uit mijn handen.

'Geef me een kwartier. Geef me één telefoontje. Geloof me, we zitten er heel dichtbij nu. Hij kan elk moment bellen. Het komt goed, Evie is bijna thuis. Vertrouw me alsjeblieft.'

'Ik vertrouw niemand,' herhaalde ik fluisterend. 'Niemand.'

'Hou je van me?'

Ik was stil. Even zwegen we allemaal. Het was een pijnlijk moment.

Boris liep de kamer uit. Verslagen, verdrietig. Tessa liet zich achterover ploffen op het bed. Het was vreselijk dat ze dit allemaal moest meemaken, dat ze dit soort gesprekken moest horen.

Ik gaf haar een kus.

'Ik kom zo terug, liever.'

Boris zat op de zwarte bank, naast mijn jas. Gefocust en teruggetrokken in zijn eigen wereld, zijn eigen gedachten. Waterige ogen. Hij balanceerde op de grens van instorten en aanvallen.

'Ja,' zei ik. 'Ik hou van je.'

Zijn ogen bleven glazig.

'Het moet werken,' zei hij. 'Dit is de enige kans.'

'En het politieonderzoek dan? Zij zijn toch ook al ver?'

'Ik geloof er niets van. Dat zeggen ze om ons af te houden.'

'Niet echt gelukt,' merkte ik op.

'Nee.'

Boris wreef met zijn vingers in zijn ogen.

'Alsjeblieft... Wil je me proberen te vertrouwen? Alsjeblieft?'

'Wat wil je doen?'

'Ik ga Benny bellen. Ik vraag hem hoe ver hij is. Dat het voor vanavond moet gebeuren en dat de deal anders niet doorgaat.'

'En als het niet lukt?'

'Dan bellen we Jan.'

Moesten we dit doen? Het was een groot risico. Boris leek overtuigd. Ik wist het niet. Ik wilde alleen mijn dochter terug, ik wilde Eef weer in mijn armen sluiten. Niets anders.

'Goed.'

'Oké.'

'Maar als er over een uur niets is veranderd, is het mooi geweest. Dan bel ik Jan en Eduardo.'

Ik liep terug naar de slaapkamer, zodat Boris rustig met Benny kon bellen. Dat kon ik toch niet aanhoren.

'Ik hou ook van jou,' zei hij vlak voordat ik de deur achter me sloot.

Dat hadden we lang niet tegen elkaar gezegd.

Allebei een flauwe glimlach. Het was terug, ja. Maar met mate.

Tessa zat met opgetrokken knieën op het bed. Ik gaf haar een dikke knuffel en wel honderd kussen op haar kruin.

'Het spijt me, weet je. Van die klap.'

'Het is niet erg,' zei ze gelijk. 'Ik snap het wel.'

'Nee, dat moet je niet doen. Niet goedpraten. Ik had je nooit mogen slaan. Nooit. En het spijt me vreselijk.'

Ik plukte aan haar haren.

'Ik hoop dat je het me kunt vergeven.'

'Heb ik al gedaan.'

Dit kind was veel te goed voor deze wereld.

'Die Hazim. Vind je hem echt leuk?'

Ze haalde haar schouders op.

'Weet niet. Aardig, dat wel.'

'Oké.'

'Ik zal niet meer liegen.'

Ik glimlachte naar haar. De schat.

'Wil je iets hebben? Een kop thee, of wat te eten?'

'Ja! Ik heb echt honger.'

'Nou, waarom zeg je dat niet eerder?'

We schoten een beetje in de lach.

'Sorry…'

'Kind, ik ga even wat te eten voor je maken.'

Toen ik de slaapkamerdeur weer opende, viel het verschil in temperatuur me direct op. Het tochtte, ik kreeg kippenvel op mijn armen. Ik liep de hoek om en zag dat de voordeur openstond. Vluchtig wierp ik een blik in de keuken. Geen Boris. Waar was hij?

'Boris?'

Geen antwoord.

'Boris?' riep ik nu harder.

Niks.

'Shit!'

Hij was weg. Als in een soort reflex vloog ik terug naar de woonkamer. De jas lag nog steeds op de bank, maar ik zag het al gelijk. Een snelle check bevestigde het. Het was weg. Het pistool dat in mijn jaszak had gezeten, was verdwenen.

32

'Waarom vertel je me dit?'

Benny keek me aan met een blik die ik nog kende uit de tijd dat we dikke vrienden waren. Vriendelijk, goed bedoeld. Misschien zag ik zelfs nog wel een vleugje medelijden.

'Wat kan jou dat nou schelen? Wil je soms dood?'

'Ik wil het weten. Ik vertrouw je niet.'

'Je was bij Mark toch?'

Ik knikte.

'Nou, de seconde dat je daar de deur uit liep, belde hij Mehmet om door te brieven wat je van plan was. Hoe haal je het ook in je hoofd om de politie te noemen, snap je nou echt niets?'

Hij had gelijk. Ik had Mark nooit moeten vertrouwen.

'En hem vertrouw je wel. Dat is een mooie!'

'Ach, alsof jij het verdient dat ik je vertrouw.'

'Mehmet belde mij, omdat ik in de buurt was. Ik moest je onderscheppen en je naar hem toe brengen. Hij wil je afmaken.'

'Net als Stephanie...'

Benny keek me aan.

'Wat bedoel je?'

'Stephanie. Hij heeft haar ook vermoord.'

'Jezus!' zei Benny.

'Wat, ga me nou niet vertellen dat je dat niet wist?'

'Nee! Dat wist ik niet. Waar zie je me voor aan?'

Ha, voor een hoop ellende.

'Weet je het zeker? Volgens Mehmet is ze ervandoor gegaan.

Krijgt hij haar niet meer te pakken.'

'Heel zeker. Ik heb het zelf gezien.'

Hij sloeg zijn handen voor zijn gezicht. Hij ademde zwaar.

'Gewetensbezwaar?'

Hij had een zwak moment. Daar kon ik gebruik van maken.

'Wat een klotezooi. Moord. Heeft hij haar gewoon ver-moord?'

Ik knikte. Hij had dus toch nog een beetje gevoel, die Benny. Wat een verrassing.

'Maar wat wil je nou? Blijven we hier de hele dag zitten?'

Hij schudde zijn hoofd.

'Nee. Luister, ik heb contact met je vader. Hij heeft me geld gegeven, voor jou. Hij betaalt me om jou terug te brengen.'

'Echt?'

Hoe kwam mijn vader aan geld?

'Maar nog niet genoeg. Ik heb pas de helft gekregen. Zodra ik de andere helft heb, kun je naar huis.'

'Chanteer je ze?'

Shit. Het beetje gevoel dat ik net bij hem dacht te ontdek-ken, was direct verdwenen. Hij bleef een klootzak. Niets deed hij zonder er zelf beter van te worden. Hij hoorde net zozeer achter de tralies, als die andere gasten.

'Zeur niet, ja. Je hebt geen idee. Ik moet ook weg van hier. Weg van Mehmet. Hoe moet ik dat betalen, denk je?'

'Weet ik veel.'

Mijn leven was in gevaar. Dat van hem ook?

'Dat bedoel ik.'

'En nu?'

'Ik bel je vader. Ik zeg hem waar hij het laatste gedeelte van het geld naartoe kan brengen en dan vertel ik hem waar jij zit.'

'En waar is dat?'

'Een veilige plek.'

Ik schudde mijn hoofd.

'Dit is pure chantage. Hoe durf je!'

'Als je het zo wilt noemen, schat, mij best.'

Benny pakte me bij mijn kin. Ik walgde van hem, van al deze gasten.

'Je blijft hier. Doe geen gekke dingen.'

Benny stapte uit en begon te telefoneren. Ik probeerde mee te luisteren, maar door het geroezemoes in de parkeergarage verstond ik geen woord. Hij gebaarde druk met zijn handen, maar was snel klaar.

'We gaan,' zei hij toen hij weer instapte. 'Jij gaat achterin zitten. Ga maar liggen trouwens, niemand mag je zien.'

Ik stapte uit en weer in, en wurmde mezelf tussen de achterbank en de stoelen voorin. Ik lag tussen de lege pakjes sigaretten, verfrommelde servetjes met etensresten en naar achteren gesmeten snoeppapiertjes.

'Lekker fris hier.'

'Hou je bek.'

Ik kon tijdens de rit niet zien waar we heen gingen. Door de bochten en de hobbels werd ik kotsmisselijk, waardoor mijn angst wat naar de achtergrond verdween. Ik zocht naar een plastic zakje waar ik in kon kotsen als ik het niet meer hield. We stonden stil.

'Zijn we er?'

'Hou je bek nou, Evie. We staan voor een rood licht. Je hoort het wel als we er zijn.'

Nog even moest ik volhouden. Nog even en mijn vader zou me redden. Toch? Ja. Als alles goed ging dan. Ik kon het nog niet bevatten, het leek nog zo onwerkelijk om straks weer naar huis te gaan.

En mijn zusje dan?

'Benny, nog één vraag.'

'Ja…'

'Is mijn zusje veilig?'

'Ja.'

'Echt?'

'Ja!'

'Waar is ze dan?'

'Gewoon, bij je ouders. Niks aan de hand.'

Niks aan de hand. Er was niets met haar aan de hand!

Sprak hij de waarheid?

Hij had geen reden om erover te liegen, leek me. Een enorme last viel van me af. Ik moest er niet aan denken wat er met haar was gebeurd als ze nog steeds bij Mehmet was.

Een gekke gedachte borrelde boven: kwam het dan eindelijk goed? Was ik eindelijk verlost van alle ellende? Hoefde ik nooit meer voor Mehmet te werken? Het leek onwerkelijk, maar ik durfde stiekem te hopen op een goed einde. Want zonder deze hoop had ik niks.

Een enorme lading kots vloog over het voetenmatje van de Golf van Benny.

'Ah, gadverdamme!' riep hij.

Ik voelde me wel gelijk een stuk beter. Ik spuugde nog een keer in het stinkende hoopje viezigheid en veegde mijn mond af met de palm van mijn hand.

Benny parkeerde de auto en zette de motor uit. Hij draaide zich om.

'Wat een lucht!'

Hij sloeg zijn hand voor zijn neus.

'Kom maar overeind.'

Mijn rug was helemaal stijf geworden door de benarde positie waarin ik verkeerde, maar ik was blij dat ik me weer mocht bewegen. Ik voelde me onwennig toen ik uit de auto stapte. Mocht ik hier vrij rondlopen? Zou niemand me herkennen? Waren Mehmet, Murat en Jesper hier niet?

'Waar zijn we?'

'In Weesp.'

Ja. Ik herkende het treinstation. We stonden voor een appartementencomplex, vlak bij het station.

'Kom.'

We stapten het trappenhuis binnen en liepen twee trappen op. Daar opende Benny de deur van een appartement.

'Woon jij hier?'

Hij schudde zijn hoofd.

'Nee, mijn oom. Ik pas tijdelijk op zijn huis, hij zit in het buitenland.'

Ik keek rond. Het was een lelijk huis met lelijke spullen. Fantasieloos. Nog steeds voelde ik me een beetje misselijk, dus ik liet me op de bank zakken en bleef stil zitten. Wat nu?

De mobiel van Benny ging. Mijn vader?

'Jesper,' zei hij toe hij opnam.

Stilte.

Er ging een rilling over mijn rug.

'Ja.'

Weer stilte.

'Bemoei je er gewoon niet mee, gast.'

Nog eens stil.

'Laat het nou aan mij over. Je krijgt het. Luister ja, je krijgt het echt wel!'

Hij hing op.

'Waar ging dat over?'

'Nergens.'

'Ging dat over mij?'

'Evie, stil!'

Hij pakte zijn sleutelbos van tafel.

'Ik ga nu. Als de bel straks gaat, is het je vader. Met het rode knopje doe je de deur open.'

Ik knikte. De zenuwen kwamen terug.

'En doe geen gekke dingen voor die tijd. Blijf gewoon hier op de bank zitten, dan komt alles goed.'

Weer knikte ik.

Ik moest plassen. Benny ging weg en ik zou helemaal alleen in dit huis zitten. Straks kwam die oom opeens thuis. Of kwam mijn vader nooit opdagen. Hoe lang moest ik wachten?

'Dag Evie,' zei hij. 'Heb een fijn leven.'
Ach, idioot. Alsof hij dat meende.
Ik wenste hem geen fijn leven. De groeten.

33

Hij nam niet op. Erger nog, hij drukte me iedere keer weg als ik hem belde en zette daarna zijn telefoon uit. Ik kon mezelf wel voor mijn kop slaan. Waarom had ik dat wapen niet beter in de gaten gehouden? Ik had beter moeten nadenken. Ik had het praktisch in zijn handen gedrukt door het op de bank te laten liggen.

Waar was hij naartoe?

Ging hij weer naar de Wallen? Of naar die Benny? Wat was hij van plan? Misschien wist hij wel waar die bende engerds zich ophield en ging hij er gewoon heen om ze overhoop te schieten. Boris was op dit moment overal toe in staat, bedacht ik.

Ook tot moord?

Ik wist het niet en dat was al genoeg reden voor paniek. Ik wiebelde met mijn mobiel in mijn hand. Wat moest ik doen? Jan bellen? Dan zou ik Boris regelrecht aan haar uitleveren. En mezelf. Het wapen was per slot van rekening van mij. Ik had het meegenomen.

De telefoon ging twee keer over voordat hij opnam.

'Je moet komen, nu. Het is dringend. Alles gaat mis!'

'Rustig maar, waar ben je?'

Ik gaf Eduardo het adres.

'Wat is er aan de hand?'

'Evie. Een wapen. Boris heeft het. Ik weet niet waar hij naartoe is!'

Ik hoorde een onderdrukte vloek.

'Blijf daar, ik kom nu naar je toe.'

Hij kwam. Eduardo kwam en zou het van me overnemen. Hij wist wel wat hij moest doen. Hij ging ons helpen. Ik hoopte dat Boris tot die tijd geen gekke dingen zou doen. Er was nog niets ergs gebeurd. Verzachtende omstandigheden, noemden ze dit toch? Niet toerekeningsvatbaar. Dat was ik. Ik was niet toerekeningsvatbaar meer.

Ik dacht aan Tessa en liep naar de keuken. Eten, iets te eten zou ik voor dat lieve kind klaarmaken. Ze had honger.

Ik wist niet wat ik anders moest doen, dus ik richtte me op primaire zaken. Eten klaarmaken voor mijn dochter. Haar verzorgen. Ook zou ik straks de huisarts even bellen, om haar na te laten kijken. Dat kon geen kwaad.

Ik schaafde vier plakken van de homp kaas en belegde er een boterham mee. Nog een plak ham erover en een tweede boterham erbovenop. Het leven kon zo simpel zijn. Ik pakte een glas uit een van de keukenkastjes en vulde het met melk. Een gezond maaltje voor mijn dochter.

Ik werd opgeschrikt door het geluid van mijn mobiele telefoon, die ik op het aanrecht had gelegd. Het nummer kende ik niet.

'Hallo?'

Ik hoorde niks.

'Hallo, wie is daar? Boris, ben jij dat?'

Er was wel degelijk iemand aan de andere kant van de lijn. Ik hoorde een lichte ademhaling. Iemand haalde z'n neus op. Huilde die?

'Wie is dit? Zeg eens wat?'

Weer niks. Ik had geen zin in dit soort geheimzinnige telefoontjes. Ik drukte het gesprek weg. Ze belden maar terug als ze wel wat durfden te zeggen.

Ik liep met de boterham en het glas melk de keuken uit, naar de slaapkamer. Halverwege de woonkamer hoorde ik mijn telefoon weer.

'Shit.'

Even twijfelde ik, maar toen draaide ik me toch snel om en rende naar de keuken, waar ik mijn mobiel had laten liggen.

'En dan ben ik zeker nog te laat,' mompelde ik in mezelf. 'Jaaaa?' riep ik overdreven. 'Boris?'

Ik hoorde een kuch, gevolgd door een snif. Dat kuchje kwam me bekend voor.

'Hallo,' probeerde ik nog een keer.

Toen ik haar stem hoorde, viel het glas melk uit mijn handen. Het spatte op de keukenvloer uiteen.

34

Ik staarde wel twintig minuten naar hetzelfde bloemetje op het tafelkleed. Af en toe werd het bloemetje wat waterig, even later zag ik het weer helderder dan ooit.

Eerst had ik een kwartier op het toilet gezeten. Ik bleef maar plassen. Net als ik dacht dat ik klaar was en wilde opstaan, voelde ik opnieuw de drang. En dan waren het steeds maar twee pijnlijke druppeltjes. Blaasontsteking, weer.

Nooit eerder was ik zo gespannen.

Het voelde dubbel. Aan de ene kant was ik blij, want het was allemaal over, ik was vrij! Maar ergens hield ik nog rekening met een ander scenario. Ging dit niet te makkelijk in vergelijking met de afgelopen weken? Kon het echt zo zijn dat ik er nu helemaal van af was? Onwerkelijk.

Ik had mijn vader drie kwartier gegeven. Drie kwartier zou ik wachten. Was hij er dan nog niet, dan was ik hier weg. Dan pakte ik de trein naar huis.

Wat leek dat makkelijk, gewoon, met de trein naar huis. Ik staarde bijna verliefd naar buiten, naar die mooie gele treinen.

Waar bleef mijn vader eigenlijk? Die drie kwartier was bijna om.

Ik moest hem spreken. Ik keek naar de telefoon in de hoek van de kamer. Geen gekke dingen, had Benny gezegd. Was dit gek? Je vader bellen, ach nee, dat was niet gek.

Ik pakte de telefoon en tot mijn verbazing hoorde ik zelfs een kiestoon. Het kon niet meer stuk. Ik toetste het mobiele nummer van mijn vader in, maar de telefoon ging niet over en in plaats daarvan kreeg ik gelijk zijn voicemail. Het was vreemd om zijn stem weer te horen. Heel fijn, dat wel, maar ook heel raar. Het bracht me van slag. Het was zo lang geleden dat ik hem gesproken had, zo'n tijd geleden dat hij gewoon mijn vader was geweest. Ik had hem verschrikkelijk gemist. Tranen stroomden over mijn wangen. Ik was zo blij dat het bijna afgelopen was. Dat ik hem weer om z'n nek kon vliegen. Zouden mama en hij het hebben goedgemaakt? Misschien waren ze door mij wel weer bij elkaar gekomen. Ik hoopte het, dan was er in ieder geval nog iets positiefs uit alles voortgekomen.

Automatisch toetste ik het nummer van mijn moeder in. Dat ik die nummers nog wist… In gedachten probeerde ik ondertussen of ik het nummer van mijn zusje nog wist, maar daar liep ik na vijf cijfers vast. Florien? Ja, tuurlijk, die wist ik nog wel. Bijzonder, hoe dat werkte in je brein.

Hij ging vier keer over. Daarna hoorde ik gekraak, een soort ruis. Was dit de voicemail? Of was de verbinding gewoon slecht. Ik hoorde verder niks. En de verbinding werd weer verbroken.

Na een minuut probeerde ik het nog een keer. Weer ging hij gewoon over.

'Jaaa?' hoorde ik.

Het was mijn moeder.

'Boris?' vroeg ze.

Ze spraken in elk geval weer met elkaar! Ik hapte naar lucht, zo blij was ik om haar stem te horen.

'Hallo?'

'Mam?'

Ik hoorde gerinkel. Het leek op gebroken glas. Daarna was het even stil.

'Lieverd…' zei ze alleen.

'Hoi!' zei ik half lachend, half huilend.

Het was zo goed om haar weer te horen.

'Waar ben je?' vroeg ze.

'In Weesp. Papa komt me halen.'

'Meen je dat?'

'Heeft hij dat niet verteld?'

'Nee, schat.'

'Hij heeft geld betaald, voor me. Aan Benny, dat is een van de jongens. Ik…'

Het was zo'n lang verhaal. Wat wist mijn moeder eigenlijk?

'Lieverd, weet je zeker dat dat allemaal klopt?'

'Ja, ik zit nu in het huis van de oom van Benny. Papa zou daar naartoe komen.'

'Liefje, waar is dat? Ik kom naar je toe.'

'Het adres weet ik niet. Maar tegenover het station, dat appartementencomplex naast het steegje. Weet je wel?'

'Ja…'

Ze schreef mee, merkte ik.

'En dan het huis op de hoek, twee hoog.'

'Ik kom eraan. Blijf je daar zitten, lieverd?'

'Tot zo.'

Ik wilde al ophangen toen ik mijn moeder nog hoorde roepen.

'Eef?'

'Ja.' Ik bracht de hoorn snel weer naar mijn oor.

'Ik hou van je kind. Alles komt goed.'

Nu hingen we echt op. Mijn moeder klonk sterk, vastbesloten. Zelf was ik trillerig en kon ik nog maar slecht bevatten wat er allemaal gebeurde. Ik was er nog niet zo zeker van, dat alles goed kwam. Tot zover was ik op mijn eigen houtje gekomen, maar vanaf nu moesten mijn ouders het weer overnemen. Ik kon niet meer.

De drie kwartier was voorbij.

Als ik me niet aan de afspraak met mezelf hield, sloeg ik me voor mijn kop als het misging. Ik moest weg. Ik belde mijn moeder wel vanuit de trein met een telefoon van iemand anders. Ik hield het niet meer uit in dat huis met dat bloemetjespatroon en die muffe lucht. Dit had ik me niet voorgesteld bij vrijheid.

Ik opende de deur en luisterde. Niks.

Voorzichtig zette ik een stap buiten de deur. Alsof de grond onder me weg zou zakken als ik een gewone stap zou nemen. Zachtjes, deed ik. Ik moest geen aandacht trekken, van niemand. Geruisloos liep ik door de gang, naar de lift en het trappenhuis. Het was uitgestorven in het appartementencomplex, er was niemand te bekennen. Ik leunde over de reling en keek naar beneden het trappenhuis in.

Nee! Het was niet te geloven wat ik zag.

Jesper liep daar. Jesper kwam de trap op naar boven!

In een flits drukte ik op het knopje van de lift. Het was de enige uitgang. De enige manier om hier weg te komen, want naar boven kon ik niet. En om nou rakelings langs Jesper de trap af te stormen – geen goed plan.

Ik bleef drukken, de lift liet voor mijn gevoel vreselijk lang op zich wachten. Drukken, drukken, drukken. Misschien kwam het ding dan sneller naar boven. Weer leunde ik voorover. Hij liep langzaam, Jesper, terwijl hij op zijn telefoon keek. Langzaam, maar hij liep wel door. Ik telde nog maar twee trappen tussen zijn voeten en de verdieping waarop ik me bevond. Ik keek om me heen, ik kon echt nergens heen. Het huis, ja, ik kon terug rennen naar het huis. Maar dan sloot ik mezelf in, kon ik echt geen kant meer op.

Ping. Een lichtje. Het was de lift.

De deuren schoven open en ik twijfelde geen seconde. Met een vlugge beweging stond ik erin. Ik drukte op BG en hield het knopje ingedrukt, wat ervoor zorgde dat de deuren weer dichtschoven, sneller dan ze uit zichzelf zouden doen.

Kom op nou!

Ik was er zo dichtbij nu. Ja, dicht gingen ze. En nog geen Jesper gezien. Het ging goed, tot zover ging het goed. Wat duurde het een eeuwigheid voordat dat ding beneden was. Vieze, oude stinklift. Een gammele bak aan een touwtje. Maar het maakte me niets uit, als hij me mijn vrijheid maar teruggaf.

De lift stond stil, op het schermpje zag ik dat we er waren, op de begane grond. De deuren schoven open, en ik stond klaar om eruit te stappen, maar het feest ging niet door. Daar stond Jesper al.

Ik gilde het uit. Dit mocht niet gebeuren! Niet nu nog.

'Hou je bek,' zei hij alleen maar.

Hij duwde me terug de lift in en stuurde de lift met één druk op de knop weer naar boven. Net voordat de deuren zich weer sloten, zag ik een glimp van mijn vader. Ja, dat was mijn vader! En als ik het goed zag, had hij in zijn rechterhand een wapen. Hij kwam me halen.

Jesper zag het ook.

'Nu kun je het wel vergeten!'

Ik voelde een nieuwe kracht door mijn lichaam stromen. Hij was geschiedenis. Nu was mijn vader er, hij kwam me halen. Hij had zelfs een pistool meegenomen. Niemand kon hem tegenhouden.

Jesper grijnsde stom, maar ik zag dat hij er geen rekening mee had gehouden. Hij bond mijn polsen achter mijn rug vast met een touw dat hij uit zijn jaszak haalde. Het zat strak en deed pijn.

De lift was boven, de deuren gingen open.

Met een ruk trok hij me mee en in een soepele beweging bond hij me vast aan een van de leidingen, die langs de muur liepen. Direct daarna vloog hij naar het trappenhuis en verdween naar beneden. Ik spitste mijn oren, maar hoorde niets. Ik bereidde me voor op een knal, maar niets. Geen knal, geen geluid.

Geen confrontatie?

Het kon nu toch niet lang meer duren of ze zouden elkaar tegenkomen op de trap. Mijn vader was toch niet met de lift gegaan? Nee, zo dom was hij niet.

Ja, ik hoorde wat. Voetstappen op de trap. En even later ver-

scheen Jesper weer in het zicht. Ik raakte in paniek, maar toen
ik zag wat hij in zijn hand had, sloegen mijn stoppen helemaal
door.

Het wapen van mijn vader.

'Jesper!!!' Ik schreeuwde. 'Wat heb je gedaan! Waar is mijn
vader?'

Hij antwoordde niet.

'Stil!' zei hij alleen.

Verderop in de gang ging een deur open. Er verscheen een
oud vrouwtje op haar pantoffels in de gang. Ik hoorde haar
sloffen over de vloer.

'Wat moet dat, met dat geschreeuw daar?'

O, mevrouw, ga terug uw huis in. Met mijn gedachten probeerde ik haar terug te sturen. Wat zou Jesper met haar doen als
ze doorkreeg wat er aan de hand was?

Hij maakte me los van de leiding en trok me mee, de gang op.

'Dag mevrouw, wat fijn dat u ons komt begroeten.'

Hij hield het pistool op haar gericht.

'O, lieve heer,' zei het vrouwtje. 'Wat heeft u daar? Wie bent
u?'

Nog u zeggen ook. Allebei zelfs.

'Loopt u maar even met ons mee. We komen bij u op visite.'

Het vrouwtje draaide zich om en snelde terug naar haar huis.
Zou ze proberen de deur net op tijd achter zich dicht te gooien?
Ze had geen schijn van kans.

Het oude vrouwtje keek mij wanhopig aan, maar ik wist me
ook geen raad met de situatie. Jesper deed de deur achter zich
dicht en draaide de sleutel om. Ik keek de kamer rond, zocht
naar iets waar ik Jesper mee kon uitschakelen. Die bloempot,
misschien? Of een kandelaar, dat zou een goede zijn. Maar nergens in dit godvergeten huis was een kandelaar te bekennen.

'Dat zou ik maar niet doen!'

Jesper hield het wapen weer op de vrouw gericht. Ik keek haar
kant op. Wat een stoer mens, ze probeerde daadwerkelijk het

alarmnummer te bellen met de telefoon in haar keukentje.

Jesper trok haar de keuken uit en duwde haar op de bank. Ik liet me op een stoel vlak bij het raam zakken. Even zag ik het voor me, maar nee, het was een onmogelijke uitweg. Een sprong uit dit raam zou ik niet overleven. Als Jesper me voor die tijd niet al had neergeknald.

Waar zou mijn vader zijn? Ik maakte me ernstig zorgen. Wat had Jesper met hem gedaan?

Toen viel het geluid me op. Sirenes. Heel veel sirenes. Ik draaide me vlug om, stond op en keek uit het raam. Overal politiewagens! Een ambulance. Ze waren gekomen. Ze hadden ons gevonden!

Ik maakte nog net geen vreugdedans. Deze mensen waren er allemaal voor mij, ze kwamen me verlossen. In de verte zag ik een schim van mijn vader. Hij zat rechtop op een brancard en keek naar boven. Keken we elkaar nou aan? Ik begon te springen.

Ik voelde iets in mijn rug steken. Het wapen. Jesper stond achter me.

'Weg bij dat raam!'

Ik was het zat. Hij moest kappen. Ik sprong opzij en duwde hem met al de kracht die ik nog in mij had van me af. Ik wankelde, want mijn evenwicht bewaren was lastig met vastgebonden handen. Met een plof viel ik neer naast de stoel waar ik eerder nog op was gaan zitten. De politie was er, waarom gaf Jesper zich niet gewoon gewonnen? Het was toch voorbij.

Een knal klonk door het appartement. De vrouw slaakte een gilletje vanaf de bank. Mijn oren suisden van het keiharde geluid. Wat gebeurde er?

Jesper keek naar het wapen in zijn hand. Hij had het af laten gaan. Per ongeluk? We keken allebei naar het gapende gat dat de kogel in de netjes gestuukte muur had achtergelaten.

'Ga zitten op de bank!' riep Jesper.

Ik raakte in paniek. Jesper ook. Hij had nu wel heel duidelijk laten blijken waar we zaten. En hij wist ook, zo veel politie kon hij niet in z'n eentje aan.

'Fuck!' schreeuwde hij.

Hij ging op de rand van de tafel zitten, met zijn rug schuin naar ons toe, maar precies zo dat hij ook het raam in de gaten kon houden. Zou hij ook overwegen om te springen? Nee, daar was zijn ego veel te groot voor. Hij liet zijn hoofd zakken en legde zijn hand in zijn nek. Het bungelende wapen in zijn rechterhand gaf me de kriebels.

Ik ging op de bank zitten, met mijn rug naar het oude vrouwtje. Het leek of ik haar zo wilde beschermen tegen Jesper, tegen een kogel, maar één blik tussen ons zei voldoende. Ik voelde de oude vingertjes peuteren aan de knoop die om mijn polsen zat. Wat een kracht zat er nog in haar lijf. Zo wilde ik ook wel oud worden. Ik voelde de druk op mijn polsen minder worden en even later verdwijnen. Ze waren los, mijn handen waren vrij.

Ik keek weer naar het bungelende pistool. Ik moest snel zijn, als ik dat wilde proberen moest ik snel zijn. En het was een risico, een enorm groot risico!

In één snelle beweging vloog ik naar mijn doel. Het wapen, dat moest ik te pakken krijgen. Voor Jesper kwam deze manoeuvre onverwacht, hij was overdonderd. Net op tijd wist ik hem te verrassen en het wapen uit zijn handen te rukken.

Ja! Hebbes!

O nee, nu had ik een pistool in mijn hand. Wat moest ik daarmee? Ik richtte het op Jesper, hoewel mijn vingers helemaal nog niet op de juiste plek zaten. Wist ik veel hoe zoiets werkte. Ik rommelde wat met mijn middelvinger en mijn wijsvinger, totdat die zaten zoals ik dacht dat het moest.

'Hé, hé, hé, rustig daarmee, Eef. Rustig!'

Jesper werd zenuwachtig. Heel goed.

'Leg maar weg, snoetje. Dit wil je toch niet?'

Nee, dit wilde ik inderdaad niet. Hij had ons in deze situatie gebracht.

Ik stond voor het raam en had het wapen nog steeds op Jesper gericht.

Hij kwam dichterbij, hij liep naar me toe. Maar ik liet hem me niet aanraken, deze klootzak zou me nooit, maar dan ook nooit meer mogen aanraken. Over mijn lijk, ja. Hij keek alert naar mijn trillende hand met het pistool erin. Ik bewoog ermee.

'Naar achteren jij! Hup!'

Hij reageerde direct door een paar passen naar achteren te nemen.

'Blijf daar.'

'Kom op, snoetje, laten we erover praten, dan.'

'Hou je bek!'

Het was heerlijk om hem af te blaffen. Ik zag hem zweten. Zijn ogen stonden groot en werden waterig. Hij was oprecht bang. Ik wilde dat het eeuwig zou duren, ik wilde dat hij in zijn broek zou poepen van angst.

Een oorverdovende knal.

De voordeur vloog open en opeens stond ik oog in oog met Jan. Achter haar dacht ik Eduardo de Jong te herkennen.

'Evie, laat dat wapen vallen!' riep ze.

Ze hield ook een pistool in haar hand. Op mij gericht. Waarom? Ik was hier niet de slechterik.

Ik keek weer naar Jesper, die in een hoekje tegen de muur was gekropen. De angsthaas, zijn vrienden zouden hem nu eens moeten zien. Dit was het moment. Nu kon ik afrekenen met de jongen die me alles had afgenomen. Die ervoor had gezorgd dat ik mijn ouders zo veel pijn had gedaan. Die de rest van mijn leven had bepaald, in negatieve zin.

Hoe kon ik ooit nog een normaal vriendje krijgen? Hoe kon ik ooit nog iemand vertrouwen? Hij had het allemaal verpest.

Ik zag dat Jan het oude vrouwtje met haar vrije hand van de bank trok en haar naar Eduardo duwde. In een snelle beweging kregen ze haar het huis uit. Dat arme mens. Haar thuis, haar schattige woonkamer was veranderd in een slagveld.

'Evie, ik herhaal het nog eens. Laat dat wapen vallen! Anders moet ik schieten, kom op.'

Het was zo simpel. Ik hoefde alleen maar de trekker over te halen. Eén simpele beweging met mijn wijsvinger te maken. Er zou een kogel uit vliegen en die zou zich door het lichaam van Jesper boren. Ik hoefde maar te kiezen, zijn hoofd of zijn hart.

Die was makkelijk.

Ik zou voor zijn hart kiezen, omdat hij dat van mij ook gebroken had.

'Eef…' Het was de stem van mijn moeder. Ze verscheen achter Jan in de woonkamer. 'Lieverd, doe het niet. Hij is het niet waard.'

Was Jesper het niet waard om een kogel door zijn lijf geboord te krijgen? Ik dacht daar anders over. Hij verdiende het juist. Hij had er hard genoeg voor gewerkt. Dit kon niet alleen de wraak zijn voor mijn eigen shit, ik kon ook Stephanie wreken. Jesper had dan wel niet meegewerkt aan haar moord, maar hij had het wel mogelijk gemaakt. Ze waren allemaal schuldig aan haar dood, ook Benny. Die prachtige meid was er niet meer en waarom niet? Wat geld, informatie, een slechte recensie van een klant?

Ze moesten allemaal naar de hel. Ze zouden branden in de hel. En ik kon Jesper vast een handje helpen daar te komen. Die macht had ik op dit moment. Die macht kon ik gebruiken.

Ik wist dat Jan moest schieten als ik mijn wapen niet snel liet zakken. Dat was in films ook altijd zo. Maar als ik het liet zakken, dan gaf ik me gewonnen, dan liet ik Jesper leven. Dat verdiende hij niet. Jesper wilde gebruikmaken van mijn twijfel en probeerde op te krabbelen.

'Hé!' riep ik. 'Blijf zitten, klootzak.'

Door een waas van tranen richtte ik het wapen weer scherp zijn kant op. En inderdaad, hij bleef zitten.

'Evie, ik zeg het nu voor de laatste keer.' Het was Jan weer. 'Laat dat wapen vallen. Het is voor je eigen bestwil. Kijk, ik loop nu rustig naar Jesper toe. Ik ga hem arresteren, zie je wel. We hebben hem, hij krijgt straf voor wat hij heeft gedaan. Net als Mehmet, die hebben we ook.'

Was dat zo? Zou hij boeten voor wat hij had gedaan? Moest hij de gevangenis in? Dat idee beviel me wel.

Eduardo was inmiddels naar mij toe gekomen. Hij boog zich naar me toe en fluisterde in mijn oor dat het allemaal goed zou komen.

Ik zag de hand van Eduardo langzaam naar mijn hand bewegen. Hij deed heel voorzichtig, was misschien bang dat ik toch zou schieten. Maar nu Jan naast Jesper stond, zou ik dat niet eens meer durven.

Ik liet hem het wapen pakken. Ik zou het niet gebruiken. Ik was verstandiger dan dat. Ik zou Jesper niet doodschieten. Want dan was ik precies zoals Mehmet.

Ik koos voor vrijheid en liet hem los.

Terwijl Jan de handboeien bij Jesper omdeed, liep ik naar hem toe. Er was niets meer over van de jongen op wie ik verliefd was geworden. Hij was veranderd in een miezerig, kloterig onderkruipsel. Zo groot als hij ooit voor mij was geweest, zo minuscuul was hij nu.

Of het nou door de zenuwen kwam, door mijn gebrek aan energie of omdat ik gewoon geen traan meer over had, ik wist het niet. Maar ik begon ongelooflijk hard te lachen. Ik kon niet meer stoppen. Het was een echte, oprechte lach. Ik was vrij, los van alles. Ik was weer een normaal meisje!

Ik schaterde. Omdat ik daar zin in had.

Ik schraapte mijn keel een paar keer en vuurde daarna een rochel op Jesper af. Flats, recht in zijn gezicht. Het sijpelde langzaam van de zijkant van zijn neus, langs zijn wang naar zijn mondhoek. Heerlijk. Dat was dan mijn wraak.

EPILOOG

De tune van het RTL *Nieuws*. Het journaal van zes uur.

'Mehmet B., de man die is veroordeeld voor mensenhandel en wordt verdacht van moord op een prostituee, is tijdens zijn verlof ontsnapt. Hij was op verlof om zijn pasgeboren dochter te kunnen bezoeken. Vermoedelijk is hij naar zijn geboorteland Turkije gevlucht. Politici hebben woedend gereageerd op het nieuws dat…'

Ik hoorde niets meer van wat de nieuwslezer vertelde.

DANKWOORD

Bijzonder veel dank aan alle medewerkers van Uitgeverij Cargo. Zonder hun inzet, harde werken en passie voor het vak bestond dit boek niet. Marjolein, bedankt voor het brainstormen. Pieter, bedankt voor het vertrouwen.

Speciale dank aan Edwin van Dalen. Voor zijn kritische blik, zijn schouders bij hysterische huilbuien, zijn fijne humor en relativeringsvermogen.

Dank aan de slachtoffers van loverboys die me hun intieme verhaal toevertrouwden. Hun geluid klinkt door in dit boek.

Tot slot bedank ik Harko Keijzer. Hij was de eerste professional die in mijn boek geloofde.